마이너리티 리포트

MINORITY REPORT

마이너리티 리포트

황숙진 소설집

작가와비평

여기에 실린 단편들은 문학이 아니라 기록이다. 하지만 논픽션은
아니다. 허구이다. 나처럼 조국을 떠나 부평초처럼 살아가는 이민
자들의 이야기 중 불확실한 부분을 상상력으로 살짝 보충한 허구이
다. 언제부터인가 삶이 만만치 않다는 것을 느끼면서, 그런 삶에
대한 글쓰기를 고민하면서, 나는 자주 문학이 너무 사치스러운 것
이 아닌가 하는 생각이 들었다. 우리가 사는 이 비루한 세계를 문학
으로 포용하는 것이…… 내겐 너무 힘에 부친다. 불행인지 다행인
지 그런 미학적 재주가 내겐 없었다. 그래서 우리 삶을 예술로 승화
시키려는 가상한 노력을 일찌감치 포기하였다. 그냥…… 적었다.
그렇게 차곡차곡 적다보니 어느새 9편의 기록이 되었다.

책으로 묶고 싶은 욕심이 생겼다. 하지만 막상 출간을 하려니 고
민이 되었다. 도대체 이런 글들이 활자화하여 세상에 나올 만한 가
치가 있는가? 부질없는 짓을 하는 것은 아닌가? 그러나 그런 회의
가 욕심을 꺾지는 못했다. 변명을 하자. 작가는 이야기를 만드는

사람이 아니라, 이야기를 채집하는 사람이다. 구천에 가지 못한 혼 백처럼 여기 저기 불온하게 떠다니는 이야기를 자기만의 고유한 언어의 그물망을 던져 사로잡는 사람이다. 그렇게 이야기를 붙들었 으면 상처가 어느 정도 아물었을 때 세상에 다시 풀어 놓아야 하지 않을까?

발문을 써 주시고 책의 출간에 도움을 주신 권성우 교수님, 함께 공부하며 격려해 준 미주 현대문학 연구회 회원 여러분과 문우들에 게 감사를 드립니다. 그리고 이 책의 출간으로 인한 조그만 영광이 있다면, 이 무모한 작업을 묵묵히 지원해 준 아내 소희와 아빠의 무 모한 열정 때문에 고생한 두 딸에게 돌리고 싶습니다.

차례

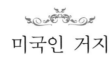

미국인 거지

날이 잔뜩 흐려 비가 올 것 같았다. 이제 엘에이 날씨도 우기에 접어드는 모양이다. 며칠째 세워두었던 차에 시동을 거니 시꺼먼 연기가 쏟아져 나왔다. 다행히 별 이상은 없는 것 같았다. 주차장을 나서자 홈리스가 다가와 손을 내밀었다. 본체도 안했다. 나도 갈 데까지 갔다. 저 홈리스와 나와는 어쩌면 몇 인치 차이도 없을지도 모른다. 딸아이가 치료소에서 내 짐을 챙겨 나오며 마지막으로 한 말이 떠올랐다.

"아빠! 이것이 마지막이에요. 이 돈을 다 쓰기 전 잡을 구하세요. 나에게 다시는 연락하지 마세요. 정말 새롭게 잘 사세요."

딸은 내게 2천 불을 주었다. 차를 몰고 코리아타운으로 가는 동안 딸아이는 사무적으로 몇 마디 말만 했다. 집은 벌써 차압을 당해 넘어갔다고 했고 방을 하나 구해서 한 달치를 미리 주었으며 차도 중고차를 하나 구해 놓았으니 돈 떨어지기 전 잡을 구하라고 했다. 그리고 코리아타운의 오래된 아파트 앞에 나와 짐을 내려놓고 뒤도 안 돌아보고 갔다. 모른다. 혹시 나비 모양의 선글라스 뒤로 눈물을 흘렸는지는. 다만 돌아서 가는 딸아이가 여느 여인과 다름이 없는 뒷모습을 지녔다고 그때 처음 느꼈다는 것밖에는.

아무 짓도 안 하고 집에만 처박혀 지냈는데도 돈은 조금씩 줄어들어 갔다. 이달치 방세를 내고 나니 불과 몇백 불만 남았다. 잠들기 전 이대로 자다가 깨어나지 않았으면 하고 수십 번이나 기도했건만 아침은 어김없이 찾아왔다. 살아있는 동안은 잡을 구해야 했다. 신문의 구인난을 뒤적여 일자리를 찾았다. 미국에 와서 해 본 것은 청소와 마켓일 뿐이다. 리커스토어 캐시어를 구한다는 광고를 보고 전화를 했더니 다행히 오라고 하였다.

코리아타운을 벗어나 110번 프리웨이 남쪽으로 내려갔다. 왼쪽으로 핸들을 잡고 오른손을 감았다 폈다하며 손 운동을 하였다. 술을 끊은 지 6개월이 되어가지만 아직도 긴장하면 손이 떨릴지 모른다. 알코올 중독자라는 것이 금방 탄로 날지 모른다. 임페리알 길로 접어들자 이곳에 한 번 와봤다는 생각이 들었다. 20년 전 흑인 지역에서 마켓을 하나 하려고 아내와 찾아왔던 지역이라는 것을 기억해 냈다. 주변은 그때와 별 달라진 것이 없고 나만 변했다는 생각이 들었다.

만 스퀘어 피트는 넘어 보이는 주차장으로 쓰이는 꽤 넓은 공터에 리커스토아만 달랑 하나 있었다. 그곳이 사내가 알려준 주소의 가게라는 것을 알았다. 무슨 낡은 관공서같이 생긴 가게는 노랑 바탕에 빨간색으로 쓴 리커스토아란 간판 하나만 달랑 달린 체 우두커니 서 있었다. 그리고 가게 출입구 앞에는 키가 큰 늙은 흑인 거지 한 명이 서 있었다. 그가 나중에 알게 된 거지 잭이었다. 그러나 나는 처음에 그를 전혀 주목하지 못했다. 내가 인터뷰에 와서 긴장한 탓도 있었지만 그의 곁을 지나갈 때 그는 여느 거지와는 다르게 내게 "너 잔돈 있으면 줄래?"라든가 "25전 있으면 줘"라는 말을 하며 비굴한 눈으로 나를 쳐다보지 않았기 때문이다. 단지 눈을 마주치며 "올 라잇!"이라고 점잖게 인사를 했을 뿐이었다.

사장은 목소리에 비해 훨씬 젊었다. 사십 대 중반으로 보였다. 나는 주눅이 들었다. 자기보다 열 살이 훨씬 넘은 나를 부리기가 거북하여 안 쓸지도 모른다고 생각했다. 그는 우선 나에게 경험이 있느냐고 물었고 나이와 가족관계를 물었다. 나는 59살이라고 말했고 아내와는 사별했고 지금 딸아이와 함께 살고 있다고 했으며 몇 년 전까지 가게를 운영한 적이 있다고 말했다. 그는 사장을 하신 분이 급여가 낮은데도 여기서 일할 수 있겠느냐고 물었고 내가 괜찮다고 하자 더 이상 물어볼 것도 없다는 듯 내일부터 나오라고 하였다. 안경 너머로 보이는 눈빛이 꽤 날카로웠으나 보기보다는 시원시원하였다.

그날 밤 잠이 오지 않았다. 마치 시간이 거꾸로 흘러 미국에 처음

온 때로 돌아간 것 같았다. 30여 년 전 미국에 와서 청소만 하다가 마켓 일을 배워 마켓을 하나 해보라는 주위의 권고로 마켓에 스탁맨으로 취직을 했던 때가 생각났다. 그때는 희망이 있었다. 지금은 백발이 성성한 늙은이가 되어 다시 마켓 캐시어로 취직을 하였다. 그리고 아무런 희망이 없다. 모두들 내 곁을 떠났다. 사랑했던 아내도 친구도 그리고 딸아이까지. 몇 개월 만에 다시 술 생각이 났다. 한국 마켓에 가서 딱 소주 한 병만 사다 마시고 싶은 생각이 간절했으나 치료소에서 만난 최씨가 나를 배웅하면서 한 말이 떠올랐다.

"김형. 다시는 이런 곳에서 만나지 맙시다. 다시 이곳에 돌아오지 말고 잘 사시오."

뒤척이다 술을 파는 시간을 넘긴 두 시가 넘어서야 비로소 잠이 들었다.

나는 오후에 일했다. 주차장에 차를 세우고 가게로 들어가는데 입구에 어제와 다름없이 잭이 서 있었다. 나는 비로소 그를 유심히 보았다. 그는 6피트가 넘는 키에 체구도 건장하였다. 그리고 자세히 보니 마치 흑인 숀 코널리를 연상시킬 정도로 잘 생긴 얼굴을 지니고 있었다. 당장에라도 남루한 옷을 벗어 던지고 옷만 잘 입는다면 매력 있는 신사로 보일 정도였다. 그는 나를 알아보는 듯 미소를 지며 이번에도 올라잇! 하고 인사를 하였다. 나는 이런 거지에 대해서 잘 알고 있다. 처음에 미국에 왔을 때 세계에서 가장 잘 사는 나라라는 미국에 거지가 많은 것에 놀랐다. 나중에 안 일이지만 미국 거지들은 가난 때문에 길거리로 내몰린 한국의 거지와는 다르게 대부분 마약중독자나 알코올 중독자들이라는 것을 알았다. 잭도 그 중의 하나일 것이다. 저처럼 가게 앞에 서서 동냥질을 해서 모은 돈으로 술을 사 마시거나 코케인 등의 마약을 살 것이다. 이런 사실을 알고 난 후 나는 미국 거지들에게 절대 돈을 주지 않는다.

사장은 내가 나오자 가게 일에 대해 설명해 주었다. 세 시에는 같이 캐시어를 도와줄 몽고 여자가 하나 올 것이며 저녁 6시에는 맥주 등을 쿨러에 채울 스탁맨인 멕시칸 젊은 아이가 한 명 올 것이라고 했다. 몽고 여자는 35살인데 아주 야무져서 같이 일하는 데 큰 불편함이 없을 거라고 했다. 시간이 되자 몽고 여자가 왔는데 생김새로는 여느 한국여자랑 구별할 수 없었다. 이름이 씨씨라고 했다. 사장이 가고 씨씨와 나랑 남게 되자 이 지역은 위험하지 않느냐? 훔쳐가는 놈들은 없느냐? 등 몇 가지를 씨씨에게 물었다. 씨씨는 좀도둑은 많은 편이나 아직 일하는 동안 강도를 당한 적은 없다고 했다. 그러나 이 일대가 갱들의 세력 다툼 지역이어서 근처에서 가끔 갱들 간에 총격전이 있다고 했다. 담담하게 말하는 그녀에게 내가 이런 데에서 일하는 것이 무섭지 않으냐고 물었더니 그녀는 어차피 산다는 것이 위험한 일이 아니냐고 냉소적으로 말했다.

그래. 어차피 산다는 것은 위험한 일인 줄도 모른다. 씨씨는 징기스칸의 딸처럼 야무졌다. 그녀는 몽고의 국립대학에서 러시아어 강사를 하다가 몽고에서 공산정권이 붕괴되자 그만두고 미국으로 넘어왔다고 했다. 그녀의 아버지는 공산당의 간부였는데 공산정권이 붕괴되자 사직하고 시골로 돌아가 조상 대대로 해 온 유목업을 하고 있다는 것이다. 이러한 집안의 전력 때문에 그녀는 미국에 와서 망명 비자로 영주권을 얻었다고 했다. 공산국가의 간부의 딸이 자본주의를 대표하는 나라에 와서 망명비자를 얻는다는 것이 나는 좀 아이러니하다고 느꼈다. 그녀의 남편은 전기공학을 전공하여 러시아에 유학을 다녀온 엘리트로 몽고의 국영전기공사에서 감독관으로 일했으나 지금은 미국에 와서 한국 사람이 하는 건설업체에서 직접 현장에서 전기공사를 하는 노동자로 일하고 있다고 했다. 내가 몽고에 그냥 살 수는 없었느냐고 묻자 자본주의체제로 바뀐 이후 월 200불 받는 급여로는 아파트 월세를 낼 형편도 안 되어 살 수가 없었다는 것이다.

다람쥐 쳇바퀴 도는 생활이 계속되었다. 나는 오전 11시쯤 일어나 샤워를 하고 밥을 해 먹고 조금 빈둥거리다가 오후 두 시에 가게로 나와 밤 11시까지 일하다가 집으로 돌아가 밥을 먹고 잤다. 피곤한 탓인지 불면증이 사라져 잠을 잘 잘 수 있어서 좋았다. 아무 생각 없이 그렇게 몇 주를 그렇게 보냈다. 사장은 내가 일하는 것이 마음에 들었는지 한 달도 안 되어 급여를 올려주었다. 그리고 나를 깍듯이 선생님이라고 불렀다. 그는 나처럼 별로 말이 없었다. 가끔 퇴근하기 전 몇 마디 말할 기회가 있었는데 그는 80년대 유학을 왔다가 미국에 그대로 눌러 앉아 버렸다고 했다. 군발이 새끼들이 설치는 한국에 돌아가기가 싫었다는 것이다. 나는 그가 가끔 군인 욕을 하는 것이 싫었다. 아마 그는 군대도 안 갔는지도 모른다. 군대에 가 보지 않은 사람들, 총을 한 번도 만져보지 못한 사람들은 인생을 알지 못한다는 것이 나의 지론이다.

잭은 항상 그곳에 서 있었다. 마치 가게의 경비라도 되는 것처럼 가게 출입문 앞 큰 기둥에 서서 오는 손님들에게 올라잇, 올라잇이라고 인사를 했다. 내가 나가서 담배를 피우면 기다렸다가 내가 버리는 꽁초를 주어 피웠다. 이런 일이 몇 번 계속되자 나는 아예 담배를 피우다가 꺼서 버리지 않고 그에게 피우라고 주었다. 손님들은 나가면서 물건 사고 남은 동전을 그에게 주거나 가끔은 지폐를 꺼내 주는 일도 있었다. 어떤 때는 음식을 가지고 와 주는 사람도 있었다. 나는 그 모습을 보다가 어쩌면 이 흑인들이 순박한 사람들일지도 모른다고 생각했다. 잭을 매일 보고도 매일 돈을 준다. 한국사람 같으면 한두 번 돈을 주고 다시는 안 주리라. 때문에 흑인지역 가게에서 죽치는 거지들은 오래간다. 내가 아는 어떤 거지는 한 가게 앞에서 20년을 구걸하였다. 씨씨에게 물어보니 잭은 5년 이상을 가게 앞에서 죽치며 구걸했다고 했다. 그런데 씨씨를 통해 잭에 대해 놀라운 사실을 알았다. 잭은 5년 전에 이 가게의 단골손님이었다고 한다. 더욱이 돈도 많은 부자였는데 어느 날 교통사고를 당하고 몇 달을 병원에서 있다 나온 후로 저렇게 됐다는 것이다. 항간에는 머리를 다쳤다는 소문이 있으나 확실하지 않고 병원에서 나온 후로 저처럼 마약중독자가 되어 재산을 다 날리고 거지가 되었다고 한다. 그리고 원래 이 리커스토아가 10년 전에는 우체국 자리였는데 잭은 이 우체국에서 20년 이상을 일을 했고, 그는 매일 아침 일찍 습관적으로 출근하듯 가게에 나온다는 것이다. 잭은 매일 그렇게 일했다. 손님들에게 항상 웃으며 인사하였으며 올라잇! 올라잇! 이라고 말했다. 가끔 냉정하게 일전도 안 주고 가는 손님에게 그는 섭섭한 듯 "헤이 맨!"이라고 조용히 중얼거렸다. 나는 몇 달 동안 그가 말하는 영어라곤 올라잇과 헤이! 맨 외엔 들어본 적이 없다.

그는 조용한 미국인 흑인거지였다.

　그러나 잭은 밤이 되면 변했다. 어둠이 깔릴 때쯤이 되면 그는
취해 있었다. 아침부터 손님들이 한두 캔씩 사주는 독한 몰트비어
가 서서히 작동하기 시작한 것이다. 그는 술에 취해서, 어느 때는
약에 취해서 비틀거렸다. 갑자기 알 수 없는 괴성을 지르기도 했으
며 혼자서 뭐라고 막 중얼거리기도 했다. 그리고 뭔가가 불안한 듯
자꾸만 시선을 두리번거렸다. 한 번은 가게 안으로 들어와 바깥을
보며 고개를 숙였다 들었다하며 뭔가 흉측한 것을 본 것처럼 두려
움에 몸을 숨겼다. 그가 발작을 시작한 것이다. 손님들은 이 어리둥
절한 광경을 어처구니없는 듯 쳐다보았다. 개중에는 이러한 그의
모습에 익숙해진 듯 "또 시작이네"하면서 입구를 가리는 그를 밀치
고 아무렇지도 않다는 듯 나가는 손님도 있었다. 어느 날 잭이 발작
을 일으켜 가게 안으로 들어와 밖을 살피면서 몸을 숨기는 행동을
했을 때 나는 순간 그가 아주 낯익은 행동을 하고 있다는 것을 알았
다. 그는 전투 중이었던 것이다. 총알이 빗발치는 전쟁터에서 그는
엄폐 은폐를 하며 적과 대치 중이었던 것이다. 내가 그것을 깨달은
순간 무언가 쿵하고 망치로 내 머리를 치는 것 같았다. 그렇다. 그
는 전쟁 후유증을 겪고 있었던 것이다.

　그날 밤 나는 잠이 오지 않았다. 나도 잭처럼 밤새도록 열대 밀림
지역을 헤매면서 네이탄팜 터지는 소리와 소대장의 울부짖는 소리
와 열댓 살 먹은 소녀 베트콩의 찢겨진 사체의 환영들에 시달려야
했다. 다음 날 깨어보니 오후 두 시가 넘었다. 아마 새벽에야 잠이

든 모양이다. 나는 대충 씻고 가게로 나가 잭부터 찾았다. 그는 전날 언제 그런 일이 있었느냐는 듯 여느 때와 다름없이 그 자리에 서서 나를 보고 반갑게 올라잇! 하고 인사를 하였다. 나는 잭에게 담배를 한 대 주며 물었다.

"잭, 너 혹시 월남전에 갔다 왔냐?"

잭은 내 질문에 갑자기 예스. 써어!(yes. sir!)라고 군기가 바짝 든 신병처럼 말했다. 그리고는 그는 자랑스러운 듯 미 해병대 소대 선임하사로 월남에서 7년을 보냈다고 말했다.

"그러면 혹시 어제 너의 발작은 전투 때의 기억 때문이냐?"

내가 묻자 그는 갑자기 괴로운 듯 표정이 일그러지며 말했다.

"나는 잊을 수가 없어. 우리 소대원의 절반이 죽었어."

"미국 거지들의 절반 이상이 전쟁 때 입은 전쟁 후유증으로 정신 이상이 된 사람들이에요."

사장은 내가 잭의 발작이 월남전에서 입은 전쟁 후유증과 연관이 있다고 말하자 이미 알고 있다는 듯 덤덤하게 말했다.

"지금도 마찬가지에요. 우리 조카 놈도 군에 입대해서 작년에 이라크에 갔다가 부상당해서 제대했는데 몸은 멀쩡한데 방구석에 처박혀 나오지도 않고 아주 사람이 이상하게 변해 버렸어요. 이게 다 부시 새끼 때문이에요."

나는 순간 사장이 반전주의자라는 것을 알았다. 반전, 반미. 그는 혹시 80년도 대학 다닐 때 운동권 학생이었는지도 모른다. 반전주의자들. 나는 이런 놈들이 싫었다. 놈들은 전쟁이라곤 좆도 모르면서 떠든다. 이들 중에 실제로 전쟁에 참가해 본 사람은 거의 없다.

총 한 번 안 만져본 놈들이 어떻게 전쟁에 대해 말할 수 있는가? 내게 있어서 전쟁은 생존을 위한 현실이었다. 살아남기 위한 싸움이다. 이것이 인간의 삶이다. 인류역사상 단 하루라도 지구상에 전쟁이 없던 때가 있었던가? 막연한 반전은 너무나 비현실적인 순진한 생각이다.

그때 잭이 들어왔다. 잭은 쿨러에서 몰트비어 캔 하나를 들고 와 카운터 앞으로 와서 반갑게 나를 보고 소리 질렀다.

"킴! ROK 마린!"

ROK은 리퍼블릭 오브 코리아의 약자로 ROK 마린은 대한민국 해병대라는 뜻이다. 내가 전날 잭에게 나도 대한민국 해병대로 월남전에 갔다 왔다고 말해준 이후로 그는 내게 각별한 친밀감을 드러냈다. 사장이 이를 듣고 내게 물었다.

"김 선생님도 월남전에 참전했어요?"

나는 그저 고개를 끄덕이며 긍정만 하였다.

"월남전 때 우리 한국 군인이 민간인들 많이 죽였다면서요?"

사장은 예의 그렇듯이 툭하고 말을 내뱉었다.

"월남전에 민간인이 어딨어?"

나는 버럭 소리를 질렀다. 사장이 깜짝 놀란 듯이 나를 쳐다보았다.

"아니, 김 선생님 왜 화를 내세요. 저도 외삼촌이 월남에 갔다 왔는데 그랬다고 해서……."

그는 내 표정이 심상치 않다고 느꼈는지 더 이상 말하지 않았다.

"월남전에 민간인이 어딨어!"

그대로 최 병장의 발길질이 내 복부로 날아왔다. 나로 뒤로 발라당 나동그라졌다.

"너 때문에 우리 분대가 작살날 뻔했잖아. 일어서 새끼야."

나는 용수철처럼 일어나 최 병장 앞에 섰다. 이번에는 엠16 개머
리판으로 내 철모를 내리쳤다. 나는 또 넘어졌다. 그 순간 차라리
내 두개골이 깨져 영원히 이 고통을 끝내 주었으면 하는 생각이
들었다.

"뭣들 하는 짓이야! 취침들 안 하고!"

소대장이 자다 말고 반바지 차림으로 나왔다.

"이 새끼 때문에 어제 작전 다 망칠 뻔 했잖아요. 콩까이 베트콩
을 보고도 쏘지도 못하고……."

최 병장이 소대장에게 씩씩거리며 말했다.

"보고 들었어. 내 나중에 문책 여부는 생각해 볼 것이니 그만 들
어가 자. 오늘 밤 또 작전이 있을 줄 모르잖아."

"알았습니다. 근데 저 새끼 작전에는 빼 주세요. 큰 사고 칠 놈이
에요."

최 병장은 마지못해 소대장의 말을 듣는 듯 말했다.

처음으로 나가 본 매복이었다. 작전 지역 일대의 민가를 다 소거
했음에도 불구 계속 희생자가 나왔다. 어제는 정찰 나갔던 3분대
박 일병이 당했다. 소대장은 베트콩이 땅굴 속에서 은거하고 있음
이 틀림없다고 했다. 우리가 먼저 매복하여 놈들의 근거지를 찾아
내야 한다. 작전명령은 01시에 하달되었다. 4킬로를 야간 행군하여
매복지에 도착하였다. 나와 최 병장이 한 조가 되어 텐트를 치고
참호를 파는 작업을 끝내니 04시가 되었다. 최 병장이 수통의 마개

를 열었다. 갑자기 독한 양주 냄새가 텐트 안에서 진동하였다. 그는 작전 중에도 늘 술을 차고 다녔다. 우리 소대 최고참인 그를 분대장도 함부로 하지 못하였다. 그는 원래 지난달 귀국할 수 있었으나 일 년을 더 연장하였다고 한다. 그는 전남 함평에서 농사를 짓다 해병대에 입대하였다. 소작농을 지어 일 년간 버는 것보다 한 달 치 월급이 더 많은 현실은 죽음의 공포도 잊게 만드는 것일까? 모두가 돈 때문이었다.

"너도 한 대 필래?"

최 병장이 꼬부쳐 둔 켄트 담배 한 대를 내밀었다.

텐트 안으로 구수한 담배 연기가 퍼졌다.

"나 좀 눈 좀 붙일 테니까 근무 똑바로 서거라. 상황 있으면 깨우고."

그가 배낭을 끼고 돌아누웠다. 나는 텐트 바깥으로 나가 가슴 깊이까지 파인 참호로 이동하였다. 아직 밖은 칠흑같이 깜깜하였다. 동이 트려면 한 시간은 더 있어야 할 것 같았다. 모두가 돈 때문이었다. 나도 마찬가지였다. 아버지가 돌아가신 후 더 이상 학교를 다닐 수가 없었다. 가정교사를 해서 번 돈으로 내 학비보다 집안의 생활비를 먼저 대야 했다. 월남에 가면 전투수당만 한 달에 백 불이 넘는다는 소문에 휴학계를 내고 해병대에 지원하였다. 삼 년만 근무하면 급여의 절반은 어머니에게 생활비조로 보내고 나머지 모은 돈으로 복학할 수 있으리라. 그러나 만일 죽는다면……. 어머니……. 동생 영민과 지순이 생각이 났다. 어차피 명은 하늘이 정해준 것 아닌가? 박 일병이 죽었다는 소식이 처음엔 실감이 나지 않았다. 월남에 와서 내가 아는 대원의 첫 죽음이다. 그러나 오늘 벙키에서 그의 침상 앞을 지날 때 애인과 다정하게 찍었던 사진이 아직 붙어

20

있는 것을 보고 갑자기 욕지기가 날 것 같았다. 나는 그때 처음으로 죽음의 공포를 느꼈다. 죽음이란 사랑하는 사람과의 이별을 뜻하는 것이라고 그때 처음 알았기 때문이다. 서서히 동이 터왔다. 개활지를 가로 질러 멀리서 농가가 보이고……. 그러나 그 농가는 더 이상 사람이 살지 않는다. 어제 3분대가 작살을 내 버렸다고 했다. 작전을 끝내고 돌아온 그 살기 어린 눈들을 잊을 수가 없다. 위장복 곳곳에 피가 묻어 있었다.

"잘했어. 우리 대원이 한 명 죽을 때마다 열 명씩 죽인다. 모조리 작살을 내버려! 그래서 소문이 퍼져야 놈들이 우리를 피해가지."

보고를 받은 소대장의 눈에도 살기가 등등하였다. 모두들 미쳐 가고 있는지 모른다. 수통에 숨긴 술을 들이키며 "어차피 전쟁은 맨 정신으론 할 수 없는 거야"라고 말했던 최 병장의 말이 맞을지도 모른다. 순간 나는 갑자기 심장이 얼어붙는 것 같았다. 뭔가 인기척을 느꼈기 때문이다. 불과 50미터도 안 되는 지근거리의 숲에서 움직이는 것이 있었다. 사람이었다. 나는 순간 알았다. 베트콩이다. 나도 모르게 엠16의 조준경을 바짝 잡아당겼다. 그러자 베트콩의 얼굴이 한 눈에 들어왔다. 그 순간 나도 모르게 방아쇠에 걸었던 손가락에 힘이 풀렸다. 여자였다. 아니 정확히는 열네댓 살 먹은 소녀였다. 나는 방아쇠를 당길 수가 없었다. 혹시 민간인인지도 모른다. 그녀는 내가 있는 쪽으로 다가왔다. 논두렁을 살짝 건너 두리번거리다 천천히 내가 있는 쪽으로 다가왔다. 불과 이십 미터도 채 안 되리라. 나는 그제야 최 병장의 발에 감아 놓은 줄을 당겼다. 그리고 다시 손가락을 방아쇠에 가져갔다. 그 순간 그녀와 눈이 마주쳤다. 그 겁에 질린 큰 눈을 보고 나는 도저히 방아쇠를 당길 수 없었다. 그녀의 큰 눈이 토끼 눈처럼 동그랗게 변하는 순간 그녀가 갑자기 달아나며 호루라기를 불었다. 요란한 엠16의 사격소리가 들렸다. 최 병장이었다. 소녀는 잽싸게 논두렁을 가로질러 숲 속으로 사라졌다.

"뭐야 새끼야! 왜 안 쐈어?"

최 병장이 씩씩거리며 내게 물었다.

"민간인일지도 모르잖아요."

워커발이 면상으로 그대로 날아왔다.

"월남전에 민간인이 어딨어!"

어느 날 출근하니 잭이 보이지 않았다. 사장에게 물으니 경찰에 잡혀갔다고 했다.

"경찰 놈들 지네들 마음대로예요. 평상시에는 거지같은 것은 귀찮아서 잘 잡아가지도 않는데 심심하면 잡아가기도 해요. 정작 우리가 필요해서 부르면 잘 오지도 않고……. 잭은 금방 나올 거예요. 원래 그렇게 수시로 잡혀갔다 나왔다 해요."

사장은 마치 내가 잭을 걱정해서 묻기라도 한 듯 그렇게 말했다. 씨씨가 나오자 사장이 물었다.

"씨씨, 잭이 가게 앞에 서 있는 것이 우리 가게에 도움이 되나?"

씨씨가 잠시 생각하다가 말했다.

"그런 것 같아요. 손님에게도 다른 거지처럼 귀찮게 구걸하지도 않고……. 밤 9시 이후에는 손님이 끊겨 너무 적막한데 끝까지 서 있어 일종의 경비 역할까지……."

나도 알고 있다. 원래 밖에 거지들이 서 있는 가게는 강도들이 잘 들지 않는다는 것을.

"필요악이라 이거지."

사장이 말했다.

다음 날 잭이 경찰서에서 풀려나오자 사장이 잭을 불렀다.

"잭, 너 오늘서부터 여기서 일해. 저녁 때 주차장을 쓸고 끝날 때 주차장 게이트 철문을 닫아. 그게 네 일이야. 임금은 하루에 몰트 비어 맥주 하나, 그리고 끝날 때 2불 주지. 임금이 싼 대신 경찰이 오면 잭 네가 여기서 일 한다고 말해 주지. 그러면 경찰이 더 이상 너를 잡아가지 않을 거야."

잭은 입이 귀밑에까지 찢어지며 사장에게 탱큐 써어!를 연발하였다. 나는 미국에서 일당 2불짜리 잡을 얻고 그토록 좋아하는 사람은 아마 잭 외에는 없을 것이라 생각했다.

나는 밖에 나가 담배를 피우다가 빗자루로 가게 앞을 쓸고 있는 잭에게 말을 걸었다.

"잭. 너 잡을 얻어서 좋냐?"

"예스. 써어!"

"이번 기회에 너도 약을 끊고 제대로 살아보지 그래?"

"킴, 나 다음 주부터 재활교육 받으러 가. 약을 끊어야겠어."

그는 정말 진지하게 말했다.

"그런데 잭, 너는 왜 약에 손대게 된 거야?"

내 질문에 갑자기 그의 표정이 어두워졌다.

"잠을 잘 수가 없었어."

잠을 잘 수가 없었다. 나는 밤새도록 불면증에 시달렸다. 내게 무슨 일이 생긴 것일까? 가장 큰 변화는 딸아이가 집을 나간 것이다. 나는 딸아이가 졸업한 후 엘에이의 로펌에 취직하여 엘에이로 온다는 소식을 듣고 서둘러서 집을 샀다. 20여 년간 제대로 된 정원 하나 없는 타운의 타운하우스에서 정신없이 살아온 우리 가족…… 딸아이는 초등학교 때부터 가게에 나와 내 일을 도왔다. 너무도 착하고 말썽 하나 없이 공부만 잘했던 우리 딸아이. 이제 명문대인 버클리를 졸업하고 어엿한 변호사가 된 딸아이에게 좋은 선물을 하고 싶었다. 책을 좋아하는 딸아이를 위해 큰 서재가 있고 정원이 있는 좋은 집을 사자. 아내는 집값이 너무 올라서 난리인데 집을 산다고 말렸지만 내 고집을 꺾을 수는 없었다. 그러나 딸아이가 엘에이로 내려와 새 집에 와서 제 방을 보고 "원더풀. 아빠 너무 좋아요. 그러나 저 이 집에 살 수 없어요"라고 했을 때야 나는 집을 잘못 산 것을 알았다. 딸아이가 다닐 로펌은 집에서 40분 이상 걸려 딸아이는 벌써 회사 근처에 콘도를 하나 구했다는 것이다. 그러나 그건 하나의 핑계였고 이제 딸아이도 다 커서 더 이상 부모와 함께 살려고 하지 않는다는 것을 나중에 알았다.

나는 딸아이가 오자마자 다시 짐부터 꾸려야 했다. 웬만한 것은 버리지 않고 꼭꼭 챙겨두는 아이의 습성에 따라 제법 짐이 많았다. 그 아이가 어렸을 때 가지고 놀았던 바비 인형부터 두툼한 법전에 이르기까지 나는 하나도 버리지 않고 차곡차곡 챙겼다. 내 밴을 가지고 세 번이나 날라 이사를 끝냈다. 마지막으로 그 애가 아끼던 전자 오르간을 가지고 콘도의 계단을 오를 때 갑자기 허리가 삐끗하였다. 얼굴이 하얗게 질린 나를 보고 딸아이는 "아빠! 아유 오케이?"라고 물었지만 나는 괜찮다고 했다. 그리고 하마터면 눈물을 흘리며 '아빠는 괜찮아. 네가 다시 집으로 간다고 하면 당장에라도 이 짐 전부를 도로 들고 내려갈 수도 있어. 너 다시 생각해 볼 수는 없겠니? 네가 시집갈 때까지 만이라도 내 곁에서 살 수는 없겠니?' 라고 말할 뻔했다.

딸아이가 가 버린 집은 우리 내외에겐 너무 컸다. "그러길래 내 뭐랬슈?"라고 말하는 아내에게 "입 닥치지 못해!"라고 나는 버럭 소리를 질렀다. 그리고는 그날 이후로 나는 심하게 앓았다. 아내는 몸살이라고 하면서 병원에 가보라고 했지만 나는 알았다. 몸살보다 더 심한 병이 내게 생겼다는 것을. 약으로도 못 고치는 심한 병이 생겼다는 것을. 그날 이후로 나는 잠을 잘 수가 없었다. 마치 시위를 떠난 화살이 끝없이 하늘을 나르다가 어느 날 과녁에 박혀 버린 것처럼 나는 어딘가에 처박혀 더 이상 날아가지 못할 것이라는 것을 알았다. 나는 지난 40여 년간 정신없이 살아왔다. 그날 이후로 정신없이 살아온 것이다.

최 병장에게 얻어맞은 후유증으로 온몸이 욱신거리는 고통에서 헤매고 있을 때 분대장인 정 하사가 소대장이 나를 찾는다고 했다. 소대장실로 가니 소대장은 전령마저 밖으로 보내고 단둘이 남게 되자 내게 물었다.

"김 이병. ＊＊대학 다니다가 왔니?"

나는 의외로 다정한 그의 목소리에 오히려 긴장이 더 되어 군기가 바짝 들어 말했다.

"예. 그렇습니다."

"목소리 낮추고 내 말 잘 들어. 내가 ＊＊대학 65학번 너의 선배야."

소대장은 졸업 후 해병대 간부후보생에 지원하여 장교로 임관하고 월남에 왔다고 했다. 그는 군대 상관이 아니라 학교 선배로서, 인생 선배로서 충고하는데 어제 작전에서처럼 행동하면 살아서 귀국할 수가 없다고 했다. 내가 원한다면 전투 부적격자로 판정을 내려 중대에 보고하면 어쩌면 의가사제대를 할지도 모른다고 했다. 그러나 그렇게 되면 제대 후에 제대로 된 직장에 취직하기가 어려울 것이라고 했다. 군대 와서 잘못하면 인생낙오자가 될지도 모른다는 것이다. 그러니 이 전쟁에서는 무조건 살아남아야 한다고 했다. 그러려면 무조건 적을, 또는 적이라고 생각되는 것들을 죽여야 한다고 했다. 그리고 내일부터 자신의 전령으로 인사명령을 내릴 터이니 자기랑 같이 복무하자고 했다. 나는 월남에 갓 와서 전투 경험은 없지만 전투 중에 제일 먼저 죽는 것은 무전병이라는 것을 잘 알고 있었다. 수색 중에도 '탕'하고 한 방의 에이케이 소총 소리가 나면 전령이 먼저 쓰러진다. 놈들은 매복해서 있다가 무전병부터 조준 사격을 하는 것이다. 그러나 나는 주저하지 않고 소대장에게 그러겠다고 했다. 그리고 그날 이후 소대장의 말대로 살아남기 위해서 민간인이건 베트콩이건 무조건 갈겨 버렸던 것이다.

프리웨이에서 내려 가게 주차장으로 들어서려는데 경찰차가 입구를 막아서고 있었다. 무슨 일이 일어난 것 같았다. 사이렌 소리를 요란하게 울리며 경찰차들이 잇따라 가게 주차장으로 들어갔다. 나는 할 수 없이 차를 동네 길모퉁이에다 주차하고 걸어서 가게로 향했다. 주차장 입구에는 벌써 경찰들이 노란 테이프를 두르고 바리케이드를 치며 출입을 봉쇄하기 시작했다. 내가 들어가려고 하자 한 경찰이 들어올 수 없다고 했다. 나는 여기에서 일하는 사람이라 했더니 할 수 없다는 듯 한 쪽 바리케이드를 제쳐 열어 주었다. 나는 주차장을 가로질러 가게로 향하였다. 순간 가게 앞에 주차된 검정색 캐딜락이 눈에 들어왔다. 그리고 운전석에서 열려진 창문을 통해 힘없이 늘어진 팔과 함께 고개를 핸들에 기대어 반쯤 숙이고 있는 한 흑인 젊은이를 보았다. 귀 옆의 관자놀이에는 작은 구멍이 뻥 뚫려 있었고 피가 목을 타고 흐르고 있었다. 나는 그가 그 자리에서 즉사했다는 것을 알았다. 반쯤 열린 입이 어! 하고 순간 일어났던 너무도 황당한 일을 증언하려고 했던 것처럼 보였다. 가게로 들어서니 항상 침착하던 사장도 정신이 없는 듯이 보였다. 내가 어떻게 된 거냐고 물었다.

"갱들의 짓이에요. 한 일 년간 잠잠하더니……."

그는 안절부절 못하며 CCTV에 녹화된 주차장의 사건 장면을 계속 돌려보고 있었다.

"바로 이 장면이에요. 보세요."

나는 그가 가리키는 화면을 보았다. 사건은 내가 가게에 도착하기 전 30분 전에 발생한 것 같았다. 밖의 주차장에서 보았던 캐딜락으로 가게에서 물건을 사고 나온 흑인 손님이 걸어갔다. 그가 차에 타자마자 누군가 차 뒤에서 그에게로 다가와 권총을 쐈다. 그리고 차 뒤쪽으로 달아나 기다리고 있던 흰색 차를 타고 도주했다. 놈은 손님이 나오기를 밖에서 기다리다 암살한 것이다.

"무슨 개인적인 원한관계일까요?"

"아닐 거예요. 서로 다른 갱들의 보복살인일 거예요. 일종의 구역 다툼 같은 거죠. 한동안 잠잠했었는데 다시 시작하면 골치 아픈 데……."

경찰들이 가게 안으로 들이닥쳤다. 경찰은 사장에게 CCTV에 녹화된 장면을 보여 달라고 했다. 사장은 순순히 경찰에게 협조했으며 DVD로 녹화를 카피하여 넘겨주었다.

"오늘 장사는 다 한 것 같아요. 아마 경찰이 가려면 몇 시간 걸릴 거예요. 경찰에게 협조할 것은 다 해 주고 가게 정리나 하다가 들어가세요."

사장은 속히 매우 상한 듯 어두운 표정으로 퇴근해 버렸다. 경찰은 사건이 일어난 시간에 가게 안에 남아 있던 손님들을 대상으로 탐문수사를 벌였다. 그 중에 잭은 없었다. CCTV를 다시 보니 잭이 가게 앞에 서 있다가 총소리를 듣고 오른쪽 주차장 출구로 달아나는 것이 보였다. 조금 후에 씨씨가 왔다.

15년 전 갱단의 두목이 데리고 있던 부하의 여자를 건들었다. 그 부하는 어느 날 이 두목을 쏴 죽이고 자신을 따르는 동료 갱 몇 명과 함께 조직을 떠나 새로운 조직을 만들었다. 그러자 죽은 두목의 동생이자 부두목이 이들을 추격하여 부하의 여자를 포함한 몇 명을 죽였다. 이 전쟁 와중에서 오히려 두목을 죽인 부하가 경찰에 체포되었다. 그가 감옥에서 15년을 살다가 작년에 나왔다. 그 후로 다시 전쟁이 시작되었다. 이상이 씨씨가 내게 말해 준 갱들의 전쟁 스토리였다. 한쪽은 상징으로 붉은 색을 쓰고 다른 쪽은 파란색을 쓴다. 우리 가게는 파란색 갱의 구역인데 붉은 색의 갱이 오늘 사건을 벌인 것 같다는 것이다. 그녀는 손님들에게 주위들은 이야기를 흥분하여 내게 들려주었다. 작년에 그가 출소되고 난 후 일대의 곳곳에서 갱들 간에 전쟁이 있었다는 것이다. 한동안 잠잠하더니 다시 시작된 것 같다는 것이다.

서너 시간 후 경찰이 철수하였다. 적막한 밤이 찾아 왔다. 술을 하루라도 안 마시고는 살 수 없는 몇 명의 알코올중독자 외에는 손님이라곤 없었다. 9시가 넘자 완전히 인적이 끊겼다. 평소 같으면 맥주 한두 캔을 사서 주차장에서 밤늦도록 잡담을 나누다가 돌아가는 동네 할 일 없는 노인네들조차 보이지 않았다. 조금 일찍 문을 닫으려는데 누군가가 어둠 속에서 가게를 향해 걸어왔다. 잭이었다. 그는 이미 많이 취해 있었다. 불안한 눈으로 사방을 두리번거리다가 나를 보고 술을 달라고 말했다. 내가 낮에 사건을 목격했냐고 묻자 그는 중얼거렸다.
"총소리가 났어. 그리고 죽었어. 그뿐이야."

'탕'하고 한 방의 아카보 총소리가 울렸다. 소대장의 명령을 하달하러 온 내 옆에서 지도를 들여다보던 1 분대장 김 하사가 욱! 하고 엎어졌다. 지도 위로 삽시간에 시뻘건 피가 번져나갔다. 뒤이어 요란한 총소리가 울렸다. 나는 본능적으로 땅 바닥에 몸을 엎드렸다. 김 하사의 허리가 몸에 닿았다. 내가 몸을 흔들며 그를 불렀으나 대답이 없었다. 심장을 그대로 관통한 듯 시뻘건 피만이 가슴 밑으로 쉴 새 없이 흘러내렸다. 나는 이 저격이 나를 노린 것이 틀림없다고 느꼈다. 삽시간에 죽음의 공포가 밀물처럼 몰려왔다.

"좆같은 베트콩 새끼들!"

내가 1분대장이 죽었다고 보고하자 소대장의 욕설이 튀어나왔다. 잠시 후 마치 짐승이 내는 듯한 신음소리와 함께 정적이 흘렀다. 그가 울고 있는 것일까?

"장 병장을 바꿔."

장 병장은 1분대 최고참 병장이다. 나는 장 병장을 찾았다.

"지금부터 내 말 잘 들어. 지금 이 순간부터 알파는 장 병장이 지휘한다. 김 하사의 시신을 나중에라도 쉽게 찾을 수 있는 곳에 매장하고 참호를 구축하고 매복에 들어가 오늘 밤 손님 맞을 준비를 하라. 최대한 참호는 폭격에 엄폐할 수 있도록 깊숙이 파고 짱박혀 명령을 기다릴 것."

나는 무전기를 장 병장에게 인계한 후 다시 소대 지휘소로 향했다. 베트콩이 계속 쫓아오며 내 뒤통수를 노리는 것 같았다. 쫓기는 짐승처럼 황급히 소대 지휘소로 돌아오자 소대장은 중대로부터 날아오는 무전을 받기에 정신이 없었다. 다급한 중대장의 목소리가 흘러나왔다.

"최대한 버텨서 살아남아라. 작전이고 뭐고 없다. 수단 방법을 가리지 말고 살아남아라."

소대장의 얼굴이 일그러졌다.

"니기미 씨발. 나보고 어떡하라고!"

소대장은 3분대를 직접 지휘하여 참호구축 작업을 시켰다.

"최대한 깊숙이 파라. 너희 대갈통 위로 폭탄이 터져도 짱박혀 살아날 수 있도록."

구정이 가까워지자 분위기가 심상치 않았다. 눈에 띠게 적의 정찰활동이 늘어났다. 소대에 벌써 월맹군 여단급 규모의 대공세가 임박했다는 소문이 파다하였다. 소대원들의 얼굴에 차츰 웃음기가 사라졌다. 최 병장조차도 괜히 복무 연장한 것 같다고 투덜거리기 시작했다. 소대에 서서히 죽음의 공포가 스며들기 시작했다. 직감적으로 드디어 오늘 밤 적이 대규모로 몰려올 것이라는 느낌이 들었다.

딸아이가 집을 나간 후 나는 거의 일을 안 했다. 가게는 아내에게 맡기고 하루 종일 집에 틀어 박혀 밖으로 나가질 않았다. 지난 30여 년간 참으로 정신없이 살아왔다. 어떤 강박관념이 나를 끊임없이 쫓아왔고 나는 그런 망령에서 벗어나기 위해서 계속 도망 다니 듯 세월을 살아왔다. 딸아이가 집을 나가자 나는 이제는 도망갈 힘마저 더 이상 내 몸에 남아있지 않다는 것을 느꼈다. 갑자기 한국에 나가 보고 싶었다. 근 이십 년 만에 귀국을 한 나는 공항에 내리자마자 해병대 월남참전 동지회를 찾았다. 수소문 끝에 소대장과 연락하여 만날 수 있었다. 나는 그를 보자 너무도 변해 버린 모습에 큰 충격을 받았다. 근 삼십 년 만에 만나 어느 정도 세월의 무게는 예상했지만 예상보다 훨씬 늙어 버린 모습에다 행색마저 초라해 보였다. 한때는 전쟁영웅 칭호를 들으며 화랑무공훈장까지 받아 제대를 하지 않고 계속 복무를 하면 별 하나는 무난히 딸 것이라는 소리를 들었던 소대장은 웬일인지 귀국하여 대대장까지 하다가 예편해 버렸다. 소문에는 사단에서 주척한 부대 회식자리에서 술에 취해 장성들에게 행패를 부렸다는 소리가 들렸다.

"월남전은 이제는 잊혀진 전쟁이야."

그가 연거푸 소주잔을 비우며 말했다.

"차라리 잊혀진 전쟁으로 빨리 사람들의 기억 속에 사라져 버렸으면 좋겠어. 그런데 월남전에 대해 좆도 모르는 놈들이 요즘 와서 더 떠든단 말이야. 최근에 어떤 신문에서는 미군이 행한 6·25때 노근리 학살 이상으로 우리 한국군이 월남에서 양민을 학살했다고 몇 일째 특집으로 다루기도 했어. 월남전에 파견된 한국군은 순전히 미국의 용병으로 월남에 가 갖은 만행을 저질렀다는 게야. 다 정권이 바뀌니까 도처에서 빨갱이에 물이 들은 놈들이 지껄여 대는 거야."

그러면서 그는 그런 꼴 안 보고 미국에 사는 내가 부럽다고 했다. 그리고 자기 얘기도 했다. 20여 년째 술을 안 마시고는 하루도 살 수 없다고 했다. 심한 알코올 중독자라는 것이다. 군대 예편한 후 직장이라곤 가져본 적이 없고 연금으로만 살아가고 있다고 했다. 최근에 인터넷을 보다가 자신이 전쟁후유증을 앓고 있다는 것을 알았다고 했다. 그 후로 자신과 비슷한 증상을 갖고 있는 사람들끼리 인터넷 카페를 만들어 활동하고 있다는 것이다.

"우린 피해자야. 우리 목숨의 대가로 박정희가 미국에서 10억불 받은 돈으로 70년 대 초 한강의 기적을 일궈냈어. 5천 명이나 죽었어. 그 피 흘린 대가로 이만큼 살게 됐는데 이제 와서 우릴 무슨 죄인 취급하는 거야."

한국에 갔다 온 후로 나는 더욱 잠을 자기가 힘들어졌다. 처음엔 시차 때문이라고 생각하였으나 일주일 이상 증상이 계속되어 할 수 없이 병원에 갔다. 의사는 내 나이에 흔히 있는 우울증이라고 하면서 몇 가지 약을 처방하였다. 그러나 나는 약보다 술을 마시기 시작했다. 처음엔 약한 와인에서 시작해서 차츰 독한 양주로 조금씩 양을 늘려갔다. 알코올이 몸에 퍼져 몸이 나른해지고서야 잠이 왔다. 그러자 이번에 낮이 문제였다. 물건이 떨어져도 도매상에 가서 사 놓지도 않는 등 장사에 거의 신경을 쓰지 않자 가게의 손님도 차츰 줄어갔다. 가게에 나가 할 일도 별로 없었다. 왠지 모를 불안감이 나를 사로잡았다. 카운터에 아내만 남겨두고 술 창고로 들어가 술을 마시기 시작했다. 아내는 처음엔 불면증 때문에 내가 어느 정도 술을 마시는 것을 용인하는 듯 했으나 낮에도 술을 마시기 시작하자 잔소리를 하기 시작했다. 부부싸움도 늘어갔다. 하루는 아침부터 술에 취해 손님과 싸우는 나를 보고 아내가 말리다가 눈물을 흘리며 마침내 딸아이를 불렀다. 딸아이가 달려와 동그랗게 놀란 눈으로 나를 보고 말했다.

"아빠. 어찌된 일이에요. 아빠 왜 이렇게 됐어요?"

나는 몇 달 사이에 심한 알코올중독자가 돼 버린 것이다.

주차장에서 총격 살인사건이 발생한 후 이틀 날에는 인근 주유소 앞에서 보복 총격사건이 발생했다. 이번에는 블루가 레드 갱 멤버를 살해한 것이다. 다음 날에는 다시 레드가 블루를, 이런 식으로 며칠간 갱들 간에 전쟁이 계속 되었다. 가게에는 급격히 손님이 줄어만 갔다. 밤에 일찍 인적이 끊겨 손님이 없는 것은 물론이고 낮에도 사람들이 위험하다고 잘 돌아다니지 않았다. 오로지 경찰차만이 사이렌을 울리며 전에 보다 자주 돌아다닐 뿐이었다. 경찰들은 가끔찍 가게에도 들이닥쳐 술을 사가지고 나오는 손님들을 벽으로 몰아세우고 몸수색을 하기도 했다. 그때마다 잭은 빗자루를 가지고 가게 앞을 쓰는 체 했다. 하루는 경찰이 잭을 붙잡고 들어와 사장에게 이 사람이 가게에서 일한다는데 맞느냐고 물었다. 잭은 나와 사장을 최후의 심판을 기다리는 죄인처럼 번갈아 애절한 눈빛으로 바라보았다. 사장이 그렇다고 하자 경찰은 잭을 풀어 주었다. 사장은 경찰이 나가자 한심하다는 듯 말했다.

"이 미국이라는 나라 정말 한심한 나라야. 이 흑인지역 젊은이 중 절반이 감옥에 가 있어요. 이처럼 문제가 많은 나라인데 자기네 나라 문제에는 신경 안 쓰고 밤낮 남의 나라 문제에는 감나라 배나라하며 간섭하고 있으니……. 툭하면 전쟁 일으켜 창고에 처박혀 폐기처분 될 무기나 재고처리하고……."

키신저와 레둑토의 파리회담이 결렬로 끝난 후 미군의 대대적인 공습이 시작되었다. 네이탄 팜 터지는 소리가 소대 진지까지 들려왔다. 혹시 종전이 되어 조기에 귀국할 수 있을지 모른다는 기대는 물거품으로 돌아갔다. 베트콩들은 미국의 대대적인 공습에 전혀 아랑곳 하지 않는다는 듯 오히려 눈에 띠게 활동이 늘어만 갔다. 포로를 잡아 신문해 보니 올 구정을 전후해서 월맹 정규군의 대대적 반격이 계시될 거라는 정보를 입수했다는 소문이 나돌았다. 오늘이 그날일지도 모른다. 일몰 무렵 참호구축 작업이 채 끝나기도 전에 1분대 장 병장으로부터 다급한 무전이 날아왔다. 월맹군이 새까맣게 몰려오고 있다는 것이다. 소대장은 장 병장에게 최대한 저항하다 안 되면 소대로 철수하라고 명령을 내리고 중대장에게 바로 무전을 날렸다.

"중대도 완전 포위됐다. 더 이상 후퇴할 곳도 없어. 무조건 짱박혀 살아남아라."

중대장의 다급한 목소리가 무전기를 타고 흘러나왔다.

"빨리 서둘러 참호를 파라!"

소대장은 참호 사이를 이리저리 건너 뛰어다니며 미친 듯이 작업을 독료하였다. 요란한 엠60 기관총 소리가 울려 퍼지기 시작했다. 적이 벌써 몰려 온 것이다. 계곡 밑으로 들쥐처럼 곳곳에서 적이 몰려오는 것이 보였다. 수백 명도 넘을 것 같았다. 우리 소대 쪽으로만 이 정도면 적의 규모는 연대 규모를 훨씬 넘을 것 같았다. 잠시 죽음의 공포로 넋이 빠져있을 때 소대장의 외치는 소리가 들렸다.

"작업을 중단하고 전원 진지에 배치 붙어 적을 향해 사격 개시!"

요란한 일제사격이 개시되었다. 적은 잠시 주춤거리는 듯하다가 어느새 몰려온 어둠 속으로 일제히 사라졌다. 어둠 속에서 요란한 총소리만이 울려 퍼졌다.

"사격 중지!"

소대장이 외쳤다.

"씨발, 어둠 속에서 갈겨봐야 우리 위치만 노출된다. 사격을 중지하고 총검을 착용하라. 백병전에 대비하라."

소대장은 참호 벽에 기대어 담배를 피웠다. 그리고 나랑 눈이 마주치자 내게도 담배 한 개비를 건네주며 말했다.

"너도 한 대 피워라. 어쩌면 이 세상에서 마지막 담배가 될 지도 몰라."

그리고 그는 씩 웃었는데 그 웃음은 내가 이제까지 보아 온 웃음

중에서 가장 처절한 웃음이었다.

"브라보 브라보 여기는 찰리."

중대장이 소대장을 찾는 무전소리가 들렸다.

"지금부터 모든 사격중지하고 참호에 짱박혀라. 박스 인 포격 요청했다."

"니기미 씨발, 다 죽으라는 거야."

소대장이 절규하듯 말했다.

"박스 인 사격이 뭡니까?"

"우리 진지 내로 박격포 때려달라고 요청했다는 거야. 다 죽으라는 얘기지."

"사격중지하고 참호 속으로 다 짱박혀!"

소대장의 명령이 끝나기도 전에 지척에서 엄청난 굉음과 함께 박격포 탄이 터졌다. 나는 분대로 소대장의 명령을 하달하고 참호 속으로 들어가 귀를 막았다. 밤새도록 박격포 사격이 계속되었다. 얼마나 시간이 흘렸는지 모른다. 인간이란 얼마나 희한한 동물인가? 이 생사를 넘나드는 와중에도 나는 깜박 잠이 든 것 같았다. 잠이 깼을 때는 어느 새 어둠이 물러가고 벌써 새벽이 와 있었다.

"브라보! 브라보! 여기는 찰리. 적이 물러갔다. 빨리 참호에서 나와 사상자 확인하도록."

적이 물러갔으니 우리는 승리했다. 나중에 이 전투를 매스컴에서는 한국군이 거둔 월남전 5대 승리 중에 하나라고 떠들었다. 그러나 우리 소대는 소대원 36명 중 불과 11명만이 살아남았다.

아내가 유방암이란 판정을 받은 사실은 알고 받은 충격도 술을 끊게 하지는 못했다. 아니 그 사실을 알고 난 후 나는 더욱 술을 마셨다. 밤낮으로 불안해서 견딜 수 없었다. 나는 혹시 죄과를 받는 것인지도 모른다고 생각했다. 내가 살아남기 위해서 또는 내가 비겁자가 아니라는 것을 증명하기 위해서 방아쇠를 당겨야 했던 많은 베트콩들이 밤이면 무고한 양민으로 나타나 나를 괴롭혔다. 온몸에 술기가 퍼졌을 때만이 비로소 불안감이 사라지고 오기가 생겼다. '어쩔 수가 없었어. 나는 살아야 했어. 다시 그 상황이 되풀이되어도 나는 방아쇠를 당길 거야. 양민학살이라고? 다 전쟁이라곤 좆도 모르는 빨갱이 같은 놈들이 짓거리는 헛소리야'

아내가 수술을 받고 퇴원한 후 방사선 치료를 받는 기간 중에도 나는 계속 술을 마셨다. 가게를 팔려고 부동산에 내놓은 후에는 가게에 잘 나가지도 않았다. 나는 어떤 끝장이 오기를 바랐다. 처음으로 자살을 생각하였다. 아내가 죽기 전에 내가 먼저 죽고 싶었다. 어느 날 집에서 혼자 술을 마시고 있을 때 안방에서 비명 소리가 들렸다. 나는 그것이 딸애의 소리라는 것을 알았다. 딸애가 온 것 같았다. 내가 비틀거리며 방문을 열고 나가자 딸애는 나를 이글거리는 증오의 눈빛으로 바라보며 소리쳤다.

"오 ! 마이 갓. 엄마가 쇼크가 왔나 봐. 맘이 이지경이 되어도 모르고 술만 마시는 아빠를 난 절대로 용서 못해."

나가 보니 아내는 의식을 잃고 거실에 쓰러져 있었다. 나는 아무 말도 못하고 전화기부터 들었으나 손이 떨려 번호를 누를 수가 없었다. 얼마 후 구급차가 와서 아내를 실고 갔다. 딸아이도 곧바로 병원으로 따라갔다. 나는 집에 혼자 남았다. 이제 모든 것을 끝장낼 때가 왔다는 생각이 들었다. 나는 주방으로 가 칼을 찾았다. 식칼을 들어 왼 팔목의 동맥 위에 갖다 대었다. 그때 아내가 냉장고 문에 신문에서 스크랩하여 붙여 놓은 신문의 활자가 눈에 들어왔다.

'한국인 대상 알코올중독자 재활센터'

아내는 이때를 기다리고 그곳에 그 기사내용을 붙여놓았는지도 모른다는 생각이 들었다.

나는 힘없이 칼을 내려놓고 그곳에 전화를 걸었다.

"킴! 킴!"

잭이 가게로 들어와 나를 불렀다. 뭐라고 하는지 잘 알아들을 수가 없었다. 손에 빗자루를 들은 것을 보니 주차장 청소를 하다가 뭔가 문제가 생긴 것 같았다. 밖으로 나가 그를 따라갔다. 잭은 주차장 한 구석에 떨어진 뭔가를 가리켰다. 그것은 비둘기의 시체였다. 죽은 지 얼마 안 되는 듯 훼손되지 않은 모습에 눈만 감고 있는 듯이 보였다.

"이걸 나보고 어떡하라고. 그냥 쓸어서 쓰레기통에 버려."

나는 짜증을 내며 그냥 가게로 되돌아왔다. 순간 씨씨가 했던 말이 생각났다.

"잭은 머리가 어린 아이로 되돌아간 것 같아요. 어떤 때 하는 행동을 보면 꼭 아이 같아요. 약을 많이 하면 그렇게 되나 보죠?"

내가 뒤를 돌아보자 그는 금방이라도 울음을 터뜨릴 것 같은 아이처럼 그 자리에 어쩔 줄을 모르고 서 있었다. 나는 다시 잭에게 돌아가 말했다.

"잭! 그 새를 들고 나를 따라와."

잭은 내가 시키는 대로 두 손으로 비둘기를 보듬켜 안았다. 나는 가게 뒷문을 열고 뒷마당으로 그를 데려갔다. 그리고 삽을 찾아 잭에게 주었다.

"땅을 파서 잘 묻어줘. 천당으로 가게."

잭은 그제야 안도한 표정으로 삽으로 땅을 파기 시작했다. 그리고 비둘기를 그곳에 묻었다. 그리고 기도를 하는 듯 뭐라고 중얼거렸다. 나는 이 광경을 보고 왠지 모르게 갑자기 불길한 생각이 들었다.

밤이 되자 잭은 서서히 변해갔다. 대낮부터 마신 몰트 비어가 천천히 작동하여 그를 머나먼 기억의 세계로 데리고 갔다. 도저히 잊을 수 없는 어두운 기억의 저편에서 그는 방황하였다. 그는 밤새도록 불안과 공포 속에서 울창한 정글 속을 헤매고 다녔다. 그는 공포로 가끔씩 소리를 지르기도 하고 참호 속으로 몸을 숨기기도 하였다.

"최근 들어와 잭의 발작이 더 심해진 것 같아요. 어느 날은 하루에 세 번씩이나 발작을 할 때도 있어요."

잭이 가게 안으로 들어와 아이스크림 냉장고 옆에 붙어 고개를 들었다 숙였다하며 적과 교전을 하고 있는 모습을 보고 씨씨가 말했다.

"최근에 전황이 나빠져서 그래."

내가 덤덤하게 말하자 씨씨는 "그래요. 요샌 너무 갱들 간에 전쟁이 심해요"라고 말했다.

그녀는 내가 최근 일어난 갱들의 총격전을 보고 전쟁이라는 표현을 쓰는 것으로 알아들었던 것이다.

내가 잭을 가게 밖으로 밀어낸 후 한 시간쯤 지나서 잭이 다시 나타났다. 그는 쿨러에서 몰트 비어 한 캔을 꺼내어 내 앞으로 왔다. 이마와 콧등에 땀방울이 송송 맺혀 있었다. 제 정신이 돌아온 것 같았다.

"적은 퇴각했니?"

맥주 캔을 종이봉투에 넣어주며 내가 물었다.

"응. 그런데 대원이 세 명이나 죽었어."

그는 거의 울음이 터질 듯한 얼굴로 간신히 중얼거렸다.

그가 나가자마자 동네 단골손님인 차피가 들어왔다. 차피는 래퍼가 되는 것이 꿈인 잘생긴 젊은 흑인 청년인데 잡이 없어 건달로 지내다 최근에는 약장사에 손을 댄 것 같았다. 씨씨를 매우 좋아해서 하루에도 너댓 번씩 뻔질나게 들락거리다가 총격사건 이후 뜸했었다. 그는 맥주를 갖고 와서 특유의 모든 것을 랩송으로 말하는 방식으로 씨씨에게 다가가 말했다.

"씨씨. 한동안 뜸했었지. 네가 못 견디게 보고 싶었어. 언제 나랑 결혼해 줄 수 있겠니?"

씨씨도 싫지 않은 듯 웃기만 했다. 그가 너스레를 떨다 나가자마자 대여섯 발의 총소리가 들렸다. 차피가 무릎을 질질 끌며 두 팔로 뛰어 들어오다시피 하며 외쳤다.

"총 맞았어! 911을 불러 줘!"

차피의 다리에서 흐르는 피를 보고 씨씨가 울먹이며 카운터의 문을 열고 나가려고 했다.

"씨씨! 절대로 나가지 말고 여기 그대로 있어!"

나는 씨씨에게 버럭 소리를 지르고 911로 전화를 했다. 911 교환수는 늘 있는 일이라는 듯 냉정하게 내게 침착하라고 말하고 '피해자가 피를 흘리고 있는가?'를 여러 번 되풀이하여 물었다.

"갓 뎀 잇! 피만 흘리는 것이 아니라 죽어가고 있다고 몇 번이나 말해야 되는가?"

나는 전화통에 대고 소리를 질렀다.

"킴! 캄 다운. 전화를 끊지 말고 내 질문에 대답해요. 밖에 범인이 있나요?"

"아이 돈 노우. 어서 구급차나 보내 줘요."

내가 성질이 나 전화를 끊으려는 순간 사이렌 소리가 들렸다. 경찰이 온 것이다. 경찰은 차피에게 몇 마디 질문을 던졌고 그의 눈동자에 플래시를 들이대 확인한 후 능숙하게 구급차로 그를 옮겼다. 내가 차피를 구급침대에 옮겨 나르는 경찰들을 따라 가게 밖으로 나갔을 때 나는 또 다른 한 무리의 경찰들이 가게 밖에서 쓰러진 한 사람을 싣고 있는 것을 보았다. 그는 잭이었다. 그는 머리에 총을 맞은 듯 머리에 피를 흘리고 있었는데 놀랍게도 잠이 든 사람처럼 매우 평온해 보였다.

경찰은 내일 다시 들릴 테니 주차장에 설치된 카메라의 CCTV 장면을 녹화해서 보관해 달라고 내게 말한 후 철수하였다. 시계를 보니 9시였다. 문 닫는 시간까지는 아직도 두 시간이나 남았으나 사장에게 보고한 후 일찍 문을 닫아야겠다고 생각했다. 물걸레로 바닥에 흘린 피를 닦았다. 피 냄새가 났다. 몇 십 년 만에 피 냄새를 맡으니 그제야 속이 울렁거리기 시작했다. 화장실에 가 헛구역질을 몇 번 하다가 술 창고에 들어가 앉았다. 담배를 한 대 피워 물었으나 마음이 진정이 안 됐다. 잭은 죽었을지 모른다. 그때 선반 위에 가지런히 진열된 술병들이 눈에 들어왔다. 그 중에 데낄라 한 병을 집어 마개를 땄다. 근 일 년 만에 다시 마시는 술이다. 200미리 작은 병을 단숨에 마셔 버렸다. 잭은 드디어 편안히 잠든 것이다. 더 이상 전쟁이 없는 나라로 간 것이다. 뱃속이 짜르르해지며 마음이 가라앉기 시작했다. 한 병을 더 따 마셨다. 급격히 취기가 올라왔다. 아내의 모습이 보였다. 미안하오. 나도 빨리 당신 곁으로 가고 싶소.

치료소에 들어간 지 석 달쯤이 지났을 때 원장이 나를 불렀다. 원장은 내가 다른 환자에 비해 적응이 빠르고 금단현상도 비교적 없는 편이어서 빨리 퇴원할 수 있을 것 같다는 등, 술을 마시고 싶은 생각이 얼마나 자주 드느냐는 등 의례적인 몇 가지 질문을 한 후 마침내 결심한 듯 말했다.

"따님이 당부한 것도 있고 혹시 충격을 받으실 것 같아 알려드리는 것을 망설였으나 아무래도 말씀드리는 것이 도리일 것 같아서……."

원장은 아내가 한 달 전 사망하였다고 말했다.

나는 세 병째 데낄라의 병을 땄다.

쿵쿵쿵 문 두드리는 소리가 들렸다. 조금 후 소리가 더 커졌다. 소리는 박격포 터지는 소리로 변해 내 귀를 때리기 시작했다. 나는 귀를 막고 선반 밑으로 숨었다. 소대장이 울부짖고 있었다.

"개새끼들! 우릴 전부 몰살하려는 게야!"

문을 따고 씨씨가 들어왔다.

"킴! 웬일이에요?"

씨씨의 얼굴이 공포로 일그러졌다 싶더니 어느 새 베트콩 소녀의 얼굴로 변했다.

"제발 살려주세요."

포로로 잡힌 베트콩 소녀는 바르르 떨며 애원하였다.

"갈겨버려! 부대까지 데려갈 시간 없어."

또 다시 약한 모습을 보여줄 수 없었다. 나는 눈을 감고 방아쇠를 당겼다.

"진정해요. 킴! 왜 이래요."

씨씨가 겁에 질려 울기 시작했다.

"이곳을 빠져 나가야 해. 이대로 있다간 우린 몰살이야. 씨씨. 중대로 병력 지원을 요청해!"

나는 참호 바깥으로 뛰쳐나가려고 했다. 그러나 온몸에 힘이 빠지며 이내 쓰러지고 말았다.

"미안해. 방아쇠를 당길 수밖에 없었어. 여보. 미안해."

씨씨가 핸드폰을 꺼내 전화를 했다. 병력 지원을 요청한 것 같았다. 얼마 후 사이렌 소리가 들렸다. 나는 그 소리가 나를 데리러 온 소리라는 것을 알았다. 영원한 휴식의 장소로 나를 데려가려고 온 소리라는 것을 알았다. 왜냐하면 잭을 데리러 올 때에도 그 소리가 났기 때문이다. 경찰이 구급침대를 들고 가게로 들어왔다. 씨씨는 계속 울고 있었다. 베트콩 소녀가 겁에 질려 어깨를 바르르 떨며 흐느끼기 시작했다. 최 병장은 내 뒤에서 계속 나를 윽박질렀다. 나는 방아쇠를 당겼다.

"미안해! 어쩔 수가 없었어."

경찰이 나를 번쩍 들어 구급침대에 결박하였다. 갑자기 아내가 울부짖었다. 왱하고 사이렌 소리가 들렸다. 나는 그 소리가 잭처럼

나를 구원하러 온 소리라는 것을, 영원히 이 고통을 끝내주는 소리
이기를 기대하며 구급차에 몸을 실었다.

산타모니카의 기러기

江涵鷗夢闊

天入雁愁長

강은 갈매기 꿈을 품어 넓고

하늘은 기러기 슬픔 머금고 멀기만 하네.

"조선시대의 한문사대가 중의 한 사람이라고 불리는 신흠이 이 시를 두고 천고의 절창이라고 극찬하였습니다. 이 시를 어떻게 잘 해석해 볼 수 있을까요? 바다로 향한 강가에는 갈매기들이 날고 있고 하늘에는 기러기들이 멀리 날아갑니다. 강과 바다는 넓고 유장합니다. 한 폭의 동양화가 연상됩니다. 그런데 멀리 언덕에

서서 갈매기와 기러기 나는 모습을 바라보는 여인이 있습니다. 강을 힘차게 날아오르는 갈매기의 꿈은 거칠 것이 없으나 머나먼 고향을 찾아 날아가는 기러기는 하늘에 길게 이어지듯 끊기듯, 그 모습이 처량해 보입니다. 갈매기 꿈을 품어 넓고, 기러기 슬픔 머금고 멀다. 자연에 감정을 넣은 대목이 기가 막힙니다. 그러나 아무리 풍부하게 해석해도 단 10자로서 시인이 압축해 놓은 원시의 아름다운 모습에 미치지 못합니다. 이것이 바로 한시의 아름다움이자 조선 최고의 절창이라는 이 시의 묘한 아름다움입니다. 이 시를 누가 쓴 걸까요? 바로 조선 최고의 여류시인이라 평가받는 이옥봉입니다."

강사는 안경을 벗었다 꼈다 하며 미리 준비해 온 원고를 가끔씩 읽으며 자신이 받은 감동을 회원들에게 전해 주고자 안간힘을 쓰는 듯했다. 40대 중반이나 되었을까? 조금은 짧고 단정하게 깎은 머리가 깔끔한 인상을 주었다. 안경 너머로 보이는 작지만 날카로운 눈매, 오뚝한 코, 인중을 지나 작은 입, 매혹적인 입술을 지녔다. 이때 비로소 그가 미남이라는 것을 알았다. 그리고 부드러우면서도 결코 무디지 않은 턱, 나의 시선이 그의 턱에 이르자 나도 모르게 입가에 웃음이 번졌다. 단정히 면도를 한 앞부분과는 달리 턱밑으로 미처 깎지 못한 털들이 삐죽삐죽 뻗쳐 있었기 때문이다. 세심하게 챙겨줄 아내가 없는 걸까? 갑자기 한국에 있는 남편 생각이 났다. 그이도 가끔 턱 밑에 수염을 삐죽 내민 체 회의장에 앉아있을까? 아니, 완벽주의자인 남편은 그럴 리 없다. 하얀 세이빙 크림을 잔뜩 바르고 정성껏 면도질을 하리라. 면도가 끝나면 이번에는 애프터 세이

빙 크림을 바르고 거울을 보고 얼굴 구석구석을 살피리라. 콧구멍에서 삐져나온 코털 하나도 놓치지 않고 화장 가위로 잘라내겠지. 거울을 보고 흠흠 콧소리를 내고 스스로가 만족한 후에야 욕실 문을 열고 나올 것이다. 그리고…… 한 여인이 수건을 들고 기다리고 있을지도 모른다. 언제부터인지 여인의 얼굴이 차츰 또렷해지기 시작한다.

"김숙희 선생님. 김숙희 선생님!"
누군가 나를 부르고 있었다. 내가 갑자기 큰소리로 대답하자 사람들이 막 웃기 시작했다.
"내가 보니까 김숙희 선생님이 제일 넋이 빠져 이옥봉의 시에 몰두하고 있구먼. 강사님이 열강을 하셨는데 소감 한 말씀 하시죠?"
최정희 회장님이 웃으며 말씀하셨다.
"너무 좋네요. 좋아요……. 뭐라고 표현할까요?…… 500년 전 여인의 아련한 슬픔이…… 느껴오는 것 같아요."
나는 더듬거리며 말했다. 사람들이 내가 말하면서 내 눈가에 이슬이 잠깐 맺히는 것을 보았을까? 분위기가 갑자기 숙연해졌다.
"김숙희 선생님 표현대로 오늘 이옥봉의 시를 듣고 우리는 그저 좋다는 말밖에 할 수 없을 것 같습니다. 시구 하나하나가 가슴을 탁 치는데 싸하군요. 오늘 이처럼 단아한 한시의 세계와 조선 최고의 여류시인인 이옥봉 시인의 시 세계를 소개해 주신 강석진 선생님께 박수 한 번 보냅시다. 이상으로 오늘 시조토방은 마치겠습니다."

회장님과 회원들에게 인사도 건성으로 하고 화장실로 달려가 거울부터 보았다. 다행히 마스카라는 번지지 않았다. 바로 나가 주차장에서 사람들과 마주치기 싫었다. 변기에 좀 앉아 있는데 갑자기 가슴에서 뭉클한 것이 올라왔다.

하늘은 기러기 슬픔 머금고 멀기만 하네.

사람들이 모두 갔겠지. 회관 문을 열고나서니 주차장은 텅 비어 있었다. 택시를 부를까 하다 갑자기 걷고 싶어졌다. 지난주 내내 비가 왔었는데 오랜만에 화창한 일요일이다. 엘에이에 처음 왔을 때 생각이 났다. 밤에 엘에이에 도착하니 한국에 있을 때 우리 집에 한 번 온 적이 있는 남편의 중학교 동창이 나와 있었다. 한사코 저녁을 먹자는 것을 피곤하다고 뿌리치고 미리 계약한 한인 타운의 주택에 짐을 풀고 거의 뜬 눈으로 밤을 지새웠다. 금속 파편처럼 아침 햇살이 찬란하게 부서질 무렵 나는 미리를 깨워 집 앞의 길가로 나섰다. 밤에 도착하여 미처 잘 보지 못했던 솟대처럼 솟은 야자나무들이 길가에 늠름하게 늘어져 있었다. 하늘은 한국의 가을 하늘보다 더 푸르고 높았으며 태양은 눈부시게 빛나고 있었다. 갑자기 힘이 솟았다. 나는 미리의 손을 꽉 쥐고 중얼거렸다.

"미리야. 여기가 미국이란다. 아름다운 나라 미국이야. 여기서 너랑 나랑 우리 잘 살자."

모든 것이 너무 신기한 듯 주변을 두리번거리던 미리가 말했다.

"왜 엄마랑 나랑만 살아. 아빠는 안 와?"

미리의 질문이 순간 우리가 남편을 떠나 너무 멀리 낯선 곳으로 떠나왔다는 현실을 깨닫게 해 주었다.

"아빠가 왜 안 와? 아빠는 좀 있다 올 거야."

미리가 나의 손에 힘이 빠져나갔다는 것을 알았을까? 미리는 내 손을 빠져나가 야자나무를 타고 내려온 다람쥐를 발견하고 쫓아갔다. 그때 미리는 열 살이었다. 벌써 6년의 세월이 흘렀다.

"김숙희 선생님!"

엘에이에서 그리 흔하지 않은 오래된 한국 차를 탄 체 운전석 창문을 내리고 나를 부른 사람은 조금 전 시조토방에서 강의를 해 준 강석진 선생님이었다.

"다들 나오시는데 선생님만 나오시지 않아 기다렸습니다. 차를 안타고 오신 모양이죠?"

매년 영어학원에 일 년치 학비를 내고 그 등록증을 가지고 차량 국에 가서 일 년짜리 운전면허증을 받아 사용해 오다 올해는 학원에 등록하지 않았다. 그 바람에 운전면허증 또한 유효기간이 넘어버렸다. 그래서 차를 몰고 다니지 못한다고 오늘 처음 본 사람에게 말할 수 있을까?

"차가 너무 지저분해서 죄송해요."

강권하다시피 해서 내가 막상 그의 차에 오르자 그는 겸연쩍은 듯이 말했다. 차는 그다지 지저분하지는 않았지만 퀴퀴한 냄새가 났다. 담배 냄새와 뒤섞인 어떤 끈적끈적한 냄새, 그것은 남자 냄새였다. 오랜만에 남자냄새를 맡으니 몸이 나른해지는 것 같았다. 나는 어릴 적부터 유독 냄새를 잘 맡았다. 어린 시절을 기억할 때 그때의 어렴풋한 회상보다도 더 또렷한 것은 냄새에 대한 기억이다. 지금도 내가 어렸을 적 어느 날 아빠가 술을 마시고 늦게 들어와 내 볼을 비볐을 때 술 냄새에 뒤섞인 화장품 냄새를 분명히 기억하고 있다. 그것은 분명히 엄마의 화장품 냄새가 아니었다. 그 당시 엄마의 잦은 한숨은 엄마도 그것을 알고 있었기 때문이 아니었을까?

"왜 시조를 배우려고 하세요?"

그는 내가 머뭇거리며 대답을 하기 전에 창밖을 보고 뭔가를 발견한 듯 다시 물었다.

"여기 제가 잘 아는 전통찻집이 있는데 차나 한잔할까요?"

화선지라는 이름의 찻집에 들어서니 벽면이 온통 한시나 시조를 적은 서예 작품이나 수묵화 등으로 도배되어 있었다. 그 중에 한 시조가 눈에 들어왔다.

"이거에요. 어느 날 우연히 이 시조를 보고 너무 좋았어요. 그 뒤로 시조를 배워보고 싶은 욕심이 생겼죠."

그가 내가 가리키는 곳으로 눈을 돌렸다.

梨花雨 훗뿌릴제 울며 잡고 離別한 님
秋風落葉에 져도 날 生覺는가
千里에 외로운 꿈만 오락가락 하노매.

"매창의 시군요."

그는 한참동안 그 시조를 들여다보았다.

"예. 제 취향이 좀 신파조고 구식이거든요."

나는 왠지 그에게 속을 열어 보인 것 같은 느낌이 들어 덧붙이지 않을 수 없었다.

"아니에요. 저도 좋아하는 시조입니다. 그러고 보니 저도 구식이라는 생각이 드네요. 이런 분위기가 갈수록 좋아지고…… 사실 제가 한시공부를 하게 된 이유가 제 마음 한구석에 자리 잡은 옛것에 대한 그리움 때문입니다. 그런데 여기서 임이 구체적으로 누구를 말하는지 아세요?"

내가 모른다고 하자 그는 매창이 천민이었으나 당대의 뛰어난 시인인 유희경을 사모한 이야기와 허균과의 관계에 대해 개인교습을 하듯 열강을 하기 시작했다. 그리고 이어서 묻지도 않은 자기 이야기를 하기 시작했다.

그는 30년 전 한국에서 영문학과를 다니다가 유학을 왔다고 했다. 그가 동부의 한 대학에서 공부를 하고 있는데 어느 날 한 미국인 교수가 다가와 그에게 어디에서 왔느냐고 물었다. 그때만 해도 동양인 학생이 그다지 많지 않았던 시절이다. 그가 한국에서 왔다고 하자 그에게 이규보와 김시습에 대해 아느냐고 물었다. 그가 솔직히 잘 모른다고 하자 그 교수가 한국에도 연구할 훌륭한 작가와 문학작품이 많은데 왜 미국까지 와서 남의 나라 문학을 공부하느냐고 말하면서 고개를 갸우뚱했다. 그는 그 말에 충격을 느꼈다. 그후 '남의 나라 문학' 공부 자체에 회의가 찾아와 결국에는 학업을 포기하고 말았다. 그러나 그는 학위도 받지 않고 한국으로 돌아갈 용기가 없어, 한인들이 많이 사는 엘에이에 와서 눌러앉게 되었다. 한때는 다운타운에서 의류회사를 차려 돈도 많이 벌었으나 10년 전 아내와 이혼하고 실의에 빠져 술과 도박으로 사업도 다 날려먹었다. 5년 전 기적적으로 알코올 중독자 재활센터에서 재활에 성공하여 지금은 연방공무원으로 사회보장국에서 일하고 있다. 그리고 그는 뒤늦게 문학에 대한 열정이 살아나 공부를 하고 있는데 그때 미국인 교수가 했던 말이 두고두고 잊히지 않아 우리 고전문학을 공부하고 있다고 말했다.

"지금 이 나이에 한국도 아니고 미국에서 고전문학을 공부해서 무슨 쓸모가 있겠어요. 잘 알죠. 그런데 고전문학을 공부하니 참 재밌어요. 왠지 모르게 그 세계에 자꾸만 빨려 들어가요. 그래서 어느 날 느꼈죠. 저도 김숙희 선생님이 말한 대로 원래 토속적인 구식이나 봐요." 이렇게 한참을 말한 그는 자기 이야기만 해서 미안하다고 느낀 듯 내게 어떻게 미국에 왔느냐고 물었다. 내가 아이 교육 때문에 미국에 와 있다고 말하자 그가 말했다.

"그럼 김숙희 선생님은 기러기 엄마인 셈이군요."

학원에 가서 6개월 수업료를 내고 중급 영어 과정을 수강 신청하였다. 접수 담당자인 30대 초반으로 보이는 한국 여자가 컴퓨터로 내 기록을 보고 서툰 한국말로 내게 말했다. 이제는 이처럼 등록만 하고 안 나오면 안 된다는 것이다. 가끔 이민국에서 사찰이 나와 등록만 하고 실제 수업에 나오지 않는 기록만 학생인 사람을 적발한다는 것이다. 최소한 일주일에 두 번은 수업에 참석해 달라고 말했다. 고개만 끄덕이고 학원 문을 나서는데 차라리 등록을 말 걸하는 생각이 들었다. 그냥 불법체류자로 살다가 이민국 단속에 걸

려 추방이 되면 한국에 돌아갈 수 있지 않은가? 남편에게는 더 이
상 비자 연장이 안 되어 미국에 살 수 없었다고 말할 수 있지 않은
가? 아니 사실은 더 이상 외로워 견딜 수 없어 그냥 돌아왔다고
눈물을 흘리며 말할까? 머릿속은 온통 여러 생각으로 혼란스러웠
지만 내 발길은 예정대로 운전면허증을 갱신하기 위해 차량국으로
향하고 있었다.

요사이 안부를 묻노니 어떠신지요?	近來安否問如何
달 비친 사창(紗窓)에 저의 한이 많습니다.	月到紗窓妾恨多
만일 꿈속의 넋에게 자취를 남기게 한다면	若使夢魂行有跡
문 앞 돌길이 반쯤은 모래가 되었을 테지요.	門前石路半成沙

옥봉의 몽혼(夢魂)이라는 시를 붙여 보냅니다. 제가 요새 몽혼, 꿈속
의 넋이 되어 밤마다 헤매는 듯합니다. 이 시는 옥봉이, 남편인 조원에
게 소박을 맞고 친정으로 내려와 있으면서 혹시 남편이 다시 불러줄까
기다리며 지은 시라고 합니다. 다른 제목으로 증운강(贈雲江)이라고도
하지요. 운강은 남편 조원의 호인 것 같습니다. 옥봉이 남편에게 소박을
맞은 이유를 아시나요? 서녀 출신인 옥봉이 조원의 첩으로 들어갈 때
조원이 한 가지 약속을 요구했다고 합니다. 그것은 앞으로 자기랑 살면
서는 일체 시를 짓지 말라는 것이었지요. 여기에 옥봉은 제 시의 근본은
임을 향한 그리움인데 이제 임과 한평생 살게 되었으니 더 이상 시를
짓는 일은 없을 거라며 그리 하겠다고 했지요. 조원의 첩으로 살면서
다시는 시를 짓지 않겠다는 옥봉에게 어느 날 ㄱ 약속을 깨뜨리는 일이
발생했습니다. 평소에 옥봉의 처소에 자주 놀러 왔던 백성의 아내가 하

루는 울음을 터뜨리며 옥봉에게 억울함을 호소했습니다. 자기 남편이 소를 훔쳤다는 누명을 쓰고 관아에 잡혀갔다는 것이었습니다. 옥봉은 평소에 이 아녀자의 착한 남편을 잘 아는지라, 그의 무고함을 알리는 시를 한편 적어 관아에 보냈다고 합니다. 옥사를 관리하는 관리가 그 시를 보고 깜짝 놀라 그 시를 누가 쓴 것인가 수소문하고, 결국 조원의 첩인 옥봉이 쓴 것으로 알고 그 백성을 풀어주었다고 합니다. 그러나 이 소문은 결국 조원의 귀에까지 들어가게 됩니다. 조원은 아녀자가 백성의 옥사에 관한 일까지 관여한다는 소문에 몹시 불쾌해 했다고 합니다. 그래서 결국 다시는 시를 짓지 않겠다는 자신과의 약속을 지키지 않았다는 죄목으로 옥봉을 친정으로 돌려보냅니다. 이 몽혼이라는 시는 옥봉이 친정에 쫓겨나 지내면서, 조원이 다시 불러줄 날만 기다리며 눈물로 지새울 때 쓴 시라고 합니다.

저는 오늘 밤 내내 조선 여인의 삶에 대해 생각해 봅니다. 좀 더 당차게 살 수는 없었던 걸까요? 저처럼 억울하게 소박을 맞고도 한 남자만을 그리며 살아가야 하는 건가요? 지난주 토방에서 김숙희 선생님의 눈에 맺힌 이슬을 보았습니다. 그리고 그것이 기러기 엄마의 슬픔이고, 이옥봉의 슬픔이고, 어쩌면 한반도에 살아간 모든 여인의 슬픔일 수도 있다는 것을 알았습니다. 왜 사랑하는 사람들이 헤어져 살아가야 하는 건가요? 사랑하는 사람들이 함께 다정하게 살아가는 것보다 더 중요한 일이 뭐가 있는 건가요? 저는 매우 분개합니다. 아마 취기 탓인지도 모릅니다. 이 메일을 보내고 후회할지도 모릅니다. 그러나 아침에 맨 정신으로 보면 지워버릴 것 같아 취기를 핑계로 그냥 보냅니다.

정해년 이월 아흐레. 석진 올림.

사랑하는 사람들이 왜 헤어져 살아야 하는가? 남편은 미리를 위해서라고 했다. 미리가 워낙 영특한 아이이니 조기 유학을 시켜 미리의 재능을 계발시켜야 한다고 했다. 나는 미리가 영특한 아이라는 것은 인정하지 않을 수 없었다. 그 나이의 또래들과는 달리 유창한 영어와 독일어를 할 수 있었고 중국어도 곧잘 하였다. 그러나 나는 알고 있었다. 그것은 미리의 탁월한 언어에 대한 재능이라기보다는, 남편의 잦은 해외근무에 따라 외국에 자주 나가 살게 된 미리로서는, 낯선 땅에서 고립되지 않고 자기 또래의 아이들과 어울리기 위해서 필사적으로 언어 습득에 매달렸으리라. 그러나 나는 그럴 수 없었다. 나는 남편의 근무지가 함부르크에서 런던, 런던에서 베이징으로 바뀔 때마다 한국 사람들이 많이 사는 곳을 찾아다녔다. 한번은 독일에 있을 때 저녁에 냉장고에 김치가 떨어진 것을 알고 미리와 함께 한 시간이 넘게 차를 타고 나가 한인 마켓에서 김치를 사온 적이 있었다. 집에 돌아오니 그날따라 일찍 들어와 기다리고 있었던 남편이 밤늦게 어디 돌아다니느냐고 화를 냈다. 내가 한인마켓으로 김치를 사러 갔다 왔다고 하자 "당신은 한 끼 정도 김치 없이 못 사나? 벌써 외국생활이 몇 년인데"라고 소리 질렀다. 육 년의 외국생활이 아니라 육십 년을 산다 해도 아마 나는 김치가 없으면 살지 못하리라. 외국에 오래 살면 살수록 나는 내가 지극히 한국적이라는 것을 알게 되었다. 남편이 미리를 조기 유학시켜야 한다고 했을 때 나는 남편에게 한 가지만 부탁하였다. 한국 사람이 많이 사는 곳으로 보내달라고. 남편은 의외로 내가 자신과의 별거를 담담하게 받아들이자 크게 안심한 듯 말했다.

"그래. 여보. 엘에이가 어때? 거기는 한국 사람이 백만 이상이나 산다는군. 서울시 나성구라고도 하지 않나?"

나는 늘 엄마가 남들에게 나를 칭찬할 때 '알아서 하는 애'라고
말했던 것을 기억한다. 나는 철도청 말단 공무원을 가장으로 둔 일
남 삼녀 집안의 맏딸로서 늘 모든 것을 알아서 했다. 고등학교 삼
학년 예비고사 시험을 몇 달 앞두고 내가 취업반으로 가겠다고 하
자 선생님은 깜짝 놀라 부모님을 모셔 오라고 했다. 교무실에서 선
생님이 엄마에게 숙희 같은 애는 꼭 대학에 보내야 한다고 하자,
엄마가 얼굴이 빨개지며 눈물을 흘리며 말했다.

"저희도 취업반으로 옮긴지는 몰랐어요. 그러나 저 애 고집은 꺾
을 수가 없어요. 늘 알아서 하는 애이니까요. 아마 집안 형편을 생
각하고 그러는 것 같아요."

그날 밤 아버지는 엄마에게 이야기를 듣고 내게 달려와 다짜고짜
따귀를 때렸다.

"왜 너 멋대로 부모랑 상의도 없이 정하고 난리야!"

아버지는 정말 화가 나 있었다. 그러나 엄마가 달려와 "돈 못 버
는 무능한 당신 생각해서 대학 안 간다는 애를 때리긴 왜 때려요"라
고 소리치자 아버지는 엄마마저 때릴 듯이 주먹을 치켜 올렸다가
고개를 떨구고 나가 버렸다. 나는 그때 아버지의 처참하게 일그러
진 얼굴 표정을 지금도 잊지 못한다. 그리고 축 늘어진 어깨로 돌아
서 나가는 뒷모습까지도.

6개월 동안 컴퓨터를 열심히 배웠지만 나는 대기업의 전산실에
취업하지 못했다. 내가 처음 일한 곳은 20층 대기업 고층 빌딩 로비

의 안내데스크였다. 어느 날 신문이나 방송에서만 보았던 그룹 회장이 현관에 임원들의 마중을 받으며 들어서자 나는 비로소 내가 남들이 부러워하는 대기업에 취업했다는 것을 알았다. 나는 신입사원 연수 때 배운 대로 맵시 있게 인사를 했다. 나와 눈이 마주친 회장은 엘리베이터 쪽으로 가려다가 돌아서 내게로 왔다. 그리고 내게 눈웃음을 가득 띠운 채 물었다.

"못 보던 얼굴인데 신입사원인 모양이지?"

나를 면접한 한 임원이 나서며 말했다.

"예. 이번에 공채로 들어온 신입사원인 김숙희 양입니다."

회장은 흐뭇한 얼굴로 마치 내가 개인 소장품이나 되는 듯 내 얼굴부터 발끝까지 샅샅이 훑어보았다. 나는 순간 나도 모르게 얼굴이 붉어지는 것을 감출 수 없었다.

"다리가 아플 텐데 앉아서 일해요."

회장은 내게 갑자기 존댓말을 썼다. 그리고 나를 소개한 임원에게 돌아서 말했다.

"앞으로 저처럼 출퇴근 시간에 서서 인사시키는 것은 하지 맙시다. 그것도 다 구태의연한 거야. 새롭게 다 바꿔야지."

그 일이 있고나서 다음 날 나는 1층 로비에서 20층 비서실로 전근 발령되었다.

남편을 만난 것은 비서실이었다. 나는 회장실 앞의 응접실 입구 데스크에서 일했고, 항상 긴장된 듯 코끝에 땀이 송송 맺힌 20대 후반의 젊은 남자가 비서실 바로 입구에 위치한 책상에서 나를 대각선으로 마주 보며 일했다. 그는 인터폰으로 '장 비서 들어와'라는 소리가 들릴 때마다 벌떡 일어나 수시로 비서실과 회장실을 들락거렸으며 회장이 나갈 때마다 검은 가방을 들고 회장의 뒤를 따랐다. 그는 회장의 수행 비서였다. 그는 가끔씩 내게 다가와 회장실로 커피나 차 심부름을 시켰는데 그때마다 매우 정중하고 난처한 듯이 부탁 조로 말했다. 이를테면 꼭 말끝에 '해 주실래요'를 붙였다. 그는 매우 섬세하여 손님이 회장실로 들어갔을 때, 저분은 블랙커피만을 드신다든지 크림 한 스푼에 설탕은 두 스푼을 넣어야 한다든지 다 기억하고 있었다. 어느 날은 신문에서 본 적이 있는 유명인사가 회장실로 들어갔을 때 내가 그에게 저분은 유명한 누구가 아니냐고 했더니 그는 내게 정색하며 말했다.

"김숙희 씨. 부장님이 말씀하시지 않았나요? 여기서 근무하는 동안 누구를 보았다는 얘기는 밖에 나가 절대 얘기하면 안 돼요. 집에 가서 식구들에게까지도요."

그 말을 듣는 순간 나는 왜 그가 항상 긴장되어 있는지 이해할 수 있을 것 같았고 이 일이 긴장된 일이라는 것을 느끼기 시작했다. 그러나 나를 정말로 긴장시킨 일은 내가 아는 사회의 유명인이 왔을 때가 아니었다. 가끔은 회장이 혼자 있을 때 나에게 즐겨 마시는 견과류를 갈아 만든 차를 시킬 때가 있었다. 내가 회장실로 들어가면 회장은 소파에 기대어 있다가 마치 나를 기다렸던 사람처럼 반갑게 맞으며 나를 유심히 살폈다. 황급히 차를 받으며 손을 가볍게 잡는 것은 다반사였고 어느 날은 돌아서려는 나의 허벅지를 살짝 만졌다. 나는 순간 가볍게 비명을 지를 뻔했다. 내가 회장실에 나와 안색이 좋지 않자 장비서는 '내게 무슨 일이에요?' 한 번 묻고는 더 이상 묻지 않았다. 그날따라 그의 표정도 나처럼 매우 어두워

보였다.

　회장이 출근할 때나 퇴근할 때나 그림자처럼 회장을 수행하는 그였지만 어느 때는 일주일 이상 회장을 대동하지 않고 그만 혼자 회사로 출근할 때도 있었다. 회장은 모처에 가 있다는 것이다. 그때 그는 비로소 코끝에 땀방울도 맺히지 않은 채 마치 해방된 사람처럼 내게 가끔 썰렁한 농담도 하곤 하였다. 그리고 내가 퇴근할 때마다 부득불 나를 자신의 차로 집에까지 바래다주었다. 가끔은 회장의 단골이라는 생전 구경도 못한 일류식당으로 나를 데려가 저녁을 사주기도 했는데 주인이 알아보고 돈을 안 받는 곳도 있었다. 그는 술이 한 잔 들어가면 사회 유명 인사들이 회장과 접촉하기 위해서 자신에게 어떻게 비굴하게 처신했는지 무용담처럼 신나게 이야기하다가도 갑자기 정색을 하고 지금 이야기는 누구에게 절대 이야기하면 안 된다고 덧붙였다. 그는 자신이 맡는 회장의 그림자로서 역할을 어느 때는 즐기고 있는 듯이 보였다. 그러나 그의 부드러운 미소는 모처에 가 있던 회장이 돌아오면 이내 사라졌다. 그는 긴장하여 다시 코끝에 땀방울이 맺히기 시작했다. 나 또한 스커트를 자꾸 밑으로 내리기 시작했으며 회장에게 찻잔을 내리려고 고개를 숙일 때 가슴이 최대한 안 보일 수 있도록 화장실에서 거울에 비춰보며 고개 숙이는 각도를 조절하는 연습을 해야 했다. 그러나 어느 날 회장실에서 차 심부름을 하다가 이번에는 회장이 좀 더 세게 내 허벅지를 만졌을 때 나는 찻잔이 달그락거릴 정도로 회장실 문을 박차고 나와 화장실로 달려가 울음을 터트리지 않을 수 없었다. 내가 몸이 아파 먼저 퇴근해야겠다고 하자 그는 놀란 토끼 눈을

하고 무슨 일이냐고 물으며 로비까지 나를 쫓아왔다. 내가 집으로
데려다 주는 그의 차 안에서 겨우 울음을 끝냈을 무렵 그동안 아무
말도 없이 침묵하고 있던 그가 갑자기 술이나 한잔하자고 했다. 봉
천동의 허름한 카페에서 그는 말없이 독한 위스키를 스트레이트로
계속 마시다가 느닷없이 자기랑 결혼하자고 말했다. 너무나 놀라
그를 쳐다보았을 때 그는 나보다도 놀란 듯 양주잔을 잡은 손이
부들부들 떨고 있었는데 나도 모르게 그가 가엽다는 생각이 들어
그만 그의 손을 잡고 말았다.

春 雨(봄비)

봄비가 서쪽 연못에 남몰래 내리니　　春雨暗西池(춘우암서지)

가벼운 추위 비단장막 속으로 스며드네.　輕寒襲羅幕(경한습라막)

시름에 겨워 작은 병풍에 몸을 기대건만　愁倚小屛風(수의소병풍)

담장 머리에는 어느새 살구꽃만 지는구나. 墻頭杏花落(장두행화락)

지난 주말 서점에 들렀다가 『조선의 여성들-부자유한 시대에 너무나
비범했던』이라는 책을 발견하고 집어 들었습니다. 내용을 보니 놀랍게
도 이옥봉의 짧은 전기도 실려 있군요. 그밖에도 허난설헌을 비롯하여
남성 중심의 가부장적 사회에서 한 많은 삶을 살다간 많은 비범했던
여인들의 전기들이 함께 실려 있습니다. 책을 만지다가 김숙희 선생님
생각이 났습니다. 혹시 공부에 도움이 될 것 같아 보냅니다.

어젯밤에는 모처럼 봄비가 왔습니다. 벌써 이곳 엘에이도 봄이군요.
제가 좋아하는 허난설헌의 봄비라는 시도 한 편 보냅니다. '시름에 겨워

작은 병풍에 몸을 기대건만'이라는 전연이 자꾸 맘에 닿는군요. 다음 시조토방에서 꼭 뵈었으면 합니다.

정해년 삼월 아흐레 석진 올림.

봄비가 왔다. 아침부터 봄비는 창문을 두드리며 이곳 엘에이에도 이제 완연한 봄이 왔다는 것을 알리는 것 같았다. 후드득 떨어지는 빗소리에 창문을 열어 보니 그동안 말라죽기 일보직전까지 갔던 화초들이 신나게 비를 맞고 있었다. 선인장처럼 말라만 갔던 장미, 내가 이름을 붙여준 아롱이, 초롱이, 쫑 등 이름 모를 꽃까지도 비명을 지르며 오랜만에 맘껏 비를 적시며 즐거워하고 있었다. 마치 가지에서 뾰족뾰족 꽃들이 금방이라도 튀어나올 것만 같았다. 그 순간 나는 깨달았다. 최근 왜 나의 마음이 늘 불안했는지를……. 이것들을 내가 그동안 너무 방치했던 것이다. 기나긴 봄 가뭄 속에서 "물 좀 주세요!" 하고 외쳤건만 나는 늘 일에 바빠 못 들은 척하며 외면하였던 것이다. 나는 너무 메말라 있었다. 갑자기 나도 샤워가 하고 싶어졌다. 목욕탕으로 달려가 샤워기의 물을 틀었다. 샤워기에서 뿜어져 나오는 물이 내 메마른 몸을 봄비 마냥 적시어 주었다. "나는 메말라가고 있었던 거야." 나는 혼자 중얼거리며 샤워기를 잡고 내 가슴에 갖다 대었다. 세차게 뿜어 나온 물줄기가 가슴에 닿자 젖꼭지가 새순처럼 돋아 올랐다. "한참 좋을 때인데 너희는 어떻게 그처럼 떨어져 사니?" 며칠 전 통화했던 여고 동창인 미순의 말이 떠올랐다. 나는 미순의 말을 애써 외면하듯 머리를 한 번 흔들고 샤워기를 가슴에서 배로, 배에서 배꼽 밑으로 끌어내렸다. 뿜어 나온 물줄기는 배꼽 아래로 내려와 나의 검은 꽃을 발견하고

산타모니카의 기러기   61

집요하게 파고들기 시작했다. 그러자 꽃잎이 열리기 시작했다. 꽃잎은 어느새 벌어져 새빨간 꽃술을 드러내었다. 물줄기는 꽃술마저 마구 두드리기 시작했다. 그러자 메마른 나의 온몸에서 뾰족뾰족 꽃망울이 솟아나는 것 같았다. 나는 막 개화하려는 꽃이 되어 환희의 비명을 지르기 시작했다. 그러나 환희의 비명은 그 절정의 순간에서 왈칵 솟구치는 울음이 되더니, 어느새 서서히 흐느낌으로 변해 갔다.

　강석진 선생님께.

　이런 편지를 꼭 써야 하나 몇 번을 망설이다 펜을 듭니다.
　혹시 오해가 있을까봐 말씀드리는데 저는 제 딸의 공부를 위하여 잠시 남편과 떨어져 살고 있는 가정주부입니다. 비록 기러기 엄마이지만 유부녀입니다. 제가 구태여 이처럼 말씀드리는 것은 선생님의 저에 대한 배려가 조금은 불편하기 때문입니다. 저는 이옥봉처럼 소박맞은 여인도 아니고 한 많은 삶을 살다간 비범했던 여인 중의 하나도 아닙니다. 저는 현재의 제 생활에 매우 만족하고 있습니다. 시조를 배우려고 하는 것은 무료한 이곳 엘에이 생활을 조금은 가치 있게 보내려는 뜻 외에는 아무것도 아닙니다. 결코 시조 시인으로 등단하여 시인이 되고 싶은 생각도 전혀 없습니다. 보내주신 책은 참고로 잘 읽고 다음 토방에서 돌려드리겠습니다. 선생님의 뜻과 관계없이 제 생각이 너무 앞서 나갔다면 여인네의 좁은 심사로 생각하고 그냥 이 편지를 무시해 버리기 바랍니다.
　　　　　　　　　　　　　　　2007년 3월 11일 김숙희 올림.

메일을 보내고 나니 후회가 되었다. 왜 마음과는 달리 나오는 말이나 글은 거짓말이 되어 버리는가? 이옥봉이 소박맞아 불행했다 한들 남편에게 배신을 당하진 않았다. 기록을 보면 조원은 옥봉을 쫓아낸 후 또 다른 첩을 두어 옥봉을 배신하지 않았지만, 그도 또한 자신의 위신에 장애가 된다면 계집 하나쯤은 언제든지 팽개칠 수 있는, 수많은 조선의 남자 중 하나였으리라. 도대체 여인이란 무엇인가? 한반도에서 태어난 남자들에게 있어서 여인이란 무엇인가?

결혼식이 끝난 후 괌으로 떠나는 신혼여행 내내 남편은 들떠 있었다. 나 또한 결혼을 통해서 몇 달 동안의 마음 졸이는 직장생활이 끝나고 이제 새로운 삶의 여정을 떠난다는 것에 들뜨긴 마찬가지였다. 첫날밤의 격렬한 정사를 치룬 후 남편이 매우 흡족한 얼굴로 말했다.

"모든 일이 잘되었어. 회장님이 우리 결혼을 축하하려고 참석했단 말이야."

남편은 우리의 결혼보다도 회장이 결혼식에 참석한 것이 더 기쁜 것 같았다. 이에 보답이라도 하듯 남편은 예정보다 하루를 줄여 2박 3일의 짧은 신혼여행을 마치고 회사로 돌아가 열심히 일했다. 신혼 초에도 그는 회사에서 늦게까지 일하느라 밤늦게 귀가하는 일이 많았다. 어느 때는 지방 출장으로 며칠씩 안 들어오는 일도 많았다. 그때 너무 쉽게 손을 잡아주었다는 후회가 생길 무렵 미리가 태어났다. 미리는 지쳐가는 내 결혼 생활에 어떤 구원의 선물 같았다. 나는 더 이상 남편을 기다리지 않고 미리와 잘 지내는 법을 터득했다. 남편도 미리가 태어나자 매우 기뻐하였다. 그는 일하다가 연락을 받고 분만실로 달려와 미리를 안고 코를 벌렁거리며 말했다.

"우리도 이제 한 식구가 늘었으니 내가 더 열심히 일해야겠어."

그는 마치 회장의 분신처럼 열심히 일했다. 어느 날 저녁 TV에서 그가 쟁의 현장에서 노조원들에게 매를 맞는 장면이 나왔다. 그날 밤늦게 머리에 붕대를 감고 들어온 그를 보고 나는 결혼 후 처음으로 그가 불쌍하다고 느꼈다. 그는 울음을 터뜨리는 내게 웃으며 회장이 직접 주었다며 자랑스럽게 돈다발이 든 봉투를 내밀었다.

그는 초고속 승진을 계속하였다. 그가 함부르크, 런던, 베이징의 지사장으로 승진함에 따라 나와 미리는 남편을 따라 옮겨 다니며 짧은 외국생활에 적응해야 했다. 국내에 돌아와 그는 이사로 승진하였다. 그는 나이 사십이 안 되어 계열사 임원들만 참석한다는 월요일 새벽의 임원회의에 참석하게 된 것을 매우 자랑스럽게 생각하였다. 그는 임원이 되자 더 바빠졌다. 어느 날은 기흥의 생산현장에서 노조간부들과, 어느 날은 호텔이나 강남의 룸살롱에서 바이어들을 접대하느라 밤늦게 귀가하는 일이 더욱 잦아졌다. 밤늦게 돌아온 그가 술이 떡이 되어 나를 껴안을 때 나는 그에게서 나는 냄새로 그가 말을 안 해도 대충 남편의 그날 하루를 알 수 있을 것 같았다. 어느 때는 그에게서 독한 양주 냄새나 와인 냄새나 시가 냄새가 났고, 어느 때는 그에게서 소주 냄새나 삼겹살 냄새나 곱창 냄새가 났다. 항상 이렇게 냄새가 났던 남편으로부터 어느 날부터 냄새가 나지 않았다. 아니 좀 더 정확한 표현은 냄새가 났는데 지금까지 그에게서 맡았던 담배 냄새나 술 냄새나 음식 냄새가 아니라, 비누 냄새나 향수 냄새가 났다.

남편이 젊은 나이에 대기업 이사로 승진하자 모두들 나를 부러워했다. 오직 몇 년 전 남편과 이혼하고 미국에 간 미순이만이 내게 한 마디 했을 뿐이다.

"남편 단속 잘해라. 내 꼴 당하지 말고. 한국 남자는 돈 잘 벌어 배에 기름이 끼면 꼭 바람기가 슬슬 발동한다더라."

남편에게서 나는 냄새가 비누냄새 만으로 그치기를 바랐지만 향수냄새로 바뀌면서 나는 파국이 다가오고 있다는 것을 느꼈다. 그러나 항상 알아서 잘하는 아이였던 나는, 남편이 '미안해. 나 여자가 생겼어'란 말 대신 미리를 데리고 조기 유학을 가라고 했을 때, '당신 이제 내가 필요 없어진 거군요?'라는 말 대신 오히려 남편에게 고맙다고 말할 뻔했다. 어쩌면 엄마가 젊은 날 반평생을 꾹꾹 참으며 살다가 아빠가 볼품없는 늙은이가 돼서야 기를 폈듯이 나도 엄마를 닮아서일까? 아니면 강석진 선생님의 말처럼 나도 당차게 살지 못하고 한 많은 삶을 살다간 이 땅의 수많은 여인 중의 하나이기 때문일까? 그러나 강석진 선생님 또한 여자에 대해서 잘 모른다. 이옥봉이 소박을 맞고도 왜 남편만을 그리워하며 중운강이란 시를 썼는지 강석진 선생님은 잘 모른다. 강석진 선생님은 그런 일이 있으면 당당하게 이혼장을 내고 자신도 젊고 잘 생긴 연하의 남자라도 찾아 나서는 요즘 신세대의 당찬 여인을 생각할지 모르나, 그것이 십여 년을 한 남자에게 길들어진 여인으로서는 쉽지 않다는 것을 모른다. 또한 옥봉은 비록 소박맞아 친정으로 쫓겨 갔으나 남편 조원은 매달 쌀 몇 말은 계속 옥봉에게 보내주었을지 모른다. 가난한 살림에 이 또한 뿌리칠 수 없었을 것이라는 것을 강석진 선생님은 잘 모른다. 옥봉 또한 남편에게 더 이상 미련을 두지 않고 마을의 잘 생긴 젊은 선비와 연애라도 하고 싶었으나, 만일 소문이라도 난다면, 장안의 세도가인 조원의 보복에 아비가 입을 화를 생각해서 단념했는지도 모른다는 것을, 강석진 선생님은 한 번 쯤 생각해 보았을까?

빈창서 꿈을 깨니 달은 반쯤 기울었고
숲 저편 쇠북 소리 절 있음을 알겠네.
뜬금없이 새벽녘 봄바람 고약하니
아침에 남쪽 시내 몇 점 꽃잎 져 있으리.

김숙희 선생님의 메일을 받고 많이 부끄러웠습니다. 술기운에 보낸 메일이 선생님의 마음을 불편하게 한 모양입니다. 어찌 취기 탓으로만 돌리겠습니까? 마음이 움직인 탓이겠지요. 자중하도록 하겠습니다. 다음 주 시조 토방에 나오셔도 못 뵐 것 같습니다. 선생님을 뵐 낯이 없군요. 이왕 보낸 책은 그냥 두세요.

어젯밤 선생님의 메일을 받고 잠을 설쳤습니다. 이제현의 구요당 둘째 수가 생각이 나서 적어 보았습니다. 선생님의 행복을 빕니다. 참, 한 번도 본 적은 없지만 미리가 열심히 공부하여 훌륭한 사람이 되기를 빕니다.

정해년 사월 칠일 석진 올림.

미리는 열심히 공부하지 않았다.

사춘기에 접어들어 미리는 자고 나면 자라나는 콩나물처럼 하루가 다르게 변해 갔다. 중학교 때까지 한국 학생이 별로 없는 사립학교만 다닌 미리는 고등학교에 가게 되자 자기의 뿌리가 땅기는 듯 한국 학생들을 친구로 삼아 어울려 다녔다. 드라마도 한국 드라마만 보고 노래도 한국 젊은 가수들의 노래만 들었다. 책을 보는 시간보다 거울을 보는 시간이 많아졌으며 혼자 문을 잠그고 방에서 틀어박혀 지낼 때가 많았다.

미리와 나를 미국으로 보낸 남편은 첫해에는 두 달에 한 번 정도로 자주 엘에이에 왔다. 그러나 해가 갈수록 뜸해지기 시작했다. 작년에는 미리 방학에 맞추어 두 번 왔다. 미리는 미국에 온 지 첫해에는 아빠를 무척 보고 싶어 했지만 해가 갈수록 아빠 없이 사는 생활에 익숙해져 있었다. 작년에는 남편이 2주간이나 머물러 있었으나 미리와 저녁을 같이 먹은 것은 한두 번에 지나지 않았다. 미리가 친구들과의 약속이 많았기 때문이다. 남편은 그런 미리가 섭섭한 것 같았다. "저렇게 매일 공부는 안 하고 친구들과 어울리고 다니나?"라고 내게 책망조로 말했다. 내가 미리도 이제 사춘기에 접어든 것 같다고 말하자 남편이 화를 버럭 내며 말했다.

"사춘기라면 더욱 철이 나야지. 자식 공부 위해 뼈 빠지게 일해서 매달 천만 원씩 보내야 하는 아빠 생각 좀 하라고 당신이 말해야지."

그러나 그런 말은 미리에게 더 이상 통하지 않았다. 어느 날 밤늦게 들어 온 미리에게 내가 그렇게 말했더니 미리가 가방을 팽개치며 화를 내며 영어로 말했다.

"그따위 소똥 같은 소리 더 이상 듣고 싶지 않아. 나는 미국에 와서 공부하고 싶지 않았어. 그건 아빠가 원한 거지 내가 원한 것이 아냐. 더 이상 아빠에게 엄마랑 이렇게 사는 것에 내 핑계를 대지 마라 그래."

최근 들어 나는 미리가 무섭다는 생각이 들 때가 많아졌다. 가끔 한 마디 툭 던지는 말이 나보다도 더 내가 처한 현실을 정확하게 꿰뚫어 보고 있는 듯했다. 어느 날 남편이 떠난 후 남편의 속옷들을 다시 옷장에 챙겨 넣는 나를 보고 미리가 한 마디 던졌다.

"엄마는 아빠의 그 속옷들을 내년에나 다시 볼 수 있겠지. 나는 정말 엄마가 미스터리야. 왜 엄마는 이렇게 사는 거야?"

어느 날은 함께 저녁을 먹으며 불륜을 소재로 다룬 한국 드라마를 보다가 말했다.

"엄마, 아빠가 엄마랑 나랑 도로 한국 나가서 살겠다면 아빠가 좋아할까? 아이 돈 띵크 소우."

강석진 선생님께.

선생님의 메일을 받고 괜히 제가 쓸데없는 메일을 보냈다고 후회가 됩니다. 보내주신 책은 잘 읽고 있습니다. 책에는 허난설헌이나 이옥봉처럼 한 많은 인생을 살다간 여인들도 있지만 송덕봉이나 김만덕처럼 남정네 못지않게 자신의 삶을 당당하게 펼친 여인들도 있군요. 선생님이 이 책을 보내주신 까닭은 아마 그런 강인한 여성들의 삶을 본받으라는 뜻이 아닐까 합니다. 그러나 저는 천성적으로 그렇게 못 합니다. 저는 최근 들어 부쩍 사람들의 운명은 미리 정해진 것이 아닌가 하는 생각이 들 때가 많습니다. 이렇게 사는 것이 제 팔자일 듯싶습니다. 그저 답답하고 소심한 여인네로 생각하여 주시기 바랍니다.

시조토방에 안 나오시겠다니 매우 섭섭합니다. 저 보기가 불편하시다면 차라리 제가 안 나가겠습니다. 최정희 선생님이 강석진 선생님을 얼마나 자랑스러운 후배로 생각하시는지 잘 알고 있습니다. 다른 분들

도 섭섭해 하실 겁니다. 아무 일 없었던 것처럼 시조토방에서 다시 뵈었
으면 합니다. 선생님의 행복을 기원합니다.

김숙희 올림.

"미국 사람들도 우리 시조에 대해서 배우고 싶은데 어떻게 하면
되느냐고 가끔 이메일을 보내올 때가 있어요. 그런데 우리 시조를
가르칠 사람이 없어요. 영어도 짧은 내가 어떻게 하겠습니까? 일본
의 하이쿠는 벌써 미국의 교과서에 실린 지가 오래됐어요. 그런데
우리의 시조는 어떻습니까? 이곳 우리 미주 문단에서조차 일 년에
시가 수백 편이 발표된다면 시조는 한두 편 보기도 어려워요. 이것
이 우리의 현실입니다. 여기에 모인 여러분들이 나서줘야 해요. 우
리의 혼이 담긴 우리 시조가 이렇게 맥없이 사라져서야 어떻게 문
학한다는 우리가 죽어서 선배문인들을 뵐 낯이 있겠습니까?"

최정희 선생님이 흥분하셨다. 작년에 장기에 종양이 생겨 세 번
에 걸친 대수술을 받고도 다시 일어선 최정희 선생님, 어느덧 고희
를 바라보는 나이이다. 한 시대를 당차게 살아왔던 조선의 여인이
있다면 최정희 선생님 같은 분이었을 것이다.

"어째 오늘 강석진 선생님이 안 보이네. 끝날 때쯤 되면 강석진
선생님이 선정한 조선의 한시 한 수 듣고 끝났는데 오늘은 선생님
이 안 오셔서 밋밋하구먼."

역시 그는 오지 않았다. 그가 없는 토방이 오늘따라 유독 쓸쓸하
게 느껴졌다. 회원들과 아쉬운 작별 인사를 하고 주차장을 나서는
데 전화가 왔다. 미국인 여자 목소리였는데 잘 알아들을 수가 없었
다. 그러나 미리의 이름을 말해서 나는 그 전화가 미리의 학교에서

온 것이라는 것을 알았다. 내가 잘 못 알아듣자 조금 후에 미리 또래의 한국 여자아이 목소리가 들려왔다. 미리가 같은 반 한국 여자애를 때려 학교경찰에 체포되었다는 것이다. 나의 심장이 요동을 치기 시작했다. 매일 미리의 등하교 길에 다녔던 길이지만 오늘따라 유난히 멀게만 느껴졌다. 허겁지겁 학교에 도착하여 교무실로 찾아가니 경찰과 함께 서 있는 미리가 보였다. 항상 당당하던 미리였건만 이날만은 죄인처럼 고개를 숙이고 있었다. 내가 미리에게 다가가자 한 동양 여자가 튀어나오며 나도 알아들을 수 있는 영어로 욕설을 해 댔다. 아마 미리에게 맞은 애의 엄마인 것 같았다. 그녀가 하도 소리를 치자 경찰이 그녀에게 조용히 하라고 하였다. 그러자 그녀는 내게 한국말로 말하였다.

"애들 교육 똑바로 시켜야지 미국까지 와서 애들 때리고 지랄이야. 여기가 한국인지 알아. 돈 지랄 하느라고 조기 유학인지 뭐니 철딱서니 없는 것들 미국 보내서 여기서 자란 애들 다 망치고 있어." 그리고 그녀는 다시 영어로 경찰에게 미리를 감옥에 꼭 보내야 한다고 말했다. 미리가 그 말을 듣고 그녀를 노려보며 한 마디 했다. 아마 당신 딸이 더 나쁜 애라고 한 것 같았다. 그녀가 격분하여 미리에게 달려들려고 하자 경찰이 말리며 큰소리로 그녀에게 나가라고 말했다. 그녀는 만일 감방에 안 보내면 변호사를 사서 꼭 고소를 할 것이라고 나와 경찰과 미리를 번갈아 보며 말한 후 나가 버렸다. 여자가 나간 후 경찰은 내게 미리에게 발부한 티켓에 사인하라고 하였다. 미리는 폭행으로 체포되었으며 티켓에 정해진 날짜에 재판에 나와야 한다는 것이다. 그리고 2주간의 정학이 내려졌다고 말했다. 미리는 집으로 돌아오는 차 안에서 그 여자애는 학교 갱

멤버 중의 하나이고, 평소 한국에서 갓 와서 영어를 잘 못하는 한국 아이들을 무시하였으며, 오늘도 자기에게 인사를 안 한다고 먼저 시비를 걸었다고 떠들었지만, 내가 더 이상 듣고 싶지 않다고 소리를 지르자 입을 다물었다.

미리를 집에 데려다주고 나는 다시 나왔다. 무작정 어디론가 가고 싶었다. 프리웨이에 들어서 달리다 보니 나도 모르게 바닷가 쪽으로 가고 있었다. 태양은 조금 후면 바다 속으로 빠져드는 것을 아쉽기라도 한 듯, 헐떡거리며 마지막 빛을 발하며 내 눈을 찔러댔다. 산타모니카 해변에 도착하니 이미 반쯤 잠긴 태양은 해변을 붉게 물들이고 있었다. 월요일 저녁의 피어는 한산하였다. 낚시꾼 몇 사람과 데이트를 나온 커플들 몇 쌍이 전부였다. 오직 갈매기들만 태양을 쫓아 바다 속으로 뛰어들었다 다시 육지를 향해 힘차게 비상하며 바쁘게 춤추고 있었다. 나는 걸어서 바다 끝까지 가기라도 할 듯, 천천히 피어의 끝까지 걸어갔다. 어느새 태양은 바다 속으로 떨어지고 어둠이 몰려오기 시작했다. 이를 기다리기라도 한 듯 데이트 중이던 남녀가 난간에 기대어 진한 사랑을 나누기 시작했다. 피어의 끝에 이르러 나는 난간을 붙잡고 바다를 내려다보았다. 피어 망루에 하나둘씩 불이 켜지자 바다는 잔잔한 스크린처럼 사람들을 비추기 시작하였다. 그 중에 내려다보는 내 모습도 보였다. 그 모습은 매우 지치고 슬퍼 보였다. 그때 갑자기 이옥봉 생각이 났다. 이옥봉은 몸을 던져 자살하였다고 전한다. 온몸을 자신이 쓴 시가 적힌 종이로 칭칭 감고 바다로 뛰어들었다고 한다. 그 시신이 물살을 타고 서쪽으로 흘러들어가 중국에서 발견되었다고 한다. 종이를 벗겨보고 그 시신과 함께 빼어난 시에 탄복한 중국 사람들에 의해 이옥봉 시집이 중국에서 발간되었다고 한다. 나도 이옥봉처럼 바다에 뛰어들면 시신이 흘러흘러 서쪽으로 갈까? 그래서 속초나 주문진에 닿지 않을까? 자꾸만 몸이 바다 쪽으로 기우는 것 같아 정신을 차리고 하늘을 보니 초승달 사이로 뭔가 날아가는 것이 보였다. 기러기였다. 그것은 분명히 산타모니카의 기러기였다.

강석진 선생님께.

강은 갈매기 꿈을 품어 넓고
하늘은 기러기 슬픔 머금고 멀기만 하네.

어젯밤 산타모니카 비치에 가서 기러기들을 보았습니다. 미국에도 기러기가 있다는 것을 처음 알았습니다. 산타모니카의 기러기들은 초승달을 가로 질러 서쪽으로 날아가고 있었습니다. 끊길 듯 이어질 듯 처량하게……. 저는 그 기러기 편에 그간 제 가슴 속에 맺힌 한을 모두 실어 보냈습니다. 이제 더 이상 울고 싶지 않습니다. 지난번 시조토방에서 선생님을 못 뵈어서 몹시 서운했습니다. 이제 선생님을 다시 뵙는다면 조선의 당찬 여인은 못 되어도 다시는 눈물짓지 않는 그 정도의 여인은 될 것 같습니다. 미리는 선생님이 기대하듯이 공부를 잘하지는 못하나 훌륭한 사람이 될 것이라고 믿습니다. 엄마가 꿈꾸는 조선의 당찬 여인이 될 것을 확신합니다.

다시 선생님을 뵙고 한시 이야기를 듣고 싶습니다.

정해년 5월 단오에 숙희 올림.

내가 달리기 시작한 이유

오줌이 마려워 잠을 깼다. 일어나 화장실에 가려는데 누군가 우는소리가 들린다. 엄마다. 또 엄마가 아빠랑 싸우신 것일까? 나는 이때 방문을 열려다 말고 잠시 기다렸다. 나도 이제는 엄마와 아빠가 중요한 말을 할 때 함부로 문을 열어 끼어들지 않아야 한다는 것을 알고 있다. 지금이 바로 그런 것 같았다. 울음 섞인 엄마의 말소리가 들렸다.

"그러기에 내가 당신 친구 비즈니스에 끌어드리지 말랬지. 죽 쒀서 개준 꼴 아냐. 그냥 불쌍하면 몇 푼 떼어 도와주면 됐지. 왜 회사에 끌어드려서……."

아빠가 말이 없는 것을 보니 아빠가 뭔가 잘못한 것 같았다. 아니면 벌써 아빠의 굵은 목소리가 들렸으리라. 나는 어떻게 할까 망설이다 언니를 깨웠다. "언니! 엄마 울어" 했더니 언니는 짜증을 내며 "너는 상관하지 말고 잠이나 자" 하고 이내 돌아눕는다. 언니는 뭔가 알고 있는 것 같았다. 분위기가 이상해서 좀 참아볼까 했으나 빵빵해진 배에 가득 찬 오줌이 금방이라도 나올 것 같아 도저히 참을 수 없었다. 문을 빠끔히 열고 나가니 아빠는 식탁 앞에 앉아 담배를 피우고 있었다. 식탁에는 술병이 놓여 있었다. 내가 "아빠. 담배!" 했으나 아빠는 들은 척도 안 하고 나를 쳐다보지조차 않았다. 다른 때 나에게 집안에서 담배를 피우다 들켰으면 황급히 담배와 재떨이를 가지고 베란다로 가며 "애고! 애고! 우리 공주님에게 들켰네. 한 번만 용서해 주세요" 했을 텐데 오늘은 아무 말도 없는 아빠의 표정이 정말 무서워 보인다.

"자다 말고 왜 나와!" 엄마의 화난 소리에 "나 오줌 마려워서 ……" 했더니 "그러기에 잘 적에 수박 많이 먹지 말라고 했지. 어서 누고 들어가 자"라고 소리를 빽 지른다. 엄마는 늘 그런 식이다. 엄마는 화가 나면 항상 "그러기에 내가 뭐 뭐 하지 말라고 했지"라고 말한다.

다음날 수업을 마치고 알리사랑 놀고 있는데 엄마가 왔다. 나는 늘 그래 왔듯이 알리사랑 차에 오르며 "엄마. 알리사랑 집에서 놀면 안 돼?" 했더니 엄마는 "안 돼. 아빠가 집에 계셔"라고 한다. 엄마는 아직도 화가 안 풀린 찡그린 얼굴이다.

"그럼 어떡해? 알리사 할머니는 저녁에 온단 말이야? 애 혼자 어떻게 있어?"

그때서야 엄마는 나와 알리사를 번갈아 보다가 "그럼 알리사랑 알리사 할머니 집에서 놀아. 엄마가 저녁에 널 데리러 갈 게" 한다. 알리사는 일 학년이다. 나보다 두 살이 어리다. 눈이 큰 알리사를 보고 엄마는 자주 "나중에 크면 소피아 로렌처럼 예쁘겠네!"라고 말하곤 했다. 나는 소피아 로렌이 누군지 모르나 알리사네 엄마처럼 이탈리아 사람일 걸로 생각했다. 알리사는 작년까지 우리 집 옆에 살아 매일같이 같이 지냈는데 작년에 알리사 엄마가 죽고 지금은 할머니 집에서 산다. 알리사의 아빠는 알리사 엄마랑 이혼하고 다른 곳에서 산다. 나는 지금도 그때 일을 잊지 못한다. 일요일 아침에 갑자기 사이렌 소리가 요란히 나서 밖을 보니 빨간색의 911 기다란 차가 알리사 집 앞에 멈춰 서는 것이 아닌가! 그러더니 소방수 아저씨들이 알리사네 집 문을 부수다시피 달려 들어가 누군가를 작은 침대에 실어 내오는데 알리사 엄마였다. 나는 그렇게 시끄러운 가운데도 세상모르고 작은 침대에 잠자며 누워 있는 알리사 엄마의 모습을 보고 너무도 무서웠다. 그 순간 그것이 어른들이 말하는 죽음이라는 것을 알았기 때문이다.

알리사 엄마는 그 후로 돌아오지 않았다. 며칠 후 알리사와 알리사 할머니가 나타나 알리사의 짐을 꾸린 후 우리 집에 인사하러 왔다. 나는 알리사가 학교에도 며칠 나오지 않아 너무 반가웠으나 그냥 하이! 하고 인사만 하고 알리사를 허그하지 못했다. 알리사가 너무 슬퍼 보였고 딱정벌레처럼 너무 작아진 것 같아 낌찍 놀랐기 때문이다. 단지 엄마만이 눈물을 글썽이며 알리사의 손을 꽉 잡고 가슴에 껴안았다. 그때서야 나도 엄마처럼 알리사의 손을 꼭 잡았다.

　그 후로도 우리는 알리사와 학교와 집에서 잘 놀았다. 학교가 끝나면 주로 우리 집에서 놀았는데 알리사의 할머니가 저녁에 알리사를 픽업하러 왔기 때문이다. 알리사의 할머니는 병원에서 일한다고 한다. 알리사는 엄마가 죽고 크게 변한 것이 없으나 예전보다 자주 삐치고 우는 일이 많아졌다. 오히려 변한 것은 나였다. 옛날에는 알리사랑 게임하다가 자주 싸웠는데 지금은 그러지 않는다. 하루는 알리사가 나랑 놀다가 화가 나서 우는 것을 보고 엄마가 나만 야단치셨다. "체리! 네가 양보하지 못해! 너는 알리사 언니뻘이잖니?"라고 네게 소리친 후 알리사를 껴안으며 "어구! 불쌍한 내 새끼" 하셨다. 이것은 한국에 계신 할머니가 오면 내게 잘했던 거라 엄마가 알리사에게 그러는 것이 나는 별로 어울리지 않는다고 생각했다.

　아빠도 어느 날 일찍 집에 들어왔다가 나랑 놀고 있는 알리사를 보고 하이!하고 인사한 후 엄마에게 "참으로 잔혹한 여자구먼. 이 어린 것을 두고 약물중독에 자살까지……"라고 말했다. 내가 듣고 "약물중독이 뭐야?" 했더니 엄마가 나서며 "당신은 애들 듣는데. 체리! 아빠 왔으니 알리사랑 네 방에 가서 놀아" 하며 나의 말을 막았다. 그러나 나는 알고 있었다. 그것이 알리사 엄마의 죽음에 관한 말이라는 것을.

　나는 사실 그즈음 죽음에 관해 많이 생각했다. 우리 반의 데니가 백혈병으로 죽었기 때문이다. 데니는 너무 못생기고 뚱뚱해서 내가 좋아하지는 않았지만 나는 데니가 착한 아이라는 것을 알고 있다. 데니는 내 생일날 내게 바비 인형을 선물했기 때문이다. 다른 아이

들은 대부분 캔디 선물이었는데 말이다. 그런 데니가 어느 날 코피를 흘리고 쓰러져서 양호실에 실려 간 후로 몇 달 학교에 안 나오더니 선생님이 어느 날 수업시간에 데니를 위해 기도드리자고 하였다. 데니가 하늘나라로 갔다는 것이다. 나는 알리사 엄마나 데니처럼 사람들이 갑자기 죽는다는 것, 그리고 다시는 안 나타나는 죽음이라는 것이 참으로 이해하기 어려웠다. 내가 어느 날 알리사 집에서 놀았을 때 정말 처음으로 먹어본 맛있는 스파게티를 만들어 주었고 우리 엄마보다 두 배나 큰 눈으로 내게 미소 지었던 알리사 엄마나, 내게 캔디며 멋있는 펜 등을 자주 주었던 데니 같은 착한 애가 갑자기 사라져 버리는 죽음이라는 것이 너무나 이해가 안 됐다. 그래서 어려운 숙제가 있을 때 늘 그랬던 것처럼 어느 날 아빠에게 "사람은 왜 죽는 거야?"라고 물어보았다. 아빠도 잘 모르는지 처음엔 머뭇거리다가 내 숙제를 도와줄 때처럼 나를 보고 진지하게 말했다.

"사람은 사실 죽는 것이 아니란다. 그냥 떠나가는 거란다."
나는 이런 아빠의 말을 이해할 수 없어서 다시 물었다.
"죽는 게 아니라 떠나가면 다시 오는 게야?"
아빠가 다시 말했다.
"기다리는 사람이 있으면 다시 온단다."
내가 다시 물었다.
"그전에 아빠가 한국에 갔을 때처럼 몇 달 만에 다시 올 수도 있는 게야?"
아빠가 나를 안아 올리며 말했다.

"그래, 그렇게 다시 오지. 내가 잠에서 깨었을 때 아빠가 내 옆에 웃고 있었을 때처럼. 그러나 그때처럼 석 달은 아니란다. 수백 억년이 걸릴 수도 있지. 그러나 너는 어차피 자고 있기 때문에 그렇게 오랜 시간이 흐른 것을 모르지. 그러나 중요한 것은 어느 날 그렇게 다시 온다는 거야."

아빠의 말은 이처럼 알쏭달쏭하였다.

어느 날부터 아빠가 집에 있는 시간이 많아졌다. 나는 언제나 늦게 들어오고 어느 때는 주말에만 볼 수 있는 아빠가 항상 집에 있다는 것이 너무 좋았으나 아빠는 그렇지 않은 것 같았다. 아침에 학교 가는 나를 볼 때나 학교에서 돌아온 나를 보고도 예전처럼 허그해 주지 않았다. 가끔 거실에서 마주치는 아빠는 항상 화가 난 표정이거나 뭔가를 잃어버린 사람처럼 서성거렸으며, 내가 인사를 하거나 무엇을 물어도 건성으로 대답하거나 아예 대답을 하지 않았다. 나는 이 모든 것이 며칠 전 밤에 엄마의 울음소리와 관계가 있다고 느꼈으나 나는 엄마에게 아빠가 왜 그러냐고 묻지 않았다. 잘은 모르지만 나로서는 왠지 묻지 말아야 한다고 느꼈으며, 물어도 엄마가 잘 가르쳐줄 것 같지가 않았기 때문이다.

조금씩 집안 분위기가 조용해져 갔다. 엄마는 예전처럼 비디오를 빌어다가 보면서 깔깔거리며 웃는 일이 적어졌고 언니 또한 거실에서 엄마랑 수다 떨지 않고 학교 갔다 오면 곧장 방으로 들어왔다. 나만 변함없이 거실에서 알리사랑 놀았으나 달라진 것은 냉장고에 먹을 것이 갈수록 적어진다는 것이다. 어느 날 알리사랑 집에 와

냉장고를 열어보니 과일은커녕 마실 오렌지 주스조차 없는 것이 아닌가! 내가 누워있던 엄마에게 "엄마! 알리사 목마르다는데 주스도 없어" 했더니 엄마가 크게 한숨을 쉬며 일어나 밖으로 나가서 주스랑 과자를 사 왔다. 집 가까운 7-11에 다녀오신 것 같았다.

어느 날 방에서 숙제를 하고 있는데 엄마가 크게 소리치는 소리가 들렸다. 나가 보니 엄마가 언니를 야단치고 있었다.

"삼십 불이나 돈 주고 티켓 사 준 것도 감지덕지해야지. 너 철이 있니? 없니? 100불이나 되는 A석이 뭐야? 앞으론 그나마 이것도 못 사줘. 네가 가고 싶으면 아르바이트해서 벌어서 가."

언니는 울상이 되어 엄마에게 말했다. "수경이랑 희진이도 모두 A석 끊었단 말이야. 같이 가서 나만 뒤에서 봐?"

나는 그것이 한 달 전부터 언니가 그토록 가고 싶어 하던 H.O.T의 LA공연을 두고 하는 말이란 것을 금방 알았다.

"게네들은 부잣집 애들 아냐? 너는 아빠가 어떻게 됐는지도 몰라?"

엄마가 소리치는 소리에 방에서 아빠가 나왔다. 언니는 아빠가 나오자 거의 울먹거리며 방으로 들어갔다. 언니는 지난번 친구들과 LA에 나가 디스코텍에 갔다 밤늦게 들어오다 아빠에게 맞은 후 아빠를 매우 무서워한다. 내가 따라 들어갔더니 언니는 책상에 엎드려 "아빠 너무 미워" 하며 우는 것이 아닌가! 내가 "아빠가 왜 미워?" 했더니 나를 보고 "아빠가 망해서 다 이런 것 아냐!" 하고 괜히 나에게 화를 낸다. 조금 후 아빠가 엄마에게 뭐라고 했는지 엄마가 들어와 언니에게 돈 100불을 주며 "다시는 그런 철딱서니 없는 짓하지 마" 하였다. 언니는 돈을 받고 금방 기분이 좋아졌는지 친구에게 전화를 걸어 수다를 떨기 시작했다. 내가 봐도 언니는 참 철이 없다고 생각한다. 하이스쿨에 들어가고 난 후 부쩍 거울만 보고 화장을 하고 매일 공부는 안 하고 컴퓨터로 채팅만 열심이다. 하루는 방을 열고 들어갔더니 후다닥 컴퓨터를 끄며 "넌 노크할 줄도 모르니?" 하며 내게 화를 낸다. 내가 언제 저랑 노크하고 들락날락했단 말인가?

그러나 며칠 후 나도 아빠를 미워하게 되는 일이 발생하였다. 하루는 알리사랑 수업이 끝난 후 집으로 와 할로윈 놀이를 하고 놀았다. 엄마는 우리를 픽업해 준 후 볼 일이 있다고 곧장 코리아타운으로 나갔다. 엄마는 집에 아빠가 계시니 너무 떠들고 놀지 말라고 하셨다. 처음엔 우리도 거실에서 소곤소곤 조용히 놀았으나 어느새 깔깔거리며 신나게 놀았다. 나는 할로윈 유령 마스크를 하고 식탁 밑이나 옷장 안, 커튼 뒤, 침대 밑에 먼저 숨고 알리사는 눈을 감고 열을 센 후 나를 찾아 나선다. 나는 알리사가 나타나기를 기다렸다가 알리사 앞에 갑자기 튀어나와 와! 하고 소리 지르면 알리사는 매번 소리를 지르며 놀랐다가 나중에 깔깔 웃는다. 나는 집안 곳곳을 돌며 알리사가 알지 못할 곳을 찾아 숨었고, 그런 나를 알리사는 찾아 나섰다. 한 번은 부엌 싱크대 밑 찬장 안에 숨었는데 알리사는 한참을 찾다가 나를 못 찾고 지쳐서 "체리! 체리!"하고 나를 부르기 시작했다. 나는 이 순간 찬장 안에서 웃음을 참으며 이번에는 바로 나가지 않고 좀 더 알리사를 놀려 주리라 생각했다. 그랬더니 알리사가 식탁 앞으로 와 나를 부르다가 울기 시작하는 것이 아닌가?

80

나는 이때다 싶어 와! 하고 찬장 문을 열고 나갔더니 알리사는 뒤로 발라당 놀라 자빠졌다. 우리는 비명을 지르며 깔깔거렸는데 그때 누군가가 방문을 박차고 나왔다. 아빠였다.

"Stop it! stop making noise!"

아빠는 알리사도 알아들을 수 있게 영어로 소리 질렀는데, 내가 그전에 전혀 본 적이 없는 정말로 무섭고 화난 얼굴이었다.

"체리, 너 뭐 하고 있는 게야? 네 방에 들어가서 공부하고 알리사, You back to your home!"

알리사는 아빠가 고함치자 놀라서 진짜로 울기 시작했다. 나는 나도 모르게 알리사를 감싸 안았다. 아빠는 알리사가 우는데도 신경 쓰지 않고 문을 꽝 닫고 방으로 들어가 버렸다. 나는 그날 처음으로 아빠가 밉다고 생각했다.

그날 이후 알리사는 집으로 놀러 오지 않았다. 수업이 끝난 후 돌아온 집은 더욱 조용해졌다. 엄마는 자주 신문을 보다가 전화를 걸고 뭔가를 받아 적은 후 차를 타고 나갔으며 언니는 친구 집에서 놀다가 늦게 들어오는 날이 많았다. 나는 집에서 숙제를 마치고 TV를 보거나 닌텐도 게임을 하고 놀았다. 하루는 놀다가 너무 심심하다고 느꼈다. 그 순간 온종일 방안에만 있는 아빠는 도대체 무엇을 할까 매우 궁금해졌다. 아빠는 화장실 가는 것 외에는 거의 방에서 나오는 일이 없었다. 하루는 엄마가 늦게 와 저녁때가 되어 배가 고파진 나는 방문을 열고 아빠에게 "아빠! 배고파" 했더니 침대에 드러누워 책을 보고 있던 아빠는 그제야 일어나 나와 "라면 끓여 줄까?" 하고 라면을 끓여 주었다. 나는 라면을 먹으면서 생각하였다. 아빠는 그렇게 밤낮 책만 보고 있는 것일까?

어느 일요일 아침이었던 것으로 기억한다. 아침에 집 앞을 나갔던 엄마가 화들짝 놀라 집안으로 들어서며 "여보! 당신 차가 없어졌어. 누가 훔쳐 갔나 봐!"라고 소리를 질렀다. 아빠가 방에서 나와 밖으로 나갔다. 얼마 안 있어 금방 들어온 아빠는 "어떻게 된 거야?" 묻는 엄마는 쳐다보지도 않고 발코니로 나가 담배만 피웠다. 엄마가 아빠에게 다가가자 아빠가 뭐라고 하였는데 그제야 엄마는 거실로 돌아와 주저앉으며 "내가 못 살아. 이제 차까지 없으면 어떡하라고!"하며 울먹이기 시작했다. 내가 밖으로 나가보니 정말 어제만 해도 집 앞에 늠름하게 세워져 있던 아빠의 검은색 랜드로버 지프차가 감쪽같이 사라져 버린 것이 아닌가! 작년 겨울에 그 차를 새로 산 아빠는 우리 가족들을 그 차에 태우고 빅베어 스키장으로 놀러 갔다. 그때 검은 선글라스를 끼고 운전하는 아빠가 나는 브래드 피트보다 더 멋있다고 생각했다. 그런데 그 멋진 지프는 사라지고 담배를 피우고 난 후 방으로 들어가는 아빠의 모습은 왠지 너무 늙어 보여 나도 모르게 깜짝 놀랐다.

그 후로 엄마가 신문을 보다가 전화를 건 후 코리아타운에 나갔다 오는 일이 더 많아졌다. 어느 날 아빠와 함께 저녁밥을 먹다가 엄마가 내게 말했다.

"체리, 엄마가 내일부터 수업이 끝난 후 너를 픽업할 수가 없단다. 엄마가 내일부터 일해야 하거든. 그래서 네가 수업이 끝나면 알리사 할머니가 올 때까지 알리사랑 학교에서 같이 놀아. 엄마가 알리사 할머니에게 얘기를 해 놓았거든." 나는 엄마의 얘기를 듣자마자 드디어 올 것이 왔다는 생각이 들었다. 그러나 왠지 엄마에게 흔쾌히 예스라고 할 수 없었다.

"싫어. 알리사 할머니는 너무 늦게 온단 말이야. 그때까지 너무 배고프단 말이야."

조금 난감해진 엄마가 다시 말했다.

"엄마가 네가 배고프지 않게 빵이랑 과자를 싸 줄게. 알리사랑 나눠 먹고 알리사 할머니 기다리며 학교에서 놀아."

나는 그때서야 내 속셈을 드러냈다.

"엄마. 그냥 학교 끝나면 알리사랑 걸어서 집에 오면 안 돼? 나 걸어서 집에 올 수 있단 말이야. 우리 학교 애들 중에 우리 집 근처까지 걸어 다니는 애도 많아. 알리사랑 집에 와서 놀다가 알리사 할머니가 나중에 알리사를 데리러 오면 되잖아?"

나는 알리사랑 집에서 다시 놀고 싶었던 것이다. 그러나 엄마는 그냥 안 된다고 했다가 무슨 생각이 떠올랐는지 그때까지 묵묵히 밥만 먹고 있던 아빠에게 말했다. "참! 당신이 체리 좀 픽업하면 되겠네." 그러자 아빠는 엄마를 쳐다보지도 않고 퉁명스럽게 말했다. "내가 어떻게 체리를 픽업해. 차도 없는데." 엄마가 좀 언성을 높이며 말했다. "아니 세 블록밖에 안 되는 체리도 걸어올 수 있는 거리인데 당신이 좀 걸어가서 애 좀 픽업하면 안 돼? 할 일도 없으면서?"

그때였다. 갑자기 아빠가 밥그릇을 들어 밥상을 꽝하고 쳤다. 국그릇에 국이 쏟아지고 컵에 든 물이 엎질러졌다. 나는 순간 니무 놀라 입안에 든 밥을 토할 뻔하였다.

"20년 가까이 내가 벌어 준 돈 가지고 살다가 한 번 일 나간다고 위세 떠는 거야. 가깝고 멀고 문제가 아니잖아. 내가 차도 없이 어떻게 체리 학교까지 가 애를 픽업 하냐고?" 아빠의 눈은 화가 나서 튀어나올 것 같았다. 엄마도 놀랐는지 "알았어요. 내가 답답해서 당신에게 한 번 말해 봤어. 진정하고 식사해요." 그러나 엄마의 사과에도 아빠는 수저를 놓고 문을 쾅하고 닫고 방으로 들어가 버렸다. 아빠가 방으로 들어가자 엄마는 밥을 먹다 말고 손으로 눈을 가리고 울기 시작했다. 엄마가 울자 나는 엄마가 불쌍해졌다. 뭐라고 엄마에게 말해야 했다. "엄마. 알았어. 엄마 말대로 할 게. 알리사랑 학교에서 놀면서 알리사 할머니 기다릴게." 그러나 엄마의 울음은 멈추지 않았다. 나는 그 순간 두 번째로 아빠가 미워졌다.

다음 날 나를 학교로 데려다주면서 엄마는 내 손을 꼭 쥐고 말했다. "체리. 너도 이제 내년에 열 살이 되니 많이 컸구나. 엄마가 많이 힘들단다. 그러니 너도 엄마를 도와줘야 해. 수업이 끝나면 알리사랑 놀다가 알리사 할머니가 오면 집으로 와. 무슨 일이 있으면 엄마에게 전화하고. 엄마 전화번호 알지?"
나는 대답 대신 고개를 끄덕였다.

수업이 끝난 후 나는 알리사네 교실로 갔다. 알리사는 교실 앞에 혼자 나와 있다 나를 보고 반가워했다. 나는 알리사를 보고 보란 듯이 말했다.
"알리사, 오늘부터 내가 너랑 너희 할머니 올 때까지 학교에서 놀아줄게."

알리사는 "Thank you. Cherry!"라고 말하며 기뻐하였다. 알리사
는 사실 나 외에는 별로 친구가 없었다. 너무 말이 없고 자주 울어
아이들이 싫어하였다. 아이들은 그런 알리사랑 꼭 붙어 다니는 나
를 보고 하얀색 치즈와 노란색 세다 치즈가 함께 들어 있는 막대
치즈라고 부르며 놀리곤 했다. 나는 알리사의 손을 잡고 학교 안
어디서 재미있게 놀 수 있을까를 살폈다. 남자 애들이 공을 갖고
노는 운동장은 싫었다. 지난번 알리사는 운동장에 있다 공에 맞아
넘어진 후 운동장에는 잘 나가려고 하지 않는다. 우리는 결국 도서
관으로 향했다.

도서관에서 알리사랑 숙제부터 하고 있는데 폴이 와서 "체리! 너
희 아빠 왔어"라고 한국말로 말했다. 폴은 우리 반 한국아이다. 내
가 나가보니 정문에 아빠가 서 있었다. 나는 아빠에게 반갑게 다가
갔으나 허그하지는 않았다. 그 전날 일 이후 왠지 아빠가 조금 멀어
진 것 같이 느껴졌기 때문이다.

"아빠 왜 왔어? 나 알리사랑 놀다가 알리사 할머니가 픽업해 주
기로 했는데……."

나는 아빠가 나를 데리러 왔다는 것을 알았지만 일부러 그렇게
말했다. 아빠는 내 손을 잡으며 "너 학교에서 오래 있는 것 싫다
며……. 배도 고프고……. 아빠랑 집에 가자. 아빠가 맛있는 거 만들
어 줄게"라고 말했다. 나는 기다렸다는 듯이 말했다. "아빠! 그러면
알리사도 같이 가도 돼?" 그리고 돌아보니 알리사는 어느새 도서관
에서 나를 따라 나와 조금 떨어진 곳에서 우리를 지켜보고 있었다.
그러다 아빠가 돌아보자 알리사는 고개를 땅으로 숙이고 아빠의
시선을 피하려 했다. 아빠가 알리사에게 다가갔다. 그리고 고개를

숙여 알리사에게 뭐라고 이야기했다. 그러자 알리사가 아빠를 따라 나 있는 곳으로 왔다. 내가 알리사에게 자랑스럽게 말했다. "알리사. 우리 집에 가자. 우리 아빠가 집에서 맛있는 거 만들어준대." 아빠는 그때 알리사 할머니에게 전화를 하였다.

나는 아빠랑 집으로 걸어가는 도중 알리사에게 아빠가 다가가 뭐라고 말했는지 물어보았다. 알리사는 아빠가 지난번에 소리 질러 미안하다고 사과했다고 했다. 나는 손을 뻗어 아빠의 손을 잡았다. 그리고 동시에 알리사의 손도 잡았다. 그렇게 셋이서 나란히 걸었다. 나는 그 순간 무언가를 잃어버린 듯한 아빠와 엄마를 잃어버린 알리사가 어쩌면 서로 닮았는지도 모른다고 생각했다. 가운데 서서 걸으며 한쪽으로 아빠의 손을 통해서, 다른 한쪽으로 알리사의 손을 통해서 뭐라고 말할 수 없는 어떤 기운이 내 가슴으로 밀려오는 것 같았다. 그러나 오후의 따사로운 햇살만이 아랑곳하지 않고 내 얼굴을 자꾸만 간지럼 태우며 장난을 치기 시작하여 나와 알리사는 금세 깔깔거리기 시작하였다.

집에 도착하여 아빠는 냉장고에서 주스를 꺼내 나와 알리사에게 따라주었고 "너희 배고프지?"라고 묻고는 주방에서 무엇인가를 만들기 시작하였다. 집안은 금방 버터를 볶는 고소한 냄새로 가득 찼다. 나는 아빠가 정말 기막힌 요리사라는 것을 잘 알고 있다. 가끔 아빠가 쉬는 날 주방에서 뚝딱뚝딱 무엇을 만들면 어느 때는 그것이 짜장면도 되고 어느 때는 돈가스도 되는 등 아빠는 내가 좋아하는 무엇이든지 만들 수 있다는 것이 너무 신기하였다. 엄마도 어느 날 아빠가 만들어준 해물국수를 먹으며 "당신 요리솜씨는 알아줘야 해" 하고 행복해 했던 때가 있었다. 아빠가 요리를 끝내고 "배고프지. 체리, 알리사, 어서 와 먹어라"라고 큰 소리로 말해서 식탁으로 가보니 토마토와 피망이 들어간 근사한 프라이드 라이스가 준비되어 있었다. 나는 그날 세상에서 제일 맛있는 프라이드 라이스를 먹었다. 알리사도 맛있는지 내가 두 번이나 더 줄까 물었더니 그때마다 고개를 끄덕이며 정신없이 먹었다.

밥을 먹고 알리사와 나는 숙제를 했는데 설거지를 끝낸 아빠는 알리사 곁으로 다가가 알리사의 숙제를 돌봐 주었다. 나는 저런 아빠의 모습이 엄마가 가장 좋아하는 아빠의 모습이라는 것을 잘 알고 있다. 어느 날 끙끙대는 언니의 수학문제를 아빠가 자세히 가르쳐주고 방으로 들어가자 엄마는 얼굴에 미소를 가득 품고 "세상에 너희 아빠처럼 똑똑한 사람은 없을 거야"라고 말했는데 그때 언니는 "근데 아빠는 왜 돈은 잘 못 벌어?"라고 엄마에게 퉁명스럽게 물었다. 그러자 엄마는 화가 난 듯 "아빠가 왜 돈을 잘 못 벌어? 미국까지 와서 너희들 교육시키는 것이 쉬운 일인지 알아!" 하고 언니에게 빽 소리를 쳤다. 그러나 언니는 기죽지 않고 "근데 아빠 이번에도 또 망했잖아" 하고 중얼거렸다. 이 말을 들은 엄마는 조금 열 받았는지 더듬거리며 말했다.

"그, 그건 아빠가 너무 사람이 좋아서 그런 거야. 사람을 너무 믿고……. 한국에서는 넥타이 매고 대기업에서 직장생활만 했고 사업이라곤 안 해 본 사람인데……."

그러나 철없는 우리 언니는 기어코 엄마의 속을 더 뒤집어 놓았다.

"엄마, 근데 빌 게이츠 같은 사람은 하버드도 나온 수재인데 돈도 엄청나게 버는 부자잖아."

엄마는 언니를 정면으로 쏘아보며 "너 지금 아빠가 사업에 실패
했다고 아빠 원망하는 거야! 너나 잘해! 너 대학 가는 거 하버드는
바라지도 않고 UCLA라도 가면 내가 원이 없겠다"라고 말했다. 그
러자 언니는 "엄마. 걱정하지 마. 적어도 아이비리그 아니면 안 가"
하고 자신 있게 말한 후 방으로 들어가 버렸다. 언니가 방으로 들어
가자 엄마는 한숨을 쉬며 "내가 잘못했지. 괜히 직장생활 잘하는
사람 미국 가자고 한 게 아닌데……"라고 중얼거렸다.

숙제를 끝내고 알리사랑 나는 닌텐도 게임을 하고 놀고 있는데
전화가 왔다. 알리사의 할머니에게서 온 전화인 것 같았다. 전화를
끊은 아빠는 "체리. 알리사 할머니 집으로 가야 할 것 같구나. 네가
길을 아니 같이 가자"라고 말했다. 알리사 할머니의 차가 고장이
나서 알리사를 데리러 오지 못한다는 것이다. 우리 셋은 다시 걸어
알리사 할머니 집으로 갔다. 아빠가 알리사에게 다리가 아플 테니
안고 갈까 했으나 알리사는 괜찮다고 했다. 우리는 또 손을 잡고
세 블록을 걸어갔다. 알리사 할머니 집에 도착하여 아빠는 알리사
할머니랑 조금 얘기한 후 차를 살펴보았다. 아빠가 차의 후드를 열
고 몇 번 만지작거리자 차의 시동이 걸렸다. 알리사 할머니의 얼굴
이 환해졌다. 아빠는 알리사 할머니가 집으로 들어오라는 것도 마
다하고, 집까지 태워 주겠다는 것도 나와 오랜만에 산책을 하고
싶다고 정중히 거절하였다. 집으로 돌아오는 길에 아빠와 나는 둘
이서 또 걸었다. 해가 어느덧 서쪽으로 기울어 서쪽 하늘이 발갛게
물들기 시작하였다. 저녁하늘에 부지런한 별들이 벌써 나와 하나

둘 등불을 켜기 시작하였다. 집으로 오는 도중 공원에 이르자 아빠가 공원벤치를 가리키며 "체리, 다리 아프지. 저기 좀 앉았다 가자"라고 말했다. 벤치에 앉아 아빠가 한쪽 팔로 나를 감싸며 "춥지 않니?"하고 물었다. 나는 "아니"라고 짧게 대답하였다. 그러나 아빠는 나를 더욱 감싸 안는 듯했다. 그리고 얼마나 시간이 흘렀을까? 하늘을 보니 어느새 해님은 서쪽으로 자러 가고 별들이 서로서로 자신의 보석들을 다투어 자랑하듯 반짝반짝 빛나고 있었다. 그때 내가 잘못 느꼈던 것일까? 아빠의 뺨을 타고 뭔가 뜨거운 것이 내 뺨으로 흘러내렸다. 그리고 아빠가 속삭였다.

"체리, 너한테 아빠가 미안하구나. 다리 아프지? 너에게도 고생을 시키고."

나는 순간 "아빠 울어?"하고 물어보려 했으나 묻지 않았다. 왠지 그렇게 물어서는 안 될 것 같았다. 그러나 아빠에게 뭐라고 말해야 할 것 같았다. 그래서 나는 말했다.

"아빠, 나 다리 하나도 안 아파. 나 여기서 집에까지 뛰어갈 수도 있어. 아빠 내가 집에까지 뛰어갈 테니까 아빠가 따라와."

그리고 집을 향하여 힘껏 달리기 시작하였다. 달리는 도중 나는 알았다. 아빠도 울음을 멈추고 나를 쫓아 달리고 있다는 것을.

그로부터 몇 달이 지나 아빠는 짐을 꾸려 한국으로 나간 후 돌아오지 않았다. 엄마는 한동안 넋이 나간 사람처럼 보였다. 엄마는 식탁에서 나랑 같이 밥을 먹다가 내가 뭘 달라고 해도 못 듣고 우두커니 앉아 있다거나 어느 때는 거실에서 비디오가 다 끝나고 윙소리를 내며 감길 때에도 정지된 화면만 바라보며 앉아 있곤 했다.

내 기억엔 그해 여름은 유난히 더웠다. 어느 날 알리사랑 함께 집으로 돌아오는 길에 아스팔트길이 녹아서 쩍쩍 신발에 달라붙을 것만 같았다. 그런데 갑자기 심하게 땅이 흔들리기 시작했다. 알리사가 깜짝 놀라서 "마미!"하며 나를 꼭 껴안으며 울기 시작했다. 나는 그것이 미국에 처음 와서 엘에이에 살 때 겪었던 지진이라는 것을 알았다. 나도 너무 무서워서 알리사를 꼭 안았는데 그때 알리사처럼 엄마를 부르며 울고 싶었다. 그 순간, 아주 짧은 순간에 어쩌면 엄마도 나를 껴안고 울고 싶은 것을 참고 있는지 모른다고 생각했다.

"알리사! 괜찮아. 빨리 집까지 뛰어가자. 그러면 괜찮을 거야."

우리는 함께 달리기 시작했다. 더 이상 땅은 흔들리지 않았다. 지진은 이내 멈춘 것 같았다. 알리사와 함께 집을 향해 달리면서, 내가 달릴 때 아빠가 나를 지켜보았던 것처럼 알리사가 달릴 때 알리사의 엄마도 하늘나라에서 지켜보고 있을지 모른다고 생각했다. 어쩌면 알리사의 엄마가 알리사를 너무도 안아보고 싶어서 이 세상에 다시 올지도 모른다는 생각이 들었다. 아빠가 말했듯이 사람은 죽는 것이 아니라 떠나가는 것이고 진정으로 기다리는 사람이 있으면 다시 오듯이 말이다. 아빠도 어느 날 그렇게 다시 올 것이다. 그날 이후 나는 울고 싶어지면 달리기 시작했다. 누군가가 지켜보고 있다고 생각하면서. 누군가가 나를 지켜볼 때 나는 울지 않아야 했고 씩씩하게 혼자서 달려야만 했다. 이것이 내가 달리기 시작한 이유이다.

모네타

계단을 오르고 있었다. 흐릿한 불빛 때문에 몇 층인지를 가늠할 수 없었지만 가끔 열려진 창문 사이로 들어오는 차가운 공기 때문에 거의 정상에 온 것을 알았다. 또 다른 한 개의 층을 지나며 위를 올려다보니 반짝이는 뭔가가 빛나고 있었다. 나는 그것이 천장에서 나오는 불빛이라는 것을 알았다. 힘이 나기 시작했다. 계속 올라가자 서서히 천장이 드러났다. 아치형 돔의 천장에는 샹들리에가 보석처럼 빛나고 있었다. 불과 얼마 전까지 거의 쓰러질 것 같았던 피곤한 몸에도 불구하고 마지막 계단을 뛰다시피 한걸음에 올라갔다. 계단의 끝에 오르자 정면으로 커다란 EXIT이라는 네온 사인이 반짝이는 문이 나타났다. 정상에 올라온 사람답게 의기양양하여 힘차게 그 문을 잡아 젖혔다. 순간 믿을 수 없는 광경이 드러났다. 문을 열자 그곳은 지하계단이라는 희미한 사인이 비치는 비상계단이었던 것이다. 당황하여 뒤를 돌아보았으나 이미 출구로 나오는 문은 굳게 닫히고 말았다. 맥이 빠져 잠시 난간을 잡고 쉬다가 다시 계단을 따라 내려갔다. 정상이 곧바로 지하계단과 연결되어 있다니…… 아마 뫼비우스의 띠처럼 이렇게 생긴 구조의 빌딩인지도 모른다. 다행히 얼마 안 가서 다시 비상구라는 사인이 보이는 문이 나왔다. 그 문을 열자 복도가 나오고 똑같은 모양의 문이 여러 개 보였다. 그 중의 한 문을 열자 다시 복도가 나오고 여러 개의 문이 또 나왔다. 순간 이곳을 영원히 빠져나갈 수 없을지도 모른다는 생각이 들자 순식간에 공포감이 밀려들었다. 그것은 죽음에 대한 공포보다도 더 깊고 무서운 공포였다. 더 이상 빠져나갈 수가 없다는 느낌, 미치기 직전의 순간에 한 생각이 떠올랐다. 이것은 꿈일지도 모른다. 아니다 꿈이다. 꿈이다. 자! 깨어나야 한다. 서서히 안도감이 몰려왔다. 그때 전화벨이 울렸다.

"누구야? 이 시간에"
아내가 짜증을 내며 벌떡 일어나 거실로 나갔다. 마치 전화벨이 미망의 세계가 끝나고 현실의 세계가 왔음을 알리는 신호처럼 들렸다. 요새는 꼭 꿈을 꾸면 어디선가 전화가 걸려오곤 한다.
"여보세요? 여보세요? 전화를 거셨으면 말씀을 하셔야죠?"
열린 방문을 타고 찬 공기와 함께 아내의 신경질적인 목소리가 들려왔다.
"이 밤중에 웬 장난 전화람."
아내는 툴툴거리며 돌아와 다시 이불을 덮고 돌아눕더니 이내 코를 골기 시작한다. 눈을 감고 불과 3분이 채 안 걸린다. 아내의 이러한 둔감한 신경이 부러웠다. 최근 들어 부쩍 예민해진 나는 불면증에 시달릴 때가 많았다. 잠을 자도 이상한 꿈만 꾼다. 깨고 나면 상세한 스토리는 잘 기억나지 않지만 사막 한가운데 버려졌다던가, 복잡한 미로에서 길을 잃었다던가, 어찌할 바를 모르고 헤매는 가운데 어디선가 전화가 오곤 한다. 지금이 몇 시쯤 되었을까? 어둠 속에서 깜박거리는 탁상시계를 보니 12시가 넘었다. 다시 잠이 들려면 한두 시간은 더 뒤척여야 할지 모른다. 아내가 깨지 않게 조심스레 일어나 옷걸이에 걸린 바지 주머니 속에서 담배를 꺼내 들고 베란다로 나갔다. 요새는 왠지 불안하다. 나이 마흔을 넘기고 부터는 부쩍 삶이 공허하다는 생각이 들었다. 내가 인생에 이제껏 한 일이 뭔가? 뉴욕에서 기억하기 싫은 실패를 겪고 돌아와 엘에이에 산지도 벌써 10년이 넘었다. 가게와 집을 오가며 다람쥐 쳇바퀴 돌듯이 그렇게 살았다. 그동안 변한 것이라곤 중년의 볼품없는 아저씨로 변한 내 모습과 뉴욕에서 태어난 두 딸년이 제 엄마보다도 덩치가 큰 말만한 처녀가 된 것뿐이다. 애들은 어렸을 적이나 애들이다. 연년생으로 사춘기에 접어든 두 딸년은 요즘 얼굴 보기가 힘들다. 어쩌다 친구 집에 가지 않고 집에 붙어 있을 때도 내가 집에 돌아오면 제 방문만 살짝 열고 "하이. 아빠" 하고 건성으로 인사한 후 일체 제 방에서 나오질 않는다. 어디선가 찬 공기가 밀려와 담배 연기를 밤하늘로 날려 보냈다. 담벼락 밑에서 뭔가 반짝거리는 것이 보였다. 고양이다. 고양이는 몸을 납작 웅크린 채 나를 주시하고 있는 것 같았다. 뭔가 음모를 꾸며 놓고 기회를 엿보는 짐승처럼. 내가 반쯤 타다 남은 담배꽁초를 그쪽으로 확 던지는 시늉을 하니 놈은 날렵하게 담으로 뛰어올라 이웃집으로 사라져 버렸다. 그때 다시 전화벨이 울렸다.

상대는 말이 없었다.

"여보세요? 여보세요? 전화를 거셨으면 말씀을 하셔야죠?"

나는 어느새 아내의 짜증 섞인 말투를 흉내 내고 있었다. 욕을 해줄까 하다가 그냥 전화를 끊으려는데 그 목소리가 흘려 나왔다.

"영진이니? 혹시 나 기억할 수 있겠니?"

나는 순간 심장이 그대로 멈추는 줄 알았다. 어찌 내가 그 목소리를 잊을 수 있겠는가?

"선우 아니야? 김선우 맞지?"

"그래. 나 선우야. 오랜만이다. 너 만난 지 벌써 10년이 더 넘었구나? 오늘 마지막으로 너의 목소리 한번 듣고 싶어 전화했어?"

"야! 그래 김선우 반갑다. 근데 무슨 소리야. 마지막이라니? 너 무슨 일이 있니?"

나도 모르게 흥분해서 나오는 큰 목소리에 아내가 깨어 거실로 나왔다.

"잘 지내지? 이제 너의 목소리 한 번 들었으니까 됐다. 아마 내 인생에서 가장 행복했던 시절은 너와 함께 보냈던 학창시절이었던 같아. 친구여 잘살아라. 자세한 것은 너에게 이메일 보낼게?"

나는 선우에게 재차 무슨 일이냐고 물었으나 그는 내 메일 주소만 받고선 전화를 끊었다.

김선우. 어찌 그를 잊을 수 있으랴? 그는 나의 우상이었다. 그런데 그가 어떻게 된 것일까? 마지막이라니? 마지막이라면 자살이라도 하겠다는 것인가? 나는 좀 더 그와 길게 대화를 하려고 노력하지 않은 것을 후회하며 전화기의 콜백 버튼을 눌렀다. 그러나 그 넘버는 차단되었다는 녹음된 목소리만 들렸다.

"여보. 무슨 일이에요?"

아내가 허둥지둥하는 나를 보고 불안한 듯 물었다.

"당신 김선우 알지? 아냐 당신은 잘 모를 거야?"

나는 순간 아내는 미국에서 고등학교에 다니지 않았다는 사실을 잊고 있었다.

"아무튼 학창시절에 가장 친했던 친구가 지금 자살하려고 하는 것 같아. 아니 뭔가 좀 문제가 생긴 것 같아."

나도 모르게 자살이라는 말이 튀어나왔으나 아내가 너무 놀랄까 봐 얼버무리고 별것 아니니까 아내에게 들어가 자라고 했다. 무엇을 어떻게 해야 하나? 911에 신고라도 해야 하는가? 그러나 너무 막연하다. 나는 지금 선우에 관한 것은 이름밖에 아는 것이 없다. 10년 전 뉴욕에서 광고회사를 하다 들어먹고 엘에이로 올 때도 선우에게 연락하지 않았다. 왠지 패잔병이 되어 귀향하는 내 모습이 처량하여 그에게 보이고 싶지 않았기 때문이다. 그때 그는 월가의 한 증권회사에서 일하고 있었다. 그 후 내가 엘에이로 귀향했다는 소식을 듣고 내게 전화가 몇 번 왔었다. 그것도 몇 번……. 내가 먼저 전화하는 일이 없자 그마저 끊겨 버렸다. 몇 해 전 길에서 우연히 만난 고등학교 동창인 마이크로부터 그가 수백만 불의 연봉을 받는 메릴린치의 펀드 매니저로 질나가고 있다는 소식을 들었다. 그래 그럴 줄 알았어. 너는 해냈어. 당당히 주류사회에서 너는 해

낸 거야. 나는 선우의 소식을 듣고 내 일처럼 기뻤지만 그에게 전화하지 않았다. 그러던 그가 왜? 그도 혹시 지금의 금융위기 때문에 코너에 몰린 것인가? 혹시 선우나 마이크의 전화번호라도 어디에 있을까 하여 노트나 명함철 등을 뒤졌으나 찾을 수가 없었다. 불안하게 나를 지켜보는 아내에게 다시 먼저 자라고 한 후 컴퓨터를 켰다. 메일을 보내겠다고 하니 일단 기다려보는 수밖에.

김선우. 나는 그를 중학교 때 만났다. 한국에서 중학교 2학년을 다니던 어느 날 아버지는 술에 만취해서 들어와 "워커발이 설치는 이 나라에 더 이상 못 살겠다"며 이민을 가자고 했다. 아버지는 구청에서 일했는데 신군부가 집권한 후 군대에서 대위로 제대한 새까만 젊은 놈이 과장으로 와서 아버지를 군대 졸병 부리듯이 부리더라는 것이다. 나는 그때 한국의 정치적 상황에 대해서는 잘 몰랐으나 아버지의 넋두리에 눈물 흘리던 엄마처럼 베레모를 쓴 군인들에게 이를 갈고 있었다. 왜냐하면 내가 초등학교 육 학년 오월에 내가 좋아하던 외삼촌이 광주에서 베레모를 쓴 군인들에게 총을 맞고 죽었기 때문이다. 비통한 집안 분위기 속에서 미국으로 이민을 간다는 것은 내겐 마이클 잭슨 같은 대스타들이 많이 산다는 베벌리 힐스나 할리우드 같은 영화 속의 세계로 탈출을 의미하는 것이었다. 그러나 난생처음으로 비행기를 타고 무지하게 추웠던 12월의 어느 날 한국을 떠나 엘에이에 도착했을 때 나는 잔뜩 주눅이 들어 있었다. 그때 공항에서 처음으로 만난 고모의 딸인 제닛이 내게 영어로 인사를 했다. 나는 한국을 떠나기 전 이때를 대비해 수백 번도 더 연습했던 영어 인사말을 한마디도 못하고 얼굴만 빨개졌던 것을 지금도 또렷이 기억한다. 한인 타운에서 가까운 중학교에 일 학년으로 다시 입학한 나는 아무래도 언어 문제 때문에 백인들이나 타민족 애들과는 친할 수 없었다. 주로 한국 학생들과 사귀었는데 선우랑은 중학교 때는 별로 친하지 못했다. 방과 후 버스를 타거나 때론 걸어가는 한국 아이들과는 달리 그는 꼭 수업을 마치면 그의 엄마가 차를 몰고 데리러 왔기 때문이다. 선우와 내가 본격적으로 친해진 것은 고등학교에 가서였다. 어느 날 내가 점심시간에 그날따라 엄마가 만들어준 김밥을 교실에서 먹고 있었다. 냄새가 날까봐 밖에서 먹으려다가 학생들이 모두 구내식당에 가는 바람에 교실에 아무도 없어 그냥 먹었다. 그때 딕이 들어와 냄새를 맡고 "왔더스멜 오브 디스!"라고 외친 후 코를 움켜잡고 난리를 쳤다. 딕은 학교 풋볼 선수로 계집애들에게 인기도 많고 평소 매우 으스대고 다니는 재수 없는 백인 새끼였다. 그는 인상을 찌푸리며 내게 다가와 내가 먹고 있던 김밥을 가리키며 이게 뭐냐고 물었다. 나는 엉겁결에 코리언 스시라고 말했다. 그랬더니 김밥 속에 단무지를 보고 무슨 재료냐고 물었다. 내가 무의 영어인 래디쉬가 생각 안 나 엘로우 김치라고 말하니 이 새끼가 엘로우 라이크 엘로우 김치라고 킥킥거리는 것이 아닌가? 그러니까 뒤따라온 계집애들도 깔깔대며 웃었다. 그리고 그는 다시 코를 움켜쥐며 나보고 나가서 먹으라고 했다. 나도 모르게 얼굴이 화끈거리며 어쩔 줄 모르고 있는데 그때 선우가 나타났다. 선우는 딕에게 다가가 너는 매일 마스터베이션을 하고 샤워도 하지 않고 학교에 와서 늘 네 옆에서 썩은 계란 냄새가 나는데 남의 음식가지고 지랄하지 말고 너부터 샤워나 하고 오라고 말했다. 다시 계집애들이 까르르 웃어댔다. 그 말을 들은 딕이 얼굴이 빨개지며 선우를 한 방칠 듯 폼을 잡는데 순간 선우의 발차기가 그의 면상으로 날아갔다. 간신히 피한 딕은 갑자기 기가 죽으며 교실 밖으로 달아났다. 이 사건이 있은 후 선우와 나는 급격히 친해졌다.

거의 5분 간격으로 메일을 체크했으리라. 그러기를 거의 두 시간이 지난 새벽 두 시가 넘어서야 메일이 왔다. 나는 메일을 보고 그가 자살을 하려는 것을 확신하였다. 당황하여 어떻게 해야 할지 아무런 생각이 떠오르지 않았다. 일단 선우에게 답 메일부터 보냈다. 얼마나 큰 고통에 네가 처했는지는 잘 모르나 목숨보다 더 소중한 것이 어디 있겠느냐? 일단 나부터 만나서 이야기하자. 정신이 없어 잘 기억은 안 나나 대충 그런 내용이었던 것 같다. 또 어떻게 해야 하나? 911에 신고를 했다. 담당자인 여자 안내는 내 이야기를 다 듣지도 않고 희생자가 있는가? 피를 흘리고 있는가만 물었다. 내가 아니라고 하자 이번에는 자살하려는 장소를 물었다. 내가 모른다고 하자 좀 짜증이 나는 듯이 긴급 상황이 아니니 경찰서 수사과로 신고하라고 말했다. 내가 흥분하여 사람이 죽을지도 모르는데 왜 긴급 상황이 아니냐고 했더니 그녀는 장소도 모르고 죽는 것이 아니라 죽을지도 모르는 일에 대해서는 긴급출동을 할 수가 없으니 수사과에 의뢰하라고 냉정하게 말하고 전화를 끊었다. 일을 이렇게 할 것이 아니다. 순간 뉴욕으로 갈 생각을 했다. 인터넷으로 뉴욕행 아메리칸 에어라인 새벽 5시 30분 비행기 티켓을 예약하였다. 할 수 없이 아내를 깨워 간단한 옷가지를 챙기게 했다.

영진아! 미안하구나. 그간 잘 나갈 때는 연락 한 번 없다가 이처럼 마지막으로 너에게 메일을 보내게 되다니. 또한 고등학교 때 우리 꼭 보란 듯이 주류사회에 들어가 꼭 성공하자고 너와 약속했지만 이처럼 실패자가 되어 약속을 지키지 못한 것도 더욱 미안하구나. 그러나 막상 들어간 메인 스트림, 주류사회는 생각보다 그처럼 화려하지 못했어. 아니 오히려 세상 그 어느 곳보다 더 추하고 더럽고 냄새 나는 곳이었는지도 몰라. 너 린다 알지. 내가 고등학교 시절 짝사랑했던 백인 계집애 말이야. 자기 조상이 영국 왕실의 귀족이라고 자랑하고 방학 때가 되면 런던에 다녀와 한동안 영국식 악센트를 쓰며 고상한 척하던 년말이야. 나는 그년에게 나의 순정을 바쳤지. 밸런타인데이 때 그녀가 좋아한다던 수백 불짜리 향수도 사다 바치고 갖은 정성을 다했지. 그런데 그년은 나를 충실한 강아지 다루듯이 했고 데이트는 딴 놈들이랑 했어. 우리 졸업파티 하던 날을 지금도 난 잊지 못해. 나는 그녀에게 춤을 신청하려고 파티장을 찾아 헤매다 네댓 명의 백인 놈들과 깔깔거리고 있는 그녀를 발견하고 그쪽으로 갔어. 거기에는 나랑 몇 번 붙을 뻔한 딕도 있었어. 그녀는 내가 춤을 신청하니 좀 난감해하더군. 그러면서 내가 일본의 귀족출신이라고 딴 놈들에게 나를 소개했어. 난 그때 왜 아무 말도 못했는지 몰라. 딕만이 그때 자기가 알기엔 내가 코리안이라고 말했지. 아무튼 난 그때 이년이 날 창피해한다는 것을 알았지. 그 사건 이후로 그년을 잊기로 했지. 그런데 너 모르지. 그 년이 몇 년 후에 나와 한동안 동거까지 한 것을. 어느 날 내가 골드만삭스에서 애널리스트로 잘 나가고 있을 때 그녀에게 만나자고 전화가 왔어. 그녀는 만나자마자 내가 어리둥절할 정도로 나에게 달려들어 열렬히 키스한 후 단도직입적으로 말하더군. 자기가 지금 유명한 모델회사에 들어갔으니 출세할 때까지 서포트를 해달라는 거야. 나는 그날로 그녀를 내가 사는 맨해튼의 아파트로 데려왔지. 그리고 일 년이 넘게 함께 살았어. 그리고 일 년 후 그녀는 나로 인해 알게 된 내 고객인 중국계 변호사 놈이랑 눈이 맞아서 내 아파트를 떠났지. 몇 달 뒤 그 중국계 변호사로부터 위자료 청구가 날아오더군. 동거한 것도 혼인의 일종으로 헤어졌을 때는 위자료를 줘야한다는 거야. 나는 그년과 일 년 동거한 대가를 혹독히 치렀지. 나는 나중에 깨달았지. 주류사회란 하얀 피부와, 정신이 어찔할 정도의 향수 냄새와, 진한 화장과, 고상하고 품위 있는 말투와, 화려한 옷차림 속에 감춰진 그 어떤 치부 같은 것이라고. 파티에서 돌아와 아직도 마리화나에 취해서 나와 광란의 섹스를 끝내고 곯아떨어진 그년의 사타구니 사이로 드러난 음부와 같은 것이라고.

서서히 어둠이 걷히기 시작했다. 창밖으로는 구름 사이로 지루한 사막만이 보일 뿐이었다. 얼마만의 뉴욕행인가? 뉴욕 시간으로 오후 두 시쯤 도착하리라. 일단 뉴욕경찰서에 사건 신고를 하리라. 그리고 그가 몇 년 전에 다녔다는 메리린치 증권회사에 찾아가야겠다. 그는 지금쯤 자살을 감행했을까? 한때 잘 나가던 월가의 직원들이 최근의 금융위기로 보따리를 싸고 있다는 소식을 들었을 때도 미처 선우 생각은 하지 못했다. 그는 항상 잘 해왔기 때문이다. 갑자기 미안한 마음이 들었다. 내가 뉴욕에서 사업을 정리하고 엘에이에 돌아왔을 때 선우는 내게 2천 불을 수표로 보냈었다. 대학 졸업 후 같은 뉴욕에 있으면서 서로 바빠 선우랑 자주 만나지 못했었고 뉴욕을 떠나면서 그에게 연락도 안 했지만 그는 내가 떠난 후 내 소식을 들었던 것이다. 그땐 고맙다는 전화도 하지 않았다. 당시 나는 사람들과 접촉하는 것이 싫었다. 하루 종일 집안에서 틀어 박혀 지냈다. 그때를 생각하면 지금도 아버지에게 미안할 따름이다.

아버지는 내가 처자식까지 데리고 집으로 들어오자 당황하였다.
한때 아버지의 자랑거리였던 내가, 딸린 식구까지 끼고 초라한 패
자가 되어 집으로 돌아온 것이다. 대학 다닐 때만 해도 방학을 틈타
가끔 집에 올 때면 아버지는 내게 기쁨을 감추지 못했다. 아버지는
주일이면 나를 데리고 교회에 나가 만나는 사람마다 예일대 다니는
우리 자식이라고 자랑하고 다녔다. 그것은 내게 좀 곤혹스러운 일
이었지만 방학 때 집에 오면 늘 하는 연례행사 정도로 생각하고
감수해야 했다. 지금 생각해 보면 아버지에 있어서 유일한 희망은
나였는지도 모른다. 아버지…… 나는 아버지를 생각하면 일하는
모습밖에 생각나는 것이 거의 없다. 아버지는 정말 미친 듯이 일했
다. 중학교 때부터 대학에 들어가기까지 나는 아버지를 집에서 본
일이 거의 없다. 아버지는 내가 눈 뜨기 전 새벽에 가게로 나갔고
자정이 넘어서야 집으로 들어왔다. 아버지와 가장 오래 같이 한 시
간은 내가 주말에 가끔 가게로 나가 아버지의 일을 도울 때뿐이었
다. 그러나 나는 그 일이 너무 싫었다. 일이 힘든 것 때문이 아니었
다. 집에서는 항상 말도 없이 근엄한 아버지가 가게에서는 "예스
써어!"를 연발하며 브로큰 잉글리쉬로 빈민가 흑인들의 비위를 맞
추는 것을 보는 것이 너무 싫었기 때문이다. 일이 끝나면 아버지는
내가 일한 만큼 시간당 계산을 해서 돈을 주며 항상 심각하게 매주
똑같이 말하곤 했다.
  "미국에서 우리 같은 이민자가 살아남으려면 돈을 벌어야 해. 나
는 영어도 제대로 못 해서 이렇게 노동해서 돈을 벌지만 너는 열심

히 공부해서 머리로 돈을 벌어야 해."

아버지 말씀대로 나는 열심히 공부하였다. 내가 예일대에 합격하자 아버지는 밤새도록 한국의 친척들에게 국제전화를 걸어 자랑하던 일이 아직도 기억에 생생하다. 그런 자식이 뉴욕에서 쫄딱 망해서 집으로 돌아왔다. 아버지는 거북스러워했다. 매주 나가시던 교회도 잘 안 나가셨다. 그러나 내겐 별다른 말을 안 하셨다. 엘에이에 온 후 일 년쯤 빈둥거리며 놀며 아버지와의 사이에 긴 침묵의 강이 흐르던 어느 날 아버지는 힘들다며 20년 가까이 한 리커스토아를 팔려고 하였다. 그때 내가 아버지에게 그거 내가 하겠다고 달라고 하자 "예일 대학까지 나온 놈이 리커스토아를 해!"하며 실망하던 모습을 지금도 잊지 못한다. 그러나 아버지는 내게 그 가게를 물려주었다. 몇 년 후 아버지는 한국의 할아버지가 위독하시다는 연락을 받고 한국에 나가신 후 다시는 돌아오지 않았다. 할아버지가 돌아가신 후 그냥 고향의 선산이나 지키고 사시겠다고 했다. 아버지의 이러한 결심에는 아마 나에 대한 실망감도 많이 작용하였으리라.

선우가 린다를 좋아했다는 것은 몰랐다. 그녀는 어렸을 때 한국의 텔레비전에서 봤던 원더우먼처럼 늘씬한 백인 계집애라는 것밖에 내겐 잘 기억이 나지 않는다. 나는 그녀가 영국식 발음을 잘하는지도 몰랐다. 내게는 그저 넘볼 수 없는 백인 계집애일 뿐이었다. 그러나 선우에게는 달랐던 모양이다. 아니 선우가 나랑 달랐다. 그에겐 주류사회가 뛰어들어서 당당히 넘어서야 할 어떤 목표물과 같은 것이었다면 내게는 주류사회가 그저 당신들의 세계였던 것이다. 나는 미국에 사는 25년 동안, 먼저 살았던 15년 동안의 한국에서의 기억 속에서 늘 벗어나질 못했다. 내가 좀 더 이민 1세에 가까운 1.2세나 1.3세라면 선우는 2세에 가까운 1.7세나 1.8세인 줄도 모른다. 그렇다고 선우가 한국에 대한 기억이 거의 없는, 아주 어렸을 때 미국에 온 것은 아니다. 그가 그의 가정사에 대해서는 잘 이야기를 하지 않아 자세히 모르지만 선우와 나랑은 나중에 알고 보니 매우 가까운 곳에 살았다. 그는 제기동에서 살았고 나는 안암동에서 살았다. 우리는 곧잘 어렸을 때 동네에서 놀던 이야기를 하곤 했다. 우리는 나란히 예일대에 들어갔다. 나는 아무리 애를 써도 지울 수 없는 김치냄새 나는 영어가 어쩔 수 없다면 글이라도 백인들보다 더 잘 쓰고 싶어서 영문과를 택했고, 선우는 늘 미국에서 동양인이 출세하려면 첫째가 영어이고 둘째가 돈을 버는 것이라고 말했는데 나중에 그는 비즈니스를 전공으로 택했다.

초등학교 입학식 날 처음으로 먹어본 짜장면의 맛에 대한 기억, 엄마가 내 이름을 부르며 찾을 때까지 밤늦도록 시간 가는 줄 모르고 다방구를 하며 놀았던 기억, 중학교 2학년 때 경주로 수학여행을 가 카세트를 틀어 놓고 마이클 잭슨의 음악에 맞춰 춤추고 놀았던 기억, 길음 시장 뒷골목 떡볶이집의 환상적인 맛. 우리같이 놀아요. 뜀을 뛰며 공을 차며 놀아요. 우리같이 불러요. 예쁜 노래 고운 노래 불러요. 지금도 흥얼거릴 수 있는 어느 날 고려대학교에 갔을 때 대학생 아저씨들이랑 같이 불렀던 산울림의 노래.

(고려대학교는 자주 놀러 갔었는데 어느 날서부터 최루탄 가스냄새가

하도 지독해 가지 않았다.) 고등학교 다니던 동네 형이랑 함께 저녁에 미아리 골목에 갔다가 한복을 곱게 입은 누나에게 혼난 기억. (한참 후에야 나는 그 누나가 창녀라는 것을 알았다.) 이런 한국에 대한 기억을 가진 사람은 나중에 몇 십 년을 미국에 와서 산다고 해도 절대 미국인이 되지 못한다는 것을 나는 확신한다. 나는 정말 묘하게 김치냄새 나는 구어체 영어는 어쩔 수 없다고 해도 글만은 백인들보다 잘 쓰고 싶었다. 백인들도 감탄하는 임어당의 영문 에세이를 거의 암기하다시피 하며 영작 실력을 키워나갔다. 대학에 들어가 한국 출신으로 영문소설을 쓴 작가들이 꽤 있다는 것을 알고 고무 받아 한때 작가가 되려고도 했다. 그러나 나중에 그것이 불가능하다는 것을 알았다. 영어는 김치 냄새가 안 나게 쓸 수 있는 자신이 있었지만 항상 글을 쓸 때 나(I)가 문제였다. 어느 날 피터란 이름의 백인 핸디맨을 주인공으로 일인칭 시점으로 소설을 써 나갈 때 회의가 찾아왔다. (당시 나는 일인칭 시점으로밖에 글을 쓸 수 없었다.) 내가 과연 백인을 주인공으로 나의 내면을 그리듯이 그의 내면을 그려낼 수 있는가? 심각한 회의 끝에 나는 내 소설에서 백인들을 제거하였고 내가 잘 아는 월남인 식품업자나 중국인 무역업자들을 집어넣었다. 그러나 그들이 소설에 들어가는 순간 소설은 미국에 사는 소수민족의 애환이라는 주제를 다룬 작품으로 변해버려 지도교수인 앨런 교수로부터 혹평을 받았다. 그는 문학은 그런 허접스러운 주제를 다루는 것이 아니고 인간 존재의 의미나 죽음, 신 등 고차원적인 인간의 정신세계를 다뤄야 한다고 말했다.

(앨런 교수는 어느 날 강의 도중 토니 모리슨의 노벨문학상 수상 소식을 듣고 "토니 모리슨? 갓 뎀 잇!"라고 외친 후 화가 머리끝까지 나 수업

도 끝마치기도 전에 강의실 밖으로 나가 버렸다. 그는 혹시 인종차별주의자가 아니었을까?)

나는 어느 날부터 나를 주인공으로 삼는 소설을 쓰기 시작했는데 그때 비로소 확연히 알았다. 나는 한국인도 미국인도 아니었다. 한국인이기엔 너무 한국에 대해 잘 몰랐고 미국인 되기엔 너무 한국에 대한 기억이 많았다.

(이창래가 한국출신 작가로 성공하였다고 하지만 나는 그가 미국에서 작가로서 성공할 수 있었던 것은 그가 한국인이 아니고 미국인이기 때문이라고 생각한다. 그는 나처럼 열다섯 살이 아니라 세 살 때 미국에 왔던 것이다. 그는 사실 네이티브 스피커였던 것이다.) 그때 나는 내가 지구상 어느 한 나라에 국적을 둔 지구인이 아니라 외계인 같다는 생각이 들었다. 그런 생각이 든 후 지구인의 지독한 편견과 싸우는 외계인에 대한 소설을 쓰다가 너무 유치한 생각이 들어 그만두었다.

졸업 후 작가가 되겠다는 꿈을 접고 광고회사에 카피라이터로 들어갔다. 삼 년을 그곳에서 일했지만 내가 쓴 어떤 문안도 TV 광고로서 채택되지 않았다. 감독은 내가 작성한 문안을 보고 "영! (나를 모두 영이라고 불렀다.) 너의 문안은 너무 문학적이야. 광고 문구는 일상적인 문구이어야 한다구. Got milk?처럼 말이야"라고 말했다. 결국 영어가 문제였다. 우유 광고에 나오는 got milk?란 문구가 엄마! 우유 있어? 란 말처럼 묘하게 어린 시절 맘에 대한 회상을 불러일으킨다는 것을 내가 어찌 알겠는가? 이창래가 말한 대로 나는 네이티브 스피커가 못되었던 것이다. 주로 씨구러 잡지에 실리는 속옷이나 브래지어 광고, 신흥회사의 에너지 드링크나 신제품

주스 광고 등만 몇 건 하다가 결국 회사를 그만 두었다. 당시 유학생이었던 아내를 만나 가정을 꾸민 지 얼마 안 되어 될 수 있는한 버텨보려고 했으나 어느 날 지하철 쓰레기통에 처박힌 잡지를보고 마치 내가 쓰레기가 되어 쓰레기통에 처박힌 느낌이 든 후더 이상 견딜 수 없었다. 그 잡지의 표지에는 오르가즘의 절정에올라 있는 반라의 여인이 "오늘 밤 당신 끝내줘요!"라고 외치는 광고가 실려 있었다. 그 광고는 내가 만든 정력제 광고였던 것이다.

회사를 그만두고 나는 아버지에게 돈을 빌려 플러싱의 코리아타운에 광고회사를 차렸다.

정의로 뭉친 주먹 로보트 태권 용감하고 씩씩한 우리의 친구
두 팔을 곧게 앞으로 뻗어 적진을 향해 하늘 나르면
멋지다 신난다. 태권브이 만만세 무적의 우리 친구 태권브이.
우리가 가는 곳에 항상 승리가 있습니다. 로버트 킴 변호사. 전화번호. 1-800-518-8282.

어렸을 때 좋아했던 만화영화의 주제가를 개사한 광고 문안으로내가 만든 광고가 한인 타운에서 히트를 친 후 한인 방송국으로부터 수주도 꽤 받았다. 한인 라디오 방송을 통해 심심치 않게 내가만든 광고가 흘러나왔다. 그러던 어느 날 한국의 IMF 사태 이후한국에서 젊은 광고제작자들이 하나 둘 뉴욕으로 오면서 라디오광고의 배경 음악이 내가 잘 모르는 한국의 젊은 가수들의 노래들로 바뀌기 시작했다. 그리고부터 차츰차츰 일감이 줄어들어 결국

회사를 정리하고 말았다. 그러나 정말 일감이 줄어든 결정적인 이유가 한인 방송국의 높은 사람들이랑 저녁에 술을 자주 마시지 않은 탓이라는 것을 알게 되기까지에는 그 후 몇 년이 걸렸다. 엘에이에 돌아와 한인 타운에서 조금씩 이민 1세들과 친해지면서 한국인들의 비즈니스는 주로 밤에 이루어진다는 사실을 나중에 알게 되었기 때문이다.

JFK 공항에 도착하자마자 가방에서 재킷부터 찾아서 꺼내 입어야만 했다. 공항의 출구를 나서자 사정없이 매서운 바람이 목덜미를 후려치는 것 같았기 때문이다. 택시를 잡아타고 기사에게 월스트리트 가장 가까이 있는 뉴욕 경찰서로 가자고 했다. 인도인 계통으로 보이는 터번을 쓴 택시기사는 작년에 비해 손님이 절반도 더 줄었다고 투덜댔지만 오후 2시가 지난 이른 봄의 뉴욕 시내는 여전히 수많은 차량과 사람들로 붐볐다. 한때는 이러한 뉴욕 모습에 전혀 불편함이 없었지만 10년 이상을 인도에 사람들의 통행이 적은 엘에이에 산 탓인지 너무 복잡하게 느껴졌다. 택시는 라파예트 스트리트에 위치한 경찰서 앞에서 멈췄다. 청사 입구에서 나는 공항에서와 똑같이 검색대를 통과한 후 수사과로 들어갈 수 있었다. 수사과는 범죄 신고를 하려는 많은 사람들로 북적거렸다. 입구의 안내를 맡은 경찰이 내게 방문 목적을 물었다. 나는 친구가 자살하려는 것 같아 신고를 하려고 왔다고 말했다. 라틴계통의 250파운드가 훨씬 더 나가게 보이는 거구의 경찰은 내게 서류용지 한 장을 내밀고 작성해서 제출하라고 말했다. 용지에는 긴급 신고사항과 일반 신고사항으로 구분되어 있었다. 긴급 신고사항에는 세 가지가 있었는데 테러에 관한 신고와 살인사건 그리고 유괴사건 등이었다. 일반 신고사항에는 절도, 강도, 강간, 폭력, 사기, 뺑소니, 실종, 분실 등의 항목들이 마크를 할 수 있도록 나열되어 있었는데, 아무 데도 자살이라는 항목은 없었다. 나는 순간 자살이 범죄가 아니라는 사실을 깨달았다. 할 수 없이 기타 난에 마크한 후 간략히 내용을 기입하는 곳에 '친구가 자살을 시도하려고 함'이라고 적고 실종 난에도 마크를 하여 서류를 거구의 산초같이 생긴 경찰관에게 제출하였다. 그는 내가 내민 페이퍼를 무표정하게 힐끗 본 후 대기석에 가서 기다리라고 하였다.

한 30분 정도 지나 수사관으로 보이는 한 백인 남자가 나를 불렀다. 그는 내가 작성한 서류 용지를 보고 사건의 개요를 간략하게 설명해달라고 말했다. 나는 오늘 새벽부터 선우의 전화를 받고 엘에이에서 뉴욕에 온 사정을 말했다. 그는 내게 유서로 보이는 메일의 내용을 복사한 것이 있느냐고 물었다. 나는 카피한 메일과 함께 일부 사적인 내용을 생략하고 자살을 암시하는 끝 부분을 내가 영어로 번역한 것을 함께 제출하였다. 그는 내용을 잠시 검토한 후 선우의 이름을 정확히 풀 네임으로 적어줄 것을 요구하였다. 내가 그가 내민 종이에 선우의 이름을 또박또박 적자 그는 그것을 보고 컴퓨터의 키보드를 눌렀다. 그리고 혹시 선우가 가장 최근에 살았던 주소를 물었다. 내가 한 십여 년 전까지 맨해튼에 살았다고 하자 그는 컴퓨터의 모니터를 돌려 내 쪽으로 보여주며 수도전력국과 전화번호부에 등재된 같은 이름이 둘이 있는데 주소로 보아 친구가 누구인지 알 수 있느냐고 물었다. 컴퓨터에는 두 사람의 Kim Sun Woo가 있었는데 둘 다 주소가 맨해튼이 아니었다. 내가 잘 모르겠다고 하자 그는 마우스로 몇 번 더 클릭한 후 내게 두 개의 전화번호를 적어주며 이 자리에서 내가 직접 전화를 걸어 확인해 보라고 하였다. 나는 그 번호대로 내 셀룰러 폰으로 전화를 걸었다. 그러나 둘 다 내가 찾는 선우는 아니었다. 수사관은 어깨를 으쓱하며 '자! 이제 어떻게 할까?' 하는 표정을 지었다. 나는 순간 선우가 시민권을 신청하여 이름을 바꾸었을지도 모른다고 수사관에게 말했다. 그는 고개를 끄덕이며 내게 선우의 이메일 주소를 달라고 한 후 몇 번 다시 컴퓨터의 키보드를 눌렀다. 그리고 내게 아무튼 김선우란 이름으로 실종신고를 하였고, 이민국에 조회를 요청했고, 구글에 선우의 이메일 주소를 가지고 실명확인을 요청하였으니, 결과를 알려면 좀 시간이 걸리니 내게 연락처를 남기고 돌아가서 기다리라고 말했다.

경찰서를 나와 공항에서 미리 예약한 펄 스트리트에 위치한 햄프톤 호텔로 갔다. 싼 방값에 비해서 방은 비교적 깨끗하였다. 오늘 꼭두새벽부터 거의 잠을 못 잔 탓으로 피로가 엄습하였다. 샤워를 하고 침대에 누웠다. 한 시간만 잤으면 좋겠다. 그러나 잠은 오지 않았다.

월스트리트, 나는 주류사회의 심장부라고 할 수 있는 월스트리트에 서게 된 것이 너무 자랑스러웠지. 처음 몇 년 동안은 정말 이곳이 엄청나다고 느꼈어. 전 세계 자본주의의 심장부, 나는 그곳에서 일하고 있는 거야. 내 사무실이 있는 78층의 고층 빌딩에서 아래를 내려다보는 느낌을 넌 모를 거야. 나는 거의 출세의 정점에 도달한 느낌이었지. 그러나 그게 아니라는 것을 시간이 지나면서 서서히 느끼기 시작했어. 911 테러로 순식간에 무너져 버린 쌍둥이 빌딩과 내 사무실과는 불과 걸어서 5분도 안 되는 거리지. 그 위엄 있는 빌딩이 날아가 버렸다는 것이 난 믿기지 않았어. 매일 지나다니면서 당당하게 서 있었던 그 빌딩이 흔적도 찾아볼 수 없는 폐허로 변해 버린 것을 보면서 난 두려움을 느꼈지. 내가 서 있는 이 자리도 언젠가 그처럼 허망하게 날아가 버릴 수도 있다는 것을 그때 처음 깨달았지. 어느 날부터 월스트리트가 무섭다고 느껴지더군. 이곳이 단지 금융거래만이 이루어지는 곳이 아니라 세계의 모든 정치, 경제, 사회까지도 필요하다면 마음대로 바꾸는 막강한 힘을 가진 괴물이라는 생각이 들었어. 엄청난 검은 자본을 위해 음모와 비밀 거래와 스파이들이 판치는 곳, 그곳이 월스트리트였지. 난 알았어. 이들이 나를 뽑은 이유를. 난 내가 명문대학을 나온 수재이기 때문에 월스트리트가 날 환영하는 것으로 착각하고 있었지. 그러나 그게 아니었어. 그들은 그럴듯한 동양인 모집책이 좀 필요했던 거야. 80년대와 90년대 엄청난 대미 수출에 따라 막대한 부를 형성하고 뉴욕에 사는 한국과 중국의 무역업자들, 하루 열두 시간이 넘게 일하며 금고에 어마어마한 현찰을 감추고 있는 야채가게, 식당, 세탁소, 네일 가게 등을 운영하는 동양인 소매업자들. 그들의 돈을 월가로 끌어들일 모집책이 필요했던 거지. 난 정말 십 년 이상 월가의 충실한 개처럼 일했어. 린다와 결별한 후 나는 한때 빈털터리가 됐지만 몇 년 후에 연봉 백만 불이 넘는 펀드 매니저가 되었지. 그러나 정상에 서 있다는 것, 그것은 항상 현기증 나는 어지러운 것에 익숙해지는 일이라는 것을 뒤늦게 알았지. 너 어렸을 때 한국에서 팽이치기 한 적 있지? 팽이는 계속 돌아가게 채찍을 가해야 하는 거야. 먼저 멈춰 버리면 지는 거지. 난 어느 날 영업회의가 끝난 뒤 78층의 내 사무실에서 아래를 내려다보다가 놈들이 거액 연봉이라는 당근을 달아놓고 날 채찍으로 사정없이 후려치고 있다고 느꼈어. 난 계속 돌아가야 했던 거야. 멈추면 저 까마득한 밑으로 추락하여 박살이 나겠지. 사실 그러고 싶은 유혹을 느낄 때도 많았지.

최근 들어 사정이 나빠졌어. 내 고객들이 하나 둘 돈을 빼 가려고 하더군. 한때 절친했던 베트남 고객은 자기 펀드의 돈이 절반이나 날아갔다는 사실을 알고 나를 사기로 고발하겠다고 협박하더군. 자기가 두 달 전에 팔겠다는 걸 내가 말려서 엄청난 손실을 끼쳤다는 거야. 난 그에게 말했지. 내가 사기꾼이면 리먼 브라더스가 망하기 2주 전까지 미국의 금융시장이 아직은 튼튼하다고 말한 버냉키나 조지 부시가 더 악질 사기꾼이라고. 지금은 모두 위기라고 하는데 몇 달 전만 해도 모두 낙관했어. 다우가 만선이 깨지자 영업회의에서 임원들은 이제는 살 때라며 영업맨들에게 좀 더 적극적인 영업을 주문했지. 난 최일선에서 싸웠어. 마치 대대적인 공세를 가하는 적들 앞에서 진지를 끝까지 사수하려고 안간힘을 쓰는 소대장처럼. 나는 사방에서 뚫리는 구멍을 막으려고 미친 듯이 뛰어다녔지. 그러나 한 번 무너진 둑은 걷잡을 수 없었지. 난 결국 패배하고 말았어. 그런데 내가 패배하자 한때 내게 돌격 앞으로! 명령을 내렸던 놈들은 모두 나를 외면하더군. 나만이 결국 고객들을 위한 제물로 장렬하게 처형돼야 했던 거지. 나는 결단을 내려야만 했어. 오랜 장고 끝에 이 길을 택하기로 했지. 이렇게밖에 할 수 없는 나를 용서해 주기 바라네.
　친구여! 안녕.

선우의 메일은 이렇게 끝나 있었다. 사람이 유서를 썼다고 해서 반드시 자살하지는 않는다. 지금 선우는 마음을 바꾸어 먹었을지도 모른다. 그러나 만약에…… 더 이상 생각하기 싫었다.

깜박 잠이 들었다. 시계를 보니 저녁 8시가 넘었다. 오늘 선우가 최종 근무했을 것으로 추정되는 메리린치 본사를 찾아가거나 선우를 잘 아는 스티븐 장 변호사를 찾는 것도 오늘은 틀렸다. 스티븐 장, 그는 선우와 나랑 같은 대학 동문으로 한국에서 엇비슷한 시기에 미국에 온 탓인지 우리는 학창시절 자주 어울리곤 했다. 그도 한때는 잘 나가는 미국 굴지의 로펌에서 근무했으나 최근에는 그만 두고 플러싱에 있는 코리아타운에 이민법 전문 변호사 사무실을 차렸다는 것을 마이클을 통해 들었다. 그 또한 1.5세의 김치냄새 나는 영어로 주류사회에서 변호사로 출세하는 것이 한계가 있다는 것을 느꼈는지 모른다. 제기랄! 이제는 선우마저 이 지경이 됐다. 새삼 주류의 벽이 두껍다는 것을 느꼈다.

엘에이로 아내에게 전화를 했다. 아내는 가게는 걱정 말고 일이나 잘 보고 오라고 말했다. 아내에게 미안한 느낌이 들었다. 아침에 가게는 어떡하고 갑작스러운 뉴욕행이야고 황당해하는 아내에게 사람이 죽고 사는 일인데 가게가 문제냐고 버럭 화를 낸 것이 후회가 되었다. 배가 고팠다. 사실은 배가 고프기보다 왠지 속이 허전함을 느꼈다. 나는 왜 여기에 와 있는 걸까? 잠시 선우 때문에 여기에 온 것도 잊고 일상을 벗어나 방황하고 싶은 막연한 충동을 느꼈다. 로비로 나와 택시를 불렀다. 기사에게 플러싱에 있는 코리아타운으로 가자고 했다가 다시 일단 그라운드 제로로 가자고 했다. 택시는

천천히 존 스트리트를 지나 브로드웨이로 다가갔다. 낯익은 곳이
다. 한때는 첫 직장생활을 이곳에서 했었지. 그때는 나도 꿈에 부풀
어 있었다. 비록 작가의 꿈은 접었지만 마천루의 사이를 비집고 다
니며 잘 나가는 카피라이터가 되고 싶었다. 처치 스트리트로 들어
서자 갑자기 차가 멈췄다. 기사는 다 왔다고 말했다. 창밖을 바라보
고 믿을 수가 없었다. 그 거대한 두 개의 빌딩은 마술처럼 사라지고
없었다. 단지 일본인 관광객으로 보이는 젊은 남녀들만이 공사 중
이라 출입을 제한하는 철망에 매단 그라운드 제로라는 안내판을
배경으로 손가락으로 브이 자를 그리며 깔깔거리며 사진을 찍고
있었다. 기사가 기다려 줄 터이니 나가서 구경하고 오라고 했으나
난 그냥 차를 돌려 코리아타운으로 가자고 말했다.

　플러싱에 있는 한국식당에 가서 한인업소록부터 찾았다. 스티븐
장의 사무실 전화번호를 쉽게 찾을 수 있었다. 혹시나 하고 전화를
했으나 역시 퇴근한 듯 아무도 전화를 받지 않았다. 내일 다시 연락
을 해야겠다. 저녁을 먹는 둥 마는 둥하고 금방 식당을 나와 한때
자주 갔던 카페에 들렀다. 간판은 그대로인데 주인도 바뀌고 아는
사람은 아무도 없었다. 바에 앉자 데킬라를 시켜 홀짝홀짝 마시고
있는데 옆에 혼자서 술을 마시고 있던 사내가 말을 걸어왔다. 내가
뉴욕에는 근 10년 만에 다시 왔다고 하자 그는 대뜸 그라운드 제로
를 보았느냐고 물었다. 내가 방금 보고 오는 길이라고 하자 그는
어떻게 느꼈냐고 물었다. 내가 좀 허망한 생각이 들었다고 말하자
그는 혀를 차며 말했다.
　"현대판 바빌론이지. 다 그게 미국에 내리는 경고예요. 그런데

아직도 정신을 못 차리고 있어요. 월스트리트 보셨죠? 썰렁한 것을. 미국은 지금 붕괴하고 있어요."

내가 그래도 다행히 오바마가 당선되어 미국이 개혁으로 방향을 틀어서 다행이라고 했더니 그는 다 그것이 놈들의 계산에서 나온 것이라고 했다. 도저히 전쟁 가지고도 안 되니 이제는 블랙을 대통령으로 만들어 회교권과 아프리카에까지 손을 뻗치려고 한다는 것이다. 내가 도대체 놈들이 누구냐고 했더니 그는 주위를 돌아보며 마치 무슨 큰 비밀을 발설하는 사람들처럼 내 귀에 가까이 대고 속삭였다.

"그냥 놈들이라고 하죠. 놈들! 이 세계를 쥐고 흔드는 놈들이요."

그는 매우 취한 것 같았다. 나도 어느덧 술에 취해 선우 이야기를 하며 여기에 온 경위를 말하자 그는 선우도 다 놈들에 의해 희생되었을지도 모른다고 말했다.

"그 친구 분도 나처럼 어느 날 놈들의 거대한 음모를 알았는지 모르죠."

자기는 그래서 남들이 보면 알코올중독자나 미친놈처럼 살아간다는 것이다. 그래서 아직까지 놈들이 자기에게는 손을 쓰지 않았다고 말했다. 그리고 나보고도 조심하라고 말했다. 너무 친구를 찾으려고 노력하지 말고 그냥 엘에이에 돌아가라고 했다. 그리고 갑자기 자리에서 일어나 나갔다. 나는 처음엔 그가 화장실에 간 것으로 생각했다. 그러나 그는 돌아오지 않았다. 한참을 기다리다가 너무 술에 취해 그냥 집으로 간 모양으로 생각하고 나도 가려고 카운터 아가씨에게 계산서를 가지고 오라고 했다. 계산이 생각보다 너무 많이 나와 물으니 아가씨는 아까 나간 손님이 내가 다 계산을 한다고 해서 그 손님 것까지 계산을 했다는 것이다. 내가 그 손님은 여기 자주 오는 사람이냐고 물으니 한때는 자주 왔었는데 최근에 부동산 투자에 크게 실패했다는 소문이 난 후 뜸하다가 오랜만에 왔다고 했다. 주로 혼자 마시다가 가는데 오늘은 나랑 오랫동안 함께 있어 잘 아는 사이인 줄 알았다는 것이다. 그리고 그 손님이 가면서 내가 갈 때 전해 주라고 했다며 메모지를 한 장 건네주었다. 메모지에는 달필의 영어 필기체가 쓰여 있었다.

"친구를 더 이상 찾지 마시오. 내 충고의 값으로 술 한 잔 샀다고 생각하시오. 그리고 놈들이란 바로 모네타요."

쌍둥이 빌딩이 무너지고 연이어 월스트리트의 마천루들이 무너지기 시작했다. 거대한 불기둥이 솟고 바벨탑이 무너졌다. 선우가 빌딩에서 뛰어내렸다. 그의 몸은 78층의 고층빌딩에서 수직 낙하했다. 사람들이 공포에 질려 911로 전화를 하였다. 전화벨은 계속 울려댔지만 아무도 받는 사람이 없었다. 제기랄! 나도 빠져나오려고 했지만 몸이 움직여지지 않았다. 전화벨 소리만 계속 들릴 뿐이었다. 악몽이다. 나는 더듬어 수화기를 들었다. 상대는 내 이름을 대며 맞느냐고 물었다. 내가 그렇다고 하자 자신은 선우가 다니는 회사의 직원인데 나를 만나고 싶다고 말했다.

한때 세계 최대의 증권회사, 베세이 스트리트에 우뚝 선 88층 건물은 아직도 그 위용을 과시하고 있는 듯 유리창에 반사된 역광이 눈부시게 빛나고 있었다. 또 다른 기대 금융자본에 의하여 흡수합병 되어 바뀐 이름 외엔 몰락의 흔적을 찾을 수 없었다. 모른다,

이처럼 이름만 바뀌고 음모는 계속되는 것인지도. 나는 그와 만나기로 한 78층 자산운용부로 올라갔다. 사무실에는 수십 명의 화이트칼라 직원들이 부지런히 컴퓨터를 통해 주식시황을 시시각각 확인하며 부산하게 움직이고 있었다. 나는 입구의 안내로 보이는 금발의 여직원에게 해리 골드만 씨를 만나러 왔다고 하자 그녀는 잘 다듬어진 예쁜 손가락으로 민첩하게 폰을 눌렀다. 그리고 매우 정중한 말씨로 영 씨라는 방문자가 왔다고 말했다. 그리고 몇 번 오케이, 오케이를 연발한 후 전화를 끊고 내게 골드만 씨가 지금 긴급회의 중이니 응접실에서 조금만 기다려달라고 말했다.

응접실의 문을 열자 향긋한 커피 냄새와 함께 귀에 익은 클래식 음악이 흘러나왔다. 신세계 교향곡, 드보르작이 이 음악을 작곡했을 때 그는 지금의 미국을 상상했을까? 유리창을 가로질러 보이는 울창한 고층건물의 숲은 멋진 신세계를 자랑처럼 드러내고 있는 듯 보였다. 나는 창가로 다가갔다. 월스트리트가 한눈에 들어왔다. 78층 높이에서 내려다보는 도시는 모든 것이 장난감처럼 보였다. 거리에는 성냥갑보다 작은 차량들이 움직이고 있었고 좀벌레보다 작은 인간들이 기어 다니고 있었다. 선우는 이처럼 가끔 이곳에서 커피 한잔을 마시며 아래를 내려다보고 자신이 거의 정상에 올라왔다고 느끼며 뿌듯해 했을지도 모른다. 그 순간 선우랑 학창시절 뉴욕에 함께 와 엠파이트 스테이트 빌딩에 올랐을 때의 기억이 떠올랐다. 그때 나는 전망대에서 아래를 내려다보다 영화 〈제 삼의 사나이〉에서 조셉 코튼이 가짜 페니실린 판매로 얼마나 많은 사람들이 고통을 받고 있는가를 아느냐고 친구인 오손 웰즈를 비난하자 오손 웰즈가 한 말이 떠올랐다. 웰즈는 빈의 고층건물 꼭대기에서 아래를 가리키며 조셉 코튼에게 항의하듯 말한다.

"저기 아래 개미처럼 기어 다니는 인간들이 보이지. 그 벌레 같은 인간들이 몇쯤 사라졌다고 해서 너는 아픔을 느낄 수 있겠니?"

이 이야기를 선우에게 하자 선우는 대수롭지 않게 말했다.

"어쩌면 지금도 똑같을지 몰라."

내가 무엇이 똑같을지 모른다는 것이냐고 묻자 그는 2차 세계대전 직후 생존하기 위해서 각종 불법적인 암거래가 판을 치던 중립국 빈의 모습이나 겉으론 멀쩡해 보이지만 생존경쟁의 치열한 전쟁을 벌이고 있는 뉴욕의 모습이 어쩌면 같을 수도 있다고 말했던 것 같다.

사무실 쪽에 위치한 창문으로 직원들이 분주하게 일하고 있는 모습이 보였다. 대부분은 책상 앞에 놓인 모니터를 열심히 들여다보거나 전화통화를 하고 있었다. 러시안 계통의 백인으로 보이는 한 친구가 흥분한 듯 자리에서 벌떡 일어나 전화기에 대고 열심히 지껄이고 있었다. 나는 소리는 들리지는 않았지만 대충 무슨 말을 하는지 알 것 같았다. "고객님! 지금은 팔 때가 아니라니까요! 거의 바닥이기 때문에 자금을 준비해서 주식을 더 사야 해요"라던가 "더 이상 기다리는 것은 위험해요. 주가가 더 떨어질 가능성이 많아요. 일단 팔고 때를 기다려야 해요"라고 말하는 것 같았다. 순간 나는 이들이 할리우드 유명 스타들처럼 수백만 불의 고액 연봉을 받는 것은 어쩌면 그들 못지않게 연기를 잘하는 것 때문이 아닌가 하는 생각이 들었다. 모니터를 통해 받는 지시에 따라 그때그때 기가 막힌 연기를 하는 것이다. 그들의 명연기에 따라서 투자자들은 감동을 받아 움직인다. 어쩌면 월스트리트라는 거대한 금융가가 이들의 연기에 따라 울고 웃는 거대한 한 편의 드라마인지 모른다. 선우는 한때 그 드라마에서 비중 있는 역을 담당한 배역이었으나 갑자기 감독이 바뀌면서 역할을 잃고 밀려나 버렸는지 모른다. 이런 상념들을 하고 있는데 문이 열리며 여비서가 나타나 상긋 웃으며 골드만 씨가 기다린다고 말했다.

골드만 씨는 앞이마가 조금 벗겨졌으나 은발의 구레나룻이 금테 안경과 잘 어울리는 50대 초반의 전형적인 출세한 유대인 계통의 백인이었다. 책상 위에 놓인 부사장이란 실버 메탈 테두리의 명패가 그의 흰 와이셔츠에 두른 실크 넥타이를 유난히 번쩍거리게 하였다. 그는 매우 곤혹스러운 듯 조심스럽게 말을 시작했다.

"소식…… 들었는지 모르겠습니다만 참 안됐습니다."

그 말은 그간 혹시나 하던 내 희망을 어두운 절벽으로 밀어 버렸다.

"선우로부터……. 혹시…… 그가 발견되었나요?"

"아직 연락을 못 받으셨군요. 오늘 아침 뉴욕경찰서로부터 손 킴의 유서와 유품이 마이애미 한 모텔에서 발견되었다는 연락을 받았습니다. 모텔 주인의 말에 의하면 손 킴은 어제 새벽 바닷가 피어로 나간 후 돌아오지 않았다고 해요. 아마 그곳에서 투신한 것으로 경찰은 추정하고 있습니다."

결국 최악의 예상대로 되고 말았다. 선우는 내게 마지막 메일을 쓰고 자살한 것이다. 짧은 순간 그와의 추억들이 한 편의 영화처럼 아스라이 스쳐갔다. 누구보다도 삶에 있어서 자신감 있고 쾌활한 그였는데…….

"영 씨를 이렇게 뵙자고 한 것은 혹시 그로부터 받은 이메일이 있다면 그 내용을 알고 싶어서⋯⋯."

골드만의 이 말은 나의 상념을 여지없이 깨트리며 울컥 분노를 치솟게 했다.

"당신들은 뭐가 아직도 두렵습니까? 당신들의 하수인으로 일하다가 한 인간이 궁지에 몰려 자살했는데도 당신들은 그것은 안중에도 없고 당신들의 치부라도 드러낼까 봐 그것이 두렵습니까? 내가 선우로부터 받은 메일은 내 사적인 것으로 경찰의 영장이 없는 한 당신들에게 내 줄 수가 없어요."

골드만은 나의 갑작스런 격한 반응에 잠시 놀라는 듯 잠시 골똘히 생각하다 결심한 듯 말했다.

"영 씨가 무슨 오해를 하고 있는 것 같군요. 이 말은 영 씨에게 안 하려고 했습니다만⋯⋯, 손 킴이 회사에 무단결근을 하고서 얼마 안 되어 회사 감사팀의 내부감사에 의하여 충격적인 사실이 드러났어요. 그는 그간 전형적인 폰지 사기 수법으로 엄청난 고객 돈을 빼돌린 것으로 드러났습니다. 지금은 금융기관에 대한 정부와 국민의 불신이 심한 때라 저희는 경찰에 신고하지 않고 조용히 내사한 후 본인과 연락하여 피해자를 최대한 구제하는 선에서 사건을 마무리 지으려고 노력하고 있었던 중입니다."

골드만은 그러나 그의 실종의 장기화로 오히려 사건이 확산될 조짐이 있어서 어제 경찰에 실종신고를 했고, 그 과정에서 내가 먼저 신고를 한 것을 알았다고 했다. 그리고 오늘 아침 손 킴이 자살했다는 연락을 받고 조금 전까지 회의를 통해 그에 대한 사건은 덮기로 결정하고 혹시 내게 보낸 메일에 피해자에 대한 리스트를

남겼다면 회사차원에서 보상해 주려고 나를 보자고 한 것이라고
말했다. 나는 골드만에게 그런 내용은 없으며 메일의 내용은 순전
히 사적인 내용이지만 필요하다면 그에게 메일로 보내주겠다고 말
했다.

엘리베이터를 내려오는 동안 심하게 어지럼증을 느꼈다. 그럴 리
가 없다. 이것은 음모다. 어젯밤 카페에서 만난 이상한 사내의 말처
럼 선우는 거대한 음모의 희생양인지도 모른다. 택시를 불러 타고
스티븐 장 변호사와 만나기로 한 플러싱의 한인 타운으로 향하면서
도 나는 계속 마치 선우가 억울하게 살해당하기나 한 것처럼 막연
한 분노를 떨쳐버릴 수가 없었다. 한인 타운의 한 한식집에서 스티
브 장 변호사를 만나자마자 나는 그와 십 년 만에 만난 회포도 풀기
도 전에 흥분하여 선우 이야기부터 하였다. 그도 선우 소식을 듣고
충격을 받았는지 한동안 계속 침묵을 하며 내 말만 들었다. 아니면
그러한 침묵은 우선 인내심 있게 고객의 말을 먼저 들어야 하는
직업적 습관일지도 모른다. 그러나 내가 계속 뭔가 석연치가 않다
며 음모론을 거론하자 그가 드디어 조용히 말을 꺼내며 내 말을
끊었다. 어쩌면 그 부사장 이야기가 사실일지 모른다는 것이다. 그
리고 나에게 학창 시절에 한국 유학생들 사이에 떠돈 선우에 대한
이야기를 못 들었느냐고 물었다. 내가 무슨 소문이냐고 묻자 선우
의 아버지가 옛날 군사정권 시절 유명한 실세 중의 하나로 새로운
정권이 들어서자 막대한 돈을 빼돌려 미국으로 망명한 사람이라는
소문이 돌았다는 것이다. 나는 시켜놓은 설렁탕은 몇 술 뜨지도 않
고 소주를 한 병 시켰다. 스티븐 장 변호사는 그러나 선우는 한때

120

우리들의 영웅이었음은 틀림이 없다고 말했다. 그는 주류사회에 들어가 열심히 싸웠다. 자신을 보아라. 예일 법대에서 수석졸업까지 했으나 결국 주류사회에서 버티지 못 하고 한인 타운에 들어와 한인 불법체류자 고객들을 상대로 이민법 변호사나 하고 있지 않은가? 선우는 난 놈이다. 대충 그는 그런 이야기를 하며 시무룩해졌다. 말을 하면서도 가끔씩 머리를 숙여 설렁탕을 뜰 때 머리가 한 움큼이 빠진 정수리가 드러나 새삼스럽게 세월의 무게가 나를 숙연하게 했다. 이어서 우리는 너 그거 기억나니? 하면서 학창시절 선우와 함께 한 많은 추억을 번갈아가면서 이야기했다. 어느덧 취기가 은근하게 올라올 무렵 아쉽게도 시간이 다 되었다. 비행기 예약 시간이 다 되었기 때문이다. 술을 거의 마시지 않은 장 변호사가 나를 공항까지 태워다 주었다. 우리는 서로의 행운을 빌며 강하게 포옹을 하고 헤어졌다.

화요일의 공항은 평일인데도 매우 붐볐다. 나는 체크인을 하기 위해 거의 반 시간 이상을 줄을 서서 기다려야 했다. 좀 취한 데에다 오래 서 있자니 어지럼증이 일고 머리가 아파오기 시작했다. 머릿속에는 어젯밤 카페에서 만난 이상한 사내의 말과, 골드만 씨의 말과, 장 변호사의 말 등이 서로 어지럽게 엉겨 춤추고 있었다. 십 년만의 뉴욕 방문치곤 너무도 길고 혼란스러운 여행이었다. 개찰구 앞에서 기다리는 사람이 몇 명 안 남았지만 밀치고 빨리 들어가고 싶은 충동이 들었다. 뉴욕을 빨리 떠나고 싶었다. 그때였다. 내 목덜미를 누가 스치는 느낌이 들어 순간 뒤를 돌아보았다. 뒤에는 나처럼 늦게 공항에 도착한 십여 명의 사람들만이 무표정한 모습으로 줄을 서서 기다리고 있었고 주변에는 바쁘게 다른 개찰구로 이동하는 사람들로 분주했다. 그때 공항 입구의 문이 열리며 작은 여행용 가방을 가지고 검은 선글라스를 낀 한 동양인으로 보이는 남자가 뛰어 들어왔다. 나는 순간 무언가로 쿵 하며 머리를 얻어맞은 것 같았다. 그는 선우였다. 나는 그가 선글라스로 눈을 가렸지만 콧대가 조금 주저앉은 그의 코와 유난히 두터운 입술을 지닌 그를 보고 한눈에 그가 선우라는 것을 알았다. "김선우!" 하고 나도 모르게 소리치자 그는 섬뜩 놀란 듯 고개를 돌려 나를 보았다. 그리고 잠시 멈춰 서는 것 같더니 몸을 휙 돌려 인파 속으로 총총히 사라져 버렸다.

비행기는 힘차게 활주로를 벗어나 날아올랐다. 창밖으로 보이는 마천루의 숲에 쌓인 웅장한 도시는 점점 작아지기 시작했다. 나는 오르고 있었다. 항상 비행기를 탈 때 느끼는 것이지만 이처럼 이륙할 때 몸이 느끼는 이상한 기분이 싫었다. 눈을 감았다. 눈을 감고 창밖을 보지 않는다면 내가 지구를 벗어나 허공에 초속 수마일의 속도로 오른다는 느낌을 벗어날 수 있지 않을까? 그러나 이내 그것이 소용없는 짓이라는 것을 알았다. 저쪽 지상에서는 중력이라는 거대한 힘이 운명처럼 나를 당기고 있었기 때문이다. 지상을 벗어나는 데 따른 이런 고통이 나를 슬프게 했다. 어쩌면 인간을 비롯한 모든 생명체는 지상에서 영원히 벗어날 수 없을지도 모른다. 단지 벗어나려고 푸드덕거리며 날갯짓을 할 뿐이다. 선우도 한때 그렇게 날아보려고 날갯짓을 했을 것이다. 김선우……, 그는 자신의 알리바이를 만들기 위해 완벽하게 나를 이용하였다. 나는 그를 대신에 그의 실종사실을 경찰서에 신고했고 자살의 알리바이를 만들었던 것이다. 그는 결국 제 삼의 사나이였던 것이다. 물론 그는 이런 음모에 나를 이용할 수밖에 없었던 것에 대해 사과하였다.

"나는 결단을 내려야만 했어. 오랜 장고 끝에 이 길을 택하기로 했지. 이렇게밖에 할 수 없는 나를 용서해 주기 바라네."

그는 또 황급히 어디로 갔을까? 그는 김선우에서 숀 킴으로, 숀 킴에서 또 다른 이름으로 살아가야 할지 모른다. 순간 나는 그에 대한 치밀어 오르는 분노보다 어떤 서글픔 같은 것을 느꼈다. 그는 제 삼의 사나이지만 우리들의 추락한 영웅이었다. 그의 말처럼 더 이상 채찍으로 맞아가며 계속 돌아갈 수 없었는지 모른다. 그는 정말 멈추고 싶었던 것일까? 아니 어쩌면 이 세상 자체가 서로 속고 속이는 제 삼의 세계인지도 모른다. 사실은 이 모든 것이 카페에서 만난 이상한 사내가 말한 대로 모네타가 지배하는 이 세계의 비극인지도 모른다. 비행기가 거대한 구름 속으로 빨려 들어갔다. 갑자기 창밖은 온통 구름에 싸여 아무것도 보이지 않았다. 나는 순간 죽음보다 더 깊은 공포를 느꼈다. 꿈이다. 깨어나야 한다. 그러나 음속을 가르는 거대한 굉음 외에 더 이상 아무 곳에서도 전화벨은 울리지 않았다.

▶모네타는 라틴어로 돈을 의미함.

어느 장거리 운전자의 외로움

노가다는 벌써 이 주일째 일이 없었다. 답답해서 박 사장에게 전화를 했다. 조금만 더 기다려보라고 했다. 니기미. 지야 벌어 놓은 돈이 있으니까 몇 달 일이 없어도 버티겠지만 몸 팔아 근근이 먹고사는 나로서는 벌써 주머니가 달랑달랑하다. 다음 주에는 방세도 내야 하지 않는가. 이 지겨운 노가다 생활 때려치울 때도 됐다. 벌써 십 년이나 되었다. 노가다 십 년 동안 남은 게 뭔가? 젊은 날 제법 고왔던 손은 이젠 무슨 투박한 연장처럼 느껴진다. 내 나이 벌써 마흔이 넘었다. 거울을 보니 검게 탄 얼굴이 남들보다 오륙 년은 늙게 보인다. 세월이 많이 흘렀다.

장거리 운전하실 분. 시민권자 환영.

답답해서 펼쳐 본 신문 구인난의 기사 한 줄이 묘하게 시선을 끈다. 어느 날부터 이 엘에이가 지겨워지기 시작했다. 떠나고 싶다. 어디론가 훌쩍 바람처럼 떠나고 싶다. 어느 순간부터 엘에이에 한인들이 너무 많아졌다. 미국에 처음 올 때기 좋았다. 하루 종일 가게에서 일하고 집으로 올 때까지 한국사람 한 명도 못 보던 날도 많았다. 어쩌다 데니스 같은 미국 식당에 들어가면 백인들이 힐끔 힐끔 쳐다보곤 했다. 그러나 시장에 지천으로 널린 바나나처럼 이제 아무도 황인종들을 거들떠보지도 않는다. 사람들이 많아진다는 것, 그것은 그만큼 음모와 배신과 증오가 많아진다는 것이라는 것을 나는 잘 알고 있다. 코리아타운, 어느 날부터인가 자고 나면 타운에는 카페, 식당, 룸살롱 등 화려한 간판이 새로 들어섰다. 소문에 의하면 대부분이 한국에서 새로 온 사람들이 주인이라는 것이다. 이제는 미국 올 때 주머니에 달랑 몇백 불 갖고 왔다느니 하는 이야기는 전설 같은 이야기가 되어 버렸다. 요즘은 한국의 웬만한 사람들이 미국에 와서 오자마자 오륙십 만 불짜리 하우스 한 채부터 사고 백만 불이 넘는 사업체를 사서 미국생활을 시작한다고 한다. 서울에 아파트 하나를 팔면 그 돈이 나온다는 것이다. 니기미. 참 세상 많이 좋아졌다. 어느 날 술집에서 만난 한국에서 온 지 얼마 안 된다는 놈은 내가 10년을 노가다를 하고 있다고 말하자 "아니 미국 생활이 그렇게 힘들어요? 차라리 한국으로 가세요. 10년이면 강산도 변한다는데 10년이나 노가다를 하시고……"라고 내가 한심하다는 듯이 말했다. 놈은 한국이 돈 벌기는 좋으나 애들 교육 때문에 하도 마누라가 볶아서 미국에 왔다고 했다. 미국에 오니 너무 심심하다는 것이다. 단지 좋은 것은 골프장에 부킹할 필요가 없어

126

골프나 실컷 치고 있다는 것이다.

시민권자 환영. 사람을 채용하는 일에서 시민권자가 더 유리한 일이 무얼까? 이러한 구인광고의 경우 영주권자 이상인 경우가 대부분이다. 혹시 영어를 잘하는 사람을 필요로 하는 것일까? 그렇다면 나는 별로 해당사항이 안 된다. 그리고 지역번호가 405로 시작하는 전화번호는 본 적이 없다. 다른 주인 것은 확실한데 어딘지 모르겠다.

"어디서 전화하시는 건가요?"

50대 후반의 목소리로 들리는 남자는 목소리를 깔고 처음엔 매우 경계하는 듯하다가 내가 엘에이에서 신문광고를 보고 전화한다고 하자 이내 태도가 돌변하여 시민권자이냐, 나이는 어떻게 되느냐, 차는 무엇을 갖고 있느냐, 지금 하고 있는 일은 뭐냐 등 잇따라 질문을 퍼붓기 시작했다.

"노가다요? 건축 일을 하고 계시는 모양이죠. 그거 힘들죠. 우린 그런 힘든 일이 아니니 안심하세요."

사내는 캐나다에서 무역회사를 운영하고 있으며 밴쿠버와 엘에이를 다니면서 물건을 운반할 운전기사를 찾고 있다고 말했다. 나는 그제야 그 전화번호가 밴쿠버의 지역번호임을 알았다.

"유 형이 저희가 찾는 적임자 같은 느낌이 듭니다. 우리가 조만간 엘에이에 출장을 가면 그때 연락을 드리죠."

내가 보수는 얼마나 되느냐고 묻자 보수에 대해서는 걱정을 말라고 말했다. 실적에 따라서 많이 벌 수 있다는 것이다. 내가 좀 더 자세한 것을 물으려 하니 사내는 자세한 이야기는 엘에이에서 하자며 내 연락처만 묻고 끊었다.

아침부터 추적추적 비가 오기 시작했다. 또 한 주가 지나도 박 사장으로부터 전화가 없었다. 물론 무역회사의 사내로부터도 전화가 없었다. 할 수 없이 박 사장에게 전화를 했다. 박 사장은 아무래도 2월은 그냥 쉬어야 할 것 같다고 했다. 불황인 데에다 우기까지 겹쳐 일거리가 없다는 것이다. 벌써 한 달째이다. 10년 동안 노가다 일을 하면서 한 달씩 일을 안 해보기는 올해가 처음이다. 이 지경이 될지 알았다. 10년 전에 싸구려로 내가 지은 코리아타운의 30만 불도 안 되는 집이 최근 사오 년간 백만 불 가까이 오르면서 해도 너무 하다는 생각이 들었다. 작년을 정점으로 부동산 경기는 급속도로 위축되었다. 부동산 경기가 시들해지자 건축 경기도 갑자기 싸늘해졌다. 그래도 작년 여름에는 강 부장이랑 야간작업까지 해가며 경기가 좋았는데……. 갑자기 강 부장 생각이 났다.

강 부장은 일손이 딸린 박 사장이 낸 신문의 구인광고를 보고 찾아왔다. 첫눈에 노가다라곤 평생 해 본 적이 없는 희멀건 한 얼굴에 펜대나 잡았음직한 하얀 손을 지니고 찾아온 강 부장을 보고 박 사장도 처음엔 난감해했다. 그러나 강 부장이 하도 해보겠다고 했음인지 아침부터 헬퍼 한 명 없이 새로 지은 하우스 별채에서 드라이 월 붙이는 작업에 빼이치고 있는 내게로 데려왔다.
"유 형, 건축 일을 좀 배워보겠다는 분인데 데리고 일 좀 해 봐요."
박 사장은 이처럼 강 부장을 내게 맡기고 자기는 다른 현장으로 가봐야 한다고 급히 가 버렸다. 니기미, 나는 절로 욕이 나왔다. 한

창 바쁜데 저런 초짜 데리고 어떻게 오늘 패치 작업까지 끝낸단 말인가. 나는 건성으로 강 부장과 인사한 후 그에게 트럭에 실린 드라이 월이나 작업장으로 나르라고 시킨 후 내 일을 하였다. 드라이 월을 자르면서 힐끔 보니 강 부장은 드라이 월 한 장을 주체하지 못해 끙끙대며 끌다시피 나르고 있지 않은가.

"그걸 끌면 어떡해! 그게 석고를 만들어져서 끌면 모서리가 다 나간다 말이야."

나는 나도 모르게 반말로 소리 질렀다. 강 부장은 깜짝 놀라 이번에는 드라이 월을 번쩍 들어 머리 위에 지고 나르려고 했다. 할 수 없이 내가 드라이 월을 나르는 시범을 직접 보여줘야 했다.

드라이 월을 나르는 작업을 간신히 끝낸 강 부장은 내 옆에 서서 내가 하는 일을 거들려고 하였으나 나는 그때마다 "됐어요. 이거 내가 혼자해도 되요"라고 매정하게 말했다. 그러자 그는 머쓱해져서 어찌할 바를 모르고 우두커니 내가 하는 일을 지켜보아야 했다. 나는 이런 인간들을 잘 알고 있다. 강 부장처럼 한국에서 대학 나오고 머리 좋은 인간들은 이런 노가다판에 와서도 머리가 팽팽 돌아간다. 처음에는 내 밑에서 조수로 막일이라도 하겠다며 강 부장처럼 말짱한 놈들이 찾아와서 일하다가 대부분은 몇 달이 못 가 때려치우지만 개중에는 노가다판 돌아가는 것을 파악한 후 나가서 자기가 건축회사 차린 놈도 있다. 자신이 밑바닥으로 추락했어도 언제든지 기회를 노리는 위험한 족속인 것이다. 지난번 타운의 마켓 주차장에서 만난 존 킴이란 놈은 몇 년 전 내 밑에서 반년 가까이 일하다가 그만둔 놈인데 자신의 벤츠 차 안에서 나를 보고 "어이 유 형, 아직도 노가다 일하쇼?" 하고 거들먹거리며 말했다. 이처럼 한때 급해서 물불 가리지 않고 호구지책을 위해 노가다판에 뛰어들어 내 밑에서 일하다가 형편이 풀리면 때려치우고 이쪽을 향해서는 오줌도 안 눈다는 식으로 떠나간 놈들이 수십 명도 넘는다. 나는 이런 한국 사람들이 싫었다. 강 부장도 그런 사람들 중의 한 사람이리라.

점심때가 되어 나는 작업을 중단하고 그늘진 곳에 앉아 담배를 한 대 피웠다. 강 부장은 그동안 공구를 치운다거나 쓰레기를 버린다거나 내가 시키지 않은 일들을 알아서 하다가 내가 쉬자 내게로 다가와 결심한 듯 말을 꺼냈다.

"전혀 경험도 없이 일하려는 욕심에 앞뒤 안 가리고 와서 괜히 방해만 되는 것 같습니다. 아무래도 저는 그만 돌아가 보는 게······."

그는 말을 끝맺지도 못하고 내게 꾸벅 인사한 후 돌아서려 했다. 순간 나는 그의 눈에 맺힌 눈물을 본 것일까? 왠지 심하게 내가 잘못하고 있다는 생각이 들었다.

"이봐요! 일을 배우려고 왔으면 하루라도 제대로 배우고 가야 할 것 아니요? 처음에 와서 그렇게 내가 하는 일 지켜보는 것도 일이요. 견학이란 것도 있지 않소."

저녁에 일을 마치고 강부장이랑 소주 한 잔을 했다. 그도 나처럼 술을 잘 마셨다. 강 부장은 한국에서 대기업의 부장을 하다가 아이엠에프 때 잘린 후 퇴직금으로 강북에 식당을 하나 차렸는데 단군 이래 최대 불황이라는 불경기를 맞아 결국 쫄딱 망했다고 했다. 그 후 자의반 타의반으로 미국에 들어와 없는 돈으로 신분유지를 위해 옷가게를 하나 하면서 E2 비자를 신청했으나, 적은 수입에도 100% 세금을 철저히 내야 하는 데에다 바로 인근에 대형 의류체인점이 들어서는 바람에 문을 닫았다는 것이다. 그 바람에 체류신분 유지도 못하고 불법체류자 신세가 됐다는 것이다. 다 망한 사람들의 이야기란 그렇고 그런 이야기들이다. 패자들의 뻔한 스토리인 것이다. 한 때는 잘 나갔을 강부장도 패자의 한 명일 뿐이다. 나는 그런 강부장의 이야기를 건성으로 들으며 부지런히 술만 마셨다.

"저는 어떤 고생을 해도 괜찮은데 마누라와 이제 고등학교, 중학교 다니는 두 딸을 보면 밤에 잠이 오지 않아요."

그는 이렇게 말하며 단숨에 소주잔을 연거푸 비웠다. 그리고 형님 밑에서 열심히 한번 일을 배워보겠다고 말했다. 그는 나보다 겨우 두 살이 어렸다. 나는 강부장의 눈을 보았다. 그는 매우 선한 눈을 지니고 있었다. 나는 그가 착한 사람이라는 것을 느꼈다.

"강 부장. 내 말 똑똑히 들어. 노가다 일은 배울만한 일이 못 돼. 결코 이 일을 배워서 돈을 벌 수는 없어. 자기가 일을 배워 사장이 되어 자기 사업을 하면 몰라도……. 단지 강부장이 힘이 펼 때까지 나랑 같이 일하면서 호구지책을 하겠다면 그건 오케이야."

나는 어느 순간부터 그를 강 부장이라고 부르며 반말을 하기 시작했다.

그날 우리는 술이 떡이 될 때까지 마셨다. 강 부장은 주로 노가다 일에 관해 물었고 나는 주로 최근 한국 돌아가는 일에 대해 물었다. 나는 어느새 술에 취해 나도 모르게 내가 해냈던 각종 어려운 공사에 대한 이야기와 사장들을 엿 먹였던 이야기 등을 무용담처럼 늘어놓기 시작했다. 그는 열심히 '그래요? 와!' 등의 감탄사를 연발하면서 내 이야기를 재미있게 들었다. 술자리가 끝난 후 우리는 노래방으로 2차를 간 것 같은데 잘 기억이 나지 않았다. 그때부터 필름이 끊겼다. 아침에 일어나보니 웬 낯선 방이었다. 강부장이 만취한 나를 택시에 태워 자기 집으로 데려온 것이다.

　나는 난생처음으로 남의 아내가 끓여주는 북엇국으로 아침 속풀이를 하였다. 강 부장은 자기 아내는 물론 자신의 두 딸을 불러 나에게 인사를 시켰다. 나는 나도 모르게 너무 미안한 생각이 들어 그의 아내에게 '죄송합니다'를 연발하였다. 그때 수더분한 인상의 그의 아내는 잔잔히 웃으며 "우리 그이가 미국에 와서 아는 분이 없어 너무 적적하게 지냈는데 앞으로 자주 놀러 오세요"라고 말했다.
　아침을 먹고 우리는 함께 작업장으로 나갔다. 우리보다 먼저 나와 있던 박 사장은 나를 보고 한쪽으로 불러 "저 친구 어때? 역시 안 되겠지. 내가 어제 일 잘하는 멕시칸 한 명 구했는데 그 아이를 붙여줄까?"라고 말했다. 내가 괜찮다며 강 부장이랑 계속 일하겠다고 하자 박 사장은 "웬일이야? 자네 한국사람 헬퍼로 쓰는 것 싫어하잖아"라고 말하고 고개를 갸우뚱하며 다른 현장으로 떠났다.

　그 일이 있기 전까지 강부장과 나는 5개월 이상을 함께 일했다. 우리는 일이 끝나면 처음 얼마 동안은 거의 매일 술을 마시고 자주 그의 집에 가서 잤다. 그의 집은 한인 타운을 조금 벗어나 있었고 렌트비가 저렴한 낡은 주택이었으나 비교적 실내는 깨끗하였다. 너무 오래 혼자 산 탓이었을까 차츰 나는 그의 가정이 내 집처럼 포근하게 느껴지기 시작했다. 물론 그의 아내의 훌륭한 요리솜씨 탓도 있었으리라. 나는 일요일이면 피곤하여 늦잠을 자는 그를 대신하여 그의 두 딸을 데리고 영화를 보거나 백화점에 가서 쇼핑을 하곤 했다. 아이들도 나를 큰아빠라고 부르며 잘 따랐다. 내가 선물꾸러미를 잔뜩 든 두 아이를 데리고 집에 오면 강부장과 그의 아내는 미안해서 어쩔 줄을 모르며 자기 아이들을 나무랐다. 나는 그때마다 아이들 기죽이지 말라며 오히려 내 딸을 두둔하듯 하였다.

어느 날 그의 집에서 소란한 소리에 깨어나 들으니 강부장이 그의 아내를 크게 질책하고 있었다.

"사교육이다 뭐다 해서 과외비에 등골이 휘여 과외 없는 나라에 가서 애들 교육 제대로 시켜보자고 미국에 왔는데 여기에 와서도 또 과외가 뭐야?"

"큰 애 대학 가려면 SAT 학원은 보내야 한데요."

그의 아내가 마치 죄인처럼 조그만 소리로 말했다.

"넌 내가 노가다 일 하는 것도 몰라. 한 달에 500불이나 되는 학원 보낼 돈이 어디 있어?"

"철딱서니 없는 마누라 같은 이라구."

강 부장은 차에 올라서도 아직 화가 안 풀렸는지 씩씩거렸다.

"철딱서니 없는 것은 노가다해서 번 돈으로 매일 술 퍼먹는 너와 나지 왜 너희 마누라이겠니?"

내가 한마디 하자 강 부장은 짧은 신음소리를 내며 더 이상 말을 못했다.

"앞으로 당분간 술은 끊고 일 끝나면 야간에 작업을 하나 더 하자."

나는 순간 돈 벌기에 환장하여 야간에도 쉬지 않고 돌리는 골든 콘스트락션의 최 사장 생각이 났다.

"형, 정말이야. 야간에 일 할 곳이 있어?"

강 부장이 반색을 하며 물었다.

"지금은 성수기라 여기저기서 일손이 딸려 야단이야. 일할 곳은 얼마든지 있어. 단지 네가 술을 당분간 안 마실 수 있는지 그게 문제이지."

"형, 사실은 내가 형에게 먼저 술 좀 그만 먹자고 할 참이었어. 그런데 형이 워낙 술을 좋아하는 것 같아서……."

"난 걱정하지 마. 난 한다면 하는 사람이니까."

아마 술을 마시기 시작한 후로 내 인생에서 석 달 이상 술을 안 마신 것은 그때가 처음이자 마지막이었으리라. 우린 그렇게 밤낮으로 함께 일했다. 몸은 피곤했으나 왠지 마음은 충만한 무엇으로 꽉 차있었다. 나는 그와 그의 가정이 진심으로 잘 되기를 바랐다. 적어도 그 일이 있기 전까지는 말이다.

11월에 접어들자 노가다 일도 서서히 일감이 줄어들기 시작했다. 어느 날은 야간 일이 없어 일찍 집에 돌아가는 날도 많았다. 일감이 줄어들자 강 부장은 조금 불안해하는 것 같았다. 어느 날 내가 몇 군데 전화를 해 본 후 강 부장에게 오늘은 야간 일이 없어 집에 일찍 가서 쉬자고 했더니 그가 뭘 좀 머뭇거리다가 형에게 할 말이 있으니 술이나 한 잔 하자고 하였다.

강 부장은 그날따라 술을 많이 마셨다. 무슨 말을 꺼내기 전에 빙빙 돌며 나에게 여러 가지를 물었다. 왜 형은 재혼하지 않느냐, 형이 독립해서 사업할 생각은 없느냐는 등. 나는 그에게 나는 머리가 나빠 사업할 생각은 없고 그저 남 밑에서 일하는 것으로 만족하는데 혹시 그가 건축 사업을 할 생각이 있다면 내가 도와줄 생각이 있다고 말했다.

"형, 그것도 생각 안 해 본 것은 아닌데 형도 알다시피 내가 불법체류자 아냐? 그런데 내가 어떻게 건축면허를 받을 수 있겠어?"

그는 거푸 술을 따르며 말했다. 그날따라 그의 어깨가 매우 작아 보였다. 나는 조금 생각하다가 결심한 듯 말했다.

"네가 그렇게 건축 사업을 한 번 해 보고 싶다면 내 명의로 해서 면허를 따. 그리고 네가 사장 해. 나는 네 밑에서 노가다 십장이나 할게. 너는 머리가 좋아 잘할 거야."

그는 내 말에 눈빛이 조금 달라지며 정색을 하고 말했다.

"형이 그렇게까지 나를 생각한다면 사실 형에게 정말로 할 이야기가 있는데 내 용기를 내어 말할게. 형도 알다시피 우리 큰 애가 몇 년 있으면 대학에 가잖아. 그런데 아빠 잘못 만난 죄로 불법체류자가 되어 등록금 혜택은 물론 운전면허증도 없어 대학도 제대로 다닐 수 없는 신세야. 나는 아이들 생각만 하면 통 잠을 이룰 수가 없어. 그 아이들이 무슨 죄가 있어. 그래서 말인데 형이 우리 와이프랑 위장결혼해서 애들 영주권 문제를 좀 해결해 줄 수 없어. 형은 시민권자이니까 가능하잖아."

위장결혼, 시민권. 이러한 단어가 갑자기 튀어나와 무슨 흉기나 된 듯 돌연히 내 머리를 쿵하고 쳤다. 그 충격으로 내 두뇌 속에

각인된 어두운 기억들이 풀리며 벌레처럼 마구 기어 나왔다. 나는 순간 현기증을 느꼈다. 그제야 오랜만에 마셨던 알코올이 내 혈관 속으로 들어가 온몸에 마구 퍼지는 것 같았다. 나는 발작적으로 소리 질렀다.

"야! 너희 마누라랑 위장결혼 하라고? 그게 말이나 되는 소리야. 그러다가 내가 네 마누라 진짜로 뺏어 버리면 어쩔래? 시민권, 너도 나 시민권 보고 접근했냐? 그래서 애초에 그런 목적으로 너랑 너희 마누라가 나에게 잘 해 줬냐?"

나는 식탁에 술잔을 내리치며 말했다. 사람들이 웅성거렸다. 나는 지갑에서 돈을 꺼내 놓은 후 자리를 박차고 나와 버렸다.

그 일이 있은 후 며칠간 강 부장은 일터에 나오지 않았다. 나는 그 며칠간을 스멀거리며 기어 다니는 벌레 같은 어두운 내 기억들을 떨쳐 버리기 위해 미친 듯이 일했다. 그러던 어느 날 아침에 강 부장이 나보다 먼저 와 기다리고 있었다. 나는 못 볼 것을 본 사람처럼 그를 외면하고 지나치려 하는데 그가 말했다.

"형, 저 오늘 다른 데에 취직하여 형에게 작별인사 드리러 왔어요. 지난번 일은 제가 술이 취해 한 말이니 잊어버리세요. 그간 신세 많이 졌어요."

그는 정중히 내게 인사하였다. 나는 그의 얼굴도 제대로 보지 못하고 그의 손을 잡으며 말했다.

"미안하오. 도와주지 못해서……. 어디 가든지 잘 사시오."

우린 그렇게 헤어졌다.

"존 유 씨 되시나요?"

나는 전화를 받자마자 캐나다의 사내라는 것을 알았다. 사내는 엘에이에 왔다고 했다. 저녁에 타운의 한 일식집에서 만나자고 했다. 전화를 끊고 난 후 나는 다소 흥분되었다. 10년 만에 잘하면 노가다 생활을 청산할 수 있을지 모른다. 강 부장이 떠나간 후 노가다 일이 더욱 싫어졌다. 하루는 거실의 천장에 신형 램프를 다는 작업을 하다가 의자에서 떨어져 그대로 면상을 카펫 바닥에 박아 버렸다. 다행히 다치지는 않았으나 내 머리를 박은 5인치 떨어진 곳에 전기톱이 놓여 있었다. 그곳에 머리를 박았으면 내 면상이 날아갔으리라. 순간 소름이 끼쳐왔다. 언젠가부터 노가다 일이 점점 겁이 나기 시작했다. 나도 본격적으로 늙어가고 있는지 모른다.

일식집에 들어서 내가 여종업원에게 캐나다에서 오신 손님을 만나러 왔다고 하자 여종업원은 식당의 구석진 곳에 있는 별실로 나를 안내하였다. 내가 들어서자 오십 대 중반으로 보이는 사내가 반갑게 일어서며 나를 맞았다. 사내는 중키에 머리를 올백으로 넘기고 꽁지머리를 하였는데 악수를 할 때 노가다로 다부진 내 손을 압박할 정도로 아귀힘이 넘쳐흘렀다. 자신을 제임스 장이라 밝힌 사내는 노가다 일을 화제로 꺼냈다. 자신도 십대 후반에 시골에서 올라와 인천부두에서 하역작업을 일 년 이상 했다는 것이다. 자신의 어깨는 그때 다 만들어졌다는 것이다. 그의 어깨는 양복을 삐져나올 정도로 부풀어져 상당한 근육질의 소유자라는 것을 알아볼 수 있었다.

"그때는 너나 할 것 없이 가난했기 때문에 노동으로 돈을 벌어야 했지만 지금은 시대가 바뀌어 머리로 돈을 벌어야 합니다."

그는 갑자기 내게 무슨 강의를 하듯이 목소리를 조금 낮추며 엄숙하게 말했다.

"유 형, 우리가 하는 일은 사실 애국하는 일이요. 지금 한국은 매우 어렵습니다. 김대중이 노무현이 같은 빨갱이 놈들이 대통령 되고 나서 서민들이 살기가 더 어려워졌어요. 많은 사람들이 미국으로 오려고 합니다. 그러나 비자 때문에 미국에 올 수가 없어요."

나는 그의 말이 선뜻 내키지 않아 최근 들어 코리아타운의 고급 식당이나 새로 짓는 건물들의 주인은 한국에서 온 사람들이라는데 왜 한국이 어렵느냐고 묻자 그는 그것은 일부 부자들의 경우고 실상은 그게 아니라고 말했다.

"소위 좌파 한다는 놈들이 집권하고 난 후 빈익빈 부익부 현상이 더 심해졌어요. 부자들은 강남의 부동산투기로 떼돈을 버는 반면 서민들은 일자리도 없이 일용직 근로자로 전락해 입에 풀칠하기가 어려워요."

음식이 들어오자 그는 내게 술을 마시냐고 묻고 조니워커 한 병을 시켰다.

"우리가 하는 일은 그런 어려운 사람들이 미국에 올 수 있도록 돕는 일입니다. 사실 이 코리아타운에도 가족과 생이별을 한 이산가족이 많아요. 지난 주 의뢰받은 한 분은 영주권자인데 어머니가 돌아가셔 한국에 나갔다가 공항에서 입국심사를 할 때 사소한 위법 사실이 드러나 입국이 거절되어 미국에 들어오지도 못하고 직장도 잃고 2년 이상을 한국에서 지내고 있어요."

그는 그런 어려운 처지에 있는 사람들을 캐나다 국경을 넘어 미국으로 안전하게 입국할 수 있도록 도와주는 일을 하고 있다고 했다. 나는 대충 내가 할 일을 감을 잡았다.

"그러면 결국 밀입국을 도와준다는 겁니까? 그건 불법 아닙니까?"

나는 단숨에 글라스에 채워진 조니워커 한 잔을 벌컥 마셨다. 빈속에 독주가 들어가니 위가 찌르르하고 가벼운 경련을 일으켰다. 꽁지머리는 그 일은 불법이지만 사람을 돕는 일이어서 나쁜 일이 아니라고 말했다. 그리고 걸릴 확률이 거의 제로에 가까워 문제가 될 것이 없다는 것이다.

"유 형이 하는 일은 단지 캐나다로 와서 사람들을 실고 모처에 있다가 국경을 통과하여 미국으로 들어와 엘에이까지 모셔다 주면 되는 일입니다. 우리는 새로운 루트를 개발하여 아무도 알 수 없어요. 걸릴 확률은 제로입니다."

그는 내게 보수로 일인당 천 불을 주겠다고 했다. 한 번에 6~7명을 태워 한 번 일을 하는데 6~7천 불을 벌 수 있다는 것이다. 내가 일은 얼마나 자주 있느냐고 묻자 그는 빙그레 웃으며 말했다.

"일은 걱정하지 마세요. 유 형이 원한다면 매주 한 번씩이라도 일감을 줄 수가 있어요."

꽁지머리와 나는 한 시간도 채 안 되어 양주 한 병을 비우고 말았다. 그는 자리를 옮겨 본격적으로 한 잔 더 하자고 말하고 모처에 전화를 하였는데 조금 후에 아가씨가 들어와 차가 준비되었다고 말했다. 나는 마치 저항할 수 없는 무언가에 압도당한 듯 그를 따라갈 수밖에 없었는데 차가 멈춘 곳은 타운에 새로 생긴 룸살롱이었다.

아침 햇살이 반투명의 옅은 커튼 사이를 뚫고 들어와 내 머리를 쪼아대기 시작했다. 머리가 지끈지끈 아파 왔다. 꽁지머리랑 도대체 몇 시까지 술을 마셨던 건가? 잘 기억이 나지 않는다. 단지 기억나는 것은 그랑 헤어질 때 그가 주머니에 돈을 찔러주었다는 사실이다. 잘 생각해보고 일을 하겠다면 연락을 주고 밴쿠버로 올 때 경비로 쓰라고 했다. 바지 주머니를 뒤져보니 천 불이 들어 있었다.

"유 형. 우리는 좋은 일을 하는 겁니다. 우리는 생이별한 가족들도 다시 만나게 해 주고 달러를 벌려고 미국까지 오려는 사람들도 도와주고……."

그는 술자리 중에도 나에게 몇 번이고 같은 말을 하였다. '달러를 벌려고 미국까지 오려는 사람들' 나는 이 말이 석연치 않았다. 그에게 좀 더 자세한 것을 물어보려고 했으나 아가씨들이 자꾸만 춤추자고 하는 바람에 룸살롱에서는 더 이상 대화를 할 수가 없었다.

7-11에 가서 커피와 두통약을 샀다. 차를 몰아 6가 길의 고급주택가로 들어서서 그늘진 곳에 파킹을 하였다. 엘에이에 처음 왔을 때 나는 이곳에 자주 오곤 했다. 웨스턴 길에서 몇 블록만 떨어져도 이런 한적한 곳이 있다니……. 지은 지 백 년도 더 되었을 것 같은 고풍스런 대 저택을 바라보며 저 집에는 얼마나 많은 사람들의 이야기가 담겨 있을까 하고 상념에 잠기곤 했다. 저곳에서 많은 사람들이 태어나 살다가 갔을 것이다. 오직 오래된 주택만이 남아서 묵묵히 옛날의 이야기를 간직하고 있을 뿐이다. 사람들은 모두 살다가 죽는다. 모든 것이 허망하다는 생각이 들었다. 그 일이 있은 후내게 인생은 그래도 살아야 하는 지겨운 그 무엇이 돼 버렸다.

얼마 지나지 않아 머리가 맑아지기 시작했다. 불법적인 일. 이 일은 불법적인 일임이 틀림없다. 만일 국경수비대에 걸린다면 내가 받을 처벌은 무엇일까? 꽁지머리 말처럼 벌금 몇천 불에 지나지 않을까? 일인당 천 불. 내 7인승 미니 밴에 인원이 꽉 차면 7천불이 되는 돈이다. 매주 한 번씩은 아니더라도 한 달에 두 번만 한다고 해도 만 사천 불에 달하는 돈이다. 지금 내가 하는 노가다 일의 4배에 달하는 돈이다. 최근 몇 년간 돈 생각을 해 본 적이 별로 없다. 아니 항상 돈 생각을 했지만 돈을 못 버는 나로서는, 돈 욕심을 꾹꾹 누르고 살아왔다는 말이 더 정확한 표현일 것이다. 돈이 많아진다는 것은 숨겨진 욕망을 하나씩 끄집어 낼 수 있다는 것을 의미한다는 것을 잘 알고 있다. 갑자기 아랫도리가 빳빳해지기 시작했다. 어젯밤 그 년들은 젊고 성성하였다. 그러나 몇 년간 노가다에 지친 심신은 그런 성성함 앞에서도 내 욕구를 일으켜 세우지 못했다. 내 주머니에 지금처럼 돈 천 불이 있었으면 그 중에 한 년을 데려가서 자려고 했을지도 모른다. 돈이란 이처럼 남자에게 힘을 주는 것이다. 그런 돈이 눈앞에 보이기 시작했다.

"유 형. 잘 생각하셨소."

꽁지머리는 나의 전화가 생각보다 빨리 와 기분이 좋은 듯 껄껄 웃었다. 이달 말까지 캐나다 국경을 넘어 밴쿠버로 직접 차를 몰고 와 연락을 하라고 했다. 그러나 아직은 내가 못 미더운 듯 전화번호 외엔 사무실 위치나 기타 자세한 것은 알려주지 않았다. 만일 잘못되면 오랜만에 장거리 여행을 한 것으로 치자. 미리 돈 천불 받은 것도 있지 않은가. 엘에이에서 밴쿠버까지 이 여행은 1,200마일에 달하는 장거리 여행이다. 시간당 60마일씩 달려도 20시간이나 걸린다. 중간에 하룻밤을 자고도 꼬박 이틀은 달려야 하는 긴 여행이다. 나는 내 96년도 포드 윈드스타가 이러한 장거리 운전을 견딜수 있는지 은근히 걱정이 되어 정비소로 가 차량점검을 하였다. 다행히 차의 컨디션은 생각보다 좋았다. 집으로 와 차량에서 공구박스 하나만 남겨두고 자질구레한 것들을 모조리 꺼냈다. 손님 맞을준비를 한 것이다. 그리고 세차장으로 가 근 몇 년 만에 세차를 하였다. 세차를 하고 나니 비교적 차는 깨끗하였다. 자, 이제 모든 준비가 끝났다. 출발할 날만 남은 것이다.

출발하기 전 다시 한 번 꽁지머리에게 전화를 했다. 그는 일감이많이 기다리고 있으니 빨리 들어오라고 했다. 나는 10여 년 동안한 번도 사용해 본 적이 없는 여권을 찾아 조수석 서류함 속에 넣었다. 여권에는 나의 젊은 날 사진과 함께 존 유라는 영어 이름이 인쇄돼 있었다.

어머니가 돌아가신 그 해에 나는 시민권을 땄다. 시민권. 이것을딴 것이 내 불행의 시작이었다.
"너도 이제 서른인데 장가갈 때가 됐잖아. 언제까지 이렇게 살래?"
어느 날 누나는 전날 퍼마신 술 때문에 늦게 일어나 부엌에서냉수를 벌컥벌컥 마시고 있는 나를 보고 한심하다는 듯이 말했다.
"여자가 있어야 장가를 가지."
나는 담배를 찾아 물며 건성으로 대꾸했다.
"여자가 왜 없어. 지난번 목사님이 소개해 준 여자도 마다하고……."
"씨발! 여기 타코마에 제대로 된 여자가 어디 있어? 다 여자란 것들은 누나같이 과거에……."

나는 또 아침부터 눈물방울 보는 게 싫어 말을 다물고 말았다.

"타코마에서 여자가 없으면 시애틀에 있는 교회라도 다녀 보지 그래. 거기에는 한국에서 온 유학생도 많다는데……."

"누나, 지금 제정신이야. 달랑 구멍가게 같은 마켓 하나 하고 있는 내 꼬락서니에 유학생이 미쳤어. 내게 오게?"

"그러면 너도 남들처럼 시민권 따서 한국 나가지 그래. 한국에는 미시민권자라면 좋은 혼처가 줄을 섰다는데……."

"좋은 혼처는 바라지도 않고 정상적인 여자면 돼. 누나는 내가 뭐 눈이 높아서 장가를 안 가는 줄 알아. 나 먼저 나갈게."

차를 몰아 가게로 나가며 나는 아침부터 누나에게 좀 심했다는 생각이 들었다. '정상적인 여자'가 못된 누나는 하루 종일 자책감에 시달릴지 모른다. 요즘 자주 누나에게 짜증을 내곤 한다. 답답했다. 그래, 여자가 필요한 것이다. 나도 이제 결혼할 나이가 됐다. 미시민권자. 나도 알고 있다. 요즘 주변에서 많은 한인들이 한국에 나가 신붓감을 데려온다는 것을. 한때 가게로 자주 놀러 갔던 준철이 형도 작년에 한국에 나가 여자를 구해왔다. 나처럼 마켓 하나 달랑 하면서 시애틀 재미한인 식품상협회 회장이라는 직함을 새긴 명함을 가지고 한국에 나가 맞선을 수십 번 본 끝에 여자를 하나 낚았다. 내가 명함을 보고 "시애틀 재미한인 식품상협회 회장? 이거 너무 거창하잖아?"했더니 준철이 형은 아무렇지도 않다는 듯 "지난번 우리 마켓 하는 친구들 한 번 모여서 술 한 잔 했잖아. 앞으로 나를 회장으로 추대한다고 너희들이 말했잖아"라고 말했다. 나는 그런 넉살이 없었다. 아니 그것은 넉살 정도가 아니라 일종의 사기라는 생각이 들었다. 그렇게 사기를 쳐서 여자를 미국에 데려와 모든 것이 어리둥절한 여자에게 신혼여행이 끝나자마자 마켓으로 데려와 일을 시키면서 이것이 미국생활이라고 말한다. 미국에 사는 한국 사람은 다 이렇게 살아간다고. 그 중에는 남몰래 눈물 흘리다가 이것이 팔자이거니 하면서 아들 딸 낳고 잘 사는 일도 있지만 얼마 안 가서 깨지는 일도 많았다. 나는 이처럼 한국에 나가 여자를 구하는 것이 싫었다.

5번 프리웨이가 가팔라지며 나의 윈드스타는 서서히 엘에이를 벗어나고 있었다. 이 5번 프리웨이로 20시간을 달려야 한다. 이대로 계속 달려 오리건 주에서 하룻밤을 잔 후 다음 날 시애틀로 들어가리라. 십이 년 전에 엘에이로 왔던 길을 정확히 나는 반대로 가고 있는 셈이다. 그것은 마치 시간이 거꾸로 흐르는 것 같은 착각을 주었다.

어머니가 위독하시다는 연락을 작은아버지로부터 받고 나는 십 년 만에 한국에 나갔다. 어머니는 내 손을 꼭 쥐고 말없이 눈물을 주르르 흘리시다 눈을 감았다. 마치 나를 보고 죽으려고 기다리신 사람처럼 말이다. 아버지가 돌아가신 후 평생을 혼자 사신 어머니는 누나와 내가 그토록 미국으로 들어오시라고 하였지만 끝내 마다하고 누나가 다시 찾아준 옛날 집에서 홀로 사시다가 가셨다. 장례를 끝내고 나는 옛집을 팔지 않고 작은아버지 앞으로 명의를 넘겼다. 어머니의 49제가 끝난 후 작은아버지는 내가 한국에 오면 꼭 내 혼사를 부탁한다는 어머니의 신신당부가 있었다며 빽빽이 나이와 이름이 적힌 작은 수첩을 보여 주었다. 나는 건성으로 그 수첩을 읽어 보았다. 그 중에 한 이름이 내 눈에 들어왔다.

강정희. 나이 25세. XX 여대 영문과 졸업. 집안은 재산이 없으나 미모이고 총명함. 재호에게 어울릴 재원.

유독 많은 이름 중에 왜 이 이름이 눈에 띄었는지 나는 아직도 알 수 없다. 아마 뿌리 깊은 나의 학력 콤플렉스 때문인지도 모른다. 적당히 차나 한 잔 마시고 다녀와서 작은아버지께 "글쎄요. 별로 맘에 안 끌리네요"라고 둘러대며 빨리 미국으로 들어오려고 했으나 명동의 한 경양식 집에서 그녀와 첫 대면을 한 순간 내 인생의 모든 것이 바뀌어 버렸다. 그녀는 너무 아름다웠던 것이다.

나는 그녀 앞에서 한없이 주눅이 들었다. 학력, 나이, 재산 내가 가진 모든 것이 그녀 앞에서 너무 터무니없이 작아 보였다. 나는 순간 왜 미국에 사는 교포들이 한국에 선을 보러 나가 거짓말을 하게 되는지 알 것 같았다. 그러나 목소리는 작아졌으나 거짓말을 할 수는 없었다. 나는 고등학교를 중퇴하였고 미국으로 이민 가서 지금은 중형 마켓을 하나 하고 있으며 큰 재산은 없으나 방이 3개 있는 집을 가지고 있다고 세세한 내 형편을 두서없이 말했다. 마지막에는 좀 큰 소리로 내가 그녀보다 많이 부족하나 평생 고생을 안 시킬 자신은 있다고까지 말했다. 그녀는 별 말없이 가끔씩 조용히 웃으며 내 이야기를 열심히 들었다. 그러나 다방을 나와서 내가 함께 저녁을 먹자고 했으나 그녀는 오늘은 몸이 안 좋아서 집에 일찍 들어가고 싶다고 했다. 나는 그녀의 완곡한 거절을 결국 나에 대한 딱지를 놓은 것으로 생각하고 힘없이 집으로 돌아와 미국에 돌아갈 준비를 서두르기 시작했다. 그런데 뜻밖에도 내가 미국에 돌아가기로 한 날 아침에 중매쟁이로부터 그녀가 다시 한 번 나를 만나고 싶어 한다는 연락을 받았다. 나는 비행기 예약도 취소시키며 그녀와의 약속장소로 나갔다.

  광활한 땅. 프리웨이를 몇 시간을 달려도 끝없이 펼쳐지는 광활한 평야. 미국에 처음 와서 프리웨이를 달렸을 때 미국이 얼마나 큰 나라라는 것을 비로소 알았다. 너무도 부러웠다. 외할아버지 생각이 났다. 외할아버지는 소작농이었는데 평생 단 열 마지기라도 내 땅 가져보는 게 소원이셨다. 우리나라, 슬픔을 많이 간직한 나라, 작은 나라, 캘리포니아의 4분의 일도 안 되는 좁은 땅덩어리에서 7천만 민족이 지지고 볶고 사는 나라. 그러나 이 미국이라는 나라, 너무도 넓은 땅들, 몇 시간을 달려도 보이는 것은 오로지 끝없는 땅들뿐이다. 세계 최고의 강대국이라는 이 나라, 이름다운 나라, 그러나 그러면 뭐하나. 내 나라가 아닌 걸. 미국 시민권을 땄지만 나는 영원한 한국인이다. 그래, 역마살이 끼여 이 미국까지 왔고, 미국에 와서도 정착하지 못하고 이렇게 끊임없이 달릴 뿐이다. 이런저런 생각을 하며 샌프란시스코까지 중간에 기름을 넣으려고 잠시 멈췄던 일 외에 6시간을 쉬지 않고 달렸다. 배가 고파 맥도날드에서 햄버거 하나와 커피를 사서 마시고 다시 곧장 달렸다. 앞으로 4시간 정도를 더 달린 후 오늘 밤은 오리건으로 들어가 프리웨이 주변에 있는 캠핑장에서 자리라.

다시 만난 그녀는 내게 몇 가지만 약속하면 결혼을 승낙하겠다고 말했다. 미국에 들어가 자신은 공부를 하고 싶으며 학위를 딸 때까지 몇 년간 애를 갖지 않겠다는 것이 그것이었다. 나는 물론 승낙하였고 한 달 후 우리는 한국에서 결혼식을 올리고 하와이를 거쳐 시애틀로 돌아왔다. 결혼 후 나의 생활은 더욱 바빠졌는데 마켓에서 일을 하다가 하루에 두 번씩 그녀를 워싱턴 주립대로 데려다주고 데려와야 했기 때문이다. 그러나 그때가 내 인생에서 가장 행복하였다. 가끔씩 내가 그녀와 함께 한국식품점에서 아는 한국 사람을 만났을 때 모두 너무도 우리를 부러워했다. 나는 체중이 급격히 불어서 만나는 사람마다 '얼굴이 훤해졌네'라고 말했다. 그러나 이런 행복은 오래가지 않았다. 영주권이 나오고 그녀가 운전면허를 따서 내가 좀 편해지기 시작한 몇 달 후 어느 날 집에 돌아와 보니 그녀는 편지 한 장을 남기고 사라져 버린 것이다.

"미안해요. 당신에게 적응해서 살아보려고 했는데 잘 안됐어요. 애초부터 서로가 너무 다른 점을 쉽게 생각했던 것 같아요. 저는 빨리 잊고 다른 여자 만나 행복하게 사세요."

한밤중에 캠핑장에 들어와 라면을 끓여 먹고 소주 한 잔을 걸쳤다. 은근히 취기가 올라왔다. 밤하늘에는 온통 은빛 레이스로 치장한 별들이 서로 뽐내며 춤추고 있었다. 너무 아름다워 나도 모르게 눈물이 났다. 그녀는 그렇게 떠나갔다. 처음에는 나는 뭔가에 얻어맞은 사람처럼 한동안 말도 못했다. 겨우 그녀를 가슴에서 지워 버리려고 결심했을 때 '그녀가 유학생이랑 눈이 맞아 뉴욕으로 함께 갔다'느니 '애초부터 미국 오려고 나를 이용했다'느니 따위의 소문이 들려 왔다. 그리고 내가 그녀를 사랑한다는 것을 증명하기 위해서 그녀 앞으로 명의를 돌렸던 집마저 팔아 버리고 그 돈을 다 챙겨 갔다는 사실을 알게 되었을 때 나는 미국 와서 처음으로 권총을 하나 샀다. 그녀를 죽이고 싶었던 것이다.

가게의 문을 닫고 뉴욕으로 가 그녀가 산다는 아파트를 찾아갔으나 이내 경찰에 체포되어 두 달이 넘게 감옥을 살다 나왔다. 나에게는 이미 그녀에게 접근금지명령이 내려져 있었던 것이다. 감옥에서 나와 시애틀로 돌아온 나는 가게를 누나에게 넘기고 엘에이로 왔다. 시애틀의 툭하면 비가 오는 구질구질한 날씨가 너무 싫어졌기 때문이다.

정오쯤에 이르러 시애틀에 도착했다. 12년 만에 와보는 시애틀은 별로 변한 것이 없었다. 내가 떠나던 날처럼 구질구질 비가 내리고 있었다. 나는 비포드가로 차를 몰아 한국식당으로 들어갔다. 혹시 나 아는 사람을 만날까 봐 또 햄버거나 하나 먹을까 하다가 매콤한 김치찌개가 먹고 싶었다. 다행히 식당에는 손님이 별로 없었다. 주인 또한 바뀐 듯 모르는 사람이었다. 누나는 이 집 아줌마랑 친하여 자주 이곳에 놀러 오곤 했다. 자신처럼 국제결혼을 한 여자였기 때문이다. 미국에 오자마자 이혼한 누나는 이십여 년을 혼자 살다 삼 년 전 가게에 단골로 자주 오던 라틴계통의 손님이랑 눈이 맞아 가게를 정리하고 네브라스카로 갔다.

"생각보다 빨리 왔군요. 내일쯤 올지 알았는데……."

꽁지머리는 저녁에 밴쿠버의 한국식당에서 만나자고 했다. 캐나다 국경을 넘을 때 늘어선 차량을 보고 나는 좀 긴장하였다. 이곳도 예전에는 거의 검문이 없었는데 911 이후에는 여권을 확인하는 수가 있다고 꽁지머리가 말한 것이 생각났다.

"그 놈의 911 때문에 미국 들어오기가 무지하게 어려워졌어요. 그 때문에 우리가 장사하고는 있지만⋯⋯."

무심코 그는 장사라고 말했다. '좋은 일'이 장사로 바뀐 것이다. 밴쿠버의 한국식당에서 만난 꽁지머리는 본격적으로 장사에 대해서 말했다. 그는 자기의 심복으로 보이는 30대 후반의 젊은 남자를 데리고 나왔는데 그를 이 부장이라고 나에게 소개하였다. 이 부장이 제반 실무적인 일을 맡아서 할 것이니 앞으로 업무에 관한 일은 이 부장과 상의하라고 했다. 이 부장은 꽁지머리를 깍듯이 회장님이라고 불렀다.

"밴쿠버 입성을 축하합니다. 한 잔 받으쇼. 앞으로 유 형의 활약이 기대됩니다."

식당을 나와서 이차로 간 룸살롱에서 꽁지머리가 내게 술을 한 잔 따라주며 말했다. 뒤이어 여자들 서너 명이 들어왔다. 내 옆에도 한 아가씨가 앉았는데 심수봉의 여자는 배 남자는 항구라는 노래를 구성지게 잘 불렀다. 나는 그 노래를 듣고 "난 절대로 남자가 배이고 여자는 항구라는 사실을 인정할 수 없다"라고 몇 번이나 여자에게 횡설수설하였다. 연거푸 술이 들어가자 여독이 풀리면서 나도 모르게 또 다시 필름이 끊기고 말았다.

갈증이 심하게 나 물을 마시려고 몸을 뒤척이는 순간 뭉클한 무엇인가가 손에 닿았다. 여자였다. 그때서야 룸살롱에서 옆에 앉았던 아가씨를 이 부장이 내게 붙여주었다는 사실을 기억했다. 냉장고를 찾아 물을 꺼내 마시고 커튼을 젖히니 아침 햇살이 눈부시게 쏟아져 들어왔다.

"아저씨. 너무 눈부셔. 커튼 조금만 쳐 주세요."

여자가 손으로 눈을 가리며 말했다. 30대 중반의 여자였다. 나는 도로 커튼을 쳤다. 그리고 자석에 끌리듯 침대로 돌아가 그녀의 곁에 누웠다. 수지라고 했던가? 이름이 잘 기억나지 않았다. 기억나는 것을 심수봉의 노래를 잘 불렀고 옆자리에 앉아 가슴을 더듬어도 가만히 있었다는 사실이다. 나는 다시 그녀의 가슴을 더듬었다. 탱탱하지는 않았지만 그렇다고 축 처지지도 않은, 작고 탄탄한 가슴이 만져졌다. 역시 아무 말이 없었다. 가슴 밑으로 서서히 손을 내려가자 배꼽을 지나 작은 덤불이 만져졌다. 그녀는 알몸이었다. 순간 나의 아랫도리가 강하게 솟구쳐 올라왔다. 나는 그녀의 귀에 대고 해도 되냐고 물었다. 그러자 그녀는 "어젯밤에도 한다고 하다가 그냥 잠들었으면서……"라고 말했다. 나는 그녀 위로 올라타고 젖가슴을 애무하기 시작했다. 그녀가 가볍게 신음하기 시작했다. 나는 흥분하여 성급하게 나의 발기된 성기를 그녀의 그곳에 밀어 넣었다. 그리고 두 손으로 엉덩이를 움켜잡으며 강하게 나에게로 끌어당겼다. 그리고 그녀의 허벅지를 한껏 벌려서 내 성기를 최대한 깊숙이 들이밀었다 당겼다 했다. 불과 몇 번의 피스톤 운동밖에 못했는데도 이미 고환에 꽉 찬 정액은 터져 나오려고 하였다. 나는 도저히 참을 수 없어 내 정액을 그녀의 질 속으로 힘차게 방출하고 말았다. 갑자기 허무한 느낌이 밀물처럼 몰려왔다. 나는 나도 모르게 "미안해. 너무 오랜만에 해서 잘 안 되는데"라고 말했다.

그녀는 샤워를 하려고 욕실로 들어갔다. 나는 담배를 찾아 피웠다. 머릿속이 혼란스러워지기 시작했다. 내가 왜 미안해라고 말 했던가. 그녀는 직업적인 여성이다. 빨리 끝내는 것이 더 좋을 수도 있다. 여자를 안아 본 것이 몇 년 만인가? 이 허무한 느낌은 무엇인가? 그리고 마치 강간이나 한 듯이 이 떨떠름한 느낌은 무엇인가? 나는 평소에 돈 주고 여자를 사는 놈을 경멸했었다. 그리고 내가 왜 여기 있는가? 혹시 또다시 내게 방황이 시작되는 것인가? 나는 갑자기 그 모텔 방이 역겨워지기 시작해서 황급히 옷을 주워 입고 돈 300불을 침대 위에 놓고 도망치듯 나와 버렸다. 그때 이 부장에게 전화가 왔다.

"간밤에 재미 좀 봤소?

모텔 내의 커피숍에서 만난 이 부장은 내 얼굴을 살피며 능글맞게 웃었다. 나는 너다섯 살이나 어린놈이 내게 반말 조로 말하는 것이 귀에 거슬렸다. 그는 명색이 그래도 사업체의 부장이고 나는 말단 운전기사라고 생각하는 듯했다.

"그래도 그 년이 우리 업소에서 반반한 축에 속해요. 요새 성매매 특별법인가 뭔가 때문에 한국에서 장사 못하고 이리로 들어오는 년들은 모두 진상이에요."

"그럼 그 룸살롱이 사장님이 운영하는 건가요?"

"그럼요. 이 밴쿠버에만 벌써 세 개를 운영하고 있죠. 유 형을 고용한 것은 우리 사업을 엘에이나 라스베이거스까지 확장하려는 것 때문이요. 사장님이 말씀 안 하시던가요."

내가 처음 듣는 이야기라고 하자 그는 정색을 하고 갑자기 말을 돌렸다.

"그건 차차 이야기하기로 하고 오늘부터 일을 해야 돼요. 유 형, 지도 볼 줄 알죠?"

그는 테이블 위로 지도를 한 장 내밀었다. 그것은 밴쿠버와 시애틀 사이의 캐나다 국경 부근이 상세히 확대된 지도였다. 그는 지도 상의 한 부분을 펜으로 표시하며 이곳이 오늘 우리가 갈 곳이라고 말했다. 모텔에서부터 한 시간 반쯤 걸리는 거리라는 것이다. 그는 자기가 천천히 앞서 갈 터이니 나보고 따라오라고 했다. 만약에 서로 떨어지면 이것으로 연락하자고 하며 무전기를 내게 건넸다.

"이건 워키토키인데 앞으로 핸드폰을 쓰지 말고 내게 통화할 때는 이걸로 쓰세요."

나는 그의 검은색 도요타 포러너를 따라가며 이 일에 대해 다시 한 번 생각하였다. 이제는 확연히 이 일이 어떤 일인지 알 것 같았다. 이놈들은 조직적인 인신매매 일당이다. 한국에서 여자들을 수입해서 캐나다와 미국 등에 팔아넘기는 조폭들이 하는 비즈니스를 하고 있는 것이다. 그 조직에서 내가 하는 일은 운반책인 것이다. 캐나다에서 창녀들을 싣고 국경을 넘어 미국으로 운반하는 일, 그것이 나의 일인 것이다. 좆같은 새끼들. 나는 이대로 차를 달려 캐나다 국경을 넘어 미국으로 가버릴까도 생각했다. 그러나 역시 돈이 문제였다. 한 번에 7천 불, 그건 작은 돈이 아니다. 노가다를 두 달을 꼬박 쳐야 버는 돈이다.

포장도로에서 벗어나 농장지대로 들어서자 한적한 시골길로 접

어들었다. 조그만 오솔길 사이로 몇 번을 꼬불꼬불 돌다가 아담한
시골집 앞에서 이 부장의 포러너가 멈춰 섰다.

"이곳이 우리 안가입니다."

이 부장이 차에서 내려 기지개를 켜며 말했다. 이 부장이 말한
안가는 캐나다 여느 시골의 평범한 농가와 다름없었다. 마당에는
농기구들이 이곳저곳에 널려 있었다.

"저쪽을 보세요. 미송들이 장대처럼 늘어선 길이 보이죠. 그곳이
미국이요. 여기서 차로 10분 정도만 가면 되죠."

이 부장이 가리킨 곳을 보니 광활한 밀밭들이 끝나는 지점에 늘
어선 미송들이 보였다. 이 부장이 차에서 망원경을 가져왔다. 망원
경으로 보니 밀밭 사이에는 미송들로 늘어진 도로와 연결되는 조그
만 길이 나 있었다. 겨우 차가 한 대나 지나갈 수 있는 좁은 길이었
다. 캐나다 농민들이 사용하는 길인 것 같았다.

"그 길로 그냥 넘어가면 됩니다. 식은 죽 먹기죠. 그러나 헤드라
이트를 켜면 안 돼요."

내가 밤에 저 좁은 길을 헤드라이트도 안 켜고 어떻게 가느냐고
물었다.

"그는 다 준비가 돼 있어요. 야간투시경이 있죠. 안으로 들어갑시다."

안가의 내부는 거실과 주방, 침실이 하나 있는 평범한 하우스였
으나 몹시 지저분했다. 곳곳에 너부러진 양주병이 돌아다녔다.

"가끔씩 이곳에서 송별파티를 하죠. 기집년들이 치우질 않아
서⋯⋯. 자 이걸 끼고 운전하면 문제없어요. 달빛 하나 없는 그믐날
도 대낮처럼 밝게 보이죠."

이 부장은 야간투시경을 가져와 내게 착용법을 설명하였다.

"일은 언제 있나요?"

"이르면 내일 정도에 있어요. 오늘 연습을 하고 국경 가까운 곳의 모텔에 있으면 연락을 줄게요."

이 부장은 오늘 밤 2시경에 내가 직접 차를 몰아 국경을 넘은 뒤 하루나 이틀 정도 기다리면 연락을 준다고 했다. 그러면 갔던 길로 다시 들어와 이곳으로 찾아오라고 했다. 좁은 농토 길과 미송 나무가 있는 큰 길이 맞닿는 지점을 잘 기억해 놓으라고 했다.

"자, 일에 대한 이야기는 그만 하고 이제는 좀 쉽시다. 어제 하도 많이 마셨더니 좀 피곤하고…… 참 유 형은 떨 할 줄 아쇼?"

이 부장은 주머니에서 대마초가 든 작은 비닐봉지를 꺼내며 내게 물었다. 내가 안 한다고 하자 "보기보다 순진하시군요. 앞으로 우리 랑 일하면 재미있는 일이 많아요. 기집이랑 빠구리도 많이 하고…… 돈도 벌고 뽕도 따고 유 형은 정말 잘 들어왔어요"라고 말하며 대마초를 말기 시작했다.

"밤늦게까지 특별히 할 일이 없으니 소파에서 한숨 자 두세요. 배고프시면 찬장에 라면이랑 먹을 것 있으니 찾아 드시고 한 잔 생각나면 술도 있어요. 자정까지는 자유시간입니다. 나는 들어가 떨이나 한 대 때리고 잠 좀 잘게요."

그는 방으로 들어가 버렸다.

거실에 우두커니 혼자 남자 나는 좀 불안해지기 시작했다. 마치 나는 이미 범죄조직에 깊숙이 개입된 것 같은 생각이 들었다.

'이미 발이 빠져 버린 거야. 수렁 속으로.'

오늘 아침의 그녀와의 정사 이후 나는 내가 더럽혀진 인간처럼 여겨졌다. 그녀에게 나의 더러운 배설물을 쏟아 버린 것 같았다. '어차피 난 타락한 놈이야.' 다시 술이 당기기 시작했다. 나는 이 부장이 말한 찬장을 뒤져 크라운 로얄 한 병을 찾아냈다. 그리고 컵라면 등 인스턴트식품 속에서 수많은 일회용 주사기를 발견하였다. 그 순간 여러 명의 계집들과 어울려 히로뽕을 하고 그룹섹스를 하는 이 부장의 모습이 떠올랐다. 꽁지머리는 한 여인의 엉덩이를 뒤에서 껴 않으며 도그스타일로 성교를 하고 있었는데 절정에 오른 듯 흥분해서 소리를 지르며 뒤를 돌아보는 여인은 바로 수지였다.

"유 형, 일어나요. 출발할 때가 되었소."
누군가가 깨워 눈을 뜨니 이 부장이었다. 시간을 보니 새벽 두 시였다.
"대낮부터 한 잔 때리더니 열 시간이 넘게 자네요. 유 형도 어지간하네요."
이 부장은 좀 못마땅하다는 듯이 말했다.
"좀 푹 자두려고 한 잔 마신다는 게……."
나는 그에게서 야간투시경을 넘겨받으며 변명조로 말했다. 문을 열고 나가자 어둠의 숲에서 불어온 찬바람이 매섭게 볼을 때렸다.
"미국 땅으로 잘 다녀오시오. 유 형의 임무가 막중하오."
그는 마치 막중한 임무를 띠고 적진으로 향하는 조직원을 보내듯이 말했다. 나는 시동을 켜고 무심코 헤드라이트를 켰다. 순간 이 부장이 소리를 질렀다.
"헤드라이트 켜지 마라니까. 야간투시경을 쓰라고!"

나는 뜨끔해서 잽싸게 헤드라이트를 끄고 야간투시경을 썼지만 조금 열이 나 이 부장을 바라보았다.

'저 개새끼가 인제 완전 반말이야.'

날은 그믐인데다 하늘마저 흐려 온 세상은 칠흑같이 어두웠다. 야간투시경은 이 부장의 말처럼 대낮같이 보이지는 않았지만 시속 20마일 정도로 운전하는 데는 지장이 없었다. 나는 낮에 보았던 밀밭사이로 난 작은 길을 따라 내 윈드스타를 조용히 몰고 갔다. 길은 생각보다 작지 않아 웬만한 트럭도 다닐 수 있는 길이었다. 바람에 휘날리는 밀댓잎만이 아우성치며 소리 없는 비명을 지르고 있는 듯이 보였다. 나는 그 순간 내가 한 마리 코요테가 된 것을 깨달았다. 코요테는 멕시코 국경을 넘어 미국으로 밀입국하는 멕시칸들에게 돈을 받고 안내하는 전문 밀입국 조직원을 일컫는 은어이기도 하다. 나는 돈을 받고 캐나다 국경을 넘어 미국으로 들어가려는 한국 사람들을 돕는 캐나다 국경지대의 코요테인 것이다.

좁은 길이 끝나는 지점에 미송나무가 늘어선 포장도로가 나왔다. 우회전을 하여 큰길로 접어들었다. 나는 여기서부터가 미국이란 말이 믿어지지가 않았다. 방금 빠져나온 길을 뒤돌아보았다. 도로와 도로 사이에는 국경을 알리는 아무런 표시도 없었다. 그 길이 캐나다로 가는 길이라는 것을 누가 알겠는가. 그 조그만 길로 수많은 사람들이 저마다 아메리칸 드림을 꿈꾸며 가슴을 졸이며 넘어오게 된다. 바로 그 일을 조만간 내가 해야 하는 것이다. 갑자기 대형 트럭 한 대가 헤드라이트를 마구 깜박이며 내 차를 쫓아오더니 경적을 요란하게 내며 내 곁을 지나갔다. 나는 그제야 내가 아직도 헤드라이트를 켜지 않고 야간투시경을 낀 채 20 마일로 서행운전을 하고 있다는 것을 알았다. 나는 깜짝 놀라 헤드라이트를 켜고 야간투시경을 집어 던졌다. 멀리서 도로 곁에 세워진 도로 표지판이 눈에 들어왔다.

시애틀까지 86마일.
나는 무사히 미국 땅에 들어선 것이다.

나는 캐나다 국경 부근의 5번 프리웨이 도로상에 위치한 모텔에 들어갔다. 샤워를 하고 침대에 누었으나 잠이 오지 않았다. 어제 하루 동안 너무 많은 일이 일어난 것 같았다. 미국에서 캐나다로 그리고 다시 미국으로, 하루 만에 국경을 넘었다가 돌아왔다. 그것도 한 번은 정식으로 입국했으나 올 때는 밀입국이었다. 칠흑같이 어두운 밤에 야간투시경으로 본 바람에 휘날리며 소리 없는 밀댓잎들의 아우성치는 모습이 내내 머릿속에 지워지지 않는 가운데 이 부장, 꽁지머리, 수지의 모습들이 번갈아 가며 나를 괴롭혔다. 아침 햇살이 커튼을 통해 파고들 때쯤 갑자기 모든 것이 사라졌다. 그제야 잠이 들었던 것이다.

아침에 이 부장의 전화에 잠이 깼다.
"유 형, 별거 아니죠? 하루 이틀 푹 쉬고 있으쇼. 연락 줄 테니까."
그는 내게 시간이 있으면 낮에 그 곳에 한 번 더 가 빠져나온 지점을 확실히 해 놓으라고 했다. 개새끼, 아침부터 놈의 목소리를 들으니 기분이 나빴다. 나는 갑자기 더러운 느낌이 들어 샤워를 하였다. 샤워기에서 뿜어 나오는 뜨거운 물줄기가 내 머리를 세차게 때리다 목덜미를 돌아서 배를 지나 사타구니 쪽으로 흘러내렸다. 나는 머리를 샤워장 벽에 기대고 축 늘어진 나의 성기를 바라보았다. 그 늘어진 성기가 몇 년 만에 발기하여 어제 그녀의 성기 속으로 들어갔다는 사실이 믿어지지 않았다. 나는 순간 어제 그 일을 할 때 콘돔을 사용하지 않았다는 사실을 깨달았다. 그녀는 생각보다 더 더러운 창녀일지도 모른다. 찜찜한 생각이 들었다. 샤워를 끝내고 프런트로 내려가 하루를 더 연장하였다. 내 지갑의 돈은 거의 바닥이 나 있었다. 순간 내 주머니에 돈이 몇 백 불만 더 있어도 나는 그냥 엘에이로 돌아가 버릴지도 모른다는 생각이 들었다. 해서는 안 될 일과 돈에 대한 욕구 사이에서 나도 모르게 순간순간 마음이 오락가락하고 있는 내 자신을 발견한 것이다.

"손님들이 다 모였으니 오늘 밤 뻐꾹새가 두 번 울면 와서 모시고 가세요."

이 부장은 좀 엄숙하게 명령하듯이 말했다. 그는 정말 이 일을 즐기고 있는 것 같았다. 무슨 은밀한 첩보작전처럼 자기 딴에는 은어를 써 가며 말하였다. 그는 친절하게도 내가 무슨 뜻인지 모를까 봐 "뻐꾹새가 두 번 울면이 무슨 뜻인 줄 알죠?"라고 두 번이나 물었다. 멍청한 새끼, 나는 왠지 무슨 코미디를 하는 것 같은 생각이 들어 전화를 끊고 나도 모르게 웃었다. 그러나 내 입가에 이내 웃음이 사라졌다. 드디어 그날이 온 것이다.

미송나무 큰길 사이로 난 작은 소로는 쉽게 찾았다. 낮과 밤에 벌써 두 번이나 이곳에 와서 확인해 두었기 때문이다. 밤 두 시가 넘은 도로에는 거의 차량이 눈에 띄지 않았다. 나는 소로 쪽으로 접어듦과 동시에 헤드라이트를 끄고 야간투시경을 착용하였다. 작은 길로 들어서자 바람에 소리 없이 아우성치는 밀 잎만이 내 갈 길을 말리는 듯 마구 손을 흔들고 있었다. 나는 매정하게 만류를 뿌리치듯 뒤도 안 돌아보고 앞으로 나갔다. 제기랄! 작은 길이 끝나고 캐나다 쪽의 도로에 들어서자 나는 안가로 가는 길을 자세히 기억해 놓지 못한 것을 깨달았다. 기억을 더듬어 드문드문 농가들이 있는 길을 천천히 달렸다. 이쯤에서 좌회전을 했던 것 같은데…….기억대로 좌회전을 하여 소로로 들어서자 농가가 하나 나왔다. 나는 그곳이 안가라는 것을 이내 알았다. 마당에는 이 부장의 도요타 포러너가 주차되어 있었기 때문이다.

시동을 끄고 나와 안가로 들어가려는데 인기척이 들렸다. 돌아보니 이 부장의 차에서 나는 소리였다. 다가가 보니 사람이 타고 있었다. 손님들인 모양이다. 돌아서려는데 한 여인이 나를 불렀다. 조수석에 있던 여인이 문을 열고 나왔다. 수지였다. 나는 그때 처음으로 수지도 손님 중의 하나라는 것을 알았다.

"아저씨, 좀 도와주세요."

그녀는 가늘게 떨고 있었다. 나는 순간 직감적으로 무슨 일이 일어났다는 것을 알았다. 무슨 일이냐고 묻자 그녀는 거의 울면서 말했다.

"이 부장님이 너무 무서워요. 아가씨들을 막…….."

그때 집안에서 여인의 비명소리가 들렸다. 나는 집안으로 향했다. 현관문은 잠겨 있지 않았다. 문을 열자 광란의 파티가 진행되고 있었다. 이 부장은 실오라기 하나 걸치지 않은 여인을 마구 가죽벨트로 내리치고 있었다. 이 부장 또한 벌거벗은 상태로 사타구니 사이로 치솟은 발기된 그의 성기가 그가 움직일 때마다 요동치고 있었다.

"어떤 새끼야! 유 형 왔구나. 유 형, 나 좀 재미 좀 보고 있으니까 애들 차에 옮기고 조금 있다 오쇼."

그는 내가 들어서자 나를 보고 아무렇지도 않다는 듯 말했다. 그러나 그의 눈은 충혈 되어 있었다. 약을 한 것 같았다. 나는 내 차로 돌아와 뒷문을 열다가 갑자기 욕지기가 올라왔다. 놈은 변태성욕자 같았다. 개새끼 죽여 버리겠어! 나는 스페어타이어 속에 감춰둔 콜트45 권총을 꺼냈다. 그리고 거의 일 피트 가량의 렌치를 꺼내 모서리 부분을 수건으로 감았다. 그리고 농가로 향했다. 나는 이번에는 조용히 문을 열고 들어갔다. 놈은 드디어 절정에 오른 듯 여인의 몸에 올라타고 그 짓을 하고 있었다. 나는 렌치로 그의 대갈통을 그대로 내리쳤다. 그는 외마디 비명을 지르며 머리를 움켜쥐고 나동그라졌다.

"뭐야 씨발 이거! 너 미쳤어."

이 부장은 머리를 움켜쥐고 나를 보고 말했다. 나는 그런 그의 면상을 그대로 걷어차 버렸다. 그리고 다가가 그의 면상에 권총을 들이댔다.

"너 이제부터 똑똑히 들어. 내게 다시는 반말하지 마. 개새끼야. 놈의 아가리에 권총을 들이대자 놈은 사태의 심각성을 알아챈 듯 얼굴이 창백해졌다.

"유 형, 왜 그래. 진정해."

나는 권총의 손잡이로 놈의 대갈통을 한 번 더 내리쳤다.

"나에게 반말하지 말랬지."

놈은 그제야 사시나무 떨듯 몸을 바르르 떨었다. 찬장 옆으로 숨어 들어간 여인도 바르르 몸을 떨었다.

"밖의 수지에게 가서 내 차 안에서 이 새끼 묶을 로프 좀 가져오라고 해요."

여인은 그제야 주섬주섬 옷을 입고 밖으로 나갔다.

"이 부장, 너 잘 걸렸어. 나는 너 같은 개새끼 못 죽여서 인생이 너무 심심한 사람이야. 넌 딱 걸렸어. 내 일당 어디 있어."

"형, 돈이라면 저기 가방에 다 있어. 형 정말 몰라봐서 죄송해요. 제발 진정해요."

놈은 냉장고 위에 놓인 검은 가방을 가리켰다.

수지가 사색이 되어 건축용 로프를 가지고 집으로 들어왔다. 나는 놈을 엎드리게 한 후 놈의 팔다리를 묶었다. 그리고 놈이 가리킨 검은색 가방을 열었다. 가방에는 아가씨들의 여권과 함께 인도장소가 기재된 용지 한 장, 그리고 돈다발이 들어있었다. 돈을 대충 세어보니 만 불이 조금 넘는 금액이었다. 나는 돈만 내 주머니에 쑤셔 넣고 가방을 닫았다.

"꿍지머리에게 전해. 계약을 위반했으니 위약금까지 가져간다고."

여인들은 수지 포함 모두 여섯이었다. 모두들 공포에 질린 듯 쥐

죽은 듯이 고개를 숙이고 있었다. 나는 여자들을 모두 내 윈드스타에 태운 후 담배를 한 대 피웠다. 갑자기 이 농가에 불을 지르고 싶은 생각이 났다. 나의 더러운 기억을 모두 불살라 버리듯이……. 나는 어둠 속으로 끄지 않은 담배꽁초만 던지며 차에 올랐다. 그리고 여인들에게 돌아보며 말했다.

"자, 갑시다. 희망의 나라 아메리카로."

나는 아직도 이 일을 생각할 때 왜 나도 모르게 그때 미국을 희망의 나라라고 했는지 모른다. 나는 헤드라이트를 켜고 달렸다. 물론 야간투시경도 착용하지 않았다. 그 순간 국경수비대가 우리를 발견하고 잡았다면 나는 이렇게 말했으리라.

"니기미 씨발. 살라고 미국에 온 게 뭐가 잘못이오. 이 여자들은 몸을 팔아서라도 미국에 살고 싶어 온 사람이요."

나는 안다. 세상에 제일 나쁜 나라는 국민이 제 나라에서 살지 못하고 목숨 걸고 국경을 넘어야만 하는 나라라는 것을. 그러나 그보다 더 나쁜 나라는 그렇게 넘어오는 사람을 잡아가는 나라이다. 그러한 나라는 결국 꽁지머리나 이 부장 같은 놈들이 활개 치게 만드는 나라인 것이다. 국경 수비대가 있는 곳에는 나 같은 코요테가 꼬이기 마련인 것이다.

나는 어둠 속을 뚫고 정신없이 달렸다. 한참을 달려 농장지대를 벗어나자 아직 잠이 덜 깬 도시의 빌딩들이 숨죽이며 불빛들을 깜박이는 것이 보였다. 점점 더 불빛들은 많아졌다. 나는 비로소 시애틀에 도착한 것을 알았다. 여자들도 긴장이 풀린 듯 창밖을 보며 소곤대기 시작했다. 한 여자가 물었다.

"아저씨, 여기 미국 맞죠?"

"시애틀이요." 나는 덤덤하게 말했다.

"시애틀, 그럼 '시애틀의 잠 못 이루는 밤'의 그 시애틀인가요?"

몇몇 아가씨들이 킥킥대기 시작했다.

"그렇소. 시애틀에서는…… 잠을 이룰 수가 없지."

나는 그냥 계속 달렸다. 시애틀에 잠깐 멈춰 커피라도 한 잔 살까 했으나 새벽의 도시에서 여자들을 가득 태운 차를 몰고 왔다 갔다 하다가는 잘못하면 불심검문에 걸릴지도 모르기 때문이다. 그대로 두 시간 정도 더 달려 바닷가까지 가기로 했다.

날이 밝아 도착한 뉴포트 비치의 아침 바다는 싱그러웠다. 바다를 보고 여자들이 환호하였다. 아침 햇살에 제 모습이 드러난 여자들은 대부분 20대 후반에서 30대 초 정도 되는 젊은 아가씨였다. 수지가 제일 나이가 많은 듯했다. 나는 피어 입구의 주차장에 차를 주차한 후 아가씨들에게 10분간의 시간을 줄 테니 화장실을 다녀오라고 했다. 아가씨들이 환호하며 앞을 다퉈 문을 열고 나갔다. 오직 수지만이 그대로 조수석에 앉아 있었다.

"왜 안 나가는 거요?"

"전 괜찮아요."

그녀는 눈앞에 펼쳐진 아침 바다의 싱그러움보다도 미지의 세계에서 겪게 될 앞날이 더 걱정되는 듯이 보였다. 나는 검은 가방을 열어 그녀들이 인도될 장소가 적힌 용지를 읽어보았다. 대부분이 엘에이의 룸살롱이거나 마사지팔러였는데 오직 수지만이 라스베이거스의 마사지팔러였다. 나는 수지를 남겨두고 바닷가에 있는 샌

드위치 가게에서 커피를 사고 7개의 햄버거와 음료수 등을 샀다. 뱃속에 따듯한 커피가 흘러들어가니 이내 머리가 맑아 왔다. 그때서야 나는 내가 엄청난 일을 저지른 것을 깨달았다. 오늘이 가기 전에 꽁지머리는 이 사실을 알고 방방 뛰겠지. 엘에이에도 그의 조직원이 있을지 모른다. 그러나 불행하게도 그는 나에 대한 정보가 거의 없다. 전화번호야 바꾸면 그뿐이다. 아니 내가 오히려 그를 협박해서 아예 쐐기를 박아 버리리라. 코요테의 일은 단 한 번으로 끝나는 것이다. 앞으로 이 일을 계속하여 들어올 수입은 더 이상 기대할 수 없어졌고 오직 돈 만 불만이 내 수중에 남아있다. 돈 만 불은 작은 돈이 아니다. 최근 몇 년간 그런 목돈을 만져본 일이 거의 없었다. 엘에이에 가면 이 돈으로 조금 쉬면서 좀 더 안정된 일을 찾아보고 싶어졌다.

다음 날 저녁 무렵 엘에이에 도착하였다. 나는 아가씨들에게 여권을 돌려주고 구태여 꽁지머리가 정한 곳에 인신매매로 팔려갈 필요가 없으니 하숙집 같은 곳에 며칠 있다가 신문광고를 보고 자신이 일한 곳을 찾아가라고 했다. 엘에이에서 룸살롱이나 마사지팔러는 젊은 아가씨들을 못 구해 난리니 일할 곳은 얼마든지 있을 것이라고 했다. 아가씨들이 뛸 듯이 좋아했다. 나는 아가씨들이 코리아타운의 한 식당에서 저녁을 먹는 동안 신문광고를 보고 하숙집을 알아보았다. 식사를 마치고 전화로 예약한 하숙집으로 갔다. 아가씨들이 모두들 짐을 챙겨 내리는데 오직 수지만이 그대로 차에 있었다. 내가 왜 당신은 안 내리느냐고 묻자 그녀가 말했다.

"아저씨, 저는 그냥 라스베이거스에 데려다 주면 안 돼요?"

나는 수지를 데리고 타운내의 한 모텔에 들어갔다. 집으로 데려
갈까도 생각해 보았지만 너무 지저분한 집안 꼴이 마음에 걸렸다.
수지는 침대에 눕자마자 이내 깊은 잠에 빠져들었다. 나는 거의 이
틀 동안 잠을 자지 못해서 피곤함에 온 몸이 절여오는 듯했지만
머릿속만은 말똥말똥 잠이 오지 않았다. 수지는 꽁지머리의 국내
조직에 3천만 원이나 되는 빚이 있어 계약대로 라스베이거스의 마
사지팔러로 가야 한다고 말했다. 만일 그녀가 줄행랑을 놓으면 그
녀의 보증을 섰던 사람뿐만 아니라 그녀의 동생들이 다치게 될 수
도 있다고 했다. 그들은 능히 그러고도 남을 무서운 사람들이란 것
이다. 나는 물끄러미 곤히 잠든 그녀의 얼굴을 바라보았다. 며칠
전과는 달리 전혀 성욕이 생기지 않았다. 이것은 케케묵은 진부한
스토리다. 나는 더 이상 개입하고 싶지 않다. 그녀의 일에 더 얽히
다가는 내 인생이 이상한 방향으로 흘러갈지도 모른다. 나는 일어
나 옷을 주워 입고 가방을 챙겨 나오려고 했다. 그때 그녀가 말했다.
"항상 그렇게 도망치듯 가시나요?"
나는 무슨 부끄러운 짓을 하다가 들킨 사람처럼 깜짝 놀라 발을
멈추고 돌아서서 변명처럼 말했다.
"아니 내가 도망가긴 왜 도망가? 집에 가서 옷 좀 갈아입으러
가는 거야."

그러나 나는 도망치듯 집으로 가고 있었다. 여기까지다. 나의 코
요테 임무는 다 끝난 것이다. 아가씨들은 무사히 엘에이까지 왔고
내일부터 열심히 코리아타운에서 그녀들의 인생을 살아갈 것이다.
수지 또한 내가 라스베이거스에 데려다 주지 않아도 자기 나름대로

길을 찾아 라스베이거스든 어디로든 떠날 것이다. 나도 이제 내 인생으로 돌아와야 한다. 왕복 2,600마일의 여행은 너무 긴 여행이었다. 나는 집에 도착해 현관문을 두드리고 아줌마를 불렀다. 아줌마가 반갑게 나오며 말했다.

"아니 이게 누구야. 난 방세 안 내고 도망간 줄 알았지."

밀린 방세를 치르고 하우스 뒤에 있는 내 별채로 들어서자 퀴퀴한 썩는 냄새가 났다. 설거지를 안 하고 떠나서 부엌에서 음식물들이 썩고 있었던 것이다. 갑자기 집안을 깨끗이 정리하고 싶은 생각이 나서 집안청소를 하였다. 청소를 대충하고 침대에 앉아 주머니 속의 돈을 꺼내 세어보았다. 만 천삼백 불. 일 안하고 삼 개월은 버틸 수 있는 돈이다. 돈을 침대 밑에 감추고 찬장에서 반병쯤 남은 데낄라를 꺼냈다. 비프저키를 안주 삼아 술이 몇 잔 들어가니 왠지 처량한 생각이 들었다. 수지 생각이 났다. 참 슬픈 인생이다. 그런데 그 순간 묘하게 수지의 얼굴과 누나의 얼굴이 겹쳐졌다. 나는 순간 못 볼 것을 본 것처럼 화들짝 놀랐다. 아니다. 수지는 수지일 뿐이다. 나는 그녀를 데리고 라스베이거스에 가지 않을 것이다. 더 이상 그녀의 인생에 개입하고 싶지 않다. 엘에이에서 라스베이거스까지는 4시간이면 갈 수 있는 거리이다. 그러나 그 거리는 어쩌면 내 인생에서 가장 긴 거리인 줄 모른다. 나는 새벽까지 거의 잠을 자지 못했다. 그러다 깜박 잠이 들었던 것 같다. 일어나 시계를 보니 10시였다. 나는 용수철처럼 벌떡 일어나 옷을 갈아입고 침대 밑의 돈을 꺼내 모텔로 향했다.

일요일 오후, 라스베이거스로 가는 길은 한산하였다. 반면에 엘에이로 오는 반대편 차선은 차량들로 붐볐다. 주말을 라스베이거스에서 보내고 엘에이로 돌아오는 차량들은 그 느린 속도마냥 힘없이 축 처진 듯이 보였다. 대부분 많은 돈들을 그곳에서 잃고 왔으리라. 반면에 라스베이거스로 가는 차들은 힘차게 달렸다. 욕망이 생긴다는 것, 그것은 인간에게 힘을 주는 일이다. 라스베이거스, 몇 년 만에 가보는 길인가.

누나에게 가게를 넘기고 엘에이에 처음 왔을 때 내가 지닌 돈은 삼만 불 정도 되었다. 나는 한동안 엘에이에서도 마음을 잡을 수 없었다. 하숙집에 묵으면서 사우스 센트럴지역의 싼 마켓을 알아보러 다녔으나 밤에는 거의 술만 마셨다. 그러다가 같은 하숙집에서 알게 된 사람과 라스베이거스에 한 번 같이 간 후 도박에 빠져 삼만 불을 3개월도 못 가서 다 날렸다. 수중에 단 돈 1불짜리 하나 없이 일주일을 버티다가 일을 찾아 나섰다. 내가 처음 시작한 일은 노가다였다. 나는 그 일이 나에게 맞았다. 몸은 힘들었지만 하루 종일 일에 쫓기다보면 잡생각을 할 시간이 없었다. 머릿속의 생각을 정지시킬 수 있다는 것이 너무 좋았다. 나는 그렇게 하루 종일 일하고 지친 몸을 끌고 집으로 돌아와 데낄라 한잔을 마시고 잤다. 그렇게 십 년을 일했다.

"저 때문에 화나신 것 같아요. 너무 미안해요."

내가 말 한마디 안 하고 한 시간 이상 차를 몰자 수지가 말했다. 나는 아무런 대꾸를 하지 않다가 한참 후에 물었다.

"동생들이 있나보죠?"

수지는 여동생이 공무원으로 일하고 있고 남동생이 대학에 다니고 있다고 했다. 부모님이 십 년 전에 교통사고로 돌아가시는 바람에 대학을 때려치우고 졸지에 가장이 되어 직업전선에 나서야 했다고 한다.

"그래서 화류계에 들어선 거요?"

나는 왠지 그녀를 괴롭히고 싶었다. 갈가리 찢긴 그녀의 상처에 소금이라도 뿌리고 싶었다.

"그래요. 처음엔 학교 앞에서 조그만 선물가게를 했으나 잘 되지 않았어요. 그 수입으론 도저히 동생들의 학비를 댈 수가 없었어요. 그래서 할 수 없이 밤에 업소에 나가게 되었죠."

"내가 술집에서 만난 여자들은 다들 그런 식으로 이야기하지만 난 그런 여자들은 다 여자가 끼가 있어서 그렇다고 생각해요."

수지는 모욕당했다고 생각했는지 더 이상 말하지 않았다. 라스베이거스로 가는 길은 10년 전과 하나도 변하지 않았다. 빅토빌을 지나자 지루한 사막이 끝없이 펼쳐졌다. 그 사막에는 말라비틀어진 조수아 나무만이 볼품없이 나동그라져 있었다.

"전 모든 것을 포기했어요. 전 더럽혀져도 좋아요. 제 여동생은 올가을에 시집가요. 그리고 남동생은 남들이 부러워하는 명문대에 다니고 있어요. 그 애들만 행복해질 수 있다면……."

수지는 얼굴을 파묻고 흐느껴 울기 시작했다.

"동생들이 당신이 그렇게 돈을 벌었다는 것을 알면 훗날 오히려 당신을 원망할 거요."

밤늦게 공부하다 잠깐 잠이 들었을까. 소리치는 소리에 잠이 깼다. 흐느끼는 소리가 났다. 누나였다. 누나가 온 것이다. 나는 방문을 열고 나가려다 말고 어머니의 소리에 발을 멈췄다.

"네 아버지가 알면 하늘에서도 복장이 터질 것이다. 재호와 난 굶어 죽어도 괜찮으니 다시는 돈도 보내지 말고 집에 오지 말거라. 세상에 남세스럽다. 존경받던 유승호 선생님의 장녀가 양색시가 뭐다냐? 집안이 콩가루가 돼도 유분수지. 에고! 여보, 당신보기 내 낯이 없소. 구천에 가서 어찌 당신 얼굴을 보리오."

아버지는 내가 중학교 갈 무렵 간암으로 돌아가셨다. 친구의 보증을 서줬다가 집이 차압당한 아버지는 그 후로 술을 너무 마셨다. 아버지는 결국 학교를 사직하고 퇴직금으로 그 빚을 일부나마 갚아야했다. 아버지가 돌아가신 후 집을 나가 얼마 동안 소식이 끊겼던 누나는 서울에서 좋은 직장을 얻었다며 엄마에게 돈을 보내오기 시작했다. 그 돈은 정말 우리에게 단비와 같은 돈이었다. 엄마는 더 이상 집주인에게 방세독촉을 받지 않아도 되었고 나는 선생님으로부터 등록금을 못 냈다고 출석부로 맞는 일도 없어졌다. 그러나 어느 날 엄마는 동네에 도는 누나에 관한 무슨 소문을 듣고 나서 시름시름 앓기 시작했다. 누나는 양공주였던 것이다.

나는 그 일을 알고 나서 대학을 포기하였다.

"씨발년아. 다시는 집안에 발도 붙이지 마."

나는 누나에게 마구 퍼부었다. 나는 아버지가 자랑스러웠다. 어렸을 때 아버지가 내 손을 붙잡고 나가면 동네 사람들이 모두 선생님 하면서 깍듯이 고개 숙여 인사를 하곤 했다. 그런 아버지를 욕보인 것을 나는 용서할 수 없었다. 나는 대학 진학을 포기하고 고등학교를 졸업하자마자 해병대에 지원하였다. 강도 높은 훈련과 항상 긴장 속에 살아야 하는 내무반 생활이 반복되는 3년 동안 내 분노는 서서히 사그라져갔다. 제대를 하고 군대 동기가 하는 건축회사에 들어갔다. 말이 건축회사이지 사실은 건설회사의 하청업체로 노가다 일이었다. 부자 부모 못 만나 가난하고 빽 없고 배운 것 없이 대한민국에서 먹고 살아간다는 것이 쉬운 일이 아니라는 것을 뼈저리게 느끼기 시작할 무렵 어느 순간부터 미국으로 떠난 누나가 불쌍하다고 느꼈다. 그런 누나로부터 어느 날 초청장이 왔다.

"빚을 얼마만 먼저 주고 나중에 나누어 갚는 방법은 없겠소?"
담배에 불을 붙이고 창문을 조금 열자 사막바람이 세차게 밀려 들어왔다.

"안돼요. 사실은 오늘 아침 사장님에게 전화했어요. 아저씨와 아가씨들은 어디론가 가 버리고 나만 남았다고요. 나만이라도 꼭 라스베이거스 마사지팔러로 가야 한다고 했어요. 거기는 사장님의 첫 거래처인데 앞으로 라스베이거스 진출을 위해서 반드시 신용을 지켜야한다는 거예요. 만일 저마저 도망쳐 버리면 한국에 연락해 애들을 풀어 제 동생들에게 찾아간다고 했어요."

"꽁지머리가 방방 떴겠군."

"예, 그런데 아저씨보다도 이 부장님을 작살낸다고 했어요. 좋은 거래를 다 망쳐났다는 거예요."

"좋은 거래, 성매매를 위한 밀입국조직이 좋은 거래?"
나도 모르게 웃음이 나왔다. 사람들이 돈에 미치면 모두 정신병자들이 되는 지도 모르겠다는 생각이 들었다.

170

결국은 그녀는 가야 한다. 라스베이거스의 마사지팔러로. 사실
말이 마사지팔러이지 나는 그곳이 어떤 곳이라는 것을 잘 알고 있
다. 호텔에서 전화를 하면 찾아와 마사지는 기본이고 섹스까지 제
공하는 출장 성매매업소라는 것을. 수지는 그것을 알고 있을까? 물
론 알고 있겠지. 그녀는 더러운 창녀일 뿐이다. 라스베이거스로 가
는 길, 그 길이 너무 멀다고 느껴졌다. 아니, 너무 짧다고 느껴졌다.
조금은 숨 가쁜 듯 내 윈드스타가 그르렁거리며 마지막 언덕을 넘
어서자 휘황찬란한 네온 불빛에 쌓인 라스베이거스가 나타났기 때
문이다.

"주소를 다시 봅시다. 가방 속에 있는 페이퍼를 꺼내 줘요."
수지는 가방을 열고 페이퍼를 찾아서 내게 건네주었다. '베이징
마사지팔러.' 업소 이름을 보니 중국인이나 화교가 주인인 마사지
팔러 같았다. 37번 도로로 들어서자 벨라지오, 만다린 등 내가 한
번도 가보지 못한 새로 지은 호텔이 나왔다. 그 엄청난 위용에 한때
이러한 괴물들을 상대로 돈을 따려고 했던 내 자신이 얼마나 무모
했던가 하는 생각이 들었다. 그러나 오늘 어쩌면 내 일생에 마지막
으로 한 번 더 그러한 무모한 짓을 해야 할지도 모른다. 나는 엠지
엠 카지노를 발견하고 주차장으로 차를 몰았다. 주차장에 차를 주
차하고 수지에게 화장실에 다녀올 테니 차 안에서 조금만 기다리라
고 말했다.

나는 카지노로 들어가 블랙잭 테이블이 있는 곳에서 판돈제한이
없는 VIP룸으로 갔다. 그 곳에는 최소액의 칩 하나가 천 불짜리로

한 번에 10만 불까지 배팅이 가능하였다. 나는 그 중 한 테이블에 앉아 돈을 꺼내 백 불짜리 몇 장만 남기고 모조리 바꿨다. 딜러는 나에게 빨간색의 칩 12개를 주었다. 나는 그 칩을 모두 올인하였다.

'제발 신이 있다면 나에게 두 번만 연속으로 이기게 해 주소서.'

나는 난생처음으로 나도 모르게 기도를 하였다.

첫 번째에 나는 두 장의 카드가 연속으로 픽처가 나왔다. 딜러는 버스트 되었다. 칩이 24개로 늘었다.

'이제 한 번만……' 나는 욕심이 생겼다. 어쩌면 수지랑 새로운 인생을 살 수 있을 지도 모른다. 꽁지머리에게 진 빚을 갚고 그녀랑 한국 사람들이 별로 살지 않는 타주로 가 단둘이 살자고 그녀에게 프러포즈할 수도 있다. 우리를 아무도 모르는 곳에서 함께 살 수도……. 나는 네 번이나 배팅하지 않고 신중을 기했다. 딜러의 흐름을 봐야 한다. 딜러가 첫 장을 에이스를 잡았는데도 버스트가 되고 말았다. 이때이다. 딜러의 운이 꺾이는 순간이다. 나는 칩 24개를 한꺼번에 밀었다. 나는 그림 두 장을 잡았고 딜러는 첫 카드가 6이 었다. 순간 나의 온몸의 혈관이 팽창하여 부풀어 올랐다. 그녀랑 조그만 농가에서 단 둘이 저녁을 먹는 생각을 했다. 어느덧 창가에 물들기 시작한 저녁노을에 비친 그녀의 모습은 아름다웠다. 그러나 이 모든 감미로운 상상은 순식간에 사라졌다. 딜러는 그다음 카드로 2를 꺼내고 또 2를 꺼내더니 마지막 카드로 에이스를 꺼냈다. 그리고 기억자로 된 나무 주걱 같은 걸로 내 칩을 모두 가져가 버렸다.

어느새 어둠이 짙게 깔린 라스베이거스의 밤거리는 눈부시게 아름다웠다. 창밖으로는 구태여 주말이라는 시간에 구애받을 필요가 없는 은발의 노부부라든가 일본인 관광객으로 보이는 젊은 여자들이 환하게 웃으며 거리를 거닐고 있었다. 나는 이런 아름다운 광경에 한동안 어디로 갈 줄 몰라 이리저리 헤맸다. 내 차가 술에 취한 듯 비틀거리자 갑자기 뒤에서 요란한 경적 소리가 들렸다. 돌아보니 많은 차들이 내 차 때문에 못 가고 밀려 있었다. 그제서야 나의 윈드스타는 이러한 화려한 라스베이거스의 중심가를 벗어나 어느 도시의 변두리와 다름없는 외진 곳으로 달리기 시작했다.

'베이징 마사지팔러'

싸구려 모텔 옆에 위치한 그곳에는 작은 네온간판이 초라하게 빛나고 있었다. 나는 그곳에 차를 세웠다.

"자, 여기요. 다 왔소."

나는 애써 그녀를 쳐다보려고 하지 않았다.

"고마워요. 그리고 너무 미안해요."

그녀는 시트 밑에 놓인 가방을 열고 지갑을 찾았다. 그리고 돈을 꺼내 내게로 내밀었다.

"아저씨에게는 이 돈을 받고 싶지 않았어요."

그것은 그녀와 정사를 하고 도망치듯 나오면서 내가 준 삼 백 불이었다.

"나는 공짜로 여자와 자는 사람이 아니요. 그리고 난 충분히 받을 만큼 받았소. 자 빨리 내리쇼. 난 이 밤이 새기 전에 또 엘에이로 돌아가야 해요."

그녀는 한동안 우두커니 거리에 서서 떠나기는 내 차를 바라보았다. 나는 백미러를 통해 그런 그녀의 모습이 조금씩 작아지다가 완전히 시야에서 사라져 버릴 때까지 지켜보았다.

　나의 윈드스타가 바로 한 시간 전쯤 내려왔던 라스베이거스의 마지막 고개를 향해 다시 오르며 힘겨운 듯 윙~하고 오래된 엔진 소리를 토해냈다. 그리고 언덕을 천천히 오르며 마지못해 끌려가는 짐승처럼 헉헉거리며 가쁜 숨을 몰아쉬었다. 언덕 위에 올라 끝없이 펼쳐진 사막 길을 바라보면서 나는 비로소 내 코요테의 임무가 완전히 끝났음을 알았다. 너무도 긴 여행이었다. 옆자리를 보았다. 아무도 없었다. 나는 순간 이제 엘에이까지 혼자서 가야 한다는 것을 깨달았다. 그때 왜 강 부장 생각이 났는지 모르겠다. 엘에이에 가면 강 부장이랑 오랜만에 한잔 하고 싶어졌다.

죽음에 이르는 경기

새벽 세 시. 하나둘씩 사라졌다. 뭔가 잘 안 써지는 듯 연신 사무실과 흡연실을 들락거리며 씨름하던 S 기자마저 떠나갔다. 덩그러니 사무실에 홀로 남았다. 오랜만에 느끼는 적막감이다. 순간 나는 이 숙직이란 제도를 좋아하고 있다고 느꼈다. 한때 북적거렸던 공간에서 어느 순간 혼자가 된다는 것, 그것은 어느 흐린 날 마셨던 진한 커피처럼 묘한 각성의 맛을 준다. 모처럼 한가히 상념에 빠졌다. L 부장이 지난주 내게 한 힐난이 떠올랐다.

"자네의 문제는 지나치게 문제를 비관적으로 본다는 것이야. 왜 다크 사이드만 보는 거야. 모든 세상일은 어두운 면도 있고 밝은 면도 있지. 그런데 자네의 기사를 읽다보면 세상은 온통 어두운 일로만 가득 찬 것으로 보인단 말이야. 독자들이 싫어한다는 것을 알아야지. 우리 신문사의 모토가 '행복한 사회를 함께 만듭시다.' 라는 것을 모르나?"

L 부장의 이런 힐난은 지난주 내가 사회면에 대량해고 된 H 자동차의 생산라인 노동자에 대한 인터뷰 기사를 두고 한 것임을 잘 알고 있다. 그날 신문은 온통 '세계최초로 생산라인에서 무인화 시대의 개막' 등으로 H 자동차가 생산라인에서 로봇으로 인간 노동자를 대체한 역사적 사건을 대대적으로 보도하였다. 경제면에는 '자본주의 역사에 새로운 장이 열리다. 로봇 노동자 시대의 도래' 등으로 특집을 꾸미며 로봇이 인간의 노동력을 대체할 자본주의의 미래에 대해 전망하였다. 세계 석학들의 견해를 실었는데 대부분이 앞으로 노동의 가치가 떨어지고 기술과 자본의 가치가 더욱 증대되는 사회로 급속하게 발전해 갈 것이라고 자본주의 경제를 낙관하였다. 어느 교수는 결국 노동자를 해방한 것은 공산주의가 아니라 기술혁신이었다고 단언하였다.

기사는 온통 미래에 대한 장밋빛 낙관론으로 넘쳤다. 그런데 기사의 한쪽 구석에 주쩌라이 교수의 "생산직 노동시장에서 로봇의 대체는 자본주의 붕괴를 가속화 시킬 것이다"라는 짤막한 논평이 실렸는데 대부분 석학들의 낙관적 축하의 메시지에 밀려 아무런 주목을 받지 못했다. 나는 사회면에서 생산직에서 밀려난 H 자동차 해고근로자들을 인터뷰했는데 평생 현 임금의 80%를 그대로 보장(회사가 60% 지급하고 정부가 20% 보조)하는 노조 안을 전부 수용

했음에도 불구 이들의 표정은 밝지 않았다.

"평생 일하지 않으면서 급여는 거의 그대로 받는, 그야말로 평생 놀고먹을 수 있는 것이 즐겁지 않으세요?"라고 오랜 노동의 흔적으로 손마디가 매우 굵은 한 중년의 해고노동자에게 질문했더니 그는 매우 기분 나쁜 표정으로 "이보소, 기자 양반. 당신은 직장이라는 곳이 돈만 버는 곳인 줄 아시오. 나는 그래도 그 기계냄새를 맡으며 20년이 넘도록 나사를 조여 왔지만 그래도 그곳을 사랑하였소. 그런데 그곳에 더 이상 갈 수 없게 되었단 말이요. 뭐가 즐겁겠소?"라고 말했다.

취재를 마치고 돌아오는 길에 나의 머리는 복잡하였다. 직장, 일, 노동 이런 것들이 단순한 호구지책을 넘어서 어떤 의미가 있다. 그런데 어느 날 그런 의미를 박탈당했다. 이들은 당장 내일부터 무엇을 해야 할지 모르겠다고 불안해했다. 대부분이 새로운 일자리를 원했지만 그것은 쉽지 않았다. 만일 이들이 새로운 일자리를 얻는다면 지금 받는 평생 연금을 더 이상 못 받게 될 뿐만 아니라 사실상 새로운 일자리를 얻기란 생산라인이 점차로 로봇으로 대체되는 추세 속에서 바늘구멍을 통과하는 것보다 어려운 실정인 것이다. 내가 작성한 사회면의 해고 노동자의 인터뷰 기사는 일면과 정치경제면의 온통 H 자동차의 생산라인 완전 무인화를 축하하는 축제 분위기에 찬물을 끼얹은 셈이 되었다.

"배들이 안 고파 봐서 그래요. 배들이……. 자네 IMF 위기라는 것을 아나? 내가 어렸을 때 우리 아버지가 IMF 위기 때 직장 잘리고 쥐꼬리 만한 퇴직금으로 사업이라 한답시고 하다 몽땅 날린 후 한 달 동안 라면으로 끼니를 때운 적도 있어. 지금 같은 평생연금이 어디 있나? 월급을 그대로 다 준다는데도 왜들 불만이야? 그 돈 가지고 평생 놀러나 다니면 될 것 아니야. 난 단 일주일만이라도 쉬었으면 원이 없겠다. 그런 사치스런 불만에 같이 놀아나는 기자는 또 뭐야?"

나는 순간 열 받아 "기자는 사실을 객관적으로 보도해야 할 책무가 있지 않습니까? 저한테 해고 노동자를 취재하라고 한 이유가 뭡니까?"라고 맞받으며 나도 모르게 언성을 높였다.

"뭐가 객관적인 사실이야? 자네는 그 노동자들이 평생 일 안 하고 먹고살 수 있다는 것에 속으로 너무 좋으나 표정관리 차원도 있어 그렇게 떠드는 것을 모르나? 물론 일부 불만세력도 있겠지. 그런데 그런 놈들은 어디에도 있어. 문제는 오스카 와일드의 말처럼 잔에 와인이 반쯤 남았을 때, 나는 아직도 반이나 남은 와인을 음미하며 인생은 살만한 것이라고 행복해 하지만, 반밖에 안 남은 와인을 바라보며 비통해하는 자네 같은 비관론자들의 편향된 관점이 문제라는 게야."

부장은 스스로도 멋지게 말했다는 듯이 득의의 미소와 함께 더 이상 대꾸하면 날려버릴 듯한 묘한 분노가 뒤섞인 기묘한 표정으로 나를 바라보았다. 그리고 이틀 후 나는 사회부에서 경제부로 전속되었다.

"전화가 왔습니다."

컴의 전화 표시판의 아이콘이 반짝거렸다. 이 시간에 웬 전화? 나는 수화기를 들었다.

"저어…… unifam07 기자님이신가요?"

여인이었다. 그런데 왠지 목소리가 떨리고 있었다.

"예. 그렇습니다만."

"저어…… 사람들이 죽어 가고 있어요."

"거기가 어딥니까? 사고입니까? 경찰을 부르시죠."

나는 순간 기자다운 본능에 의해 이건 큰 건일지도 모른다는 생각이 들었다.

"사고가 아니에요. 계획된 살인이죠. 그러나 경찰을 부를 순 없어요. 아무도 믿지 않고 나만 미친년 취급당하다 그들에게 결국 살해당하겠죠. 누가 오는 것 같아요. 더 이상 통화할 수 없어요." 전화가 끊겼다. 나는 서둘러 발신자를 체크하였다.

"발신자의 정보가 차단되어 있습니다." 컴의 안내 기계음만 계속 반복되어 흘러나왔다.

장난전화일까? 장난치곤 여인의 연기가 꽤 리얼하다. 절박한 목소리와 불안감이 너무도 생생하게 전달돼오지 않는가? 무심코 담배를 피워 물었다.

"여기는 금연구역입니다. 담배는 흡연실에 가 피워 주십시오."

컴이 냉랭하게 말했다.

젠장! 작년부터 컴에 니코틴 센서를 부착하여 직원들 담배 피우는 것을 일일이 감시하다니……. 하긴 미친 여자일 수도 있지. 그런데 어떻게 내 이름과 내가 이 시간에 일한다는 것을 안단 말인가?

"전화가 왔습니다."

다시 전화가 왔다. 나는 서둘러 폰을 들었다.

"조금 전에 전화했던 사람이에요. 많이 놀라셨죠. 그러나 제 말은 전부 사실이에요."

"아니 자초지종을 말씀해 주시죠. 그래야지 제가 도울 수 있을 것 아닙니까? 일단 거기가 어디인가요?"

"너무 길고 믿기 어려운 얘기라 전화상으로 말씀드릴 수가 없어요. 그리고 저의 신변의 안전 문제도 있고. 기자님께서 콜로세움으로 한 번 와 주세요."

"콜로세움이라뇨? 그곳이 사고 장소입니까?"

"사고가 아니에요. 이건 명백한 살인이에요. 살인이 자행되고 있죠. 그런데 아무도 믿지 않아요. 아니 아무도 믿지 않을 거예요. 이렇게 말씀 드리는 것도 unifam 기자님이 처음이니까요. 그만 끊어야겠어요."

전화가 끊겼다.

나는 콜로세움을 클릭하였다. 콜로세움. 고대 로마의 원형 경기장. 관련 수많은 글들이 올라왔다. 그 중의 하나가 눈에 띠었다. 콜로세움 완공. 레저와 주거 복합의 새로운 콘도미니엄. 고대 로마의 콜로세움 재현. K2 경기의 상설 경기장. Lifejoy44. 나는 직감적으로 이것이구나! 라고 생각하였다. 그리고 그곳을 클릭하면서 작년 말 뉴스에서 대대적으로 떠들었던 이 새로운 형태의 주거공간에 대해서 기억하였다. 고대 로마의 콜로세움을 그대로 본뜬 외곽의 모습에다 호텔식의 수많은 콘도가 있고, 베란다를 통해서 K2 경기를 관전하며 로마인처럼 즐길 수 있는, 대폭적인 노동시간의 단축으로 레저 욕구가 많아진 현대인들을 위하여 마련된 새로운 주거 형태. 이러한 획기적인 아이디어를 낸 인물은 Lifejoy44란 인물로 평생을 게임과 레저산업 부문에만 전념한 인물이다. 한때 그가 인수한 카지노 사업이 동업종간 과열경쟁으로 부진을 겪게 되면서 부도위기에 몰렸다가 이 콜로세움의 콘도가 엄청난 가격에도 불구 순식간에 분양되면서 화려하게 재계에 복귀한 인물이다. 또 그가 전국 중계권을 가지고 있는 K2 격투기 중계권은 스포츠 도박이 합법화 되면서 황금알을 낳는 거위로 변했으며 이로 인하여 Lifejoy44은 스포츠와 레저를 아우르는 신비지니스계의 총아로 떠올랐다.

정오가 지나 깨었다. 아침 6시에 퇴근하여 독한 데낄라 한 잔을 마시고 바로 잠들었던 모양이다. 숙직 후의 하루의 휴무. 오늘은 아무 할 일이 없다는 것이 너무 좋았다. 신문도 컴도 보지 않으리라. 그러나 진한 커피 한 잔을 마시자 이내 지난밤에 있었던 여인의 전화가 떠올랐다. 장난일지도 모를 일에 귀중한 시간을 뺏길 수도 있다는 생각이 들었으나 나는 당분간 이 일이 머릿속에서 떠나지 않으리라는 것을 알았다. 어떤 식으로든 떨쳐버려야 하는 것이다. 나는 어느새 차에 올라탔다. 그리고 "어디로 가실 건가요?" 라고 묻는 차의 컴에 "Y시에 있는 콜로세움으로"라고 답한 후 주행 버튼을 자동으로 눌렀다.

K 부장은 나를 좌천시켰다고 생각하겠지만 사실 나는 경제부로

가고 싶었다. 자본주의, 이 자본주의라는 거대한 괴물은 숱한 문제점에도 불구 산업혁명 이후 삼백년 이상을 거뜬히 버텨 오고 있다. 사회주의는 20세기 말 소비에트 연합의 붕괴와 함께 역사의 뒤안길로 사라져 갔다. 유일한 세계 최대의 사회주의 국가인 중국마저도 지난해 중국공산당 제20차 전당대회에서 장 주석이 "중국에서 이제 사회주의는 끝났다. 그러나 당의 역할은 아직 끝나지 않았다. 개인의 창의력을 최대한 발휘하여 생산성의 극대화를 모색하려는 시장경제를 앞으로도 계속 보호하겠지만, 사회정의를 해치는 자본가의 횡포와 부정을 처단하여 평등한 사회를 이루려는 당의 인민에 대한 봉사는 영원히 계속될 것이다"라고 선언함으로써 사실상 중국에서 사회주의의 종식을 선포하였다.

21세기 초 미국이 중동지역에 대한 대대적인 군사적 도발을 감행하여 얻은 석유자원의 독점화, 선진국과 후진국 간의 무역 관세의 철폐로 야기된 후진국 기초산업의 붕괴, 달러 가치의 폭락과 EC 주요국의 재정적자로 인한 국가부도의 위기, 지구 온난화 문제 등 숱한 후기자본주의 문제에도 불구 선진국을 중심으로 한 자본주의는 연 4~5%의 견실한 성장을 칠 년째 계속하고 있다. 그리고 2028년 G20 정상회담에서 석유를 연료로 한 자동차 엔진의 생산을 중단키로 함으로써 지구환경 오염에 대한 해결책의 획기적 발판을 마련하였다. IT산업은 지속적으로 성장하였고 모든 상품결재에서 전통적으로 사용되던 화폐는 선진국에선 이미 사라졌다. 개인의 신용도를 점수화한 개인 신용카드가 화폐를 대체하였다. 주 32시간 노동이 미국과 유럽을 비롯한 선진국 대부분의 국가에서 자리 잡았고 늘어난 신노동자의 여가시간을 겨냥한 레저 스포츠 산업의 폭발

적 성장이 세계경제를 주도하였다. 곳곳에서 풍요가 넘쳐흘렀다. 카지노 산업의 발달로 밤의 도시는 휘황찬란하였고 활기가 넘쳐 보였다. 일견 자본주의는 승리한 것으로 보인다. 인류의 역사에 지난 10년간 전쟁이 단 한 건도 없는 그런 태평성대는 일찍이 없었다.

나는 경제부로 옮긴 후 이런 자본주의에 대해 특집을 쓰고 싶었다. 마침 다가오는 2033년 6월 5일은 자본주의 경제학의 태두 격인 아담 스미스의 탄생 삼백 주년을 맞는 날이다.

'수요 측과 공급자의 공정한 경쟁에 의해 시장은 활성화된다'라는 그의 fair play 이론은 자본주의 정당성의 도덕적 기초가 되었다. J 부장에게 이러한 구상을 보고 드렸더니 의외로 흔쾌히 승낙하는 것이 아닌가.

"함 써 봐. 단 기사란 공정해야 하네. 아담 스미스의 말처럼 fair해야 한단 말이야. 알겠지?" 하고 내게 윙크를 하였다. 나는 이처럼 소탈한 J 부장이 좋아지기 시작하였다. 그러니 내게 경제부로 전속은 좌천이 아니라 승진과 같은 것이었다.

"주인님. 다 왔습니다."

잠시 졸았던 눈을 떠 보니 눈앞에 거대한 로마의 원형 경기장이 드러났다. 이 거대한 건물의 외관을 실제 로마의 콜로세움과 똑같이 하기 위해 Lifejoy44는 막대한 자금을 퍼부었다. 한때 그의 이 같은 무모한 투자 때문에 재계에서는 곧 그가 망할 것이라는 소문이 나돌기도 했다. 그러나 그는 멋지게 성공시켰다. 상상을 초월한 콘도미니엄 분양가에도 불구 분양 첫날 콘도는 모두 매진되었다.

뿐만 아니라 분양가의 두 배 이상의 프리미엄이 곧바로 형성되었다. 그는 이 분야에서 정확히 새로운 인간의 레저욕구를 파악한 천재적 기업가임이 입증된 것이다.

지하 주차장에 주차를 하고 승강기를 이용하여 광장으로 향했다. 입구에 도착하여 다시금 위압적인 건물의 장엄함에 놀랐다. 휴일이 아닌 데도 입구에는 수많은 사람들로 붐볐다. 아이들 손잡고 가족 단위로 놀러 온 사람들도 있고 오늘은 기필코 대박을 한 번 터뜨리겠다고 작심하고 온 듯한 전문 투기꾼으로 보이는 사람도 있었다. 자동 스캐너가 내 스마트폰을 스캔한 후 개찰구를 통과하려고 할 때 바가 열리지 않았다. "손님께서는 입장이 금지되셨습니다. 자세한 것은 좌측 별관에 위치한 안내데스크에 문의하시기 바랍니다"라는 안내음이 흘러나왔다. 의아한 마음으로 안내데스크로 가니 로마시대의 검투사 복장을 한 위압적인 모습의 안내가 있었다. 안내는 무표정한 얼굴로 나를 스캔한 후 "손님께서는 기자분이시군요. 기자 분은 정식 취재신청을 한 후에 출입할 수 있습니다"라고 퉁명스럽게 말했다. 나는 아차! 하고 내 개인신상정보를 차단하지 않은 것을 후회하였다. 그러나 이내 정색을 하고 "아니 이것 보세요. 저는 이곳에 기자의 자격으로 온 것이 아니라 개인자격으로 그저 즐기려고 온 것이란 말이요"라고 항의 하였다. 그러나 "저희로서는 더 이상 도와드릴 수가 없습니다. 기자는 정식 취재허가 확인이 난 분 외에는 출입시키지 말라는 회사의 규정이라……"라고 말하는 위엄 있는 칼을 든 검투사에게 더 이상 어떻게 해 볼 수가 없었다.

차로 돌아온 즉시 동료인 스포츠, 레저부의 M 기자에게 전화를 걸었다.

"K2 경기장인 콜로세움에 대해 알지. 근데 왜 이 자식들, 기자라면 질색을 하고 안 들여보내는 거지?"

자신이 자칭 걸어 다니는 검색기라고 자처하는 M이 말했다.

"아, 그곳의 회장인 Lifejoy44란 자가 기자를 워낙 싫어하거든. 작년에 K2경기만 집중 방송하는 지상파 K2 채널 인허가 과정에 대한 비리가 제보된 후 검찰의 수사과정에서 기자들에게 엄청 시달렸거든. 결국 무혐의로 처리됐지만 말이야."

작년에 사회부에 있을 때 기억이 떠올랐다. 이 사건이 수면에 떠오르자 L 부장은 나에게 취재를 맡기려고 했으나 거만한 검사들과 국회의원 등 정치인들을 워낙 싫어하는 나로서는 내키지가 않아 P 기자를 추천했더니 L 부장은 큰 건이라 생각해서 배려해 주는데 자기 복도 차 버리는 이상한 놈이라는 듯이 나를 쳐다보았다.

나는 그 당시 방송과 신문을 검색하였다. 검찰청에서 밤새 조사를 마치고 나오는 그의 초췌한 모습과 에워싼 기자들, 뇌물수수의 구설수에 오른 국회의원 등 당시의 보도들을 훑어보았다. 그러나 이런 유의 사건들이 항상 그렇듯 초기에는 뭔가 엄청난 것이 있는 듯이 요란하지만 갈수록 흐지부지 되어 버리고 종국에는 시청자들의 관심 밖으로 사라져 버리고 마는 것이다. 이 사건 또한 그랬다. 비리로 밝혀진 것은 아무것도 없었다. Lifejoy44는 무혐의 처리되자 즉각 기자회견을 열어 자신의 정당함을 과시하는 한편, 자신에 대한 악의적 보도를 일삼은 M 방송과 C 일보에 대해 즉각 명예훼손

소송을 내겠다고 하였으나 이것 또한 슬며시 유야무야 되고 말았다.

10년 넘게 신문사 밥을 먹은 기자의 본능으로 이 사건은 냄새가 났다. 그러나 정작 나의 관심을 끈 것은 Lifejoy44란 인물이었다. 중년의 나이에 성공한 입지전적인 인물답게 풍겨 나오는 카리스마에 비해 왠지 모르게 신경질적이고 쫓기는 듯한 범죄자의 어두운 이미지가 오버랩되어 보이는 모습에서 나는 어쩌면 어젯밤 여인의 제보가 사실일 수도 있다는 생각이 들었다. 나는 즉시 차안에서 취재계획서를 기안하여 신문사로 보내는 한편 (주)콜로세움사 앞으로 취재협조 공문을 보냈다. 내용은 본지에서 기획 중인 미래의 성장비즈니스 탐방 시리즈 첫 번째로 귀사를 방문하고자 한다는 등 최대한 녀석의 비위를 맞추려고 노력하였다. 자기과시욕이 강한 녀석의 성격상 걸려들 것임에 틀림없다.

예상대로 며칠 후 귀지의 취재를 허락한다는 콜로세움 측의 연락이 왔다. 그리고 친절하게 회장님의 가능한 인터뷰 날짜 및 시간까지 세세히 알려 주었다. 녀석이 걸려든 것이다. 나는 조금 흥분되었다. J 부장은 나에게 "경제부로 오자마자 너무 무리하는 거 아냐? 웬 미래 성장산업 탐방시리즈? 자네 아담 스미스 탄생 삼백 주년 특집 기사도 준비하고 있잖아?"라고 조금은 걱정되는 듯이 물었지만 해 볼 테면 해 보라는 식으로 그도 나의 과잉의욕이 그다지 싫지 않은 것 같았다. 나는 부하직원들의 의욕을 꺾지 않는 그의 따뜻한 리더십이 좋았다.

"아담 스미스. 그는 개인의 사사로운 이익추구가 사회 전체의 이

익으로 연결될 수 있다는 신념을 과학적으로 증명함으로써 자본주의 시장경제가 꽃필 수 있는 토대를 마련해 주었던 것입니다."

프랭클린 교수는 한마디로 아담 스미스의 의의를 이렇게 표현하였다. 창밖으로 내다 본 비취색 대서양과 백색의 해안은 눈부시게 아름다웠다.

"아름답군요. 이곳은 교수님의 별장입니까? 학자로서 부와 명성을 함께 획득한 선생님이 부럽습니다." 프랭클린 교수는 휴가 중이었다. 그는 평소에도 인터뷰를 잘 안하기로 유명한데 휴가 중임에도 불구 흔쾌히 인터뷰에 응해 주었다. 나는 이미 수집한 자료를 통해서 그가 아담 스미스의 열렬한 숭배자라는 것을 잘 알고 있었다.

"운이 좋았다고 할 수 있지요. 5년 전 신차 모델의 판매 부진으로 인해 자동차 주식이 폭락했을 때 과감하게 도요타 주식을 샀지요. 저는 그때 도요다의 신차인 오피스카의 성장성을 높게 평가했습니다. 그것으로 인한 수익이 지금 이 별장을 살 수 있게 해 주었지요."

도요다의 오피스카 시리즈의 첫 작품인 카텔이 처음 나왔을 때 사람들은 이 차의 엄청난 잠재력을 미처 깨닫지 못했다. 카텔은 달리는 오피스란 타이틀 아래 기존의 단순한 운송수단의 차 개념을 넘어서 차 스스로가 알아서 주행하고, 승차한 사람은 그 시간에 운전에 신경 쓰지 않고 업무에만 전념할 수 있도록, 사무용 컴퓨터기능을 완벽하게 장착한 실내공간을 구성하여 기존의 차 개념을 바꿨다는 평가를 듣는다.

"조금의 위기가 와도 사람들은 세상의 끝이 온 것처럼 과장하지요. 그때 자동차 주식의 폭락과 함께 뉴욕 증시가 일주일이나 대폭락 했을 때 어떤 경제학자는 자본주의 붕괴가 시작되었다라고 호들갑을 떨었습니다. 그러나 지금 자동차 산업은 제2의 전성기를 맞이하고 있고 이러한 자동차 산업의 호황이 세계 경제를 주도하고 있습니다. 여기서 다시 대공황 시기에 케인즈가 한 얘기를 인용하지 않을 수 없습니다. 케인즈의 말대로 자본주의는 인간에게 완벽한 제도는 아닐지 모르나 지금까지는 그래도 문제가 있으면 고쳐 쓸 수 있는 좋은 제도임에 틀림없습니다. 이러한 낙관론의 바탕에는 아담 스미스가 있지요. 우리 인간은 항상 남을 위해서 산다거나 사회정의를 위해서 사는 식으로 이타적으로만 살 수 없어요. 칼 막스가 실패한 이유는 모든 인간이 그처럼 착하지 못하다는 겁니다. 당과 인민을 위해서만 살 수 없지요. 그래서 생산성 저하로 인해 40여 년 전 소비에트 체제가 무너진 겁니다. 그러나 이미 250년 전에 그의 국부론에서 아담 스미스는 말했어요. 인간의 이기적 활동이 보이지 않는 손에 의해 사회적 공익의 길로 인도된다고 말입니다. 이것은 지금도 변함없는 진리라고 나는 생각해요."

인터뷰 도중 웬 아름다운 여인이 재스민 차를 내왔다. 프랭클린 교수는 벌떡 일어나 그녀에게 다정하게 키스하였다. 그는 미혼이었다. 그러나 언제나 아름다운 여인들이 그에게서 떠나지 않았다. 그는 40대 후반의 나이에도 불구하고 은빛 안경 사이로 지적 카리스마가 날카롭게 뿜어 나오는 매력적이고 돈 많은 학자였기 때문이다.

인터뷰를 마치고 나는 비행기 출발 시간까지는 두세 시간의 여유가 있어 마이애미 해안가를 드라이브하였다. 운전 장치를 수동으로 놓고 직접 운전해 가며 창문도 내리고 오랜만에 바닷바람을 맘껏 마시고 싶었다. 그러나 이내 짜증이 났다. 바닷가에 빽빽이 늘어선 개인소유의 콘도와 호텔 때문에 도무지 바다라곤 볼 수 없었기 때문이다. 플로리다주는, 경관이 좋은 해변은 주 정부가 주립공원으로 지정해 개발을 억제하는 캘리포니아와는 달리, 개인의 사적 소유를 무제한으로 허용했다. 그 결과 대부분의 좋은 해변은 부자들이 별장과 콘도 등을 마구잡이로 건설하고 일반인의 출입을 금하였을 뿐만 아니라, 도로에서 볼 수도 없을 정도로 높은 담을 설치하였다.

프랭클린 교수는 자본주의의 미래에 대해 매우 낙관적이었다. 그는 최근 H 자동차의 생산라인에서 완전 로봇화를 예로 들며 앞으로 자본주의는 로봇 노예제 사회의 새로운 황금기를 구가할 것으로 전망하였다. "그야말로 인류가 수백만 년 동안 행해온 생존을 위한 노동에서 해방될 것입니다." 그는 인터뷰를 마치고 돌아서는 나를 그의 애인과 함께 문밖까지 전송하였다. 그는 늘씬한 플레이보이 잡지의 모델 같은 그녀의 허리를 한쪽 팔로 끼고 행복한 미소를 지며 내게 손을 흔들었다. 그 뒤로 어느새 무표정한 얼굴의 쿠바계로 보이는 가정부가 나타나 흐트러진 테이블을 치우기 시작하였다.

마침내 콜로세움에 대한 취재 날짜가 잡혔다. 그간 나는 아담 스미스 탄생 삼백 주년 특집기사에 대한 마무리 편집 작업에 매달리고 있었다. 그러나 아무래도 뭔가 부족하다고 느꼈다. 전체적으로 너무 그에 대한 찬미 일색이었다. 자본주의가 다시 성대를 구가하는 최근 육칠 년간의 낙관적 분위기에서, 자본주의 경제학의 원조인 그를 많은 현대의 신자유주의 경제학자들이 앞 다투어 찬양하는 것은 무리는 아니나, 특집 기사에는 조심스럽게 그에 대한 반론도 들어가야 하는 것이 아닌가 하는 생각이 들었다. 여기에 해당하는 학자로 나는 시종일관 자본주의 비판으로 평생을 바쳐온 전 UCLA 대학교수인 주쩌라이 교수가 떠올랐다. 지난번 프랭클린 교수가 언급한 '뉴욕증시가 일주일간이나 폭락했을 때 자본주의 붕괴 운운하며 호들갑을 떨었던' 학자는 주쩌라이 교수를 일컫는 것임이 틀림없었다. 이때 뉴욕 타임즈가 특집으로 마련한 대담에서 프랭클린 교수와 주쩌라이 교수가 벌인 논쟁은 논쟁을 통해서 객관적인 진실을 밝히려는 시도가 얼마나 무익한 것인가를 잘 알려주는 사례로 유명하다. 논쟁 중에 다혈질인 프랭클린 교수는 주쩌라이 교수가 그의 문란한 사생활을 은근히 빈정거리자 흥분하여 몸싸움 일보 직전까지 갔다. 논쟁의 결과는 뉴욕 증시의 극적 회생으로 결론적으로 플랭클린 교수의 완승으로 끝났다. 자본주의는 생각보다 튼튼하였으며 그 후 7년째 G20 선진국을 중심으로 연간 4% 대의 견실한 성장세가 계속되고 있다. 주쩌라이 교수는 이 논쟁을 끝으로 학계를 은퇴하여 지금은 LA 근교 옥스나드의 시골에서 은둔하고 있다. 그를 인터뷰하기로 하였다.

밖의 웅장함에 손색없이 실내는 매우 화려하였다. 실내 경기장에 마련된 메인 스타디움에는 마침 푸치니의 나비부인이 공연되고 있었다.

"K2 경기장에 웬 오페라입니까?"라고 내가 묻자 "우리 회사의 모토가 '건강하고 아름다운 사회를 만들자' 입니다. 자칫 스포츠 레

저에만 편중하여 정서적으로 메마르기 쉬운 현대인을 위해 일주일에 한 번씩 모든 경기를 중단하고 경기장에서 연극이나 대형 스크린을 통한 영화, 오페라 등을 공연하고 있지요. 이것 또한 Lifejoy44 회장님의 특별지시에 의한 것입니다." 안내를 맡은 사장이 입에 침을 튀기며 답했다. 그의 자랑이 계속 되었다. "이 콘도의 입주자들은 자신의 베란다에서 이 모든 공연과 경기를 무상으로 관람할 수 있죠. 또한 안방에서도 모니터를 통해, 침대에 누워서도 관람이 가능하도록 되어 있습니다. 그리고 이 콜로세움에는 도서관과 은행, 탁아소, 유치원, 대형 마켓과 식당 등 모든 편의시설들이 입주하여 하나의 작은 타운으로서의 기능을 완벽하게 갖추고 있습니다." 내가 선수들이 사는 숙소가 궁금하다 했더니 그는 기다렸다는 듯이 선수들의 훈련장과 숙소로 안내하였다. 훈련장에는 수많은 선수들이 근육강화훈련을 비롯하여 발차기 훈련 등 훈련에 여념이 없었다. 훈련장 옆에 위치한 선수 숙소로 안내되었는데 안으로 들어가자 그 곳은 매우 호화스런 콘도미니엄으로 변했다. 마침 얼굴에 마스크를 한 체격이 우람한 격투기 선수와 그의 부인으로 보이는 여인이 우리를 맞이하였다. 사장은 그가 최근에 일반급으로 있다가 스타급으로 급상승한 유망선수라고 소개하였다. 이처럼 일반선수들은 스튜디오를 숙소로 쓰는 반면 스타급으로 올라가면 개인 콘도가 새로 배정되며 시합 중이라도 부인과 함께 지낼 수 있다고 한다. 이런 스타급 선수들은 고액의 연봉에 엄청난 경기수당이 지급되고, 승리할 때마다 승전 포인트의 상승과 함께 일반인들이 거는 배팅금액의 일정률이 지급되어, 승리가 계속될 경우 단시일 내에 억만장자가 되었다. 그러나 시합 시즌에는 밖으로 외출이 금지되었고 실내에서도 자신의 얼굴이 노출되지 않게 마스크를 착용하였다. 경기 조작의 우려를 방지한다는 이유 때문이다. 따라서 이들의 이름 또한 타이거 마스크, 울트라맨 등으로 닉네임 외에는 개인의 이름뿐만 아니라 어떠한 신상정보도 알 수 없도록 되어 있었다. 물론 부인을 비롯한 가족에게도 철저히 이러한 비밀보장이 요구되었다.

"귀사의 신비즈니즈 탐방 시리즈의 첫 번째로 저희 회사를 선정해 주신 것에 매우 영광입니다."

Lifejoy44는 내 손을 꽉 잡으며 악수하였다. 벗겨진 이마에서 빛나는 광채를 번뜩이며 활기찬 모습으로 나를 맞는 그에게서 카리스마가 넘쳐흘렀다.

"단도직입적으로 묻겠습니다. 콜로세움의 성공적인 분양과 K2 경기의 스포츠산업화 성공의 비결이 무엇입니까?"

그는 내게 양해를 구한 후 시가를 태워 물었다. 그가 지독한 시가 애연가라는 것을 어느 인터넷 잡지에서 읽은 적이 있었다.

"나는 일찍이 미래 산업이 레저 스포츠산업 위주로 재편성될 것이라는 것을 간파했지요. 생활이 윤택해지면서 인간들이 별 할 일이 없다는 것에 주목한 거죠. 인생은 권태와의 기나긴 싸움입니다. 이제 주 32시간 노동이 자리를 잡았습니다. 보세요. 남는 시간에 뭘 할 것입니까? 나는 언제부터인가 생활과 게임을 같이 즐길 수 있는 그러한 비즈니스를 늘 생각해 왔어요. 어느 날 K2 경기를 관람하다가 바로 이것이다는 느낌이 들더군요."

담배를 좋아하는 나로서는 구수한 시가 냄새가 싫지가 않았다.

"예전에도 경마나 경륜 같은 스포츠 비즈니스가 성행되어 왔으나 유독 귀하의 비즈니스만 급성장하는 어떤 비결이 있을 것 같은데?"

"나는 K2 경기의 모든 운영방식에 자본주의의 방식을 도입했습니다. 철저한 선수 간의 경쟁과 끝없는 자기개발을 통한 상품화이죠. 즉 선수 개개인이 하나의 상품이 되는 것입니다. 자신을 개발하여 훌륭한 상품으로 만드는 자는 자신의 가치가 높아지고 부와 명성을 얻게 되죠. 관중들은 그러한 훌륭한 상품에 투자하고 선수 개개인을 사는 것입니다. 주식투자의 경우와 같죠. 투자자들은 경기를 즐기고 자신이 좋아하는 선수에 투자함으로써 그 선수가 승리할 때 돈도 같이 벌게 되죠. 나는 이러한 산업이 미래의 산업을 주도할 것이라는 것을 본능적으로 이미 십여 년 전에 알았어요."

그의 장황한 자기 자랑이 계속되었다. 이때 물론 상상할 수 없는 좌절을 겪고도 초인적인 의지로 극복해 냈다는 성공한 사람들의 고생담 또한 당연히 빠지지 않았다.

"K2 경기는 너무 잔인하다는 평가를 들을 정도로 리얼한 것으로 유명합니다. 제 생각으론 그 점 또한 성공의 요소 중의 하나일 것 같은 데 간혹 사고에 대한 위험은 없나요. 선수들이 경기 중 다친다든지 하는?"

"그 점에 대해서는 100% 안전하다고 해도 과언이 아닙니다. 예전에는 가령 이마를 찢기거나 하는 조그마한 선수들의 부상은 있어 왔지만 지금은 그마저도 거의 없습니다. 승패를 떠나서 상대선수에게 부상을 입히는 선수는 막대한 벌금이 부과될 뿐 아니라 포인트가 감소하여 결국 선수생활의 유지에 위험이 올 정도로 제재를 가하죠. 그래서 선수들이 상대를 가격할 때에도 상대 선수에게 부상을 끼치지 않는 기술개발에 훈련을 쏟고 있어요. 경기가 좀 잔인하다는 얘기는 주로 심야에 벌어지는 성인용 경기에 대한 것인데, 사실 이때 피를 흘리고 상대를 죽이는 듯한 장면은 실제상황이 아니고 연기이거나 그래픽을 이용한 특수효과로서, 실제상황처럼 처리되는 것들이 대부분입니다. 이것은 본사의 특수효과부에서 담당하는데 그렇다고 게임 자체를 조작하는 것은 아니에요. 승패는 공정하죠. 게임이 끝나기 전까지 그 누구도 승패를 장담 못 하죠. 승패를 철저히 경기에 국한시켜 공정화 하는 것, 이 점이 저희 K2 경기의 성공요소입니다."

장시간에 걸친 인터뷰를 마쳤다. 그는 원래 말하기를 좋아하는 것 같았다. Lifejoy는 매우 흡족한 듯이 보였다. "제가 Unifam07 님에게 선물 하나 해도 될까요? 이건 기사를 잘 써 달라는 뇌물이 아니고 우정의 표시입니다. 저희 콜로세움의 평생 회원권입니다. Unifam 님이 언제든지 원할 때 와서 경기도 관람할 수 있고 콘도도 이용할 수 있는 평생회원권입니다. 그러나 이것은 본인의 사용 외에는 양도나 판매가 되지 않으니 부담 갖지 말고 받아 주시기 바랍니다" 하고 은빛 실버카드를 내밀었다.

스타디움에는 어느새 코믹 레슬링 경기가 진행되고 있었다. 관중석은 아이들을 데리고 온 가족단위의 관중들로 꽉 차 있었다. 곳곳에서 웃음꽃이 활짝 피었다. Lifejoy는 출입문까지 따라와 나를 배웅하였다. 나는 조금 황송한 느낌이 들었다.

194

나는 주차장으로 바로 가지 않고 콜로세움을 둘러싼 광장을 천천히 걸으며 산책하였다. 멀리서 가끔씩 들리는 아이들의 함성과 함께 5월의 부드러운 바람이 내 얼굴을 애무하듯 살랑거렸다. 모처럼 세상이 평화스럽게 느껴졌다. 그래, 나는 L 부장의 말처럼 지나친 비관주의자인지도 모른다. 세상은 생각보다 괜찮은 것인지도 모른다. 문제가 있으면 조금씩 고쳐 가면 되는 것이다. 나는 지난 10여 년간 너무 피곤하게 살아왔다. 그녀가 떠난 후로 세상이 변했던 것이다. 그러나 사실은 세상은 변하지 않았다. 내가 변했던 것이다. 광장의 뒤편에 위치한 고대 로마 기념관으로 향하는 계단을 오르다 잠시 앉아 담배를 피워 물었다. 콜로세움의 전경이 한눈에 들어왔다. 산들바람에 광장 곳곳에서 버드나무들이 가볍게 춤을 추었다. 모든 것이 아름다웠다. 그런데 갑자기 내 시선이 한 곳에 멈추었다. 콜로세움 뒤편에 있는 정원의 버드나무는 유별나게 커 보였다. 그리고 한 콘도의 베란다에서 누군가가 나를 계속 보고 있다는 느낌이 들었다. 나는 왠지 모를 불안감이 들어 벌떡 일어나 주차장으로 향했다. 한 여인이 베란다에서 나를 계속 지켜보고 있었던 것이다. 나는 직감적으로 그녀가 그날 밤 내게 전화했던 그 여인일지도 모른다는 생각이 들었다.

"나는 경쟁을 좋아합니다. 누구와 경쟁에서 이긴다는 것 그것은 삶에 커다란 즐거움이죠. 그러기 위해서 나는 끊임없이 자기개발을 해왔습니다. 승자가 성공하고 패자는 실패하는 게임이 자본주의입니다. 그러나 물론 게임은 공정해야 합니다. 개인 간에 공정한 경쟁을 통한 사회의 발전, 이것이 아담 스미스가 꿈꾸었던 자본주의의 이상입니다." Lifejoy44는 어느 경제학자 못지않게 아담 스미스의 사상을 한마디로 요약하였다. 나는 사실 그의 여러 분야에 걸친 해박한 지식에 놀라지 않을 수 없었다.

"전화가 왔습니다. 주인님. 전화가 왔습니다."

계기판의 전화 표시의 아이콘이 반짝거리며 콜로세움을 벗어나 달리며 상념에 빠졌던 나를 깨웠다.

"저 기억하시나요? 그날 새벽 전화했던……. 선생님이 왔다 가시는 것을 봤어요. 한번 뵙고 싶군요." 그녀였다. 가늘게 떨리는 불안한 목소리는 여전하였다. 그녀가 나를 지켜보고 있었던 것이다.

도시의 외곽지대로 차를 몰았다. 개발에 뒤처진 주변부 도시에는 밤늦게 오래된 건물들이 삼삼오오 모여 불만을 토로하고 있는 듯 음침하게 늘어서 있었다. 그곳의 한 후미진 곳에 공원이 자리 잡고 있었다. 밤늦은 공원의 벤치에는 곳곳에서 연인들이 이마를 맞대고 정신없이 사랑의 밀어를 나누고 있었다. 개중에는 남자의 손이 여인의 블라우스 밑으로 파고들며 노골적인 사랑의 행위에 열중하고 있는 커플도 보였다. 예나 지금이나 변함없는 가로등 은은히 비추는 밤 공원의 풍경이었다. 시간을 보았다. 올 때가 지났다. 나는 약속한 대로 분수대 옆의 가로등 아래 서 있었다. 다행히 그곳에는 나밖에 없었다. 구름에 반쯤 가려진 달은 공원 주위를 비추며 커플들의 밀회를 지켜보고 있었다. 간혹 어둠 사이로 간지럼을 타는 듯 키득거리는 여인의 웃음소리가 들려왔다. 잠시 후 백양나무 숲 사이로 챙이 얼굴을 가리는 큰 모자를 쓴 여인이 나타났다. 그녀가

196

온 것이다.

"저는 미친 여자가 아니에요."

가로등을 기대어 선 그녀는 나의 아이디를 확인하자 조금 신경질적으로 말하기 시작했다. 잠시 스치듯 엿보인 얼굴은 30대 후반인 것 같았다.

"저는 확실히 알고 있어요. 분명한 살인이 벌어지고 있어요."

나는 조금 답답해졌다.

"구체적으로 살인이 어떻게 벌어졌다는 겁니까? 그리고 살해당한 자가 누굽니까?"

"경기 중 살해당했어요. 그 중의 한 명은 제 애인이었어요."

여인은 더 이상 참을 수 없다는 듯이 얼굴을 가리고 울기 시작했다.

"애인이 살해당했다는 건가요. 그처럼 명백한 증거가 있는데 왜 신고하지 않는 거죠?"

여인은 냉정을 찾으려는 듯 울음을 그치고 말했다.

"사실은 여전히 그가 살아있기 때문이에요."

나는 갑자기 피곤해지기 시작했다. 그리고 이런 황당한 장난에 더 이상 쓸데없이 시간을 낭비하고 싶지 않아 돌아서려 했다.

"잠깐만요. 제 말을 끝까지 들어주세요." 여인이 돌아서는 내 손을 잡았다.

집으로 향하는 내 머리는 어지러웠다. 여인의 이야기는 대충 이렇다. 여인은 현재 콜로세움의 선수 식당에서 일하고 있다. 업무시간 외에는 틈틈이 경기도 관전하고 그랬는데 어느 날 스타급 선수인 람세스와 눈이 맞았다. 람세스는 미혼인 관계로 혼자 콘도미니엄을 쓰고 있었는데 부인이 아닌 여인과 동거할 수 없는 엄격한 선수 생활규칙에 따라 둘은 몰래 경기가 끝난 후 그의 콘도에서 밀회를 즐겼다. 그런데 어느 날 그가 시합에서 패배한 후 며칠 보이지 않았다. 그러다 그가 다시 나타났는데 모든 것이 조금 이상하였다.

"처음에는 자존심이 매우 강한 사람이라 시합의 패배에 따른 충격으로 사람이 조금 변한 줄 알았어요. 그러나 그게 아니었어요. 그는 람세스가 아니었어요. 그는 여전히 람세스의 마스크를 쓰고 람세스처럼 말하고 람세스처럼 경기했지만 나는 그가 람세스가 아니라는 것을 바로 알았죠. 아니 내 몸이 그가 람세스가 아니라는 것을 먼저 알았어요. 우리는 그 후로도 사랑을 나눴지만 그는 다른 사람이었어요. 이 엄청난 사실을 누구에게 말하겠어요. 저는 너무 무서워요."

익명의 얼굴, 마스크, 본인의 본명은 개인신상정보의 사생활보호란에 굳게 잠겨 있고 오로지 닉과 아이디만이 통용되는 세상, 실제 사람이 사라져도 닉과 아이디가 존재한다면 그는 살아있는 것이다. 가능한 이야기이다. 그러나 이 정도로 섣불리 수사를 요청할 수는 없었다. 나는 그녀에게 좀 더 결정적인 증거를 수집할 것을 요청하는 한편 나도 계속 관심을 갖고 조사를 하겠다는 말로 그녀를 위로하여 돌려보냈다.

LA 공항에 내려 렌터카를 빌린 후 옥스나드로 향했다. 주쩌라이 선생이 사는 곳은 내비게이터로도 찾을 수 없었다. 단지 그가 이틀 전에 이메일로 보내준 약도만을 달랑 들고 수동운전으로 찾아가야 했다. 선생은 정말 은둔에 가까운 생활을 하고 있는 듯이 보였다. 그와 인터뷰하기 위해 보름 전에 그의 이메일 주소로 접촉했지만 답장이 안 왔다. 거의 포기하고 있었던 차에 이틀 전 메일로 연락이 왔다. 거의 메일을 보지 않아 답장이 늦었다는 사과와 함께.

주쩌라이 교수는 1989년 천안문 사태 때 미국으로 망명하였다. 그러나 그는 그 당시 공산당 독재에 항거하다 망명했던 중국의 젊은 청년들이 대부분 중국에 대한 반체제 활동을 미국 내에서 계속했던 것과는 달리, 하버드를 졸업한 후 UCLA에 교수 자리를 얻자 오히려 미국의 패권주의와 신자유주의 경제정책을 맹비난하였다. 때문에 한때는 중국의 스파이로 위장 망명을 했다는 의심을 받고 CIA의 조사를 받기도 했다.

옥스나드를 지나서 포장도로가 끝나는 곳까지 달려도 선생의 사는 곳은 나타나지 않았다.

비포장도로에 들어서자 나는 날이 저물면 못 찾을 수도 있겠다는 불안한 생각이 들었다. 미국에서는 이처럼 아직도 개발이 안 된 시골이 많다는 것이 새삼 부러웠다. 비포장도로를 한 시간쯤 달리자 해가 어둑해지기 시작하였다. 얼마큼 더 가야 한다는 것인가? 메일에는 분명히 한 시간 정도라고 하였다. 돌아갈까 하고 생각하는 순간 멀리서 불빛이 반짝거리는 것이 보였다. 누군가가 손전등을 비추고 있었다. 선생이었다.

나는 선생의 집이 너무도 소박한 것에 충격을 받았다. 그것은 집이라기보다는 일종의 창고 같았다. 그러나 안으로 들어가자 반갑게 맞아주는 아직도 젊은 날의 아름다운 모습을 간직하고 있는 선생의 부인인 리후매이 여사와 함께 정갈히 정돈된 거실은 어린 시절 방학을 맞아 시골의 할아버지 댁에 갔을 때처럼 포근한 느낌이 들었다.

저녁 식탁에는 선생이 직접 재배한 푸성귀 샐러드와 함께 땅콩을 갈아 만든 죽이 식탁에 올랐는데 그 맛이 일품이었다. 부인은 선생이 채식주의자라서 야채만 식탁에 오른 것에 대해 송구스러워 했다. 그가 나서며 사실은 자신이 원래 채식주의자가 아니었는데 어느 인터넷 사이트에서 공업화된 축산업과 도살장의 실태를 보고 충격을 받은 후 그 뒤로 이처럼 채식만 하기로 했다고 말했다. 나는 진심으로 매우 맛있는 음식이라고 감사를 표했다.

"나는 최근 다시 아담 스미스가 각광을 받는 것에 대해 이루 말할 수 없는 분노를 느끼고 있습니다. 한 때 케인즈에 의해 폐기처분 일보 직전까지 갔던 그의 궤변이 프리드만에 의해 부활된 후 지금은 그의 국부론이 거의 자본주의의 성서로 간주되고 있습니다. 그러나 이러한 이론은 명백한 오류입니다. 합리적인 가격을 형성하는 보이지 않는 손은 없어요. 오직 공급자나 자본가에 의해 조작되는 보이지 않는 손만이 있을 뿐이죠."

그는 육십이 넘는 나이에도 불구 아직도 이마에 주름살 하나 없이 젊음을 유지하고 있었다.

"엄청난 부자들만이 살 수 있는 인공심장 등 인공장기 시장 외에도 레저 스포츠 산업에서 벌어지는 일부 주식거래와 유사한 형태의 가격형성은 사실 수요와 공급의 법칙에 의해 설명할 수가 없어요. 보이지 않는 손이 작동하지 않는 겁니다. 나는 차라리 이것을 어떤 게임 같은 것이라고 말하고 싶어요. 사실 아담 스미스는 자본주의가 일종의 게임이나 경기와 같은 것이란 것을 잘 알고 있었어요. 그가 사용한 Fair Play(공정한 경기)란 말은 이를 잘 나타내고 있습니다. 경기란 필연적으로 승패가 갈리기 마련이죠. 승패가 갈리는 경기에서 공정(Fair)이란 패러독스입니다. 중국의 고사에서 나온 모순(矛盾)과 같죠. 그야말로 모두가 승자가 되는 공정한 게임이란 존재할 수 없습니다. 경기란 그 자체가 불공정한 것입니다. 자본주의 사회에서 승자는 부와 명성을 얻지만 패자는 사회에서 실패자로서 혹독한 대가를 치룹니다. 아담 스미스는 이러한 게임을 하면 이길 수 있는 자신감으로 가득 차 있었던 당시 상인계급을, 왕정 밑에서 각종 규제와 보호 하에 특권지위를 누리고 있었던 귀족계급에 맞서서 적극 대변했던 것입니다. 이러한 국부론에 나타난 자유경쟁에 대한 찬미사상을 찰스 다윈이 가져가 모든 생물이 생존경쟁을 통해 진화해 왔다는 진화론으로 비약시켰고, 약육강식을 마치 자연의 질서인 것처럼 위장하여 왔던 것입니다."

선생과의 대담은 선생이 직접 담갔다는 석류주를 마셔가며 밤새 도록 이어졌다. 선생은 아직도 매일 소주 한 병 분량의 과일주를 마시는 애주가였다. 부인이 "이 분은 사실 알코올중독자예요." 조금은 힐난하듯이 말했다. 선생은 "나처럼 건강한 알코올중독자가 있으면 나와 보라 그래"라고 말한 후 석류주 한 잔을 단숨에 들이켰다. 나는 이 좋은 분위기를 깨는 것 같아 어색하였으나 선생에게 7년 전 자본주의의 붕괴를 예언했다가 빗나간 후 많은 비난과 함께 학계를 은퇴한 일을 상기시키지 않을 수 없었다.

"제가 어렸을 적부터 사회주의 사회에서 자라 자본주의를 생리적으로 싫어한다는 말은 사실이 아닙니다. 저는 천안문 사태 때 이제 중국에 더 이상 사회주의적 체제가 필요하지 않다는 것을 깨닫고 낡은 체제에 대항해서 투쟁하였던 것입니다. 그러나 미국에 와서 보고 자본주의의 심각한 해독에 놀랐습니다. 나는 사회주의든 자본주의든 발전이란 한마디로 인간이 좀 더 잘 사는 사회로 나아가는 과정이라고 생각합니다. 그것이 단순히 GNP상의 성장으로 수치화 될 순 없습니다. 나는 10년 전 노벨 경제학상을 수상한 리치먼드 교수가 개발한 성장에 있어서 사회 구성원의 행복지수 도입에 적극 찬동하였습니다. 최근 선진국에 있어서 GNP상의 지속적인 성장에도 불구하고 리치먼드 교수가 개발한 행복지수는 해마다 떨어지고 있습니다. 이제 선진국에 있어서 자살은 암등 각종 질환을 제치고 인간의 사망원인 1위를 차지하고 있습니다. 풍요가 넘치는 세상에도 불구 남녀노소를 막론하고 수많은 사람들이 컴퓨터 앞에 쭈그리고 앉아 온라인상의 각종 초단타 투자게임에 열중하고 있습니다. 이로 인해 해마다 수많은 사람들이 졸지에 전 재산을 날리고 자살을 하고 있습니다. 마치 죽음에 이르는 경기를 하고 있는 셈입니다. 이것이 우리가 살고 있는 말기 자본주의의 모습입니다."

선생은 말하면서 조금 흥분한 듯 손으로 가볍게 탁자를 두드리기 시작했다.

"나는 이러한 자본주의가 멸망한다는 것에 확신을 가지는 사람입니다. 비록 5년 전 새로운 모델의 등장으로 자동차 산업이 다시 활황을 맞고 있지만 매년 새로운 모델이 등장하는 등 신상품의 주기가 갈수록 짧아지는 점과 마이크로소프트사가 2027년 개발한 윈도우-XT27의 대실패, 이자율의 지속적 하락 등을 근거하여 나는 자본주의 붕괴를 예언했던 것입니다. 내 예언 후 한때 월가의 증시가 일주일 이상 폭락하여 내 예언이 들어맞는 듯도 했지만 중국과 인도를 비롯한 신흥 경제 대국의 적극적인 개입으로 월가는 진정되었습니다. 그 후 자동차 산업의 지속적인 성장과 로봇산업의 고도성장에 힘입어 다시 자본주의는 성장하고 있는 듯이 보이나 나는 이것이 일시적인 현상이라고 생각합니다."

햇살이 통나무 집 사이로 삐죽삐죽 비집고 들어설 무렵 나는 잠이 깨었다. 아침에 부인이 끓여준 중국 배춧국이 밤새 얼얼했던 속을 확 풀어 주었다. 마당으로 나가 보니 뜰에는 각종 채소와 화초들로 꽉 차 있었다. 뜰을 거닐고 있는데 갑자기 선생이 물었다. "우리 부부가 이렇게 사는데 한 달에 생활비가 얼마가 들어갈 것 같소?" 나도 그 점이 궁금하였지만 미처 질문은 하지 못 했는데 선생이 먼저 답하였다. "거의 한 푼도 안 들어가죠. 나는 전기와 개스 사용에 따른 공과금과 쌀과 밀 등 최소한의 생필품을 마련하기 위해 한 달에 한 번 정도 차이나타운과 코리아타운에 나가 내가 직접 무공해로 재배한 채소들을 팔죠. 꽤 인기가 있어 제법 팔리는 편이죠. 그것으로 우리 두 식구 사는 데는 충분해요. 최근에는 입소문을 타고 백인들에게도 주문이 오기도 하죠."

활주로를 벗어난 비행기는 힘차게 날아올랐다. 창밖으로 수많은 자동차와 도시의 빌딩들, 장방형으로 싹둑싹둑 잘 쪼개진 도로들이 조금씩 작아지기 시작했다. 한 눈에 천사들의 도시 로스앤젤레스의 아름다운 모습이 들어왔다. 항상 비행기에서 인간이 사는 도시를 내려다볼 때 느끼는 것 중의 하나가, 저곳에 사는 개미보다 더 작은 인간이 어떻게 저처럼 복잡하고 아름다운 문명을 만들었을까 하는 경이로움이다. 그것은 아무래도 인간이 지닌 사회에 대한 봉사심과 인류애 등 인간만이 지니는 고귀한 품성보다는 좀 더 남보다 잘살고 싶고, 우월해지고 싶고, 출세하고 싶은 이기심에 의하여 인도된 열정의 결과이지 않을까? 그러나 끊임없는 경쟁을 통해서 살아남은 단 일 프로도 안 되는 승자에게는 엄청난 부와 명성이라는 상이 주어지고, 대다수의 패자에게는 힘든 노동과 가난이라는 채찍이 가해지는 이 문명의 시스템에 이제는 어떤 변화가 와야 하는 것이 아닐까? 주쩌라이 선생은 떠나는 나의 손을 꼭 잡으며 단호하게 말하였다.

"자본주의는 반드시 망합니다. 아니 망해야 합니다. 인간과 자연을 이처럼 황폐화시키는 자본주의가 망하지 않고 계속 존속한다면 인류는 머지않아 멸망하고 말 거예요."

신문사에 돌아온 나는 그간 아담 스미스 탄생 300주년 특집기사를 위하여 준비했던 수많은 자료와 인터뷰 내용을 정리하며 마지막 편집 작업을 하였다. 전체적인 분위기는 이 자본주의 사상의 근간인 자유방임주의를 주창한 위대한 사상가에게 바치는 헌사가 주를 이루고 있었다. 그러나 나는 주쩌라이 선생과의 인터뷰 내용을 정리하며 고심하지 않을 수 없었다. 그와의 장시간에 걸친 인터뷰 내용을 싣는다면 아담 스미스를 찬양하는 전체분위기에 찬물을 끼얹는 행위가 될 것이다. 그러나 한 편 그의 아담 스미스 비판을 간략하게 처리하기에는 왠지 너무도 소중한 무엇을 빠뜨리는 것만 같았다.

Lifjoy44에게서 전화가 왔다. 그는 내 기사를 보고 매우 흡족한 듯했다. 매우 잘 써진 기사에 대단히 감사하다는 말을 여러 번 반복하였다. 전화를 끊고서 또 하나의 미루어진 숙제가 나를 부담스럽게 만들었다. 콜로세움, 항상 우는 듯한 여인, 사라진 그녀의 애인, 격투기 경기, 합법화된 스포츠 도박에 열광하는 군중 등등 여러 모습들이 머릿속을 스쳐갔다. 그러다가 갑자기 주쩌라이 선생의 말이 불현듯 떠올랐다. 죽음에 이르는 경기, 자본주의는 죽음에 이르는 경기라는 그의 말이.

"특별 회원이시군요." 내가 실버카드를 내밀자 데스크의 아가씨가 다시 한 번 나를 쳐다보며 말했다. 내 콘도는 경기장을 한눈에 내려다볼 수 있는 가장 전망 좋은 장소에 위치해 있었다. 콘도 내부는 정말 호화로웠다. 웬만한 최고급 호텔의 스위트룸 이상의 시설을 갖추고 있었다. 미니바에는 위스키와 브랜디 등 각종의 술이 잘 구비되어 있었다. 나는 데킬라를 한 잔 따라 들고 베란다로 나갔다. 오늘 자정에는 이번 달 최대 빅게임 중의 하나인 레드 드래곤과 스모크 킹의 경기가 열린다. 레드 드래곤은 이미 12명의 최고 정상급 선수들로 구성된 짜이볼의 3년 연속 회원이며 올해만 승률이 78%에 달하는 최정상급 선수인 반면 스모크 킹은 스타급 선수에서 올라온 비교적 신인이나 최근 13연승을 구가하는 무서운 돌풍의 주역이었다. 신인이 기존 짜이볼을 꺾고 짜이볼로 등극하는 일은 극히 드문 일이나 이번 경기에는 스모크 킹에게 이미 일주일 전부터 두 자리 숫자 이상의 배팅이 몰리고 있었다. 스포츠 도박 계에서는 근래 보기 드문 빅게임인 셈이다.

심야에 열리는 경기임에도 불구 관중석은 이미 빈자리가 거의 없이 꽉 차 있었다. 본게임에 앞서 벌어지는 스타급 선수간의 박진감 넘치는 오픈 경기로 장내는 열기로 달아올랐다.

드디어 레드 드래곤과 스모크 킹이 링 위로 올라왔다. 이들은 시합도 시작되기 전 서로 으르렁거리며 상대방을 죽일듯한 기세로 달려들었다. 예상을 깨고 초반부터 스모크 킹이 앞서 나갔다. 젊음에서 나오는 순발력으로 날렵하게 치고 빠지며 상대를 공략하였다. 레드 드래곤에 배팅을 한 대부분의 관중들은 경악과 침묵 속으로 빠져든 반면 스모크 킹에 배팅한 일부 관중들이 흥분하기 시작하였다. 2라운드에 돌입하자 레드 드래곤의 이마는 스모크 킹의 계속된 타격에 맞아 찢기어 피로 물들어졌다. 피가 이마를 타고 마스크 사이에 드러난 눈으로 흘러내려 시야를 가리는 듯 자꾸만 눈가를 훔치며 레드 드래곤은 괴로운 듯 울부짖었다. 드래곤 쪽 링사이드에는 감독이 연방 뭔가를 드래곤에게 주문하고 있었으나 그의 손에는 이미 흰 타월이 감기어져 있었다. 드래곤이 시야를 잃고 잠시 허둥대는 순간 스모크 킹의 날카로운 훅이 드래곤의 복부를 가격하였다. 곧 바로 드래곤은 복부를 움켜쥐며 괴로운 듯 힘없이 주저앉았다. 관중석에서 외마디 탄성이 일순간의 정적을 깨고 터져 나왔다.

스모크 킹은 비로소 승리를 확신한 듯 링을 한 바퀴 돌며 손을 높이 들어 환호하는 관중을 향해 흔든 후 마지막 일격을 위해 주저앉은 드래곤에게 다가갔다. 그리고 먹이를 위에서 바라보며 어디부터 먼저 먹어야 할 것 인가를 고민하는 짐승처럼 스모크 킹은 한쪽 손을 드래곤의 머리에 얹은 후 잠시 황홀한 승리의 순간을 즐기는 듯했다. 그때 누군가가 "안 돼! 바짝 다가서지 마!"라고 크게 외쳤다. 그러나 이미 늦었다. 마치 고인돌처럼 웅크리고 있던 드래곤으로부터 순식간에 뻗어 나온 두 팔이 스모크 킹의 다리를 껴안는 순간 거목이 맥없이 쓰러지듯 스모크 킹이 링 한복판으로 쓰러졌다. 이 때를 놓치지 않고 노련한 늙은 용은 잽싸게 두 다리로 스모크 킹의 머리를 감아 버렸다. 유도선수 출신인 붉은 용의 주특기인 조르기 가 시작된 것이다. 순간 관중석에 믿을 수 없는 정적이 흘렀다. 마치 거대한 이구아나가 악어를 칭칭 감아 조여 가듯 조르기가 계속되자 스모크 킹은 한쪽 팔을 파닥거리며 괴로워했다. 그러나 이러한 필사적인 몸부림도 잠시 스모크 킹의 팔이 가늘게 떨리며 축 늘어졌다. 링 한복판으로 흰 타월이 던져지고 심판이 달려들어 엉킨 둘을 떼어 놓는 한편 드래곤의 한 쪽 팔을 치켜 올렸다. 경기가 끝난 것이다.

우레와 같은 관중들의 함성 속에 손을 높이 들어 화답한 붉은 용은 한쪽 손으로 스모크 킹의 머리채를 움켜쥔 채 관중의 반응을 살폈다. 치열한 검투사들의 경기가 끝난 후 콜로세움에 모인 로마 군중에게 패자에 대한 생사박탈권을 묻는 방식을 모방한 것이다. 이 방식의 도입 이후 K2 경기의 인기가 급상승하였다고 한다. 대부분의 관중들은 야유를 보내며 엄지손가락을 밑으로 향했다. 의기양양해진 붉은 용은 스모크 킹의 머리를 팔꿈치로 감아 꺾어 버렸다. 그러자 스모크 킹의 육체는 바닥에 팽개쳐진 밀가루 포대처럼 맥없이 주저앉았다.

잔인하였다. 물론 연출된 것인 줄은 알지만 꼭 이런 식의 경기를 해야만 하는 것인가 하는 불쾌감을 떨쳐 버릴 수가 없었다. 독한 데킬라를 여러 잔 마셨음에도 불구 전혀 취하지 않고 잠이 오지 않았다. 주쩌라이 선생의 말이 떠올랐다. "자본주의는 한 손에 당근과 한 손에 채찍을 든 동물원 사육장의 모습을 취하고 있죠. 승자에게는 엄청난 혜택이 주어지는 반면 패자에게는 가혹하기 짝이 없죠. 누구나 패자가 되지 않으려고 열심히 일해야 합니다. 그것이 자본주의를 굴러가게 만드는 원동력이죠. 그러나 내가 자본주의에 반대하는 이유는 아주 단순합니다. 자본주의의 비약적 성장에도 불구 인간의 비인간화와 자연의 황폐화는 오히려 더욱 심각해지고 있어요. 선진국뿐만 아니라 인도와 중국 등 새로운 산업국가, 아프리카 등 신생 개발 국가에서 범죄율은 해마다 증가하고 있어요. 성장이 가져다준 것이 무엇이란 말입니까?"

전화가 울렸다. 그녀였다. 언제나 누군가에 쫓기는 듯한 불안한 목소리. 그녀는 내가 콘도에 묵고 있는 것을 알고 있었다. 중요한, 정말 결정적으로 중요한 할 말이 있으니 내 룸으로 오겠다고 했다. 나는 침대에서 일어나 여인을 기다렸다. 순간 야릇한 생각이 들었다. 이 야심한 밤에 나 혼자 있는 콘도의 룸으로 여인의 방문을 받

208

는다. 지난 밤 공원에서 언뜻 보았던 여인은 제법 관능적으로 생겼다. 여인은 혹시 이러한 것을 즐기는 것이 아닐까? 모든 것은 몽상일 수도 있다. 이 콜로세움과 여인, 내가 사는 이 세계조차도 하나의 거대한 꿈인지도 모른다. 오로지 나의 감각, 이 세계에 대한 역겨운 느낌만이 사실일 뿐이다. 순간 나는 오랫동안 섹스를 하지 않았다는 생각이 들었다. 뒤늦게 취기가 말초신경을 타고 몸의 곳곳으로 퍼지는 것 같았다. 여인이 나타나 옷을 하나씩 벗기 시작했다. 나는 오랜만에 그녀와 사랑을 나누고 싶었다.

누군가가 노크를 하였다. 그 노크소리는 잠시 몽상에 잠겨 있던 비현실의 벽을 깨뜨리고 다시 현실의 문을 두드리는 소리 같았다. 문을 여니 비키니차림의 한 여인이 마스크를 쓴 채 서 있었다. 풍만한 젖가슴은 브래지어만으로 감싸기에는 모자라는 듯 절반이나 밖으로 드러나 있었다. 나는 다시 이것이 몽상일지도 모른다는 생각이 들었다.

"죄송해요. 일부러 감시의 눈을 피하기 위해서 여자 레슬러 복장을 하고 왔어요."
여인은 조금은 부끄러운 듯 나지막이 말했다.
"한 잔 마시겠소?"
나는 그녀가 오늘 밤은 제발 이상한 이야기를 하지 말기를 바랐다. 아니 조금 전의 몽상이 다시 재현되기를 바랐다. 제발 꿈속으로 다시 돌아가기를 바랐다.
"아니에요. 함께 갈 곳이 있어요. 이것을 입으세요."

그녀는 내게 격투기 복장의 선수들 유니폼과 마스크를 내밀었다. 나는 그저 저항할 수 없는 힘에 끌린 듯 그녀가 하자는 대로 하였다. 우리는 엘리베이터를 피해 계단을 통해 한참을 아래로 내려갔다. 내가 어디로 가느냐고 묻자 여인은 짤막하게 자신이 일하는 식당의 주방이라고 말했다. 그리고 어쩌면 오늘 밤 결정적인 것을 목격할지도 모른다고 했다. 결정적인 것이라는 그 표현은 뭔가 직접 보기 전에 더 이상 묻지 말라는 말처럼 들렸다. 지하에 이르러 직원들 외에는 거의 출입자가 없는 복도에 다다랐다. 밤 두 시가 넘는 지하의 복도에는 대형 쿨러의 컴프레서 돌아가는 소리만이 정적의 무대에 깔린 배경음처럼 들렸다. 여인은 천장의 감시 카메라를 살핀 후 한쪽 벽으로 붙어 고양이처럼 이동하였다. 그리고 눈짓으로 나도 그렇게 할 것을 지시하였다. 복도를 다 지나 왔을 무렵 옆으로 문이 나타났다. 그녀는 전자식 자물쇠에 자신의 카드를 스캔하여 문을 열었다. 불을 켜자 요리를 준비하는 주방용 긴 테이블과 대형 냉장고 등이 눈에 들어왔다. 선수 식당의 주방이었다. 그녀는 내 손을 잡고 한쪽 구석으로 끌고 가 테이블 밑으로 숨으라고 하였다. 나는 마치 어렸을 때 숨바꼭질하듯이 그곳에 몸을 웅크리고 숨었다. 여인이 불을 끄고 내 옆으로 비집고 들어왔다. 그녀의 몸에서 묘한 향수 냄새가 났다. 나는 정신이 다시 몽롱해지기 시작했다. 순간 내가 즐겨 듣곤 했던 이글즈의 호텔 캘리포니아의 노래가사가 떠올랐다.

난 혼자 이렇게 생각했어.
'여긴 천국이던가

아니면 지옥일거야'
그리고 나서 그녀가 촛불을 켜고
내게 길을 인도해줬어
복도 아래에서
소리가 들렸는데
이렇게 말하는 것 같았어

캘리포니아 호텔에 잘 오셨어요.
여기는 아름답고
묵을 방도 많이 있지요
연중 어느 때고
이곳을 찾으실 수 있어요

지배인을 불러서
와인을 한잔 갖다 달라고 하자
그가 이렇게 말했어.
'1969년 이래로 이곳에서
정신이라는 것이 없죠.'
그 목소리는 아직도 저 멀리서
날 부르고 있는 것 같고
그 소리에 한밤중에
깨어나기도 하지
그들이 이렇게 말하는 걸 듣기 위해

캘리포니아 호텔에 잘 오셨어요.
이곳은 아름다운 곳이죠.
사람들은 이곳에서
인생을 즐기고 있어요.
놀랍지 않아요?
핑계거리를 대보세요.

천장에 펼쳐진 거울,
그리고 얼음이 얹힌 핑크빛 샴페인.
그녀는 이렇게 말했어.
'이곳에서 우린 모두 우리가 만들어 낸
도구에 갇힌 죄수가 되어 버리죠.'
그리고 응접실에서
사람들은 만찬을 위해 모이고
나이프로 음식을 자르지
하지만 그들은 진짜 짐승을
죽이진 못해

내가 마지막으로 기억하는 건
입구를 향해 뛰었던 거야
난 내가 원래 있던 곳으로
다시 돌아갈 길을 찾아야 했지
'진정해요'라고
야간 경비원이 말했어.

우린 받기로만 프로그램 되어 있죠.

당신은 언제든지 원할 때

호텔을 나갈 수 있어요

하지만 당신은 결코 이곳을 떠날 수 없어요.

얼마나 시간이 흘렀을까? 잠시 나는 잠들었는지도 모른다. 문이 열리는 소리가 들렸다. 불이 켜지고 누군가가 들어왔다. 여인이 내 팔을 꽉 잡으며 "그들이 왔어요. 아무리 놀라더라도 절대 소리 내지 마세요"라고 속삭였다. 그들은 건장한 체격의 격투사로 보이는 두 사람이었다. 그들이 함께 메고 온 검은 비닐 포대에 들은 무언가를 내려놓았다.

"이 새끼 우라지게 무겁네" 하고 어릿광대 복장을 한 사내가 숨이 가쁜 듯 씩씩거리며 말했다. 다른 호랑이 마스크를 쓴 사내는 주머니에서 담배를 찾아 물었다. 그러자 어릿광대 마스크를 한 사내가 "빨리 끝내고 나가자고. 담배는 나중에 피우고"라고 재촉하였다. 둘은 포대를 들어 고기를 써는 작업을 할 때 쓰이는 테이블 위로 올려놓았다. 그리고 칼을 들어 비닐을 벗겨 냈다. 나는 순간 악! 하고 외마디 소리를 지를 뻔했다. 벗겨진 비닐 속으로 드러난 것은 스모크 킹이었기 때문이다.

사내들은 익숙한 손놀림으로 스모크 킹의 마스크와 팬티를 벗겨 냈다. 테이블 위로 스모크 킹의 알몸이 드러났다. 그는 이십 대 후반으로 보이는 젊고 잘 생긴 청년이었다. 광대모습의 마스크를 한 사내가 고기를 써는 전동 톱의 스위치를 올렸다. 정적을 깨고 요란한 기계음이 주방에 퍼졌다. 그들은 스모크 킹의 사체를 전동 톱을 향하여 밀어 넣기 시작했다. 나도 모르게 한쪽 손으로 바짝 내 곁에 붙은 그녀의 눈을 가렸다. 그녀의 입술에서 가벼운 신음소리가 새어 나왔다. 그 순간에도 나는 직업적인 본능으로 스마트폰을 꺼내 이 믿을 수 없는 광경을 촬영하기 시작했다.

전동 톱이 멈추었다. 두 사내들은 절단된 사체를 다시 비닐포대에 담기 시작했다. 그리고 호스를 수도꼭지에 연결하고 물을 틀어 사방에 피가 튀긴 주방을 깨끗이 청소하기 시작했다.
"이만하면 됐어. 날이 새기 전에 빨리 밖에 나가 묻자고." 한 사내가 수도꼭지를 잠그며 말했다. 그때였다. 나의 스마트폰이 울렸다. 전화가 온 것이다. 제기랄, 나는 순간 이 광경을 촬영하느라 스마트폰을 켜고 끄지 않았던 것이다. 사내들이 일제히 우리가 있는 쪽을 바라보았다. 그리고 천천히 우리 쪽을 향해 다가오기 시작했다. 온몸이 얼어붙는 가운데 순간적으로 생각이 떠올랐다. 나는 떨고 있는 그녀의 손에 나의 스마트폰을 쥐어주며 "이대로 가만히 있다 나중에 빠져나가요"라고 속삭였다. 그리고 갑자기 뛰어나가 주방의 문이 있는 곳으로 달렸다. 두 사내가 "저 새끼 잡아!"하고 외치며 나를 향해 달려왔다. 나는 주방을 빠져나가 복도를 달리기 시작했다. 복도 끝에 철제로 된 문이 보였다. 저 문이 바깥세상으로 향하는 문이리라. 나는 철제문에 이르자 힘차게 손잡이를 잡아당겼다. "니기미!" 나도 모르게 욕설이 튀어나왔다. 문은 굳게 잠겨 열리지 않았다. 돌아서는 순간 뭔가 둔탁하게 내 머리를 부딪쳐 왔다. 갑자기 모든 것이 하얗게 변하는 것 같았다. 몽롱해진 가운데 호랑이와

광대 모습의 두 사내가 물끄러미 쓰러진 나를 쳐다보는 것 같았다.

물끄러미 나를 쳐다보고 있는 사람은 Lifejoy44였다. 유리창을 통해서 아침 햇살이 날카롭게 파고들며 깨진 내 이마를 쪼아대기 시작했다. 머리가 빠개질듯이 아파왔다. 다시 둘러보니 그곳은 나와 인터뷰 한 적이 있는 그의 사무실 이였다. Lifejoy44가 내게로 다가 왔다. 나는 움칫하고 몸을 움직이려 했으나 팔다리가 이미 굵은 밧줄로 묶여 있었다. Lifejoy44가 말했다.

"나는 자네를 처음 본 순간 왠지 기분이 나빴어, 마치 뭔가 큰 사고를 칠 것 같은 위험한 인물처럼 보이더군. 그러나 자네가 인터뷰 후 나에 대한 호의적인 기사를 써서 내 직감이 틀린 것으로 생각했지. 그러나 수십 년간 이 직감만을 믿고 배팅을 해 온 타고난 내 직감은 틀리지 않았어."

그는 양복 윗주머니에서 권총을 꺼내 내 이마에 겨누었다. 이것으로 끝인가? 그녀 또한 잡혔단 말인가? 이렇게 허무하게 죽으려고 그토록 발버둥 치며 살아왔단 말인가? 그 짧은 순간 내 삼십여 년의 인생이 초고속 화면처럼 스쳐갔다. 죽음의 문턱에 이르러 실오라기 같은 희망이라도 찾고 싶었다. 그녀가 만일 빠져 나갔다면? 어쩌면 좀 더 시간을 벌어야 하는지도 모른다.

"마지막으로 한 가지 묻고 싶소. 당신이 그런 짓을 안 해도 K2경기는 흥행에 성공한 것으로 보이는데 왜 구태여 그렇게까지 했나요?"

Lifejoy44는 다시 의자에 돌아가 앉으며 시가를 꺼내 물었다.

"자네의 마지막 인터뷰에 내 응해 주지. 사실 K2 경기는 꽤 성공적이지. 그러나 나는 이 경기에 대한 중계권을 따는데 너무 많은 돈을 쏟았지. 검찰 새끼들, 정치인 놈들 그놈들에게 뇌물을 주느라 엄청나게 돈을 쓴 거야. 그래서 사실 늘 불안하였어. 어느 날 갑자기 인기가 시들해져 버리면 모든 것이 끝나 버리지. 자본주의하에서 인간이 산다는 것은 어떻게 보면 모든 것이 게임과 같은 거야. 인간들은 게임 속에 빠져서 오로지 승리하기 위해 발버둥치지. 그러나 어느 날 이 모든 것이 부질없다는 생각이 들면 모든 것이 끝장이야. 그 부질없다는 생각, 그것은 정말 위험하지. 그것은 게임의 정체를 이내 파악해 버리고 말지. K2 경기 또한 마찬가지지. 나는 관객이나 시청자가 어느 날 재미없다는 생각을 할까 봐 늘 불안하였어. 그래서 끊임없이 자극적이고 새로운 것을 도입하려고 하였지. 그래서 생각한 것이 고대 로마에서 검투사들의 경기가 끝난 후 관중들에게 패자에 대한 생사박탈의 처분을 묻는 방식이었어. 이것은 꽤 히트를 했지. 물론 처음엔 모든 것이 연출이었지. 그런데 어느 날 사고가 발생한 거야. 극적인 역전승을 한 승자가 너무 흥분한 나머지 실수로 패자를 진짜로 죽여 버렸던 거야. 나는 사고보고를 받고 이 사고가 보도되면 끝장이라는 생각이 들더군. 그래서 사고를 은폐토록 지시했지. 그런데 이 은폐가 너무도 쉬웠어. 왜냐하면 죽은 자가 외국국적을 가지고 있었고 닉과 마스크 외에는 아무것도 알려진 것이 없었던 거야. 누군가가 그 닉과 마스크를 쓰고 그처럼 한두 달 행동하면 그것으로 그만이었어. 왜냐하면 사람들은 패자에 대한 관심이 별로 없거든. 그런데 놀라운 일이 일어난 거야. 이 일

216

이 있고부터 심야에 하는 K2 경기의 시청률이 급증한 거야. 나는 그 이유를 금방 알았지. 즉, 그것은 살인이 벌어지는 순간 시청자들의 무의식이 그것을 파악했던 거야. K2 경기는 죽음에 이르는 경기가 된 거지. 관중들은 고대 콜로세움 경기장에서처럼 진짜로 죽음에 이르는 경기에 열광하는 거야. 그 뒤로 나는 모든 선수관리에 있어서 철저히 진짜 본인과 닉을 분리하도록 하였지. 그 뒤로 K2 경기는 온라인 게임과 같은 것이 되었지. 닉과 마스크를 가지고 버젓이 살인이라도 저지를 수 있는 게임 말이야. 사실 어떻게 보면 오프라인상의 우리 삶도 마찬가지지. 수백만의 사람을 죽이는 전쟁이 가장 이 세계의 지성인이라는 사람의 집무실에서 서명 하나로 이루어지지. 하물며 열광하는 관중들의 인간에 대한 살인욕구를 대리만족시키기 위해 패자 한두 명 죽이는 일이 무슨 대수겠어. 나는 정말 패자들을 경멸하지. 나는 평생을 승부를 하며 살아왔어. 그런데 자본주의하에서 이 패자라는 것들이 사회복지의 혜택 하에 빈둥빈둥 놀고먹는 것을 눈 뜨고 볼 수가 없었어. 내가 이 쓰레기들을 위해 얼마나 많은 세금을 내는지 알아. 그래서 이 사업을 통해 그들의 돈을 모두 회수하려고 했지."

그때 전화벨이 울렸다. 전화기를 든 그의 안색이 변했다. 그는 책상 위의 리모컨을 들어 사무실 한복판에 설치된 대형 모니터의 스크린을 켰다. 스크린에는 콜로세움 광장에 몰려든 수십 대의 경찰차와 함께 무장경찰들이 현관으로 들이닥치는 모습이 보였다. TV에는 콜로세움에서 조직적 살인극이란 제목하에 광장 복판에 위치한 T방송사 중계차 앞에서 앵커의 보도가 계속되고 있었고 그

앵커 옆에 떨고 있는 그녀의 모습이 보였다. 그리고 이어서 어젯밤의 지하 주방에서 벌어졌던 내 스마트폰에 의해 촬영된 토막살해 현장의 모습이 영상 처리된 채 계속해서 방영되고 있었다. Lifejoy44가 나를 돌아보며 말했다.

"자네가 이겼군. 마지막 인터뷰 기사 잘 부탁하네."

그리고 권총을 그의 머리에 대고 방아쇠를 당겼다.

아담 스미스 탄생 300주년 특집기사에 대한 파문은 컸다. 곳곳에서 신문사로 항의 전화와 메일이 쇄도하였다. 나는 기사의 절반 이상을 죽음에 이르는 경기란 타이틀 하에 주쩌라이 선생과의 대담내용으로 채워 버렸던 것이다. 나는 결국 사표를 던지고 말았다. 나는 회사를 사직한 후 얼마 안 되는 퇴직금을 모아 시골의 자투리땅을 샀다. 그곳에서 주쩌라이 선생에게 배운 채소 농사를 짓는 한편 자본주의 이후 도래될 새로운 사회에 대해 선생과 자주 메일을 교환하였다.

2038년 여름. 대붕괴는 의외로 조그만 일에서부터 시작되었다. 미국 오리건 주의 작은 지방도시의 주부들로부터 "내 가정은 내 손으로"란 슬로건 하에 집안에서 모든 가정용 로봇을 추방하고 남편과 자녀들을 위한 가사 일을 직접 챙기자는 운동이 시작되었다. 처음에는 별 대수롭지 않게 주목을 받지 못했던 이 운동은 조용한 가운데 급속도로 미전역에 퍼지기 시작했으며 한 해가 가기 전 유럽과 일본 한국 등 아시아 국가에까지 확산되었다.

2039년 2월 가정용 로봇의 세계최대 생산업체인 인도의 HUBOT

사가 20년 만에 처음으로 생산중단을 발표하였다. 인도 증시가 폭락하였다. 뒤이어 상해와 도쿄 증시가 도미노게임처럼 잇따라 붕괴하였다. 뉴욕 증시 또한 개장 초 팔자 주문이 쇄도하여 개장 10분 만에 잠정 폐쇄조치를 취하지 않을 수 없었다. 학자들은 조심스럽게 백여 년 만에 대공황이 다시 찾아온 것이라는 견해를 내 놓았다. 그럼에도 불구 놀라운 일은 금값이 오히려 하락하였으며 사재기 등 어떠한 실물투기의 조짐도 보이지 않았다. 신규투자는 자취를 감추어 3월 미국의 천만 불 이상의 투자는 단 두건이라고 미 생산자협회가 발표하였다. 2039년 5월 긴급히 미 연방 준비제도 이사회가 소집되었다. 8시간에 걸친 장시간의 마라톤 회의 끝에 기자회견에 나온 톰 잭슨 이사장은 창백한 얼굴로 연방 기준 금리(TT) 0%를 발표하였다. 기자들이 금리 0%가 무엇을 의미하느냐고 묻자 그는 조금 떨리는 목소리로 말했다.

"더 이상 자본이 경제에 역할을 못하는 사실상의 자본주의의 종식을 의미합니다. 이제 자본주의는 끝났습니다."

호세 산체스의 운수 좋은 날

"꼬레아타운으로 가 봐. 다운타운에는 더 이상 일거리가 없어. 온종일 땡볕에서 죽때려 봐야 불러주는 사람 하나 없을 걸."

마리오라 불리는 사내는 깨어 있었다. 침낭 속에 몸을 반쯤 넣고 정글모로 얼굴을 가리고 누워 있었지만 그는 쭉 호세를 지켜보고 있었던 것이다. 호세는 배낭을 메고 나가려다 말고 그에게 물었다.

"꼬레아타운? 거기가 어디입니까?"

"밖으로 나가 북쪽으로 쭉 걷다가 올림픽 가를 만나면 왼쪽으로 돌아서 서쪽으로 쭉 가. 한참 가다 보면 일본사람 같이 생긴 동양 사람들이 무지하게 바쁘게 돌아다니고 격자무늬 같은 문자로 된 간판을 난 상점을 많이 보게 될 거야. 거기가 꼬레아타운이지."

호세는 이 마리오란 사내가 따듯한 마음의 소유자란 것을 알았다.

"행운을 비네."

마리오는 그제야 정글모를 벗고 호세에게 눈길을 보냈다.

"감사합니다. 당신도요."

그들은 그렇게 헤어졌다.

종려나무 사이로 힘차게 떠오르는 아침 햇살을 받으니 호세는 힘이 나기 시작했다. 정말 어제는 맥이 빠지는 하루였다. 영화에서만 보았던 시원하게 뻗은 고속도로와 직사각형처럼 반듯한 도로 사이에 생긴 천사들의 도시에 대한 감격도 잠시뿐이었다. 목숨을 걸고 국경을 넘어 미국 땅으로 넘어와 일자리가 천지라는 엘에이 다운타운에서 하루 종일 죽쳤지만 불러주는 사람 한 명 없었다. 고향의 친구들도 많이 일했다는 다운타운의 봉제공장 주변을 돌았지만 사람을 구하는 곳은 한 군데도 없었다. 점심시간에 식당차에 모여든 공장에서 일하는 사람에게 혹시 일자리가 있는지 물었으나 그들은 대부분 고개를 설레설레 저었다. 자신들도 일이 없어 언제 그만둘지 모른다는 것이다.

"어디서 왔소?"

그 중에 한 사내가 담배꽁초를 휙 집어던지며 물었다.

"치아파스에서 왔습니다."

"거기 사람은 뉴스도 안 보나? 지금 미국은 극심한 불경기라 일거리가 없어. 왔던 사람도 멕시코로 돌아가는 형편이라구."

그 사내는 호세가 치아파스 출신이라고 하자 이내 경멸하는 투로 말했다. 그리고 마지못해 무슨 큰 정보라도 주는 듯 그에게 말했다.

"저기 회색 낡은 건물 보이지. 거기에 봉제공장이 밀집해 있지. 거기 건물 주차장 앞에서 죽치다가 밴을 타고 나오는 꼬레아노를 보면 트라바꼬! 하고 외쳐봐. 혹시 일손이 필요한 사람이 있을지 몰라."

호세는 그에게 고맙다고 인사한 후 그가 가리킨 그 회색 고층건물이 있는 곳으로 한참을 걸어갔다. 그곳에는 이미 그처럼 일을 찾는 사람들이 여러 명 주차장 앞에서 서성이고 있었다. 그들은 밴을 탄 동양인이 나올 때마다 오바락!, 싱글!, 쁘랜차! 등 자신의 봉제 주특기를 큰소리로 외쳤지만 사장으로 보이는 그 동양인들은 아무도 그들을 쳐다보지 않았다.

어느새 날이 어둑해지자 그들은 하나둘 사라졌다. 호세는 우두커니 서서 갈 곳이 없었다. 순간 불안감이 엄습해왔다. 치아파스에서 때로는 버스를 타고 때로는 걸어서 이곳 미국 땅까지 일주일이 넘게 걸려서 왔다. 그러나 막상 도착한 미국이라는 나라는 그가 희망을 걸 마지막 나라가 아닐지도 모른다는 생각이 들었다. 로사 생각이 났다. 마리아 할머니는 말했다.

"사내가 사랑하는 사람이 생겼다면 마땅히 일을 해야 해. 호세! 너는 부끄러운지 알아라. 일하지 않은 사내는 결혼할 자격이 없어!"

그러나 호세는 할머니 말에 동의할 수 없었다.

"할머니! 내가 게으름뱅이가 아닌 것은 잘 알지 않아요. 나는 무슨 일이든 부지런히 할 수 있어요. 그러나 이 치아파스에는 일자리가 없다구요."

정말 치아파스에는 일자리가 없었다. 한때는 언제든지 가서 일하면 입에 풀칠은 할 수 있었던 소규모 농장들도 나프타가 체결된 후에는 모조리 다국적 기업 손으로 넘어가 버렸다. 그나마 최근에는 불경기로 대기업 농장들이 인원을 대량 감원하자 치아파스의 도심 곳곳에는 대낮부터 일거리를 잃은 노동자들로 득실거렸다.

할머니는 잠시 무엇인가를 생각하다가 말했다.

"이 고장에 일이 없다면 남들처럼 미국에라도 가서 돈을 벌어와. 나는 쥐뿔도 없는 네가 로사랑 결혼해서 그 착한 애를 불행에 빠뜨리는 일을 허락할 수 없어. 로사는 네가 미국에 가서 돈을 벌어오는 동안 내가 잘 보살필 테니까 걱정하지 마."

로사는 착한 인디오 아가씨였다. 호세가 치아파스 산크리스토발 시내의 술집에서 일할 때 곤잘레스 사장이 데려왔다. 가난에 몰려 딸까지 팔아먹을 지경에 이른 원주민 마을에서 몇백 불을 주고 데려왔음이 틀림없었다. 로사를 본 순간 돈푼깨나 있는 동네 유지 놈들과 관광객으로 보이는 손님들이 침을 흘렸다. 단 백 불이면 되었다. 단 백 불이면 그녀의 처녀성을 겁탈할 수 있었다. 정부 관리에게 뇌물을 준 대가로 국유지를 헐값에 할당받아 졸부가 된 카를로스 영감이 먼저 나섰다. 그는 매일 밤마다 계집 사냥이나 하면서 지내는 악덕 지주였다. 어느 날 밤 호세를 불러 백 불을 쥐어 주며 로사를 자신이 운용하는 모텔로 데려오라고 당부하였다. 호세는 곤잘레스 사장에게 백 불을 주고 택시를 불러 로사를 태운 후 카를로스 영감에게 다시 가 로사는 처녀이니 백 불을 더 내야한다고 말하고 백 불을 더 뜯어냈다. 그리고 곧장 로사를 60마일이나 떨어진 도밍구에즈에 사는 할머니에게로 데려갔다. 그리고 로사에게 그 술집이 얼마나 지옥 같은 곳인가 설명했다. 아마 몇 년 못 가 에이즈 같은 성병에 걸려 죽을지도 모른다고. 로사는 계속 울기만 하였다. 호세가 이런 로사와 결혼을 결심한 데에는 불과 일 분의 시간도 채 걸리지 않았다. 다음 날 아침 일찍 전통 인디오 스타일로 머리를 곱게 땋고 할머니를 도와 옥수수 가루로 또르띠야를 만드는 로사를 본 순간 호세는 벼락을 맞은 듯 정신이 바짝 들었다. 그리고 그 순간 평생 이 여자와 살고 싶다는 생각이 머릿속에 콱 박혀 버린 것이다.

"젊은이! 갈 곳이 없나?"

마켓에서 물건을 넣는 카트에 빈 깡통이며 술병 등 잡동사니를 가득 싣고 지나가는 흑인 여자가 물었다. 그렇게 물어보는 그녀 또한 갈 곳 없는 홈리스로 보여 대답을 안 하고 우물쭈물하자 그녀가 말했다.

"5불만 있으면 하룻밤 잠잘 곳을 소개해 주지. 썩 좋지는 않지만 추위는 막아줘 하룻밤 지낼 만하지."

어둠이 깔리자 10월의 엘에이 날씨는 이내 변심한 여인처럼 쌀쌀해졌다. 길거리에서 이대로 잘 수는 없었다. 나이가 40대 후반은 되었을까? 술과 마약에 찌든 그녀의 얼굴로 보아 전혀 신뢰할 수가 없었지만 속는 셈 치고 그녀를 따라가 보기로 하였다. 그녀는 카트를 끌며 고물 라디오에 연결된 이어폰을 끼고 음악에 맞춰 엉덩이를 흔들어대며 걷다가 술과 담배 등을 파는 구멍가게 앞에서 멈춰서더니 호세에게 5불을 달라고 하였다. 그가 좀 움찔거리자 그녀는 "5불 갖고 도망 안 가! 마리오에게 줄 선물을 사야 한다구. 마리오는 방세는 받지 않지만 처음 가는 손님이 선물은 사 가야지. 정 의심스러우면 내 전 재산을 맡아가지고 내가 나올 때까지 기다리라구"라고 말하며 카트를 호세에게 내밀었다. 호세는 마지못해 그녀에게 5불을 주었다. 그녀는 잽싸게 돈을 낚아채고는 가게 안으로 들어갔다. 그녀가 들어간 후 그는 수중에 남은 돈을 세어보았다. 할머니가 평생 보관했음직한 오래된 백 불짜리 지폐 한 장과 48불이 남았다. 벌써 52불이나 쓴 것이다. 할머니의 돈은 행운을 빌어주는 부적처럼 안 쓰고 몸에 지니고 다닐 것이다. 48불을 다 쓰기 전에 일자리를 잡아야 한다. 갑자기 초조해지기 시작했다. 그녀가 검은 플라스틱 백에 싼 뭔가를 들고 나왔다. 술병처럼 보였다.

"마리오는 이 코로나 한 병이면 만족할 거야."

그녀는 플라스틱 백을 호세에게 건네주고 다시 카트를 잡아끌고 앞으로 걸어갔다. 그는 그녀를 졸졸 따라가는 수밖에 방법이 없었다. 얼마를 가자 공터에 폐차된 자동차들이 뒹구는 슬럼가가 나왔다. 호세는 휘황찬란한 불빛들이 어지럽게 춤을 추는 빌딩들의 숲에서 얼마 안 떨어진 곳에 이처럼 슬럼가가 어둠 속에 숨죽이고 웅크리고 있다는 것이 믿기지 않았다. 그녀는 슬럼가의 한 낡은 건물 앞에 멈추더니 페인트가 벗겨져 곳곳에 녹이 쓸고 스프레이로 어지럽게 낙서가 그려진 흉한 몰골의 철문을 두드렸다.

"마리오! 네 동료가 너에게 줄 선물을 가지고 왔다. 문 좀 열라구."

얼마 후 한 사내가 문을 열고 나왔다. 6피트가 넘는 큰 키에 삐쩍 말랐고 정글모를 쓴 무표정한 모습의 중년의 사내는 호세와 그녀를 번갈아 보고 사태를 짐작한 듯 그들에게 들어오라고 하였다. 정비소 창고로 보이는 실내에는 자동차의 엔진이나 트랜스미션 등 분해

된 자동차의 내장들이 어지럽게 나동그라져 있는 가운데 서너 명의 사람이 앉아서 술을 마시고 있었다. 모두 기름때가 묻은 작업복을 입은 멕시코 사람들로 이곳에서 일하는 사람들인 것 같았다.

"적당한 곳을 찾아 알아서 자쇼."

마리오는 호세에게 그렇게 말한 후 군인들이 쓰는 야전용 침대에 벌러덩 드러누웠다. 호세가 조금 당황해하자 흑인 여자가 그에게 눈짓을 하였다. 어서 그 술병을 마리오에게 가져다주라는 눈짓인 것 같았다. 호세가 그에게 다가가 술병이 든 플라스틱 백을 내밀자 그는 "거기 선반 위에 놔두구려"라고 별로 대수롭지 않게 말한 후 벌떡 일어나 주머니에서 뭔가를 꺼냈다.

아무도 호세에게 눈길 한 번 주지 않았다. 사람들은 가끔씩 이 마리오의 정비소 헛간에서 호세 같은 사람들이 하룻밤 묵다가 가는 것에 익숙해진 것 같았다. 그는 두 다리를 뻗고 누울 수 있는 공간을 찾아 자리를 잡았다. 배낭에서 재킷을 꺼내 머리에 받치고 누웠다. 천장에 매달린 백열등 주변을 날벌레들이 맴돌며 어지럽게 춤을 추고 있었다. 온몸이 뻑적지근하게 쑤실 정도로 피곤했지만 잠은 오지 않았다.

"마리오! 20불어치만 외상으로 줘. 내일 꼭 갚을게"

흑인 여자는 마리오의 옆에 바짝 다가붙어 그의 어깨를 매만지며 간청하였다.

"너는 이미 내게 200불이나 외상이 있어."

마리오는 그녀의 손을 피해 옆으로 돌아누우며 냉정하게 말했다.

"너는 옛날에 나에게 300불이나 외상을 한 적도 있었지. 더러운 새끼!"

거절당한 흑인 여자는 마리오에게 욕을 해대며 일어섰다.

"이봐. 젊은 친구. 나랑 한 번 할래?"

흑인 여자는 먹잇감을 찾는 들고양이처럼 사내들 주변을 두리번 거리다가 호세 옆으로 다가왔다. 순간 술 냄새가 확 풍겼다. 조금 전 구멍가게에서 마리오의 술을 사고 남은 돈으로 자신의 술을 샀음이 틀림없었다. 호세는 처음엔 그의 귀를 의심했다. 평생 여자의 입에서 사랑을 나누는 행위를 그처럼 거칠게 표현하는 것은 처음 들었기 때문이다. 그가 멕시코의 베라크루즈로 일자리를 구하러 갔을 때 도시의 밤거리에서 만난 거리의 여자들도 그런 천박한 표현은 쓰지 않았다. 아저씨. 나랑 연애 한 번 할래? 나와 하룻밤 잘래요? 등으로 말했을 뿐이다.

"이래 봬도 내 보지가 쓸 만해. 마리오가 잘 알지. 마리오! 안 그래?"

그제야 술을 마시던 사람들이 마리오를 돌아보며 키득키득 웃었다. 마리오는 야전침대에 누워 가늘게 만 마리화나 꽁초를 길게 들이마셨다가 내뿜으면서 대꾸조차 안 했다.

"마리오가 젊었을 때 돈만 생기면 내게로 왔지. 어떤 때는 사정사정해서 외상으로도 해 주었지. 내 보지에 사족을 못 썼어."

그녀는 마리오에게 다가가 마리화나 꽁초를 낚아챘다. 그리고 키득거리는 사람 중 한 명에게 소리쳤다.

"미구엘! 너는 왜 웃는 거야! 너도 지난 주 20불을 들고 내게 찾아왔잖아."

228

사람들이 폭소를 터트리자 미구엘이란 사내는 머리를 손으로 감싸고 두 다리 밑으로 감췄다.

"자! 오늘 밤 내가 특별히 너는 10불에 해 줄게."

그녀는 호세 곁에 앉아 그의 사타구니를 애무하려고 하였다. 호세는 그녀의 손을 뿌리쳤다.

"이 쌍년아! 사람을 그냥 내버려두지 못해!"

마리오가 그제서야 참을 수 없다는 듯 소리 질렀다. 그러자 그녀는 마리오에게 다가가 퍼붓기 시작했다.

"한때는 내 밑구녁에 혀를 대고 침을 질질 흘렸던 것들이 이제는 나를 괄시하는구나. 사내새끼들이라는 게 다 그렇지. 그러나 니들이 모르는 것이 있어. 나는 한때 백인이었어. 그런데 어는 날 내 피부가 까맣게 변했지."

사람들이 계속 웃어댔다. 그녀는 술에 취해 횡설수설 하는 것 같았다.

"이 쌍년아! 매춘부 잡아넣으라고 경찰을 부르기 전에 빨리 꺼져."

마리오가 벌떡 일어서며 그녀를 한 대 후려칠 기세로 다가가자 그녀는 카트를 잡고 문 쪽으로 달아나며 소리쳤다.

"경찰은 내가 부를걸. 경찰을 불러 니들 멕시칸 불법체류자 새끼들을 모두 잡아가라고 할 거야!"

그녀는 철제로 된 문을 있는 힘껏 부서질 정도로 닫으며 밤거리로 사라져 버렸다.

그녀가 사라지자 비로소 고요가 찾아왔다. 다시 백열등에 제 몸뚱이를 무모하게 들이박는 날벌레들의 톡톡 거리는 소리만이 들리기 시작했다.

"그년의 말이 사실일지 몰라. 그녀는 백인이었을지도 모르지. 그녀의 할아버지가 백인 농장주로 흑인 하녀를 강간해서 난 자식이 그녀의 엄마인 줄도 몰라. 젊었을 때 그녀는 정말 굉장했어. 한때 미스 유 에스 에이에 나간 적도 있었지. 그런데 저 모양이 된 거야. 다 코케인 때문이지."

마리오가 다시 야전침대에 드러누우며 중얼거렸다. 그때 갑자기 어디선가 사이렌 소리가 들렸다. 순간 사내들이 긴장하는 듯 동작을 멈췄다. 사이렌 소리는 마리오의 정비소 쪽으로 다가오며 점점 커지는 듯하다가 다시 멀어져갔다. 호세는 자기도 모르게 가슴을 쓸어내렸다. 갑자기 허탈한 생각이 들었다. 이곳이 그토록 꿈꾸어 왔던 미국이란 말인가? 이곳 미국에서도 역시 밑바닥 인생들의 만만치 않은 삶의 무게가 납덩어리처럼 그를 짓누르는 것 같았다. 다행히 그 삶의 무게보다도 더 무거운 눈꺼풀의 무게가 그날 밤 무사히 그를 꿈속으로 데려다 줄 수 있었다.

올림픽 가를 따라 서쪽으로 한참을 가자 마리오가 말한 대로 격자무늬 같은 글씨로 된 간판이 자주 보이고 일본 사람으로 보이는 동양인들이 바쁘게 돌아다니는 거리가 나왔다. 호세는 이곳이 마리오가 말한 꼬레아타운이라는 것을 알았다. 그는 한국 사람들을 한 번도 본 적이 없지만 치아파스에서 보았던 일본 사람들이나 중국 사람들과 다름이 없어 보였다. 다만 들은 바에 의하면 한국 사람들은 일요일에도 쉬지 않고 일하고 갱들이 우글거리는 지역에서도 장사를 하는, 돈 벌기에 물불을 가리지 않는 겁이 없는 민족이라는 것이다. 그들은 미국에 올 때 달랑 일이백 불 들고 오지만 죽어라고 일해서 몇 년이 지나면 조그만 가게도 사고 백인들이 사는 지역에 버젓한 집도 산다는 것이다. 호세는 활기찬 이 꼬레아타운에서 갑자기 힘이 솟는 것 같았다. 그도 한 번 한국 사람들처럼 돈을 벌어 보리라. 2~3십 년 전 자신처럼 달랑 일이백 불 들고 미국에 와 이처럼 거대한 자신들의 도시를 이룩한 꼬레안들처럼 자신도 돈을 한 번 벌어 보리라. 호세는 자신도 모르게 두 주먹을 불끈 쥐었다.

대형 스크린 광고 간판이 설치된 커다란 마켓 앞의 주차장에 자신과 같은 멕시코 사람들이 우글거리는 것을 보고 호세는 그곳으로 갔다. 가전제품을 사고 나오는 꼬레안들에게 일자리를 구하려는 사람들로 보였다. 그들은 꼬레안들이 차를 타고 마켓 주차장으로 들어올 때마다 달려가서 손가락으로 자신을 가르치며 소리 질렀다. 모두들 희망과 두려움이 뒤섞인 불안한 모습으로 그들은 한인들의 차를 쫓으며 이리 뛰고 저리 뛰었다. 그 중에는 "나는 영어도 잘해요!"라고 소리치는 사람도 있었다. 호세는 할머니에게서 배운 영어가 이 미국 땅에서는 큰 힘을 발휘할 수 있겠다는 생각이 들었다. 그는 하얀색 벤츠가 자기 앞에 멈추자 운전대에 앉은 동양인 남자에게 소리 내어 외쳤다.

"나는 영국식 전통 영어를 말 할 수 있어요! 우리 할머니에게 배웠죠."

그러자 그 남자가 호세의 말을 알아들었는지 차에 타라는 손짓을 하였다. 그가 차에 올라타 문을 닫으려는 순간 한 손이 차 문을 잡고 매달리며 문을 열려고 하였다. 호세보다 너덧 살은 어려 보이는 젊은 멕시칸 사내였다. 동양 남자는 그에게도 눈짓하여 타라고 하였다. 문이 닫히자 동양 남자는 몰려오는 사람들에게 "더 이상은 안 돼!"라고 분명한 스페인어로 소리치며 차를 몰아 주차장을 빠져 나왔다. 호세가 뒤를 돌아보니 뒤늦게 몰려든 수십 명의 사람들이 부러운 듯이 주차장을 벗어나는 그들의 차를 지켜보고 있었다.

차는 얼마 안 가 타운의 한 식당 앞에 멈춰 섰다. 동양 남자는 호세와 젊은 멕시칸 사내를 데리고 식당 안으로 들어가 잔뜩 화난 표정으로 기다리고 있던 동양 여자에게 인계하였다. 여자가 기관단총 같은 소리로 사내에게 뭐라고 떠들어대자 그는 듣기 싫어 귀찮다는 듯이 식당 밖으로 나가 버렸다. 그녀는 아직도 화가 안 풀린 듯 계속 중얼거리며 호세와 젊은 멕시칸 사내를 식당의 주방으로 데려간 후 스페인어와 영어와 딱딱거리는 이상한 말과 손짓 발짓이 뒤섞인, 난생처음 듣는 신기한 언어로 일거리를 명령하였다. 그녀는 젊은 멕시칸 친구가 알아들었다는 등 고개를 끄덕이자 시계를 본 후 "빨리! 빨리!"라고 스페인어로 말한 후 나가 버렸다.

주방에는 배추, 무, 양파 등 야채와 쌀, 고기 등 음식재료들이 산더미처럼 쌓여 있었다.
"미국에 온 지 며칠 안 된 것 같군. 이 무와 야채들을 우선 깨끗이 씻으라는 거야."
조지라고 미국식 이름으로 자신을 소개한 젊은 멕시칸 친구가 호세에게 말했다.
"어제 왔어요. 당신은 경험이 많은 것 같군요."

호세가 정중하게 그에게 말하자 그는 자기는 미국에서 태어났다고 말했다. 한 달 전까지 한국인이 운영하는 큰 도매회사에서 일하다 허리를 다쳐 그만두었다는 것이다. 그러니 무거운 것을 나르는 힘든 일은 호세에게 부탁한다고 말했다.

"아, 그렇군요. 요령만 가르쳐 주시면 제가 하죠."

호세는 젊은 친구가 시키는 대로 한쪽 구석에 쌓아 놓은 무를 날라 큰 대야에 옮겨 씻기 시작했다. 그는 호세가 씻은 무를 한 개씩 집어 도마 위에 올려놓고 큰 주사위 크기의 정육면체로 자르기 시작했다. 그렇게 몇 개 잘라서 플라스틱 용기에 넣다가 시계를 보고 칼을 집어던지며 말했다.

"시간이 엄청 안 가네! 배고프지 않소?"

그는 두리번거리다가 삶아서 껍질을 벗겨놓은 계란을 담아 놓은 그릇을 발견하고 그 중 하나를 집어 입에 넣었다. 호세가 놀라서 댕그래진 눈으로 쳐다보자 그는 계란 하나를 호세에게 건네며 말했다.

"한두 개쯤 먹어도 주인이 알 리 없지. 배고플 텐데 먹어요."

호세는 거절하고 싶었으나 껍질이 벗겨진 하얀 삶은 계란이 그의 눈앞에서 춤을 추었다. 아! 배가 고팠다. 그제야 어제저녁부터 별로 먹은 것이 없다는 걸 깨달았다. 호세가 계란을 넘겨받아 막 입에 넣고 우물거리는 순간 주인 여자가 들어왔다. 호세는 너무 놀라 계란을 씹지도 않고 목구멍으로 넘겨 버렸다. 갑자기 기도가 꽉 막히는 것 같아 호세는 자기도 모르게 캑캑거렸다. 주인 여자는 사태를 눈치 챈 듯 기관단총 같은 소리로 호세와 젊은 친구를 보고 땍땍거린 후 일을 얼마나 하였는지 점검하였다. 그리고 무를 한 개 번쩍 집어 도마 위에 놓고 썰어대기 시작했다. 10초도 안 되어 신기의 칼솜씨에 그녀의 장딴지같이 생긴 무가 정육면체로 수북이 잘리어 나갔다. 시범을 보인 그녀는 시계와 호세 등을 번갈아 보며 "빨리! 빨리!"라고 말한 후 나가 버렸다.

그녀가 나가자 조지는 호세를 보고 어깨를 으쓱하며 고개를 설레 설레 저었다. 그리고 자신도 무를 하나 집어 들고 주인 여자를 흉내 내어 빨리 잘라보려고 하였다. 그러나 잘되지 않는 듯 일분이 넘어 서야 무 반 토막을 겨우 잘게 자를 수 있을 뿐이었다.

그렇게 두 시간이나 지났을까 호세는 부지런히 무를 날라 씻고 조지는 엉거주춤한 자세로 무를 잘라갈 때 잠이 덜 깬 듯한 부스스 한 얼굴의 멕시칸 사내 두 명이 주방으로 들어왔다. 그 중 한 사내 가 조지에게 자기 칼을 달라고 말했다. 조지는 사태를 알아채고 순 순히 칼을 그 사내에게 넘겨주고 호세에게 말했다.

"우리 일이 끝난 것 같소. 갑시다."

그때 주인 여자가 들어왔다. 그녀는 시계를 보고 호세와 조지에 게 20불짜리 지폐 한 장씩을 주고 홱 돌아서서는 스페인어와 영어 와 딱딱거리는 이상한 말과 손짓 발짓이 뒤섞인 신기한 언어로 늦 게 나온 사내들에게 일거리를 명령하였다. 식당 문을 나오며 조지 가 말했다.

"저 사람들이 원래 주방에서 일하는 사람들인데 어제 술을 먹고 늦게 나온 모양이오. 그래서 땜빵으로 우리가 급히 필요했던 게지. 그러나 이제 그들이 나왔으니 우리가 필요 없어진 거요. 그나저나 두 시간 반을 일했는데 20불을 주다니 정확하게 미니멈 페이만 해 주는군. 제기랄!"

그러나 호세는 조지의 불만이 귀에 들려오지 않았다. 미국에 와서 처음으로 벌어본 돈이다. 멕시코 같으면 하루 종일 일해도 20불을 벌 수가 없다. 그리고 이것이 최저임금이라고 하지 않는가? 그는 20불짜리 지폐를 손으로 꽉 쥐며 희망에 젖어 부르르 떨었다.

그들은 식당으로 오기 전에 그들이 모여 있었던 전자 상가 주차장 쪽으로 걸어갔다. 조지는 걸어가면서 연신 셀룰러폰으로 어딘가에 전화를 해댔다. 호세는 로사 생각이 났다. 오늘 중에는 할머니에게 전화해야겠다. 국경을 넘기 전 소피아 수녀님에게 성모님께 기도해달라고 전화한 후 일체 전화를 하지 못했다. 할머니와 로사는 그가 국경수비대에 붙잡혔는지 불안해하실지 모른다.

"씨발, 육 개월이나 어떻게 기다리란 말이야! 변호사 새끼들은 다 도둑놈들이야."
조지가 전화를 끊고 욕을 해댔다. 직장에서 일하다 허리를 다친 건으로 십만 불을 받아주겠다는 변호사의 말을 믿고 고용주를 상대로 소송을 한 지 벌써 3개월이 지났는데 결과를 알려면 아직도 6개월이나 더 걸릴지 모른다는 것이다. 호세는 씩씩거리고 걸어가는 조지의 뒷모습이 전혀 다친 사람으로 보이지 않았다.

"건축일 경험 있나?"
조지 앞으로 건축자재를 잔뜩 실은 트럭이 멈춰 서며 동양인 남자가 물었다. 조지는 잽싸게 그 남자 앞으로 다가가 "노 프로블레마"를 연발하며 스페인어로 경험이 많은 것처럼 이야기하였다. 사내는 호세에게도 눈짓을 하며 물어보았다. 호세는 트럭 위에 쌓인 자재를 보고 그것이 지붕 일이라는 것을 알았다.

"지붕 일이라면 경험이 있습니다."

사내가 조지와 호세에게 차를 타라고 했다. 트럭은 꼬레아타운을 빠져나가 고속도로를 얼마쯤 달리다 고급 주택가로 들어선지 얼마 후 한 이층집 앞에 멈춰 섰다. 지붕 위에는 머리에 수건을 두른 멕시칸 사내 두 명이 오래된 기와를 뜯어내고 있었다. 동양 남자는 트럭에 실린 지붕 재료를 조지와 호세에게 내릴 것을 명령한 후 전화를 몇 통 하다가 잔뜩 화가 난 표정으로 집 앞에 주차된 차 중 흰색 승용차를 타고 나가 버렸다. 동양 남자가 가 버리자 그때까지 낑낑거리며 지붕자재를 나르던 조지는 바닥에 주저앉아 허리를 만지며 호세에게 매우 고통스러운 표정을 지었다.

"너무 무리하는 것 아니요. 좀 쉬구려. 내가 할 테니."

조지는 그 말을 기다렸다는 듯 그늘진 곳으로 가 전화질을 하기 시작했고 호세는 땀을 비 오듯이 흘리며 트럭에 실린 지붕 자재를 내려서 그라지 한쪽에 쌓기 시작했다.

얼마나 일을 했을까 태양이 종려나무 꼭대기 위에서 사납게 노려보는 정오가 되자 호세는 현기증을 느꼈다. 지붕 위의 사내들은 일을 중단하고 앉아서 그들이 준비해 온 도시락을 꺼내 먹기 시작했다. 배가 고팠다. 좀 앉아 쉬고 싶었으나 아직도 트럭 위에 있는 지붕 자재를 다 내리려면 한 시간은 더 일해야 할 것 같았다. 조지는 어디로 갔는지 보이지 않았다. 호세는 좀 불안한 생각이 들었다. 그때 하얀색 일제 차가 집 앞에 멈춰 서더니 세 명의 멕시칸 사내가 내렸다. 동양 남자가 돌아온 것이다. 일꾼들을 더 구해서 온 것 같았다. 동양 남자는 내리자마자 호세가 내려놓은 지붕 자재와 트럭을 번갈아 살폈다.

"다른 한 놈은 어디 갔어?"

그는 화가 잔뜩 나서 조지를 찾았다. 그때서야 조지가 그라지 안에서 엉거주춤한 자세로 나왔다. 사내는 조지에게 다가가 일도 안하고 농땡이를 부렸다고 마구 소리를 질렀다. 그러더니 지갑에서 10불짜리 두 장을 꺼내 조지와 호세에게 한 장씩 주며 당장 꺼지라고 말했다. 그러자 조지가 사내에게 스페인어가 아닌 유창한 영어로 말했다.

"10불은 최저임금도 안 되지. 우리가 이곳에 와서 일한 시간이 두 시간인데 최저임금은 줘야지."

사내는 조지의 반격에 움찔하는 것 같더니 이내 표정이 일그러지며 조지에게 욕을 해댔다. 조지는 이러한 경험이 많은 듯 전혀 기죽지 않았다. 오히려 유들거리며 사내에게 맞섰다.

"뭘 모르고 있는 모양인데 난 멕시칸 불법노동자가 아니야. 난 미국에서 태어난 미국 시민권자라구. 당장 내게 시간당 최저임금을 주지 않으면 너를 노동청에 고발해 버릴 거야."

동양 남자는 당황한 기색이 역력하였다. 사내는 어쩔 줄을 모르고 분을 못 삭이는 듯 어딘가 전화를 하더니 전화를 끊고 지갑에서 10불짜리 두 장을 더 꺼내어 호세와 조지에게 주었다. 조지는 돈을 받아 쥐고 가운뎃손가락으로 그 동양남자에게 엿 먹으라고 한 후 그 집을 떠났다.

"옛 같은 꼬레아 새끼들! 우리 멕시칸 때문에 돈을 벌면서도 멕시칸들을 마구 무시하지. 내가 미국 시민권자라고 하니까 기세등등한 그 새끼가 꼬리를 내리는 것 봤지. 백인들에게는 마냥 비굴하면서도 멕시칸과 흑인들은 무시하는 게 꼬레안들이지."

조지는 주택가를 지나 버스 정류장 쪽으로 향하며 호세가 들으라는 듯이 말했다. 그러나 호세에겐 조지의 불평이 잘 들리지 않았다. 단지 그에게는 오늘 일을 계속했으면 돈을 더 벌 수 있었으리라는 것과 그 공사가 최소한 일주일은 계속될 것으로 보여 잘하면 일주일간 일 걱정 없이 일할 수 있었던 기회를 놓친 것이 아쉬울 뿐이었다. 조지는 버스를 기다리며 호세에게 자신은 너무 힘들어 이만 집으로 간다며 아까 그곳으로 가려면 몇 번 버스를 타야 한다고 알려주었다.

"미국에 와서 불법체류자로 일을 하더라도 최소한 자기 권리는 알아야 해. 캘리포니아의 최저임금은 시간당 8불이라구. 그 이하로 주는 놈이 있으면 체류신분에 관계없이 노동청에 고발할 수 있지."

조지는 호세에게 마지막으로 큰 충고나 해 주는 듯이 이렇게 말한 후 버스를 타고 떠나 버렸다.

호세는 버스를 타고 다시 꼬레아타운의 전자상가 앞으로 돌아왔다. 우선 너무 배가 고파 타코 트럭에서 부리또를 하나 사 먹었다. 생각 같아서는 한 개 더 먹고 싶었으나 부리또 한 개와 소다수 한 병 값이 멕시코의 다섯 배에 달하는 비싼 값에 더 이상 사 먹을 수 없었다. 배가 어느 정도 부르자 호세는 뿌듯한 생각이 들었다. 오전 4시간 정도 일하고 벌써 40불이나 벌었다. 부리또 값을 제하고도 35불이나 된다. 치아파스의 커피 농장에서 일주일간 죽어라고 일해야 벌 수 있는 돈이다. 계속 일만 있어 준다면…… 그렇게 생각하니 조금 전 지붕 일을 조지 때문에 그만두게 된 것이 매우 아까웠다. 그러나 아직도 한 번 더 일할 수 있는 시간이 있다. 호세는 한국 사람들의 차가 주차장으로 들어올 때마다 부지런히 달려가 외쳤다.

"일도 아주 열심히 하고 영어도 잘해요!"

그렇게 땡볕에 한 시간 이상을 외쳤지만 아무도 불러주는 사람이 없었다. 차가 들어올 때마다 이리 뛰고 저리 뛰고 했던 사람들도 서서히 지쳐가는 듯 그늘진 곳을 찾아 주저앉기 시작했다. 호세만이 포기하지 않고 차를 타고 들어오는 사람들의 시선을 끌려고 계속 외쳐댔다.

"일도 아주 열심히 하고 영어도 잘해요! 그것도 영국식 영어로요. 할머니가 영국 출신이거든요."

그러나 사람들은 그냥 무심코 지나쳤다. 그들의 눈에는 호세가 그저 똑같은 멕시칸 불법노동자 중의 한 명일뿐이었다. 오직 한 사람 전기스탠드로 보이는 기다란 박스를 상가에서 들고 나오던 젊은 동양인 남자만이 호세와 눈이 마주치자 말했다.

"그렇군요. 아주 발음이 좋군요."

호세는 재빨리 그에게 다가가 그가 차에 물건을 싣는 것을 거들며 말했다.

"할머니에게 배웠죠. 할머니는 영국의, 정확히는 스코틀랜드 출신이에요. 원래는 수녀였는데 멕시코에 왔다가 우리 할아버지를 만나 결혼하는 바람에 멕시코에 그냥 살게 되었죠."

호세는 그렇게 말하고 부끄러운 듯 씩 웃었다. 왠지 처음 만난 이 젊은 남자에게 집안의 내력을 밝힌 것이 쑥스러운 생각이 들었다.

"할아버지가 매우 잘 생겼던 모양이죠?"

"예. 일찍 돌아가서 나는 한 번도 뵌 적은 없지만 안소니 퀸을 닮은 매력적인 분이었다고 할머니가 늘 말씀하셨죠."

"그렇군요. 당신의 모습을 보니 그런 것 같아요. 그런데 이삿짐을 좀 나르는 일인데 도와줄 수 있나요? 많이는 드릴 수가 없는데……"

호세는 이 정중한 젊은 동양인 남자가 맘에 들었다. 정말 친구처럼 도와주고 싶은 마음이 생겼다.

"도와드리죠. 돈은 신경 쓰지 마세요. 그깟 일은 아무것도 아니에요."

호세가 그의 차에 올라타자 지켜보고 있던 다른 멕시칸 사람들이 동요하기 시작했다. 호세가 수월하게 일자리를 얻는 데에 자신감을 얻은 그들은 일제히 그 젊은 남자의 차로 몰려가 뒷좌석 차 문을 열고 올라타기 시작했다. 어느새 차 안은 호세와 젊은 동양인 외에도 세 명의 멕시칸으로 꽉 찼다. 호세는 젊은 동양 남자의 눈치를 살폈다. 그는 난처한 듯이 씩 웃으며 말했다.

"일이 많지 않은데……"

호세는 이 남자가 딱하다는 생각이 들었다.

"사람이 많은데 제가 내리죠."

호세가 차에서 내리려고 하자 그가 말했다.

"다 함께 일합시다. 그러면 빨리 끝나겠죠."

차는 타운 근처 주택가의 아담한 이층집 앞에 멈췄다. 초록색 차양 밑으로 난 아치형 유리창이 작은 발코니와 잘 어울리는 예쁜 집이었다. 집 앞에는 이삿짐으로 보이는 가재들과 박스들이 어지러이 늘어져 있었다. 인기척 소리에 그의 아내로 보이는 젊은 동양 여자가 어린아이를 안고 문을 열고 나왔다. 그녀는 사내들을 보고 조금은 당황한 듯 웃으며 말했다.

"맙소사! 많이들도 오셨네요."

"사람이 많으면 빨리 끝내고 좋지. 참, 그러고 보니 서로 소개를 안 했네. 이쪽은 제 아내 제시카예요. 저는 브라이언 킴이고요."

젊은 부부는 호세를 비롯한 네 명의 멕시칸 사내들과 악수를 나눴다. 브라이언은 사내들에게 가재들을 집안으로 옮길 장소를 가르쳐주고 호세를 따로 불러 자신과 함께 서재를 정리하자고 말했다. 이층 서재에는 책으로 보이는 박스들과 그림과 사진이 박힌 액자들이 가득 너부러져 있었다.

"우선 이 액자를 함께 벽에 겁시다."

그가 가리킨 첫 번째 액자에는 사탕수수 밭을 배경으로 긴 장죽을 물고 챙이 넓은 모자를 쓴 동양 노인이 서 있었다.

"이 분이 저의 할아버지의 할아버지, 그러니까 5대조 할아버지예요. 백 년 전에 한국에서 하와이의 사탕수수 농장에 이주노동자로 오셨죠."

그렇게 벽에 사진액자들을 하나씩 걸다 보니 호세는 브라이언의 가족사를 단숨에 알게 되었다. 풍상에 찌든 모습처럼 누렇게 빛이 바랜 동양 노인의 흑백사진 옆에는 자동차 정비소를 배경으로 작업복을 입은 남자 사진을 걸었고 그 옆에는 비행기 옆에 선 군인 사진을 걸었다. 그리고 맨 마지막으로 의사가 입는 하얀 가운을 착용한 남자의 사진을 걸 때 브라이언이 말했다.

"저의 아버지예요."

브라이언의 입에서 튀어 나온 아버지란 말은 호세에게 아주 짧은 순간 잊고 있었던 아버지의 모습을 떠오르게 만들었다. 아버지…… 아버지는 엄마가 결핵성 늑막염으로 제대로 치료 한 번 못 받고 돌아가시자 매일 술만 마시고 지냈다. 그러던 어느 날 치아파스가 사파티스타 농민반군의 점령으로 잠시 해방구가 되었을 때 아버지는 반군 지도자인 마르코스의 연설을 듣고 감동하여 집으로 돌아와 호세를 안고 눈물을 흘리며 말했다.

"호세! 아빠는 지금부터 술도 끊고 마르코스 부사령관처럼 가난한 농민들을 위해 살겠다. 너에게 부끄럽지 않은 아버지가 될 테야."

아버지는 반군에 지원하여 열성적으로 일했다. 그러나 농민이 주인이 되는 해방구는 오래 가지 않았다. 정부군의 대대적인 반격으로 "좋은 세상이 오면 돌아오마"라고 마지막 말을 남기고 농민반군과 함께 산악지대로 들어간 아버지는 끝내 돌아오지 않았다. 그 후 15년이 흘러도 좋은 세상은 오지 않았던 것이다.

집안은 불과 서너 시간 만에 말끔하게 정리되었다. 멕시칸 사내들은 더 일할 것이 없나 두리번거렸으나 더 이상 일거리를 찾을 수 없었다.

"자! 대충 끝난 것 같소. 그만 일하고 앉아서 쉬세요."

사내들이 서성거리자 브라이언이 말했다. 그제야 사내들은 기다렸다는 듯이 자신의 벗어 놓은 재킷이나 배낭 등을 집어 들고 돌아갈 준비를 하였다.

"불고기 좋아하시나요?"

브라이언이 사내들에게 물었다. 호세는 무슨 말인지 몰랐다. 오직 미국에 온 지 오래 되었다는 나이 든 멕시칸 사람만이 나서서 매우 좋아한다고 말했다.

"달고 짠 한국식 소고기 요리지요. 아내가 만들었는데 먹을 만할 거예요."

브라이언은 사내들을 데리고 거실로 들어갔다. 거실 한가운데 준비된 식탁 위에는 호세가 생전 처음 보는 음식들이 조그만 그릇들에 담겨 있었고 그들이 자리에 앉자 제시카가 큰 냄비에 든 소고기 요리를 들고 들어왔다. 브라이언이 냄비의 뚜껑을 열자 식탁에 모인 모든 사람들을 행복하게 만든 맛있는 냄새가 집안에 가득 퍼졌다.

"참 좋은 사람이야."

전자상가 주차장에서 그들을 그곳까지 다시 데려다 준 브라이언과 헤어지면서 호세는 중얼거렸다.

"보기 드문 훌륭한 한국 사람이야."

브라이언이 그들에게 준 봉투에 담긴 돈을 세워보며 만족한 듯 나이 든 멕시칸 사람이 말했다. 모두들 뱃속의 포만감과 마음의 뿌듯함으로 가득하여 만면에 웃음을 짓고 그들은 그곳에서 헤어졌다.

호세는 마켓에 들러 전화 카드 한 장과 코로나 맥주 6팩을 샀다. 그리고 공중전화를 찾아 전화를 걸었다.

"알로?"

정다운 소피아 수녀님의 목소리가 흘러나왔다.

"소피아 수녀님! 마리아 할머니의 손자 호세에요."

"오! 하느님. 주께서 너에게 축복을! 호세! 너 무사히 미국에 갔구나. 마리아 할머니가 매일 성당에 와서 성모님께 기도했단다. 오!
하느님."

소피아 수녀님이 감정에 벅차 훌쩍거리기 시작했다.

"예. 저는 어제 무사히 미국에 도착해서 오늘부터 일을 시작하여
벌써 멕시코에서 한 달 동안 벌 돈을 벌었어요. 미국은 정말 희망의
나라에요."

"오! 하느님. 주께서 너에게 축복을! 호세! 나도 기도 많이 했단
다. 알다시피 마리아는 나의 둘도 없는 친구잖니? 내일 마리아가
오면 이 기쁜 소식을 알리마."

"수녀님. 내일 이 시간에 전화 한다고 할머니에게 전해 주세요.
로사도 데리고 나오라고요. 로사도 잘 지내고 있겠죠?"

"할머니가 잘 보살피고 있단다. 아주 참한 아가씨야. 둘이서 벌써
매우 친해졌다구."

"일 분 남았습니다."

전화기에서 카드의 남은 시간을 알리는 기계음이 흘러나왔다.

"수녀님. 자세한 이야기는 편지로 하죠. 전화비가 비싸 길게 이야
기 못 해요. 수녀님! 저를 위하여 성모님께 계속 기도해 주세요."

'오늘은 정말 운수 좋은 날이야.'

호세는 전화를 끊고 코로나 6팩을 들고 마리오의 정비소가 있는
다운타운 쪽으로 걸어가며 중얼거렸다. 마리오에게 고맙다고 해야
지. 거리에는 어둠이 깔리기 시작했지만 밤하늘에는 별들이 희망처
럼 초롱초롱 빛나고 있었다. 호세는 마리오의 정비소로 가는 동안
미국에서의 생활을 꿈꾸기 시작했다. 이처럼 2년만 죽어라고 일하

면 치아파스에 조그만 커피 농장을 살 수 있는 돈을 모을 수 있을 것 같았다. 그러나 일단 숙소 문제를 해결해야 한다. 이처럼 하루하루 잠자리를 해결할 수는 없다. 오늘 밤 마리오에게 장기적으로 머무를 숙소를 알아봐 달라고 해야겠다. 될 수 있으면 꼬레아타운에 가까운 곳이면 좋겠다. 그는 꼬레아타운이 오늘처럼 자신에게 계속적인 행운을 가져다 줄 희망의 도시 같은 생각이 들었다.

호세는 마리오의 정비소를 금방 발견하고 철제문을 두드렸다.

"누구요?"

잠시 후 마리오의 허스키한 목소리가 들렸다.

"어젯밤 신세졌던 호세입니다."

문이 열리고 어제 입은 작업복을 그대로 걸친 꾸부정한 모습의 마리오가 나왔다.

"일을 찾았소?"

그는 호세의 손에 든 코로나 6팩을 보고 물었다.

"예, 덕분에. 꼬레아 타운에는 이 불경기에도 정말 일이 많아요. 오늘 세 탕이나 뛰었죠."

"운이 좋군요. 한 병 가져가도 되겠소?"

어느새 다가왔는지 어젯밤 미구엘이라고 불린 사내가 코로나 한 병을 집으며 말했다.

"예, 정말 그런 것 같아요."

다른 사내들도 다가와 코로나 한 병씩을 집어 들었다.

"아무튼 축하하오."

마리오가 코로나 한 병을 집어 드는 순간 철문을 두드리는 소리가 들렸다. 마리오는 눈을 돌려 책상 위에 놓인 모니터를 보았다. 모니터에는 후드가 달린 재킷을 머리끝까지 뒤집어쓴 흑인으로 보이는 사내가 지폐 한 장을 흔드는 모습이 보였다.

"잭이 온 모양이군."

마리오가 나가서 문을 여는 순간 우당탕 문이 부서지는 요란한 소리가 들리며 네다섯 명의 사내들이 순식간에 안으로 밀치고 들어왔다. 사내들은 마리오에게 달려들어 그를 쓰러뜨리고 팔을 뒤로 꺾어 순식간에 수갑을 채워 버렸다. 동시에 다른 사내들이 권총을 들고 창고 안으로 뛰어들었다.

"경찰이다! 모두 땅에 엎드려 꼼짝 마! 움직이면 쏜다."

호세와 다른 멕시칸 사내들은 일제히 바닥에 엎드렸다. 잠시 후 한 경찰이 호세의 곁으로 다가와 팔을 뒤로 꺾어 수갑을 채워 버렸다.

멕시코의 치아파스에서 온 호세 알베르토 산체스(당시 29세)는 그날 밤(2009년 10월 26일) 다운타운 24가의 한 정비소 창고에서 기습 단속을 나온 마약 밀매 단속반에게 마리오 일당과 함께 체포되었다. 그는 다행히 무혐의로 풀려나는 듯했으나 조사과정에서 무비자로 국경을 넘어온 사실이 드러나 이민국 구치소에 넘겨져 한 달간 구류를 살다 멕시코로 추방되었다. 그가 체포된 다음날 밤 멕시코 치아파스의 산토도밍고 성당에서는 그의 할머니인 마리아 산체스와 그의 약혼녀 로사 페레스가 그의 전화를 받으려고 밤새워 기도하며 기다리다가 허탕을 치고 다음날 새벽에 집으로 돌아갔다.

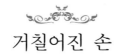

거칠어진 손

오빠! 많이 망설이다가 메일 보내.

아빠가 많이 힘들어. 또 망한 것 같아.

엄마는 오빠 학비는 어떻게든 알아서 할 테니까

오빠에게 절대로 알리지 말라고 하면서 이곳저곳

빚내느라 정신이 없고…… 내가 너무 힘들어.

내 쥐꼬리만한 월급 가지고 집안 돕는 것도 한계가 있어.

오빠에게는 미안하지만 이렇게 집안 사정을 말해야 할 것 같아.

오빠 힘들게 공부하는데 도움 되는 말도 못하고…….

정말 미안해.

요람에서 무덤까지 말단에서 사장까지

한 많은 남자 한국놈 한다면 한다 한국놈
의사 약사 변호사 검사 판사
차라리 그 정성으로 MP3 다운받지 말고 판사

요람에서 무덤까지 말단에서 사장까지
한 많은 남자 한국놈 한다면 한다 한국놈

며칠 전 새로 산 디제이 덕의 7집(나는 정말 MP3 다운받지 않고 판을 샀다)의 타이틀곡의 후렴구는 정말 중독성이 있어. 송희의 메일을 읽는 순간에도 그것을 흥얼거렸지. 내 불행을 예고하는 송희의 메일에 저항하려는 듯이 디제이 덕의 빈정거림이 묘하게 어우러졌지.

드디어 올 것이 온 거야. 그간 늘 불안하였지. 꼬박꼬박 제때에 들어오던 송금이 불규칙해지면서 뭔가 문제가 생긴 것을 알았어. 그러나 늘 엄마는 괜찮다고 말했지. 집안일은 신경 쓰지 말고 공부나 열심히 하라고…… 늘 같은 이야기였지만 차츰 기운이 빠져 가는 걸 느낄 수 있었어.

송희에게 메일을 보내 좀 더 자세한 이야기를 들어보려다가 그만두었다. 어찌 보면 6~7년 주기로 늘 반복되는 집안의 경제 사정일 거야. 아버지가 하청 받은 공사의 원청회사가 부도가 났다거나, 무리하게 돈을 빌려 완공한 빌라가 달랑 두 채 분양되고 말았다거나, 엄마가 두고두고 빈정거렸듯이 간이라도 빼어줘도 아깝지 않을 친구의 보증을 섰다가 집안 곳곳에 빨간 딱지가 붙었던 그러한 일 중의 하나일 거야. 아버지의 사업이 몇 년 안정되게 잘 나간다 했더니 드디어 이번에도 그런 일 중의 하나로 망했음이 틀림없어.

한편으론 어떤 안도감 같은 것도 느껴졌지. 미국으로 유학이 일종의 도피일지도 모른다는 늘 마음 한구석에서 죄책감 같은 것이 똬리를 틀고 있었지. 그렇지 않아도 한 학기 정도 쉴까 하고 생각을 하고 있었다. 한 반 년 정도 풀타임으로 일을 해서 돈을 모아 가을 학기에 등록을 하자. 엄마가 또 많이 울겠지. 아버지는 평소보다 더 주눅이 들어 고개를 푹 숙이고 다닐 테고 뒷마당에 나가 담배 피우는 시간이 많아지겠지. 만약 상태가 더 안 좋다면 옛날에 그랬던 것처럼 한두 달 집에 안 들어오고 잠수를 탈지도 몰라. 그러나 또 시간이 지나면 다 잘 될 거야. 송희가 가장 힘들겠지. 송희는 육 년 전에도 아버지가 친구 빚보증을 잘못 서줘 집안이 망한 여파로 대학에 못 들어가고 취직했었지……. 나를 원망하고 있을지도 몰라.

송금이 끊어져 버리자 시간이 갈수록 모든 것이 명확해졌다. 나의 모호함은 결국 아버지가 쳐준 울타리 아래 생긴 그늘과 같은 것이라는 것을……. 그 울타리가 무너지자 더 이상 그림자가 쉴 곳은 없었다. 그래……. 나는 늘 비켜서 살았어. 한 번도 맞서 본 적이 없었지. 그러나 이젠 집안의 몰락과 마치 그것이 나의 탓이라도 되는 것처럼 밀려오는 내 자신에 대한 혐오가 겹쳐 나를 시험하며 갈 때까지 가고 싶었다. 무슨 일이든지 할 수 있을 것 같았다. 잠수를 타자. 세상을 피해 처박혀 버리자. 만일 이번에도 바로 서지 못한다면…….

일단 잠수를 타기 전 주변 정리부터 했다. 이곳에서 친구라곤 몇 사귀지를 않았지만 가끔씩 주말이면 파티에 가자거나 나이트 가자고 연락 오는 애들, 머리는 나쁘지만 부모 잘 만난 덕분에 유학이라고 와서 노는 애들, (사실 나도 그런 놈들 중에 한 명인지도 몰라.) 항상 즐거움만 함께 나누어야 하는 그런 애들에게 집안 사정 같은 구질구질한 이야기는 하기 싫었어. 공부도 안 되고 해서 머리나 식힐 겸 몇 개월 대륙 여행이나 다녀온다고 트위터에 날린 후 한 명씩 친구 리스트에서 삭제를 시켜 버렸지. 한동안 명희 앞에서 망설였으나 결국 삭제를 누르고 말았다.

이런 일이 없었다면 명희랑은 좀 더 사귀었을지 몰라. 명희랑은 키스는 몇 번 했지만 뻑을 하지는 못했어. 더 이상 진도를 나가지는 못했지. 그 이상 나가기에는 어떤 확신이 없었어. 그녀에게도 나에 대해서도 어떤 미래의 그림이 그려지질 않았어. 그녀는 그냥 한국말을 어눌하게 하는 1.5세 칼리지 동창생일 뿐이야. 한국 남자랑 데이트할 때 남자가 돈을 다 낸다는 한국문화 정도는 알고 있는 애지. 이제 나는 그럴 돈이 없는 거야. 명희는 쿨하기 때문에 내가 전화 안 하면 연락 안 할 거야.

잡을 잡는 것이 쉽지가 않았다. 2008년 금융 위기 이후 몇 년째 계속되는 불경기의 여파로 코리아타운 또한 썰렁하였다. 신문의 구인난은 삼 년 전 미국에 처음 와서 알바를 찾을 때보다 반 이상 줄었으며 그나마 대부분의 일자리는 경험자를 요구하였다.

건축일 헬퍼 구함. 무경험자 OK.

평소 같으면 거들떠도 안 볼 구인 광고였지만 통장의 잔고가 거의 바닥나고 아파트 방세 때문에 차를 팔려고 심각하게 고려하는 지경에 이르자 어떤 절박함이 손가락에 전달되었는지 저절로 전화번호를 누르게 되었다. 아니 사실은 좀 더 나를 시험할 수 있는 혹독한 일을 찾고 있었는지도 몰라. 무슨 일이라도 괜찮아. 다행히 사장으로 생각되는 굵은 목소리의 사내는 내 나이를 묻고는 주소를 황급히 불러주며 오라고 하였다.

근 한 달 만에 코리아타운에 나갔지. 코리아타운, 미국 처음 왔을 때 생각이 나는군. 미국이 대국이라는 것을 실감나게 해 주었던 웅장한 프리웨이를 벗어나 코리아타운에 왔을 때 실망감이라니. 시간을 거꾸로 타고 내가 초등학교에 다닌 20년 전쯤의 지방 소도시에 온지 알았어. 조잡한 한글 간판들과 곳곳에 파인 도로들, 도로 뒤편으로 들어선 지저분한 2~3층짜리 아파트. 왜 이런 곳에 한인들은 터전을 마련할 걸까? 그러나 생각해보면 이것도 대단한 일인지도 몰라. 백인들의 나라에서 비록 한 귀퉁이라도 터전을 만들어 우리식으로 사는 거야. 이곳에서는 하루 종일 영어 한마디 말할 필요도 없지. 유학 생활 3년 내내 이곳을 벗어나지 못했지. 처음엔 멋도 모르고 코리아타운에서 떨어진 백인들만 사는 곳에 방을 얻었다가 이상한 우울증이 생겼지. 그게 홈 시크라는 거야. 그때 김치가 중독성이 있다는 것을 처음 알았어. 일주일에 한두 번은 코리아타운에 나와 매운 한국 음식으로 위장을 채워줘야 하는 거야.

요람에서 무덤까지 말단에서 사장까지
한 많은 남자 한국놈 한다면 한다 한국놈

"아버지가 건축일 했으면 건축일 힘든 것을 알 텐데 그 손으로
어떻게 힘든 일을 하려고 하나?"

아버지 나이 정도쯤 들어 보이는 사장은 내 얼굴과 손을 번갈아
보며 고개를 절레절레 저었다. 건축 일에 경험이 없는 약점을 아버
지를 거론하여 보충하려는 나의 계획은 내 희멀건 얼굴과 가늘고
긴 손(그 손을 엄마가 얼마나 자랑스럽게 생각했던가!)에 의해 여지없
이 깨지려는 순간이었다.

"아버지가 사업에 실패해서 이젠 제가 학비를 벌어야 해요. 사장
님! 한 번 써줘 보세요. 열심히 일하겠습니다."

나도 모르게 목구멍을 타고 올라오는 어떤 절박감 같은 것이 그
의 마음을 움직인 것일까? 사장은 잠시 생각하더니 멕시칸들을 데
리고 자재와 공구들을 밴에 옮겨 실으며 일 나갈 준비에 여념이
없는 한 한국인 아저씨를 불렀다.

"최 형, 학생인데 경험은 없지만 빠릿빠릿할 것 같으니까 데리고
좀 가르쳐 봐요. 툭 하면 술 처먹고 안 나오는 멕시칸들보다는 낫겠지."

작은 체구에 깡마르고 사장보다 더 나이가 들어 보이는 아저씨는
나와 사장을 번갈아 보며 조금 불만스러운 듯 중얼거렸다.

"노가다 아무나 하는 게 아닌데……"

"왜 건축 공사장에서 일하는 사람을 노가다라 하는지 아나?"

내가 운전대를 잡겠다고 하자 자동차 키를 넘기며 조수석 좌석을

뒤로 제치고 최대한 편안한 자세를 취한 최 선생님이 물었다.

"가다는 일본말로 사람이라는 뜻인데 NO 가다, 즉 사람이 아니라는 뜻이다. 사람이 할 짓이 못 되는 일을 하는 사람이라는 뜻이라 이거다. 그러니 무슨 어려운 지경으로 노가다 일까지 하려고 하는지 모르겠다마는 이 일을 배우려고 하지는 마라."

노가다, 육체노동자, 왜 나는 이제까지 이들을 경제학 이론에 나오는 추상적인 존재로만 생각했을까? 아버지가 노가다 출신임에도 말이다. 최 선생님이 자신의 일을 빈정거렸듯이 아버지도 노가다 일을 천하게 여겼음이 틀림없어. 아버지는 집에서 일에 관한 이야기는 한 번도 한 적이 없었지. 고등학교에 다닐 때인가 내가 아버지 일에 관심을 갖고 물어보자 아버지는 정색을 하며 말했지. 너는 아버지가 하는 일을 알 필요도 없고 알아서도 안 돼. 네 손을 봐. 그리고 아버지의 손을 봐. 그런 손으로 너는 절대 육체노동을 할 수 없어. 너는 펜대를 굴리며 살아야 해. 그래, 그 후로 나는 거칠고 투박한 아버지의 손이 하는 일에는 관심을 끊었지. 내 가느다란 손 옆으로 아버지의 투박한 손이 놓이자 가슴이 섬뜩했어. 그 후로 나는 정말 펜대를 굴리며 살 팔자라고만 생각했지. 그런데 여기에 우리 삶의 비밀이 있는지 몰라. 성공에 대한 집착은 육체노동에 대한 두려움에서 오는 것이 아닐까? 실패하면 힘겨운 노동을 치며 인생을 살아가야 한다는 두려움, 나는 이제 그 두려움에 한 번 도전하고 싶은 거야.

일은 생각보다 힘들었다. 첫날 일이 끝나고 집으로 돌아와 아파트 계단을 오르는데 그때서야 긴장이 풀린 탓인지 다리가 심하게 후들거렸다. 정신없이 저녁을 먹고 일찍 잠을 자려 했으나 온몸이 쑤시고 열이 나기 시작했다. 군대생활 이후 막일이라곤 처음이다. 냉장고를 뒤져 소주를 컵에 반쯤 따라 마시고 다시 잠을 청했다. 오랜만에 아버지 생각을 했다. 아버지가 평생에 걸쳐 이런 일을 업으로 삼아왔다는 게 믿어지지 않았다. 오늘 하루 무지하게 힘들었다. 아버지의 투박한 손이 어떻게 만들어진 것이라는 걸 하루 만에 깨달았다. 아버지는 늘 그 손을 창피하게 생각했었지. 남들과 악수하는 걸 싫어했어. 어쩌면 자본주의 사회에도 돈이 전부는 아닐지도 몰라. 그 돈을 어떻게 벌었느냐? 그럴듯한 출신 신분이 필요한 거야. 아버지는 그게 없었지.

아무리 힘든 일에도 한 가지 좋은 점은 있는 법이지. 노가다 일은 힘들었지만 시간이 빨리 가서 좋았어. 아침 일곱 시에 현장에 도착해서 이것저것 최 선생님이 시키는 대로 정신없이 이리 뛰고 저리 뛰고 하다 보면 어느새 날이 저물어 공구를 챙기고 집에 갈 시간이 되지. 전에 편의점에서 알바를 할 때 너무 지루하여 끝날 시간만 기다리며 시계를 열두 번도 더 볼 때랑은 근본적으로 달랐어. 시간이 그처럼 빨리 가기는 군대 훈련소 시절 이후에 처음이었지. 정신없이 시간이 간다는 것은 잡생각을 할 여유가 없어 좋았어.

송희야. 네 메일을 받고도 너에게 미안한 마음에 바로 답장하지 못했다. 네가 제일 힘들 것 같구나. 너는 항상 집안이 힘들 때마다 희생타가 되었지. 육 년 전 아버지가 빚보증을 잘못 서준 바람에 집안이 풍비박산이 났을 때도 그 여파로 네가 대학 진학을 포기하고 취직을 한 것 잘 알고 있다. 나는 그때 운 좋게도 군대란 곳으로 피신해 있었지. 이번에도 나는 집안에 아무런 도움이 못 되고 미국에 피신해 있는 셈이구나. 이번 일만 없었으면 직장 생활을 그만두고 네가 그토록 하고 싶었던 미술 공부를 위해 뒤늦게 대학에 진학하려고 했다는 것도 엄마를 통해 들어 알고 있다. 부디 부탁인데 집안일은 그만 걱정하고 네가 원래 계획했던 대로 대학에 가길 바란다.

나는 지금 잠시 휴학을 하고 일을 하고 있다. 엄마가 걱정할까봐 잠시 친구 아버지의 회사 일을 도와주고 있다고 거짓말을 했지만 사실은 막일을 하고 있단다. 그러나 너무 걱정하지 마라. 주로 건축 현장에서 일하고 있는데 나는 이 일을 하면서 아버지에 대해 새삼 다시 생각하고 있다. 아버지가 평생 이런 일을 해 왔다는 것을 그동안 왜 몰랐는지 모르겠다. 나랑 같이 일하는 최 선생님이나 사장님 등 여기서 일하는 많은 분들의 손이 다 아버지처럼 투박하고 거친 손인 것을 보고 나는 잠시 충격을 받았다. 그 순간 비로소 아버지가 젊은 날부터 수십 년 간 막일을 해 왔다는 것을 새삼 깨달았기 때문이다.

나는 아버지가 평생에 걸쳐 해 왔던 그 일을 하고 있다. 물론 무지하게 힘들다. 그러나 최근 몇 년 사이에 가장 머리가 맑아진 것을 느낀다. 나는 이 기간을 통해서 근본적으로 다시 생각해 볼 예정이다. 모든 것에 대해서……. 송희야! 네가 말한 대로 오빠는 늘 이기적인 사람이었는데 이제는 네가 이기적인 사람이 될 차례이다. 집안은 네가 질끈 눈을 감기만 하면 된다. 너 없이도 잘 돌아갈 수 있어. 부디 집안 걱정하지 말고 대학을 가거라. 내 걱정도 더 이상

하지 말고.

　머리가 맑아진 것은 사실이었다. 그간 내 대뇌의 한 구석에 처박혀 있다가 불쑥불쑥 튀어나와 나를 혼란스럽게 했던 모호한 관념들은 배가 고프다거나, 잠이 쏟아지거나, 몽둥이로 온몸을 두들겨 맞은 것처럼 아프다거나, 매 순간 절박한 육체의 시위 앞에서 연기처럼 사라져갔다. 내가 그토록 동경하였던 지성이라는 것이 사실은 강단 위에서 번듯이는 안경테에서 나오는 오만한 광채에 불과할지도 모른다고 생각한 것은 그때가 처음이었다. 지성이라는 것은 캠퍼스에서만 존재하는 것은 아니다. 노가다 판에도 존재하는 것이다.

　"노가다는 힘으로 하는 것이 아니라 머리로 하는 것이다."
　최 선생님은 의외로 섬세하였다. 자신이 하는 일을 강단의 교수들이 하듯이 이론을 가지고 내게 설명하려고 하였다.
　"왜 이 문짝이 삐거덕거리고 잘 안 닫히는지 아나? 수평이 안 맞았기 때문이다."
　어느 날 오래된 주택의 재건축 공사를 하던 중 최 선생님은 방문을 열었다 닫았다 하며 말했다. 수평자로 바닥을 재어보니 자 중앙의 공기 방울은 정확히 중앙에 있지 못하고 왼쪽으로 조금 치우쳐 있었다.
　"중심이 있고 처음과 끝의 수평과 수직이 맞으면 건축 공사는 다 맞는 거야. 노가다를 하는 데는 중학교 때 배운 초등 기하학 지식만으로 충분하지. 모든 게 딱딱 맞아떨어져야 하는 것, 그게 노가다야."

세상을 살아가는 데는 복잡한 이론이 필요 없는지도 모른다. 그러나 단순한 기하학 지식으로도 귀신같이 균형과 높이를 맞추고 모든 게 딱딱 맞아떨어지는 깔끔한 일솜씨로 사장님의 신임을 얻고 있는 최 선생님도 자신의 인생은 그렇게 딱딱 맞아떨어지지 않은 것 같았다. 최 선생님은 한국에서 건축 일을 하다가 이십여 년 전 괌으로 이민 갔는데 한때는 괌에서 20층 관광호텔의 실내공사를 맡아 하는 등 건축일로 많은 돈을 벌어 큰 선물센터를 네 개나 운영하였다고 한다. 그런데 2008 금융위기 이후 관광객이 급감하여 수년간 적자를 보다가 결국 모두 정리하고 거의 빈손으로 작년에 엘에이로 왔다는 것이다.

"이런 식으로 하면 자재비와 인건비는 조금 줄일 수 있을지 모르지만 나중에 큰 문제 생길 수 있는데……."

한때 지금의 사장님보다 더 큰 건설 회사를 운영했던 최 선생님은 가끔씩 사장님의 공사방식을 비판하였다. 사장님이 없을 때는 물론이거니와 가끔씩 공사방법을 가지고 사장님과 직접 언쟁을 벌이기도 했다. 마지못해 사장님의 지시대로 공사해야 할 때에는 그날은 나랑 같이 일하며 하루 종일 불평을 늘어놓았다. 그러나 시간이 지나서 내가 건축 일을 조금씩 이해해 감에 따라 그것이 안전에 대한 최 선생님의 세심한 걱정이라는 것을 알았다.

"좀 쉬자."

오전 내내 오래된 주택 내부에 미로처럼 박힌 낡은 상수도관을 떼어내는 작업을 하던 우리는 작업을 중단하고 그늘진 곳을 찾았다. 마침 제법 큰 오렌지 나무가 뜰 한구석에서 그늘을 만들어 놓고 있었다. 최 선생님은 그리로 가서 앉았다.

나는 목이 말라 차에 가서 물병을 가지고 왔다. 그 사이 최 선생님은 담배를 한 대 태우고 있었는데 쪼그리고 앉아서 담배를 피우는 모습에서 갑자기 아버지 생각이 났다.

"최 선생님, 노가다는 몇 살까지 할 수 있어요?"

나는 물병 하나를 최 선생님께 건네며 물어보았다.

"망치를 들 힘만 있으면 죽을 때까지라도 하지. 백인들은 정말 그래. 육십이 넘는 핸디맨들도 많아. 하루 일당도 삼백 불이 넘지. 왜? 노가다를 정말 배워보려고?"

나도 최 선생님 옆에 주저앉았다.

"아니요. 근데 최 선생님은 다시 사업할 생각은 없나요?"

최 선생님은 한숨처럼 길게 담배 연기를 뱉어내었다.

"사업? 이제는 지긋지긋하다. 미국에 와서 온갖 사업을 다 해 봤지. 마켓서부터 자동차 정비소, 세탁소, 식당⋯⋯. 그런데 배운 도둑질이라고 건축일로 크게 한 번 성공할 생각에 다른 일은 양이 안 찼어. 내가 이래뵈도 건축과 출신이거든. 결국 건축일로 돈을 벌었지. 비록 지금은 그 돈을 다 날렸지만⋯⋯. 그런데 지금은 사업할 자신이 없어. 애들도 다 컸고 큰돈 필요 없으니 이대로 남의 밑에서 일이나 하면서 살려고 해. 기술이 있으니까 밥이야 안 굶겠지."

나는 물병에 물을 한 방울도 남기지 않고 다 마셔 버렸다.

"왜? 아버지 생각을 하는구나? 아버지 연세가 얼마나 된다고 했지? 아버지는 다시 재기할 수 있을 거야. 나는 돈이고 뭐고 이제 편하게 살고 싶을 뿐이야."

아마 아버지는 그렇게 편하게 살 수가 없으리라. 엄마가 그렇게 편하게 살 게 놔두지 않을 것이다. 아니 어쩌면 한국이란 나라가 한 번 실패한 자를 최 선생님처럼 조용히 살게끔 놔두지 않을지도 모른다. 아버지는 사업에 실패하고 최 선생님처럼 다시 노가다 십장을 절대로 할 수 없을 것이다.

정신없이 삼 개월이 지나갔다. 그동안 나는 제법 쓸 만한 건축 노동자로 변신하고 있었다. 웬만한 공구와 장비 이름은 다 외었고 페인트나 타일 등의 손쉬운 작업은 혼자서도 할 수 있는 정도가 되었다. 어느덧 작업에 몰두하다 보면 혹시 이러한 것도 유전되는 것인가 하는 생각이 들 때도 있었다. 그만큼 노가다는 내 성격상 맞는 무엇인가가 있었다. 우선 자신이 투입하는 노동력만큼 확실한 결과가 매 순간 나타나는 것이 좋았다. 그리고 창의적이고 진보적인 측면이 있어 좋았다. 한 달도 채 안 되어 잡초가 무성했던 뒷마당에 예쁜 별채가 하나 우뚝 세워졌을 때 신기함을 보라! 그것은 경이로운 창조였다. 그러나 이러한 창조보다도 노가다 일이 나를 근본적으로 매혹시킨 것은 해체와 파괴였다. 리모델링과 신축은 기존의 낡은 건물을 해체하거나 파괴시키지 않고는 성립할 수 없었다. 새 집을 짓기 전에 나는 낡은 건물을 뜯어내는 데에 말할 수 없는 희열을 느꼈다. 집을 해체하는 작업 내내 어떻게 그동안 유지해왔는지 이해가 안 될 정도로 그 부실함에 놀랐고, 그저 집이라는 허울만 쓰고 수십 년간 군림해 왔던 낡은 오만함을 뜯어내는 일은 늘 짜릿한 흥분을 불러 일으켰다. 그러나 빠르게 내가 노가다 일에 익숙해지는 만큼 서서히 어떤 불안감 또한 커져 가고 있었다. 너무 오랫동안 학교로부터 떨어져 나와 복학하기 힘들어지는 것이 아닐까? 어쩌면 영원히 학교로 돌아가지 못할지도 모른다. 삼 개월이 마치 삼 년이나 된 것처럼 캠퍼스는 내게 멀어진 것처럼 느껴졌다.

문제는 한때는 심각하게 생각했던 것들에 대한 관심이 급격히 시들어져 간다는 데에 있었다. 집으로 돌아와 우두커니 책장에 꽂혀 있는 많은 책들을 볼 때 그것들이 너무도 낯설게 느껴지기 시작했다. 한때 내가 경전처럼 읽었던 인문학에 대한 이론들, 그러나 그런 이론들은 내가 힘들 때 햄버거 하나도 사줄 수 없었다. 어쩌면 이들 이론가들은 인간의 실제 삶에 대해서는 별로 아는 게 없을지도 모른다. 이들 학자들은 인간에 대한 모든 지식을 도서관이나 책 등 이론을 통해서만 얻었던 것이 아닐까? 그런데 최근에 내가 깨달은 삶이란 이론적인 것이 아니다. 우리의 삶이란 한 번 불사른 후 나중에 나오는 연기 같아서 도저히 이론의 틀로서 가둘 수가 없다. 또한 비록 삶이 이론적으로 틀리더라도 오늘도 어김없이 살아가야 한다는 것이다.

(삶은 항상 이론보다 앞서 있기 때문에 이론적으로 틀릴 수 없다.) 먹고 싸고 자고 다음날 또 먹고 싸고 자고……. 문제는 육체란 이 짐승은 이론이 없이도 얼마든지 살아갈 수 있다는 데 있다. 나처럼……. 나는 변해 가고 있었다.

그러나 급속히 변해가는 가운데 내가 결코 버릴 수 없는 것은 내 가늘고 긴 하얀 손에 대한 집착이었다. 어느 날 사장님이 내 손을 보더니 최 선생님에게 말했다.

"미스타 김의 손이 삼 개월이 지났는데도 그대로 여자 손처럼 예쁜 걸 보니 일은 안 하고 농땡이만 부리는 건 아닌가요?"

"아직까지는 항시 일할 때 장갑을 끼고 손을 신줏단지 모시듯이 한다니까"

최 선생님이 웃으며 말했다.

그렇다. 나날이 모든 것이 거칠게 변해 갔지만 내 가늘고 긴 하얀 손만은 지키고 싶었다. 그러나 망치, 톱, 드릴, 페인트 붓 등등 온갖 연장을 다루고 시멘트, 벽돌, 드라이 월, 때론 무거운 철근 등 수많은 자재를 나르는 동안 내 손은 서서히 마모되어 갔다.

"여자 화장품이 특효약이야."

페인트만 10년 이상을 일했다는데도 손이 깨끗한 우리 회사의 전문 페인트 기술자인 김 선생님이 말한 대로 꽤 비싼 돈을 주고 여성용 핸드크림을 사서 밤낮으로 발랐더니 효과가 있었다. 그러나 화장품이 피부가 거칠게 변하는 것은 막아 주었으나 손마디가 서서히 굵어지는 것은 어찌할 수 없었다. 나는 알고 있다. 내가 내 하얀 손을 보존하려는 것은 지금의 노가다 잡이 단지 한시적이라는 것을 내게 끊임없이 상기시키려는 자구책이라는 것을. 언젠가 화려하게 하얀 손을 휘저으며 메이저리그로 복귀할 날을 기다리는, 마이너리그로 방출된 선수처럼. 그러나 장갑을 벗을 때 드러나는 하얀 손이 아니라면 몇 달 만에 나는 외관상으로는 이미 다른 건축 노동자와 구별할 수 없었다. 어느 날 거울을 보았을 때 흰 페인트 작업복 사이로 불끈 고개를 쳐든 구릿빛 피부의 내 모습은 영락없는 건축 노동자의 그것이었다. 순간 나는 이루 말할 수 없는 두려움을 느꼈다. 어쩌면 이대로 영원히 노가다의 삶 속에서 헤어나지 못할지도 모른다. 송희에게는 어떤 희망적인 소식도 들려오지 않았다. 엄마는 전화를 걸고 한동안 말도 없이 우는 횟수가 늘어만 갔다. 이렇게 벌어가지고 아파트 월세를 내고 저축하여 학업을 마치려면 몇 년이 더 걸릴지 모른다. 그러나 가장 두려운 것은 이렇게 어렵게 공부하여 학위를 따고 귀국하여도 지방대학 강사 자리조차도 확실한 보장이 없다는 것이다.

새벽에 아파트 문을 나서니 최 선생님의 미니밴이 캄캄한 가운데 부엉이 눈처럼 환하게 헤드라이트 불을 켜고 있었다. 혹시 오래 기다리셨나 미안한 마음에 황급히 달려갔다. 최 선생님이랑 나는 한 달 전부터 기름 값을 아끼려고 일터에 나가는데 차를 번갈아서 함께 타고 다니기로 했다.

"오늘은 무슨 일이래요?"
3월의 엘에이 날씨는 일교차가 매우 심하였다. 새벽에는 제법 쌀쌀하여 파카를 입어야 했지만 낮에는 여름철 못지않게 무더웠다. 시동을 켠 차의 유리창에는 김이 잔뜩 서려 있었다. 자리를 바꿔서 핸들을 잡은 나는 와이퍼를 작동시켜 유리창을 닦으며 최 선생님에게 물어보았다. 대부분의 작업 지시를 최 선생님에게 시키기 때문에 나는 그날 무슨 일을 하는지 모르고 일터로 향할 때가 많았다.
"오늘은 뺑이 좀 칠 거야. 그라지에 공구리를 새로 까는 작업인데 오늘은 하루 종일 깨부순 공구리 덩어리들을 날라야 할 거야."
웬만해선 일에 대한 걱정을 하지 않는 최 선생님의 입에서 오늘 일이 힘들다고 하니 은근히 걱정되었다. 공구리 일은 노가다 일 중에서 가장 힘들다는 시멘트 콘크리트 작업을 말한다. 콘크리트를 치는 것은 레미콘 차가 와서 하지만, 그 전에 바닥을 다지고 거푸집을 만드는 작업이 매우 힘들다는 것을 같이 일하는 사람들에게서 들어서 알고 있었다. 한마디로 토목공사에 속하는 일인데 공구리를 칠 줄 알아야 비로소 노가다 일을 해 봤다고 할 수 있다는 것이다.

"그런데 오늘은 왜 이렇게 현장이 멀어요?"

칼라바사스는 엘에이에서 서쪽으로 60마일이나 떨어져 거의 1시간 이상 걸리는 거리였다. 차를 운전한지 반시간쯤이나 되었을까 비로소 태양이 솟아올라와 우리를 따라오며 길을 비춰 주었다.

"몰라. 사장이 일이 없나 봐. 그러니 그렇게 먼 곳의 일도 따오지."

그러고 보니 지난달에 하우스 리모델 공사가 끝난 후 이번 달에는 전부 반나절 일도 안 되는 보수 공사가 대부분으로 서너 시간 일하다가 일찍 집으로 오는 때도 많았다.

"그래서 그런지 요새 멕시칸 애들이 안 보여요. 호세랑 칼로스는 통 안 나오네요."

"일이 있어야지. 그나마 한국 사람은 반나절 일이라도 만들어주려고 하지만 멕시칸들은 다 파트타임이야. 일이 있으면 부르고 없으면 안 부르지."

최 선생님은 좀 답답하다고 느꼈는지 담뱃불을 붙이고 창문을 내렸다. 담배 연기와 함께 옥스나드 바닷가의 비릿한 갯냄새가 물씬 풍겨 들어왔다.

"우리 회사가 생각보다 규모가 작네요?"

"야, 이까짓 회사가 무슨 회사야? 구멍가게지. 적어도 건설 회사라 하면 일 년에 하우스는 백 채가 넘게 해야 해."

최 선생님은 과거 자신의 회사를 생각했음인지 길게 한숨을 들이쉬듯 담배 연기를 빨아들이며 말했다.

내비게이션이 시키는 대로 프리웨이에서 내려서 주택가 골목을 몇 번 돌자 한 아담한 이층집 앞에 사장의 트럭이 보였다. 그리고 트럭 옆에는 사장이 끌고 온 것으로 보이는 작은 중기 차 한 대와 40피트가 넘는 긴 컨테이너가 서 있었다. 사장은 우리가 온 것도 아랑곳하지 않고 작은 중기 차에 올라 연신 뭔가를 만지고 있었다.

"뭐가 작동이 안 되나요?"

최 선생님이 다가가며 물었다.

"시동이 안 걸리네요."

인상을 잔뜩 찌푸린 사장이 말했다.

최 선생님이 후두를 열고 차의 내부를 살폈다.

"야휴! 이거 몇 개월 통 안 쓴 모양이네. 거미줄 끼어 있는 거 봐."

차의 내부는 곳곳에 녹이 쓸고 거미줄이 끼여 있었다. 최 선생님은 연료기관과 점화기관의 밸브 몇 군데를 열고 체크한 후 고개를 설레설레 저었다.

"안 되겠는데. 너무 오래 사용을 안 해서 배터리도 나갔고 오일도 모두 굳어진 것 같아."

사장도 포기한 듯 운전석에서 내려와 난감한 표정으로 몇 군데 전화하였다.

"저 차가 무슨 차인데요?"

사장이 자신의 트럭 쪽으로 가자 최 선생님에게 물었다.

"저게 공구리 깨는 중기 차 아이가? 저게 고장 나면 오늘 일 못한다."

"무슨 공구리를 깨는 데요?"

나는 아직 사태의 심각성을 인식하지 못하고 물었다.

"척 보면 모르나? 저 그라지 보이지. 가서 잘 봐. 균열이 가 있을 거야. 그 그라지 공구리를 모두 저걸로 깨부수고 걷어내야 하는 거야."

나는 최 선생님이 가리키는 이층집 차고로 가 보았다. 차고는 열려 있었는데 천 스퀘어 피트가 넘는 꽤 넓은 공간이었다. 과연 차고 바닥의 시멘트 콘크리트는 최 선생님이 말한 대로 곳곳에 균열이 가 있었다. 그때 비로소 나는 오늘의 작업이 무슨 일인지 확실히 깨달았다. 그 균열이 난 콘크리트를 모두 깨트려 걷어내어 저기 세워져 있는 컨테이너에 버린 후 바닥에 거푸집을 설치하고 새로 콘크리트를 칠 준비를 하는 일이다.

"미스타 김! 트럭에 있는 자재들을 모두 내려."

사장은 굳은 표정으로 내게 지시한 후 최 선생님에게 다가가 뭐라고 말씀하셨다. 트럭 위에는 삽과 곡괭이, 해머, 외수레, 컴프레셔 등 실내공사를 할 때에는 잘 쓰지 않는 장비들로 가득 채워져 있었다. 그 중에 한 번도 본 적이 없는, 군대 있을 때 보았던 엠60 기관총처럼 생긴 장비가 눈에 띄었다. 장비 하나가 웬만한 어른 가슴 높이 정도 되었고 그만한 키의 사람 몸무게 정도로 무거워 나르는데 힘이 들었다.

"이게 무슨 장비에요?" 나는 그 장비를 낑낑거리며 나르며 최 선생님에게 물었다.

"잭해머다."

최 선생님은 이미 감을 잡았는지 못마땅한 얼굴로 퉁명스럽게
대답하였다.

사장이 컴프레서에 잭해머를 연결한 후 스위치를 올렸다. 왜에엥
하고 컴프레서 돌아가는 소리가 차고 안으로 요란하게 울려 퍼졌
다. 그리고 그는 끝이 뾰족한 곡괭이를 골라 힘껏 콘크리트 바닥을
내리찍었다. 사장이 곡괭이를 한 번 내리찍을 때마다 잔뜩 이를 악
물은 그의 목덜미에 뻗친 핏줄처럼 콘크리트 바닥이 갈라지기 시작
했다. 그는 그 갈라진 틈에 잭해머의 강철봉을 겨누고 방아쇠처럼
생긴 스위치를 당겼다. 귀청이 찢어질 듯 기관단총 쏘는 요란한 소
리가 나며 잭해머가 작동하기 시작했다. 나는 그때야 잭해머가 일
종의 굴착기 같은 것이라는 걸 알았다. 잭해머가 작동하자 콘크리
트의 균열은 점점 커지기 시작했다.

"이렇게 한 번 해 보세요."

사장은 흥건히 흘러내리는 땀을 수건으로 닦으며 잭해머를 옆에
서 사장이 하고 있던 작업을 못마땅하게 지켜보고 있던 최 선생님
에게 넘겼다. 최 선생님은 마지못해 잭해머를 넘겨받아 사장처럼
콘크리트 균열을 향해 방아쇠를 당겼다. 그런데 거의 최 선생님의
어깨높이나 되는 잭해머가 작동하자 그 진동에 최 선생님이 덩달아
서 메뚜기처럼 껑충껑충 뛰었다. 그 모습이 하도 웃겨 그 엄숙한
순간에 나도 모르게 웃음이 나왔다.

"잭해머를 애인처럼 바짝 당겨 꽉 쥐세요."

사장도 웃음을 참지 못하며 소리를 질렀다.

순간 최 선생님이 잭해머의 스위치를 끄고 사장과 나를 쳐다보았다. 갑자기 요란한 소리가 멈추자 당기면 터질 듯이 팽팽한 긴장이 감돌았다. 최 선생님의 얼굴은 분노로 일그러져 있었다. 그는 모욕당했다고 생각했음인지 잭해머를 내동댕이치며 소리쳤다.

"엿 같아서 못해 먹겠네! 이거 씨발. 이거 가지고 어떻게 사람 둘이서 이 공구리를 다 까부수라는 거야. 중기 차는 고장 나고……. 작업을 하려면 준비가 제대로 돼 있어야 할 거 아니야. 멕시칸 애들이라도 더 불러오든지. 야! 미스타 김. 나 먼저 간다. 이런 뺑이 치는 일 나 못해!"

최 선생님은 노골적으로 사장에게 불만을 터뜨리며 작업장을 떠나 버렸다. 나는 순식간에 일어난 일에 잠시 어찌할 바를 모르고 있다가 이내 최 선생님을 따라서 차 있는 곳까지 쫓아갔다. 그러나 최 선생님은 뒤도 안 돌아보고 차에 먼저 올라타고 가 버렸다.

사장은 잠시 멍하니 있다가 내동댕이친 잭 해머를 일으켜 잡았다.

"새벽에 멕시칸 애들이라도 더 잡아오려고 홈디포에 갔었지. 그런데 오늘따라 개미 새끼 한 마리 없는 거야."

사장은 내가 들으라고 말을 하는 건지 혼자 중얼거리는 건지 잘 알 수 없이 중얼거리며 잭 해머를 바짝 끌어당겨 콘크리트 바닥을 겨냥하였다. 또 다시 잭해머의 강철봉이 콘크리트 바닥을 때리는 요란한 소리가 났다. 사장은 튕겨 오르는 잭 해머를 씨름 선수가 상대방을 잡듯이 바짝 끌어당겨 껴안고 그 진동을 온몸으로 받아

냈다. 요란한 파열음과 함께 잭 해머의 강철봉이 콘크리트를 가격함에 따라 바닥이 눈자위에 서린 핏발처럼 빗금이 가며 갈라지기 시작했다.

"봤지? 콘크리트에 금이 가는 것을. 이 금이 간 데를 해머로 내려치는 거야."

사장은 곡괭이처럼 생긴 해머를 들어 콘크리트 바닥에 금이 간 데를 내리찍었다. 그러자 콘크리트 바닥이 쩍쩍 벌어지기 시작했다. 그 벌어진 틈 사이에 지렛대의 원리를 이용해서 끝이 일자 드라이버처럼 생긴 철봉을 끼여 넣고 힘을 주어 누르자 갈라진 콘크리트 덩어리들이 일어나기 시작했다. 사장은 그렇게 몇 번 시범을 보인 후 시계를 한 번 힐긋 보고 콘크리트 바닥에 빨간 분필로 줄을 그었다.

"오늘은 여기까지 혼자서 해 봐."

사장은 담배를 몇 대 피우면서 한동안 내가 하는 것을 "그렇지! 그래, 그렇게 하는 거야"라고 추임새를 넣으며 지켜보다가 몇 군데 전화를 건 후 떠나 버렸다.

"죽여 버릴 거야!"

나는 해머를 내려찍을 때마다 그렇게 소리 질렀다. 누구를 죽여 버리겠다는 것인지 나도 모른다. 왠지 알 수 없는 분노 같은 것이 치밀어 올랐고 그러한 분노의 힘을 빌려서 해머로 내려찍는 것이 힘을 덜어주는 것 같았다. 나는 이 일이 맨 정신으로는 한 시간도 할 수 없는 일이라는 걸 알았다. 오늘 최 선생님 차를 타고 온 것이 아니라 내 차를 몰고 왔으면 나도 그냥 가 버렸을지도 모른다. 나는 콘크리트 바닥을 해머로 내려찍으며 미친놈처럼 중얼거렸다.

아버지!!! 왜 맨날 망하는 거야! 남들처럼 좀 영악하게 살 수는
없냐구요. 노가다로 돈 좀 벌었으면 엄마 말처럼 폼 좀 잡고 살 수
도 있는 거야. 어차피 자본주의 사회에서는 돈이 최고니까. 그런데
늘 아버지는 노가다로 거칠고 뭉툭해진 그 손을 부끄러워했지. 사
람들이랑 악수하는 것을 부끄러워했어. 내가 당신을 닮지 않고 엄
마를 닮아 가늘고 긴 손을 가진 것을 다행으로 생각했지. 당신 일에
관심을 갖는 것을 싫어했어. 너는 나처럼 살지 말고 펜대를 굴리고
살아야 해. 그런 말을 수도 없이 내게 했었지. 그런데 내가 명문대
에 떨어진 거야. 그날 밤 술이 많이 취해 들어왔지. 그러나 내게
아무 말도 안 하셨어. 자식인 내게 평생 소리 한 번 지른 적이 없지.
왜 죄인처럼 사셨냐구요! 요! 요!
해머를 힘차게 내려칠 때마다 바닥이 쩍쩍 갈라지기 시작했다.

엄마!!! 모든 것은 엄마 탓이야! 늘 아버지를 창피하게 생각했지.
아버지가 벌어주신 돈으로 호사스럽게 살았으면서도 툭하면 아버
지에게 아이고 내 팔자야! 그때 집안만 망하지 않았어도 당신 회사
에 경리로 들어가지 않는 건데. 겨우 여고 졸업반인 나를 꼬셔가지
고……. 넋두리를 해 댔지. 내가 들은 것만 해도 수백 번이야. 정말
철딱서니가 없었지. 그때마다 아버지는 마치 죄인처럼 고개를 들지
못했어. 그런 아버지가 벌어 준 돈으로 해마다 친구들이랑 해외여
행 갔고 밍크코트에 다이야 반지에 명품 가방에 아버지가 망하고도
한 일 년은 그런 것들 팔은 돈으로 먹고살았지. 이번에도 한 일 년

은 괜찮을 거야. 나는 자기를 닮았다고 편애했었지. 송희는 아빠를 닮았다고 미워했어. 아빠처럼 짧은 목과 못생긴 손을 갖고 태어났다는 거야. 엄마의 집안은 예로부터 양반이었단다. 외할아버지는 선생님이었어. 네가 머리가 좋은 것은 다 외가 탓이란다. 그런데 내가 명문대에 떨어지자 재수를 하라고 했어. 명품 가방만을 메야 했듯이 엄마는 내가 명문대에 다녀야 했지. 난 그렇게 안 했지. 자신이 없었던 거야. 엄마의 과도한 기대가 싫었어. 왜 나를 자신의 대리만족으로 생각하는 거야! 야! 야!

죽일 놈은 바로 나야!!! 나야! 너야! 너야! 너는 겁이 많았지. 은연 중 엄마가 널 편애하는 것을 즐겼지. 너도 아버지가 싫었어. 너는 엄마의 속물근성을 갖고 태어난 거야. 너는 중학교 때까지만 해도 네가 최고라고 생각했지. 시골 학교에서는 공부를 꽤 잘했어. 그러나 서울로 전학 오면서 달라졌지. 전학하고 첫 번째 월말고사에 너는 반에서 10등도 못했지. 너는 그 후로 기가 죽었지. 해가 갈수록 너는 공부에서 멀어졌어. 소설 나부랭이만 읽어댔지. 그런데 너는 여전히 착각 속에 빠져 있었지. 예술가 기질이 있다고, 머리가 좋다고 착각하고 있었어. 그런데 너의 수능점수 결과가 말해 주는 것처럼 너 정도의 머리는 대한민국에 너 또래만 해도 수만 명이 있는 거야. 1차 명문대에 떨어지자 너는 당황하였지. 겁이 나기 시작한 거야. 너는 다시 도전하기도 겁났고 그렇다고 원하지 않는 대학에서 졸업하고 취직할 자신도 없었지. 너는 그래서 시간을 좀 벌기 위해서 대학에 입학하자마자 군대에 갔어. 그리고 제대하고 복학하지 않고 미국에 온 거야. 어영부영할 시간이 더 필요했던 거야. 아

270

니 네 학력을 커버할 좀 더 나은 졸업장이 필요했던 거지. 결국 너는 스펙이 필요했던 거야. 그게 전부였어. 그리고 유학 와서 3년 동안 네가 한 게 뭐야. 아직 칼리지도 제대로 졸업하지 못했어. 더욱 한심한 건 내가 진정으로 무엇을 해야 하는지 아직 방향도 못 찾고 있다는 거야. 그런데 이제 꼴이 좋구나. 너는 네 아버지처럼 노가다 일을 하고 있어. 너는 이대로 졸업도 못하고 이런 막일이나 하며 살아갈지 몰라. 너처럼 한심한 놈은 죽어야 해! 해! 해!

내리찍는 해머에 튄 시멘트 조각이 이마에 스쳤다. 반사적으로 이마에 손을 대니 장갑에 피가 묻었다. 잠시 해머를 내려놓고 벽에 걸린 거울을 보았다. 거울 속에는 나라고 믿을 수 없는 한 남자가 머리에 수건을 동여매고 온 얼굴에 땀을 비 오듯 흘리며 서 있었다. 이마에는 조금 긁힌 상처에서 가늘게 피가 흐르고 있었다. 다행히 상처는 깊지 않았다.

지나가는 백인 어린아이가 내 모습을 보고 놀란 듯 자기 엄마 곁으로 바짝 다가섰다. 금발의 젊은 아이 엄마는 아이를 감싸 안으며 고개를 숙여 뭐라고 속삭였다. '무서워할 것 없단다. 그냥 불쌍한 외국인 노동자야'라고 말하는 것 같았다. 고통스러웠다. 힘이 들었다. 금이 쳐진 곳까지 콘크리트를 깨부수려면 얼마나 더 시간이 걸릴지 모른다. 자신이 없었다. 벌써 어깨의 근육은 마비된 것처럼 얼얼해지기 시작했다. 그러나 육신의 고통보다 더 고통스러운 것은 나에 대한 자괴감이었다. 너는 죽어야 해! 순간 삶을 포기하고 싶은 충동이 마음 한구석에서 뱀의 대가리처럼 고개를 들고 일어났다. 장비들을 둘러보았다. 잭해머의 강철봉이 내 머리를 내려친다면 그

것으로 끝이리라. 그러나 내 가슴 높이나 되는 잭해머를 거꾸로 세
워서 내 머리에 대고 방아쇠를 당길 수는 없었다. 가장 좋은 것은
네일건이다. 4인치 정도의 못을 걸고 내 머리에 방아쇠를 당기면
그것으로 끝이리라. 그러나 그날따라 네일건도 가져오지 않았다.
나는 나를 효과적으로 죽일 수 있는 공구를 찾아 두리번거렸다. 나
는 서서히 미쳐가고 있었다.

"이것 좀 먹을래요?"

그 소리는 점차 몽롱해지는 내 의식에 찰싹 뺨을 때렸다. 뒤를
돌아보니 중국인으로 보이는 동양인 여자가 접시에 담긴 음식과
찻잔을 들고 서 있었다. 아마 이 집 주인인 모양이다. 흰 접시 위에
는 중국식 만두와 에그롤 몇 개가 놓여 있었다. 음식을 보니 조건
반사적으로 침이 돌았다. 나는 그때 내 도시락 통을 최 선생님 차에
그냥 두고 내려서 먹을 게 없다는 것을 깨달았다.

안주인이 가져다준 만두를 허겁지겁 집어 먹고 재스민차를 몇
잔 마셨다. 안주인은 차고의 유리창을 통해서 내가 혼자 일하는 것
을 지켜본 모양이다. 어렸을 적 가끔 엄마를 따라 아버지가 일하는
공사판에 간 적이 있다. 인부들은 엄마가 해온 음식을 털썩 땅바닥
에 주저앉아 게걸스럽게 먹었었지. 어린 나에게도 그들은 정말 무
식하고 싫었어. "엄청 먹어들 대는군." 엄마는 깡그리 비운 그릇들
을 담은 보자기를 한 손으로 가볍게 흔들며 내 손을 잡고 집으로
가며 말했지. 나는 아버지에게 손을 흔들었어. 나는 아버지를 그곳
에 두고 혼자 간다는 것이 맘에 걸렸어. 아버지가 그들을 부리는
노가다 십장이라는 것을 알게 되기까지는 오랜 시간이 흘렀지. 부

천 공단 공사현장 생각도 나는군. 그때 나는 휴가를 나와 아버지를 만나러 갔었지. 마침 점심시간이었는지 외국인 노동자들이 식판을 들고 함바 식당 앞에 길게 줄을 서서 기다리고 있었지. 현장소장에게 물어보니 네팔사람들이라는 거야. 그런데 식판에 담긴 음식을 보고 깜짝 놀랐지. 음식이 콩나물국과 깍두기 몇 조각 등 군대에 있을 때 짬밥보다도 못한 형편없는 한국 음식이었지. 현장소장에게 저들도 저런 음식을 먹느냐고 물었더니 그는 없어서 못 먹는다고 통명스럽게 말했지. 그 소장의 말이 맞는 듯이 그들은 식판에 담아주는 밥을 가지고 아무 데나 앉아서 허겁지겁 먹더군. 지금 나처럼 말이야. 지금 아버지가 내 모습을 보면 기분이 어떨까? 아버지는 그 공사 한 건으로 재기할 수 있었지. 그런데 오늘 생각해 보니 그런 아버지의 성공이 나 같은 외국인 노동자들을 착취했기 때문인지도 몰라. 어쩌면 모든 일이 인과응보인지도 몰라.

그런데 음식이 따뜻한 차와 함께 식도를 통해 뱃속으로 들어가자 묘한 변화가 일어났다. 갑자기 어울리지 않는 행복감이 밀려왔다. 그러나 나는 이제 안다. 항상 육체가 정신보다 정직하다는 것을. 어쩌면 관념이란 뱃속의 영양 상태에 따라 수시로 바뀌는 변덕스러운 것인지 모른다. 그 순간 어떤 에너지가 육체에 스며들기 시작하자 다시 한 번 해보자는 생각이 들었다. 어떤 오기 같은 것이 창자 속에서 꿈틀거렸다. 이대로 나를 주저앉히려는 거대한 힘에 맞서 한번 싸워보고 싶었다. 길게 늘어선 저 컨테이너가 마치 내 삶을 가로막는 바리케이드 같은 생각이 들었다. 어쩌면 우리 삶의 진정한 장애는 실패 자체가 아니라 실패에 대한 두려움일지도 모른다.

그 두려움이 나를 가로막고 있는지도 모른다는 생각이 들었던 것이다.

부서진 콘크리트 덩어리들을 외수레에 실어서 컨테이너에 버리기 시작했다. 그러나 이 일 또한 쉽지 않았다. 양팔과 어깨에 힘을 주고 외수레의 중심을 잘 잡지 않으면 그냥 나동그라지기 쉽다. 그리고 컨테이너에 가까이 갈수록 외수레 미는 속력을 더 내야 한다. 그 가속도로 외수레를 컨테이너에 임시로 설치한 각목으로 만든 다리 끝까지 밀어 올려야 하기 때문이다. 그렇게 해서 콘크리트 덩어리를 쏟아 버린 후 다시 내려와 차고로 와서 외수레에 아직도 엄청나게 많은 또 다른 콘크리트 덩어리를 담는다. 이런 일을 수백 번 반복해야 하는 일이다. 그러나 나는 그간의 노가다 경험을 통해서 잘 알고 있다. 이런 잡일들에도 어떤 요령이 있다는 것을. 그 요령이란 머리를 굴리려고 하지 말고 그저 아무 생각 없이 계속하는 것이라고. 시지푸스의 신화는 신화 속의 이야기만이 아니다. 노가다 판에는 그런 일들이 얼마든지 있다. 끊임없이 반복되는 일, 그러나 그런 일에도 끝이 있는 법이다.

어느새 장갑을 벗어 버렸다. 손에 땀이 범벅이 되어 장갑이 물에 젖은 솜 덩어리처럼 무겁게 느껴졌고 손이 땀에 불어 퉁퉁 부르트는 것 같았기 때문이다. 장갑을 벗자 가늘고 긴 손이 사치처럼 하얗게 드러났다. 그 손을 보자 나는 또 다시 나에 대한 혐오가 일어났다. 이제는 그런 손이 나랑 더 이상 어울리지 않는다는 생각이 들었다.

요람에서 무덤까지 말단에서 사장까지
한 많은 남자 한국놈 한다면 한다 한국놈

의사 약사 변호사 검사 판사
차라리 그 정성으로 MP3 다운받지 말고 판사

너는 죽을 용기도 없는 거야. 너는 이 고통의 밑바닥에 고인 마지막 한 방울의 땀방울까지 마셔버려야 해. 무감각하게 소처럼 개처럼 일하는 거야. 너는 애초에 최 선생님처럼 잭 해머를 팽개치지도 못했어. 사장에게 부당하다고 항의 한 번 못했잖아! 그냥 묵묵히 일하는 거야. 일하는 거야.

콘크리트를 깨서 부수고 그 부서진 덩어리들을 외수레에 실어 컨테이너에 버리고 오후 내내 작업은 계속되었다. 마침내 사장이 분필로 그어 놓은 선이 있는 곳까지 왔다. 나는 분필로 빨갛게 그려진 그 선을 따라 잭해머를 대고 깨부수기 시작했다. 그리고 금이 간 곳을 해머로 내리친 다음 부서진 덩어리를 외수레에 싣고 마지막 힘을 다해 컨테이너로 옮기기 시작했다. 일이 종착지에 도달함에 따라 긴장이 풀린 탓인지 마지막으로 외수레를 나를 때는 다리에 힘이 풀려 세 번씩이나 각목으로 만든 다리에 밀어 올리지 못하고 주저앉았다. 혼신의 힘을 다해 외수레를 밀어 올리고 콘크리트 덩어리를 컨테이너 안으로 밀어 넣었다.

끝났다. 나는 외수레를 내동댕이치고 털썩 주저앉아 머리에 동여맨 수건을 풀어 땀을 닦았다. 그리고 긴 한숨을 내쉬고 하늘을 보았다. 이미 석양은 옥스나드 바닷가 쪽을 향해 장렬하게 수장할 준비를 하고 있었다. 오! 아름다웠다. 저 마지막 저항을 보아라! 서쪽

하늘을 붉게 물들이며 장엄하게 태양은 다시 지고 있는 것이다. 그 순간이었다. 그 순간 정말 믿을 수 없는 장면이 내 앞에서 전개되었다. 컨테이너에, 그 장대한 컨테이너에 가득히 콘크리트 덩어리들이 쌓여 있는 게 아닌가! 그 거대한 콘크리트 덩어리들은 어느새 석양을 등지고 아라비안나이트에 나오는 거인 같은 그림자가 되어 차고 안까지 뚜벅뚜벅 걸어 들어왔다. 순간 나는 주르르 눈물을 흘리지 않을 수 없었다. 그것은 내가 이룩한 일이다. 나는 해낸 것이다. 나 혼자서 저토록 거대한 작업을 해냈다는 사실이 믿어지지 않았다. 그 순간 부서질 것 같은 온몸에 생기가 돌며 믿을 수 없는 희열이 느껴졌다. 그 희열이 뜨겁게 가슴을 타고 솟구쳐 올라와 기쁨인지 슬픔인지 분간할 수 없는 눈물이 되어 펑펑 쏟아져 나왔다. 그렇게 한참을 울었다. 나는 내 스스로가 자랑스러웠다. 초인적인 인내를 가지고 인간적인 삶을 위해 투쟁해 왔던 불가사의한 부족의 전사로 이제 막 변신한 느낌이 들었다. 드디어 전투는 끝났다. 그리고 나는 홀로 남겨졌다. 그러나 이제 나는 사막에서도 살아남는 강인한 전사가 될 것이다.

나는 서서히 일어나 나와 함께 장렬한 전투를 벌였던 잭해머나 곡괭이, 해머, 지렛대로 쓰는 철봉, 외수레 등 마치 부상당한 병사들처럼 나동그라져 있는 장비들을 돌보기 시작했다. 이제 집에 갈 준비를 해야 한다. 그러다 힐긋 **빨간** 분필로 그어진 선을 보았다. 정확히 작업은 거기에서 중단되었다. 나는 순간 그 선이 정말 가소롭게 느껴졌다. 사장은 최대한 효율적으로 시간을 따져 그 선을 그어 놓았을 것이다. 그 효율성에는 나에 대한 시간당 임금 등 경비를 제외하고 최대의 이윤을 뽑으려는 경제의 원리가 작용했겠지. 그러나 거기까지이다. 당신네 족속은 얼마나 새대가리인가? 오로지 인간을 숫자와 관련지어서밖에는 알지 못한다. 당신들은 그 너머의 세계가 있다는 것을 절대 알지 못한다. 나는 다시 잭해머를 들었다.

나는 선을 넘어 약 일 피트 정도 콘크리트를 더 깨부순 후 작업을 마쳤다. 그리고 공구들을 가지런히 정비하고 주변 청소를 하였다. 날은 이미 저물어서 예쁜 집들마다 하나둘 앞 다투어 불을 켜며 어둠을 맞이하기 시작했다. 사장은 그때까지 오지 않았다. 나는 현관문을 두드려 안주인에게 오늘 작업이 끝났음을 알리고 음식을 주신 것에 감사를 표했다. 주인 여자는 컨테이너에 가득 쌓인 콘크리트 덩어리와 나를 번갈아 보며 놀라서 만두처럼 커진 눈으로 "아 유 오케이?" 하고 여러 번 물어보았다. 나는 대답 대신 모처럼 오랜만에 크게 웃었다. 그리고 그녀에게 작별인사를 하고 버스가 다니는 대로를 향해 천천히 걸어갔다. 미국에서의 노가다는 오늘로서 끝이다. 그리고 유학 생활 또한 끝이다. 한국에 돌아가야지. 돌아가서 할 수 있다면 아버지의 일을 도울 것이다. 여기서처럼 노가다 일을 할지 모른다. 노가다면 어떤가? 무슨 일이든지 두려울 게 없다. 나는 이제 정말 인생에서 더 이상 아무 것도 두려운 것이 없었다.

오래된 기억

아내와 이혼한 후 어느 정도 정리가 됐을 때 환길은 한국에 한번 다녀오고 싶었다. 돌이켜보면 그에게 결혼은 그다지 절차가 복잡하지 않았지만 이혼은 생각보다 절차가 복잡하였다. 그런 문제로 자주 아내를 만나는 것이 싫어 얼마 안 되는 재산이지만 변호사를 써서 재산을 분배하였다. 그 결과 부부 명의로 되어있던 주택과 현찰이 어느 정도 들어있는 통장은 아내에게 주었고 그로서리 가게에서 아내의 이름을 뺐다. 환길은 그 가게를 한 달 전 팔고 근 이십 년 만에 실업자가 되었다. 특별히 할 일이 없어지니 갑자기 옛 생각이 났던 것이다.

아내가 이혼하자고 했을 때 드디어 올 것이 왔다는 느낌이 들었다. 언제부터인가 모든 것이 시큰둥해졌다. 큰 애가 시집가고 난 후부터일 수도 있고 작은 애마저 버클리에 입학하여 집을 떠난 후부터일 수도 있다. 인생의 커다란 임무가 마침내 끝난 것 같은 허탈감이 들었다. 두 부부는 둘만 쾡하니 남은 집에서 뭘 할지 모르고 서성거리는 때가 많았다. 삶이 참으로 공허하다고 느껴졌다. 최근 몇 개월째 부부 사이에는 섹스가 없었다. 오십 중반에 이른 환길에게 부쩍 몸이 예전 같지 못하고 우울증이 찾아왔을 수도 있고 아내도 그랬을지 모른다. 부부 사이는 몇 년 전부터 조금씩 균열이 가기 시작했다. "멍하니 무슨 생각을 하는지 알 수 없는 당신 얼굴 보기도 이제 지긋지긋해." 아내가 이혼을 선언하는 순간 환길은 아차! 했지만 이미 그 틈은 너무 벌어져 봉합하기에는 이미 늦었다는 것을 알았다.

힘차게 활주로를 날아오른 비행기가 태평양을 향해 기수를 틀자 환길은 그렇게 시간도 거꾸로 흐를 것만 같은 착각이 들었다. 비행기가 계속 그렇게 서쪽으로 날아간다면 고향에 이를 뿐만 아니라 젊은 날의 그 시절로 돌아갈 것 같았다. 그 순간 젊은 날, 청춘이라는 단어가 떠오르자 어떤 아린 아픔 같은 것을 느꼈다. 그에게 젊은 날이란 기억하기 싫은 무모한 열정이거나, 상처 입은 새가 날아오르려고 파닥거리는 몸부림이거나, 거대한 폭력 앞에서 주눅이 들어 찌들어진…… 여린 어떤 것들을 의미했다. 환길은 구름이 스쳐 가는 창밖을 보며 자신이 기억하기 싫은 기억의 문을 삼십 년 동안 억지로 닫고 살았다는 것을 깨달았다. 그러나 어느 순간부터 그 시간을 다시 더듬어 보고 싶은 욕망이 싹텄던 것이다.

환길은 인천공항에 내려 서초동 형 집으로 가지 않고 강남역 부근의 호텔에 방을 잡았다. 형에게는 엘에이로 돌아오기 하루나 이틀 전에 들를 생각이었다. 사실 형하고는 조금 껄끄러운 앙금 같은 게 남아있었다. 십년 전 어머니가 돌아가셨을 때 환길이 급하게 나가 장례식만 참석하고 그 다음 날 엘에이로 돌아온 후 둘 사이는 더 벌어졌다. 환길로서는 그때 막 새로 가게를 인수한지라 정신이 없었지만 형은 그 일을 두고두고 섭섭해 했다. 환길은 호텔에 짐을 풀고 바로 택시를 잡아 그곳으로 갔다. "많이 변했지요?" 택시 기사는 삼십 년 만에 고국 방문이라는 말에 조금 놀라는 듯 백미러로 환길의 표정을 살피며 물었다. 환길은 그의 기분을 맞춰주기 위하여 정말 무지 많이 변했다고 말했다. 이젠 선진국이 다 되었다고. 그렇다. 한국은 많이 변했다. 그건 사실 이렇게 고국 방문까지 안 해도 다 알고 있었다. 환길은 삼십년 동안 거의 빠지지 않고 한국 신문을 읽었고 인터넷을 통해 한국 사이트에서만 놀았고 한국 방송만 보고 들었다. 한국이 변했다는 건 누구보다도 잘 안다. 한국에 다녀온 사람들은 말했다. 한국이 너무 변했어요. 한국이 이젠 선진국이에요. 개중에는 역이민을 하는 사람도 있었다. 은퇴한 후에는 한국에 돌아가서 살까 봐요. 환길도 그런 생각을 하지 않은 건 아니다. 그러나 환길이 영주귀국을 고려한다면 그 이유는 한국이 살기 좋게 변해서가 아니라 미국 생활은 암만 오래 살아도 익숙해지지 않고 겉도는 삶이라는 걸 나이가 들수록 더 느껴지기 때문이었다. 아니 나이 들수록 귀소본능이 더 작용하는지도 모른다. 환길의 이번 한국방문에는 그 문제를 심각하게 검토하려는 목적 또한 있었다. 귀국 후 남은 생을 살만한 곳, 그런데 그 곳은 서울 같은 대도시는 아니었다. 오히려 삼십 년 전의 모습이 남아있는 곳, 시골이 될 것이다. 그런데 시골에도 옛 모습이 그대로 남아있을까? 오랜 세월이 흐른 후 고국을 방문하는 사람들은 고국의 변한 모습보다는 오히려 변하지 않은 모습을 더 그리워 한다는 것을, 고향을 떠나서 살아보지 않은 사람들은 모른다.

학교 앞은 정문을 빼고는 알아볼 수 없었다. 그때에는 도로를 건너서 정문 쪽으로 가는 지하도가 있었는데 그마저도 사라지고 없었다. 챔피언 당구장, 학사다방 뿐만 아니라 엄마 집, 고모 집 등 정문 건너편 골목에 있던 학사주점들도 모두 사라져 버렸거나 다른 식당으로 바뀌어 알 수가 없었다. 환길은 막연한 기대감이 사라지고 은연 중 화가 나기 시작했다. 학교 안으로 들어서자 비포장 교내의 도로가 모두 콘크리트 포장도로로 바뀌어 있었다. 본관과 문과대 건물 등 돌로 만든 오래된 건물 외에는 신축건물이 많이 들어서 마치 다른 대학에 들어온 느낌이 들었다. 환길은 어디로 가야할지 모른 채 서성거리다가 천천히 교양관 건물이 있었던 곳으로 걸어갔다. 그때 3층 건물이었던 교양관 건물은 7층 현대식 건물로 변해 있었다. 교양관 건물 앞 금잔디 광장만이 변함없이 6월의 싱그러운 녹음을 깔고 있었다. 환길은 잠시 잔디밭에 주저앉았다. 라일락꽃 향기가 날아들었다. 그 향기는 삼십년 전처럼 여전하였지만 그 향기에 섞여있었던 톡 쏘는 듯한 최루탄 냄새는 더 이상 나지 않았다. 학생들의 옷차림은 좀 더 화려해졌지만 대부분 무표정한 얼굴로 강의실을 찾아 바쁘게 발걸음을 옮겼다. 예전처럼 삼삼오오 잔디밭에 앉아 시국에 관해 논하며 쑥덕거리던 모습들은 찾아볼 수 없었다. 갑자기 마이크 소리가 나서 고개를 돌리니 예전 정경대 건물 앞에 수십 명의 학생들이 모여 있었다. 한 학생이 일장연설을 하는 데 자세히 들으니 요새 한참 시끄러운 국가정보원 선거개입 사태를 규탄하는 내용인 것 같았다. 환길은 순간 자기도 모르게 긴장되었다. 참으로 오랜만에 시위현장을 목격하니 어두운 기억의 빗장이 풀리면서 가슴을 죄는 공포감이 페퍼포그 연기처럼 스며 나오기 시작했다. 그런데 어리둥절한 상황이 발생했다. 남학생이 마이크를 여학생에게 넘기니 여학생은 생글생글 웃으며 이야기하는 것이 아닌가! 자세히 보니 연설자를 마주보고 둘러앉은 학생들도 마찬가지였다. 모두들 웃고 있었다. 여학생의 연설이 끝나니 이번에는 십여 명의 학생들이 앞으로 나와 음악에 맞추어 춤을 추었다. 모두들 박수를 치며 환호하였다. 환길은 시위가 아니라 무슨 공연을 보는 것 같았다. 더욱 이해할 수 없는 것은 지나가는 학생들이 이런 일에 익숙하다는 듯 그곳에 눈길 한 번 안 주고 제각기 바쁜 걸음으로 지나쳐가는 것이 아닌가! 환길은 갑자기 허탈해졌다. 엄청난 비싼 입장료를 내고 들어와서 형편없는 공연을 본 관객처럼 뭔가 속은 것 같은 느낌이 들었다. 환길은 자리에서 일어나 천천히 도서관 건물 쪽으로 향했다. 그는 크게 증축된 도서관 건물보다도 그 입구에 늘어선 학생들의 긴 줄에 더 놀랐다. 학생들은 입시학원에 늘어선 긴 줄처럼 늘어서서 도서관 입장을 기다리고 있었다. 환길은 도서관에 들어가려는 것을 포기하고 도서관 건물 뒤편으로 예전에 나있던 후문을 향해서 갔다. 그러나 후문은 보이지 않았고 큰 운동장이 덩그러니 보였다. 예전에 학교 밖 도로 건너편에 있었던 야산을 깎아 운동장을 만든 것 같았다. 모든 것이 너무도 변해 있었다. 환길은 잠시 운동장 관람석에 앉았다. 운동장은 텅 비어있었다. 바람이 한 번 불자 라인을 그려놓았던 백색 가루가 뽀얗게 날렸다. 그리고 서서히 바닥에 다시 깔리기 시작했다.

둥둥둥! 북소리가 들렸다. "선두는 후문으로 돌파하라!" 후미에서 확성기를 통해 절규하듯 명령이 떨어졌다. 그는 그때서야 자신이 스크램을 짠 선두에 있음을 깨달았다. 뒤에선 계속 밀고 오니 앞으로 나갈 수밖에 선택의 여지가 없었다. 후문으로 나오니 도로까지는 비탈길이었다. 그런데 어느새 방탄모를 쓴 전경들이 몰려들어 최루탄을 쏘기 시작했다. 최루탄이 터지며 연기가 산비탈에 구름처럼 깔리기 시작했다. 순식간에 바닥의 지형이 사라져 버렸다. 그는 마치 구름 위를 달리듯 비탈을 내려와 골목길로 들어가 큰길 쪽으로 뛰었다. 전경들이 쫓아오기 시작했다. 잡히면 그대로 군대에 끌려간다는 소문이 파다하였다. 이번엔 대로 방면에서 전경들이 몰려왔다. 꼼짝없이 골목에서 갇혀서 잡힐 순간이었다. 그 순간 그는 어디서 그런 힘이 났는지 골목 담벼락을 한손으로 집고 뛰어넘었다. 담벼락 너머는 버스 정류장이었다. 그는 주차된 버스 위를 징검징검 건너뛰어 버스 정류장을 빠져서 대로 쪽으로 달아났다.

동안이라서 남들보다 몇 년은 젊어 보이는 형이지만 세월의 무게는 어쩔 수 없는 듯 귓가에 흰머리가 무성하였다. 형은 왠지 침울해 보였다. 환길은 항상 멍하니 무슨 생각에 잠겨 있는지 알 수 없는 형의 모습이 나이가 들수록 아버지를 똑 닮아간다고 느꼈다. 형은 작년서부터 성당에 다니기 시작했다고 했다. 항상 현실적이고 세속

284

적인 욕망이 강했던 형이 종교에 빠졌다는 것이 환길에게는 좀 의외였다.

"울화통이 터져서 살 수가 없는 거야. 너도 알다시피 나는 좀 영악한 놈이지. 나에게 손해되는 일은 잘 하지 않아. 그렇지만 좀 너무하다는 생각이 드는 거야. 이 세상은 정말 나쁜 놈들이 너무나 잘 사는 거야. 착한 사람들은 대부분 실패자이고 힘든 인생을 살지. 한 마디로 정의가 없는 거야."

형은 환길이 보기에는 비교적 성공적인 삶을 살았다. 부잣집 딸이랑 결혼해서 별 고생 없이 공부만 계속 할 수 있었고 박사학위를 받은 뒤 비교적 쉽게 서울에 있는 대학에 자리를 잡아 교수가 되었다. 그런 형의 입에서 현실에 대해 비판적인 말이 나오자 환길은 왠지 어울리지 않는다는 생각까지 들었다.

"일제 강점기에 독립운동 했던 사람들의 후손은 선대의 집안이 풍비박산이 난 여파로 지금도 힘들게 살고, 그때 친일하면서 호의호식했던 사람들의 후손은 지금도 여전히 잘 살고…… 이거야 다 아는 지나간 이야기라 해도 수십 년 전 군사독재 시절 권력을 휘두르며 온갖 부정축재해서 잘 살았던 놈들은 지금도 잘 살뿐만 아니라 그 자식들이 또 다시 권력을 잡는 세상이니……"

형은 그런 부정한 세상에서 마음을 다스리는 한 가지 방법은 종교적 믿음밖에 없다는 것을 깨달았다고 했다. 하나님은 반드시 이 세상을 심판하러 다시 오신다. 우리에게 보이는 현세의 삶만이 전부가 아니다. 우리가 현세의 삶을 떠난 후에 반드시 우리가 저지른 죄에 대해 심판을 받는다는 것이다. 그러한 믿음만이 이 부정한 세상을 이해하게 해 주고 마음을 다스리게 해 준다고 형은 말했다.

"나이가 들수록 아버지 생각이 나. 아버지가 돌아가실 때 연세가 아마 지금 우리 나이쯤 되었을 거야. 참 고집스럽게 인생을 살다가 셨지. 좋은 게 좋다는 식으로 사셨어도 인생을 편하게 사셨을 거야. 끝까지 고집스럽게 그걸 막으려고 했으니……. 그때 남들처럼 도장을 찍어주셨으면 우리도 보상도 좀 받고 너나 나나 좀 편하게 대학 생활 했을 텐데……."

환길은 형이 아버지가 대대로 내려온 선산과 주변 농지가 댐 건설을 위한 수몰지구로 선정되자 극렬히 반대했던 일을 말한다는 걸 이내 알았다. 마을에서 댐 공사를 위한 본격적인 철거가 시작되자 아버지는 친척들의 만류에도 불구하고 선산이 물에 잠기면 끝까지 남아 같이 물귀신이 되겠다고 집을 떠나지 않고 버텼던 것이다. 결국 경찰의 강제집행에 의해 아버지는 끌어내졌고 공무집행 방해죄로 며칠간 유치장 신세를 지기도 했다. 유치장에서 나온 아버지는 보상금을 거부하고 수몰된 지역 일대의 국유림을 대신 받는 것으로 당국과 타협을 보았다. 그리고 그 임야를 개간하여 다시 농사를 지으려고 산비탈 논을 개간하다가 어느 날 뇌졸중으로 돌아가셨다. 그때 환길은 대학에 막 입학하여 서울에 있었고 형은 군대에 있었다.

아침 일찍 환길은 렌터카를 빌려 진상으로 향했다. 서울을 빠져 고속도로를 한 시간 이상을 달렸을 때 환길은 한국에 돌아와 산다는 것이 힘들 것 같은 생각이 들었다. 산하는 예상했던 것보다 훨씬 심하게 유린당해 있었다. 개발이라는 미명하에 온 산하가 콘크리트 덩어리로 뒤덮어 있었다. 불현듯 끔찍한 기억이 떠올랐다. 아버지가 뇌출혈로 쓰러져 돌아가셨다는 소식을 듣고 고향에 내려갔을 때 아버지의 주검보다도 더 끔찍했던 것은 큰 감나무가 마당 한복판에 있었던 고향집과, 아버지의 땀이 밴 논밭과, 환길이 어렸을 때 하루 종일 고기를 잡고 놀았던 실개천이 모두 사라져 버리고 시퍼런 물이 출렁거리는 댐으로 변한 모습이었다. 환길은 그 후로 다시 고향에 가지 않았다. 아니 고향에 갈 일이 없었다. 아버지가 돌아가신 후 2년 후에 어머니는 서울로 올라오셨고 환길의 친척들은 보상금으로 나온 돈을 받아 쥐고 전국으로 뿔뿔이 흩어졌다. 오백년간 이어온 집성촌이 하루아침에 해체된 것이다. 지금은 작은아버지를 비롯한 몇몇 친척들만이 백운산 자락에 터를 잡고 밤나무 등 유실수를 키우거나 흑염소 등을 방목하고 살고 있었다.

고향을 찾아간다는 것은 사실상 공간에의 이동이 아니다. 당신은 늘 그곳에 도착하지만 고향은 그곳에 없다. 고향을 찾아간다는 것은 항상 과거라는 시간으로의 회귀인 것이다. 그곳에서 당신이 처음 만나는 것은 늘 방황하던 젊은 날의 모습이다. 환길 또한 그랬다. 고향이 가까워질수록 반갑기보다는 두려운 생각이 들었다. 마을 입구에서 비틀거리는 젊은 날의 그가 금방이라도 튀어나올 것만 같았다.

아버지는 비촌 마을 어귀에서 시작되어 십리가 조금 넘는 무등암에서 끝난 긴 노제를 통해 오십 반평생을 살며 정들었던 마을 곳곳에 인사를 했다. 해가 중천을 넘었을 때 아버지의 시신을 멀리 광양만이 바라보이는 백운산 끝자락에 위치한 할아버지 묘지 아래 묻자 꼭두새벽부터 진행된 긴 장례식이 끝났다. 사람들은 철퍼덕 주저앉아 비로소 큰일을 치렀다는 안도감에 담배를 태워 물었다. "광운이가 날볼 마을 땜시로 고생 많이 했제." 여수 아범이라고 불리는 5촌 당숙이 쓸쓸하게 담배 연기를 길게 뿜으며 한 마디 했다. "아따! 고생 많이 했다마다요. 날몰에 진상면 처음으로 전기가 들어온 게 다 광운이가 앞장서서 한 거랑 말시" 하동 아제가 산 아래로 일렬로 늘어진 전봇대를 가리키며 맞장구를 치자 사람들은 다투어 아버지에 대해 덕담을 늘어놓기 시작했다. 환길은 쓸쓸하였다. 끝까지 댐 건설을 반대했던 아버지 때문에 보상금 수령이 늦어진다고 아버지를 비난했던 사람들이다. 죽음이 모든 것을 너그럽게 만드는 걸까. 사람들은 가슴에 맺힌 어떤 껄쩍찌근한 죄책감 같은 것을 술로 씻어 내려야만 할 것처럼 "수고들 했네. 집에 가서 한잔들 하세"라고 여수 아범의 말이 떨어지기가 무섭게 여수 아범의 집으로 몰려갔다.

어쩌면 아버지의 죽음보다도 더 큰 상처로 평생 남을지도 모르는 사건은 장례식이 끝나고 환길이 서울로 올라오기 전날 일어났다. 그는 진상으로 나가 신옥을 찾아갔다. 이틀 전 신옥의 아버지인 박 샌과 신옥이 조문하러 왔었지만 형을 대신해서 맏상제인 그는 정신없이 박샌이 내미는 억센 손을 잡고 잠깐 신옥을 힐끗 보았을 뿐이었다. 그 와중에서도 처음으로 신옥의 화장한 모습을 본 것이 기억에 남았다. 신옥은 어찌 보면 환길의 소꿉친구라고도 말할 수 있었다. 신옥의 할아버지는 환길네 머슴이었는데 환길이 초등학교 입학할 때까지 같은 집에서 살았다. 그래서 환길은 아직도 신옥이랑 아랫소에서 물놀이를 함께 한 기억, 끝없이 이어진 논두렁을 따라서 아버지와 신옥의 아버지 박샌이 일하는 논에까지 함께 갔던 기억 등 어렴풋한 옛 기억이 남아 있었다. 신옥이네가 진상으로 나간 이후에도 둘은 진상 초등학교와 진상 중학교를 같이 다녔다. 환길이 서울에서 고등학교를 다니기 위해 고모가 사는 서울에 올라온 후에도 그는 방학 때 진상에 내려갈 때면 꼭 신옥을 만났다. 그는 중학교 때까지도 몰랐는데 어느 날 고등학교 방학 때 내려가 신옥을 만나보니 가슴이 봉긋하게 솟아오른 완연한 가시내로 변해 있었다. 말만한 가시내로 변한 신옥을 보니 그도 예전처럼 하대하기가 어색했고 신옥도 그의 얼굴을 정면으로 보지 못하고 얼굴을 붉히는 일이 많았다. 오랜만에 만날수록 그들의 대화도 변해 갔다.

중학교를 마치고 서울로 올라간 그는 한동안 서울 생활에 적응하지 못했다. 난생처음 대도시의 아파트에서 산다는 것이 콘크리트 블록 속에 꼭 갇혀있는 느낌처럼 답답하기 짝이 없었다. 서울의 고등학교 생활 또한 그에게는 매우 힘들었다. 한때 진상면에서 수재 났다는 말을 듣는 그였으나 막상 서울의 고등학교에 입학해 보니 간신히 반에서 상위권에 드는 정도였다. 그런 시골의 수재라고 소리 듣는 정도 공부하는 학생들은 서울에서는 부지기수로 많다는 사실이 그의 자존심을 구겨 버렸다. 급우들은 그의 남도 사투리를 흉내 내며 비웃기 일쑤였다. 이후부터 그는 고향에 내려가서가 아니면 철저히 서울말만 사용하여 대학에 가서는 모두들 그가 서울 사람인 줄 알 정도였다. 고등학교 일 학년 때 이미 향수병에 빠져버린 그는 한 학기 내내 방학이 빨리 와서 고향에 내려갈 생각만 했다. 수업을 마치고 집으로 온 후 고모의 서재에서 세계문학전집 같은 소설책만 읽으며 무료한 시간을 보냈다. 고모는 여자들도 배워야 한다는 개화된 할아버지의 방침에 따라 일찌감치 고등학교 때 서울로 올라와 아버지와 함께 자취생활을 하다가 대학에 들어갔다. 졸업 후 선생이 되려고 했으나 돈 많은 집 아들인 지금의 고모부를 만나 결혼하자 집안에 틀어박혀 평범한 가정주부가 되었다. 반면에 아버지는 서울서 대학을 졸업하고도 서울의 직장생활에 적응하지 못하고 입사한 지 일 년 만에 고향에서 농사를 짓겠다고 귀향하여 할아버지를 크게 실망시켰다고 한다. 그가 고등학교 일학년 겨울 방학 때 고향에 내려갔을 때 그는 이미 문학청년이 되어 있었다. 그는 신옥을 만나 헤르만 헤세의『데미안』과 앙드레 지드의『좁은 문』등 문학 이야기를 하느라 정신이 팔려 비촌으로 가는 막차를 놓친 적도 있었다. 지금 생각해 보면 그가 주로 이야기하고 신옥은 거의 말이 없이 듣고만 있었는데 그때 정말 신옥이 자신이 하는 이야기를 들었던 것일까 하는 의심이 갔다. 그 나이에 사실 대화의 내용은 상관이 없는 일인지도 모른다. 그 보다 중요한 것은 크고 작은 바위들을 스치며 흘러가는 시냇물 소리를 배경으로 밤새도록 청춘남녀가 시냇가 바위 위에 걸터앉아 도란도란 이야기를 나눴다는 사실이다. 가끔 어깨와 어깨가 밀착되는 일이 있었는데 그때마다 그는 아랫도리가 돌덩이처럼 빳빳해지는 것을 느꼈다.

환길은 사실 신옥이에게 물어보고 싶은 오래된 기억이 하나 있었다. 몇 살 때인지 확실히 기억이 나지 않는, 초등학교도 들어가기 전 아주 어렸을 때 일이다. 하루는 신옥이와 그 장소가 헛간이었는지 부엌이었는지 잘 기억이 나지 않는 곳에서 신랑 각시놀이를 하고 있었다. 둘은 대추와 밤과 콩을 가지고 소꿉놀이를 했는데 엄마 아버지처럼 상을 차리고 함께 밥을 먹었다. 대추와 밤 한 톨 그리고 콩 몇 개를 집어 먹은 후 그는 "여보 잘 먹었어" 하고 아버지처럼 말했다. 그리고 신옥이에게 다가가 "여보 이제 자야지"라고 말하며 신옥이의 치마를 벗겼다. 신옥이 진짜 각시처럼 가만히 있자 그는 자신의 바지를 벗었다. 그리고 자신의 고추를 신옥이의 그곳에 갖다 댔는데 그때 문이 열리고 엄마가 들어왔다. 그는 엄마에게 싸릿대로 뒤지게 맞았다. "이놈이 집안 말아먹을 놈이네! 종년의 기집이랑 신랑 각시놀이를 하고." 엄마는 어린아이들이 어른들 짓거리를 한다는 것에 화난 것보다도 환길이 다른 사람이 아닌 신옥이와 그런 짓을 한다는 것에 더 화가 난 것 같았다. 엄마는 신옥이도 때릴 듯이 빽 소리를 질러 신옥이가 울며 도망갔다. 환길은 이 기억이 실제로 있었던 일인지 자신이 꿈을 꾸었던 일인지 확실치가 않았다. 그래서 언제가 한 번 꼭 신옥이에게 물어보고 싶었던 것이다.

신옥을 만나자마자 환길은 며칠 동안 참았던 눈물이 한꺼번에 쏟아지는 것 같았다. 환길은 사실 아버지의 장례식 동안 한 번도 눈물을 흘리지 않았다. 아버지를 실은 관이 땅속에 묻히는 순간에도 어찌 된 영문인지 눈물이 나오지 않아 거세게 우는 다른 친척들에게 오히려 미안할 지경이었다. 그런데 신옥을 만나자마자 뒤늦게 눈물이 하염없이 나왔다. 둘은 이날 밤 진상역 앞 여관방에서 진짜로 신랑 각시놀이를 했다. 환길은 술에 취해 있었고 어떻게 둘이 여관까지 가게 된 경위는 자세히 기억이 안 나지만, 신옥의 박 속 같은 하얀 속살과 탱탱하게 솟아오른 젖가슴, 그리고 환길의 발기된 남근을 촉촉하게 받아들였던 그녀의 따듯한 그곳을 아직도 생생하게 기억하고 있었다.

삼십 년 만에 만난 호운이 작은아버지는 할아버지로 변해 있었다. 환길에게 작은아버지는 어렸을 때부터 물가에서 작살로 낚시하는 법을 가르쳐 주고 야산에서 토기나 노루 잡는 덧을 놓는 법을 가르쳐 주는 등 자상한 큰형 같은 존재였다. 삼십여 년 전 군에서 막 제대해서 아버지 농사일을 거들 때의 풋풋한 보릿대 같은 청년이 백발이 성성한 노인네로 변해 버린 세월의 무상함이 절로 느껴졌다. 작은아버지는 아버지가 돌아가신 후 선산을 그대로 물려받았다. 그 후 임야를 개발하여 밤나무 등 과실수를 키우고 흑염소 방목 농장을 만들어 제법 성공한 농업인이 되었다. 이제는 자식들도 다 커서 서울에서 직장 다니고 있고 작은어머니랑 둘이서 선산을 지키고 있다고 한다.

"나랑 여기서 함께 살자."
아버지 묘소에 절하고 내려가는 길에 작은아버지가 말했다.
"이게 다 느그 아버지가 맹글라고 했던 거다. 저기 내려다보이는 밤나무 숲과 비탈 논 보이제. 그리고 울타리 철망 보이제, 그게 흑염소 농장인기라. 끝까지 보상을 마다하고 이 산이라도 달라한 게 다 생각이 있었던 기라. 사람들이 다 미쳤다고 했제. 이까짓 씨잘데기 없는 산 뭐 땀시로 돈과 바꾼다고. 근데 다 생각이 있었든 기라. 느그 아버지는 시대를 앞서간 사람이었데이. 나는 다 그때 아버지 계획대로 한기다. 지금 봐라. 누가 옳았나. 그때 보상금 받아 챙기고 서울 가서 잘된 일가친척 하나 없데이."

환길은 멀리 내려다보이는 진상 댐과 그 위로 포장된 도로, 그리
고 산비탈서부터 오밀조밀 작은아버지가 만들어온 비탈논과 농장
들을 바라보며 상념에 빠졌다. 댐의 시퍼런 물은 여전히 끔찍하게
보였다. 마치 환길의 수많은 추억들을 앗아가 버린 무시무시한 망
각의 늪처럼. 그러나 그 위 불모의 산비탈을 개간해 만든 임야는
버려진 절망을 대체할 새로운 가능성처럼 보였다. 그때 이곳을 떠
나지 않고 작은아버지처럼 남아서 이곳을 개간하였다면……. 신옥
이랑 함께 살았다면……. 그런 부질없는 생각이 잠시 환길의 뇌리
를 스쳤다.

"신옥이 오래 전에 미국갔데이."
작은아버지에 의하면 환길이 미국에 가고 얼마 안 있어 신옥이도
서울서 간호대를 졸업하고 미국에 갔다는 것이다.

서울로 돌아오는 길은 참참하였다. 신옥은 진상역에까지 나와 그
를 배웅하였다. 하룻밤 사이에 그녀는 부쩍 대담해진 듯 바짝 옆에
붙어서 어느새 한쪽 팔이 그의 허리를 두르고 있었다. 그는 누가
볼까 창피하였다. 다행히 평일의 지방 역은 한산하여서 아무도 아
는 사람을 만나진 않았다. 그는 서둘러 기차에 오르며 신옥에게 서
울에 가면 편지하겠다고 말했다. 기차가 선로를 미끄러지며 출발하
기 시작했고 손을 흔들던 신옥의 모습은 점점 작아지다가 마침내
그의 시야에서 사라졌다. 그것이 신옥을 본 마지막이었다.

그는 서울에 와서 신옥에게 편지하지 않았다. 그에게는 느닷없는 아버지의 죽음처럼 그날 밤의 일도 미처 정리가 되지 않았다. 마치 아버지의 장례식 후유증으로 인해 생긴, 예기치 않은 사고처럼 생각되었다. 아니 그것이 사고가 아니라고 해도, 자신은 아직 대학교 일 학년이고, 신옥이와의 엮어짐은 뭔가 좀 아닌 것 같았다. 여기 서울 기준으로는 그녀는 한갓 촌가시내일 뿐이다. 그러나 그가 애써 떨쳐 버리려고 하면 할수록 그날 밤 그녀의 풍만한 젖가슴과 함께 성교에의 기억은 더욱 생생하게 살아났다. 그가 태어나서 처음으로 여인의 질 속에 삽입해서 사정했는데 정액이 쉬지 않고 연속해서 분출하는 바람에 깜짝 놀랐다. 다섯 번이나 여섯 번 되는 것 같았다. 그때마다 신옥은 놀라서 두 손으로 그의 엉덩이를 꽉 잡아당겼는데 그 또한 처음이었고 그녀 또한 처음인 것 같았다. 그는 가끔 세월이 흐른 후 그녀가 자신을 닮은 아이를 데리고 불쑥 자신을 찾아오는 상상을 하곤 했는데 그런 일이 생기면 자신이 어떻게 할 것인가는 그때마다 달랐다. 대부분은 도망치는 생각을 했지마는 그가 이 서울에서의 대학생활이 정말 끔찍하게 느껴질 때에는 아이 손을 잡고 신옥이와 고향으로 돌아갈 생각도 들었던 것이다.

다행인지 불행인지 신옥은 그를 찾아오지 않았다. 편지가 두세 번쯤 왔었는데 그 일이 있기 전에 그랬던 것처럼 그가 좋은 작품이라고 소개해 주었던 문학 작품에 대한 이야기가 전부였다. 한 번은 자신이 쓴 시라고 보냈는데 그가 보기에는 좀 유치한 것 같았다. 그러나 그는 답장을 하지 않았다. 고모가 "요즘 전화를 걸고 받으면 말을 하지 않고 끊어 버리는 이상한 전화가 많아. 너 집히는 거 없냐?" 물어 뜨끔했지만 그는 모른 척했다. 더 이상 신옥이 일로 신경쓸 여유가 없었다. 그해 10월 궁정동에 여러 발의 총성이 들린 후세상이 급변하기 시작했다. 그는 처음엔 이 사건이 자신과는 무관한 사건으로 생각했으나 훗날 역사의 소용돌이 속에서 개인의 운명또한 휘말릴 수 있다는 것을 깨달았다. 이듬해 3월 그는 2학년이되어 좀 더 문학 공부를 열심히 하고 싶어 고등학교 동창인 종세와함께 문학 연구회란 서클에 들어갔는데 얼마 지나서 이 서클이 운동권 서클이라는 걸 알았다. 매주 진행되는 커리큘럼에는 문학에대한 내용은 없고 『자본주의 이행논쟁』, 『전환시대의 논리』, 『해방전후사의 인식』 등 사회과학서적이 대부분이었다.

"이건 좀 이상하지 않아? 문학과 이런 책들이 무슨 상관이 있단말이야?"

그가 종세에게 물었지만 종세는 뭔가 심각한 고민에 빠졌는지답을 하지 않았다. 종세는 고등학교 때 문예반 활동을 하다 친해졌는데 대학도 같은 대학에 들어갔다. 종세는 국문과를 다녔고 그는독문과를 다녔다.

"이런 책을 읽어야 제대로 된 문학을 할 수 있어." 분임 토의 시간에서 그가 좀 회의적으로 나오니 시를 쓴다는 삼 학년 종혁이 선배가 위압적으로 말했다. 그는 좀 더 인내를 하다가 정 안 되면 서클을 탈퇴하기로 작정하고 건성으로 서클에 나갔다. 그러나 점점 더상황은 그의 생각과는 반대의 방향으로 변해 갔다. 그 해 사월부터대학가는 연일 데모가 열렸고 최루탄 연기로 자욱하였다. 그는 처음엔 이 흐름에서 방관자의 입장에 섰으나 그해 오월 광주에서 공수부대가 무자비하게 시민들을 학살하고 쿠데타 세력들이 백일하에 그 정체를 드러내자 마침내 분노가 치솟기 시작했다. 그간 서클에서 학습해 온 영향으로 수십 년간 개발독재를 지속해 온 군사정권이 아버지의 죽음과도 무관하지 않으며, 한국을 지배하는 거대한 괴물로 생각되었다. 그 후로 그 또한 이 괴물에 맞서 싸우려는 운동권 투사로 서서히 변해 갔다.

그해 여름은 무지 더웠다. 한동안 군인들은 거리 곳곳에서 대검을 꽂은 엠16 소총을 들고 서 있다가 학생으로 보이는 젊은이만 보면 불심검문을 하였다. 서울의 도시는 한여름의 뜨거운 열기와 함께 시민들의 말 없는 분노가 더해져 더욱 부글부글 끓는 듯했다. 세상은 온통 군인들 천하가 되었다. 대학가는 계엄령 이후 굳게 문이 닫히고 군인들의 탱크 주둔지로 변해 버렸다. 유난히 긴 여름 방학이 시작되었다. 그는 답답해서 미칠 것만 같았다. 더욱이 아버지가 돌아가신 후 엄마가 간간이 보내주던 책값 등 용돈마저 끊겼고, 군사정권에서 느닷없이 과외 금지령을 내려 그나마 동대문 근처 사설학원에서 아르바이트로 용돈을 버는 것마저도 할 수 없게 되었다. 그는 몇 달간 고향에 내려가서 지낼 생각도 해 보았으나 아무래도 신옥이가 맘에 걸렸다.

"너 좋은 자리인데 아르바이트할래?"
고모가 그의 사정을 눈치 챘는지 귀에 솔깃한 제안을 하였다. 미국에서 온 고모의 친구 딸인데 같은 아파트에 산다는 것이다. 이영선, 그녀는 한국에서 중학교에 다니다가 아빠를 따라 미국으로 갔고 최근에 한국에서 대학에 다니러 엄마가 사는 이곳에 왔다는 것이다. 여기서 학교 다닐 때는 우등상도 많이 받은 머리가 좋은 아이이니, 고등학교 검정고시 패스할 정도로 교과 과정만 잘 가르쳐주면 대학에 가는 것은 문제없을 거라고 했다. 그에게는 초이스도 없었지만 조건도 나쁘지 않았다.

영선의 집안은 한마디로 콩가루 집안이었다. 그녀의 아버지는 무역업을 하면서 미국에 자주 왔다 갔다 하다가 현지처가 생기자 아예 한국에 있던 회사를 정리하고 미국에 눌러 앉아 버렸다. 영선의 엄마는 졸지에 날벼락을 맞았지만 딸의 장래를 위해 남편과 이혼하고 영선을 자기 아버지에게 보냈다. 그런데 사춘기에 접어든 이후 영선은 미국에서 도저히 새엄마랑 같이 살 수 없었다. 엘에이에서 고등학교에 다니다가 엄마를 찾아 다시 한국에 나온 거였다. 그는 처음 영선을 보았을 때 당황하지 않을 수 없었다. 나이는 자기보다 두 살 어리지만 학생이라고 할 수도 없었고 키는 170이 넘어 그와 비슷한 덩치였다. 마스카라를 바르는 등 화장도 짙게 하여 함께 거리에 나섰다가 남들이 보면 그의 누나로 생각할 정도였다. 영선의 엄마는 집에 있는 때가 거의 없었다. 그는 60평이 넘는 아파트에서 성숙한 여자와 단둘이 있다는 게 마음에 걸렸다. 좀 난감하였다. 머리는 좋아서 그가 가르치는 것을 금방 이해하였으나 도무지 집중력이 없었다. 더욱 문제는 공부에 전혀 의욕이 없다는 것이다. 30분도 안 되어 "오빠, 오늘은 그만 하자. 나 무지 머리가 아파 오늘" 하고 벌러덩 드러눕기 일쑤였다. 그가 난처해하면 "괜찮아 오빠, 두 시간 한 걸로 해서 엄마에게 돈 달라고 할 게. 이건 우리끼리 비밀이야. 알았지?" 그도 그런 영선이가 전혀 밉상은 아니었지만 은근히 걱정되었다. 하루는 그가 작심하고 도대체 어떻게 하려고 그러느냐? 검정고시까지 몇 달 남지도 않았다. 떨어지면 어떡할래? 등 심각하게 이야기했지만 영선은 시큰둥하게 "괜찮아 오빠, 이대로 살다 안 되면 콱 죽어 버리지 뭐. 좆같은 세상"이라고 말하며 서랍 속에서 담배를 찾아들고 발코니로 나갔다. 그는 도저히 이래서는 안 될 것 같았다. 그가 영선을 가르치며 받는 돈을 몇 개월 모으면 등록금도 낼 수 있는 적지 않은 돈이었다. 그냥 이렇게 무책임하게 돈을 받을 수는 없었다. 그가 영선에게 "네가 이렇게 공부 안 할 거면 내가 더 이상 여기 올 수 없다"고 아파트 문을 열고 나가며 최후통첩을 하자 영선은 "아이 돈 캐어 오빠!"하고 화난 듯 세게 문을 쾅 닫아 버렸다.

"영선이 불쌍한 애야. 네가 좀 참고 가르치지 그래." 환길이 영선이 가르치는 것을 그만 두었다고 하자 고모가 말했다. "지 아빠는 바람나서 조강지처 버리고 외국 나가 살고 있고, 지 엄마는 지금 딴 남자 만나느라 정신이 없고, 애만 낙동강 오리알 떨어진 신세니……." 고모는 어렸을 때부터 보아온 영선이가 안타까운지 혼자 중얼거렸다. 영선이를 보면 안타까운 건 사실 그가 더했다. 그날 이후 영선의 아파트에 갈 일이 없었지만 집으로 나갈 때나 들어올 때는 꼭 영선의 아파트 발코니를 쳐다보았다. 어느 순간에는 영선이 그 발코니에서 투신이라도 할 것 같은 불안한 생각마저 들었다. 그는 자신이 너무 무 자르듯 단호하게 했다는 자책감이 들었다. 어느 날 그는 고등학교 동창인 세권이와 종세를 만나 종로의 학사주점에서 꼭지가 돌 정도로 한잔하고 거의 통금이 끊기기 직전에 집으로 왔다. 그런데 그의 발걸음은 고모의 아파트로 향하는 것이 아니라 영선의 아파트로 향하고 있었다. 그 순간 그는 영선에 대한 복잡한 감정의 실체를 알아 버렸지만 스스로 믿을 수가 없었다. 그는 영선의 아파트 대문 앞에서 잠시 망설이다가 결국 초인종을 누르고 말았다. "오빠, 왜일이야!" 영선이 잠옷차림으로 나와 눈을 똥그랗게 뜨고 물었다. 그가 더듬거리며 "영선아, 내가 너를 사랑하나봐"라고 말했는데 (아마 술기운이 아니면 이렇게 못 했을 것이다.) 그말이 마법과 같은 효과를 발휘했다. 영선은 취해서 몸도 잘 못 가누는 그를 부축해서 자신의 침실로 데려갔다. 여기에 용기를 얻은 그는 그녀를 안으며 키스하기 시작했는데 영선은 저항하지 않았다. 다음 날 그가 깨어보니 영선이 알몸으로 그의 곁에 꼭 붙어 있었다. 그가 깬 것을 알고 영선이 말했다.

"오빠, 이제 나 배신하면 오빠 죽여 버릴 거야."

계엄령이 해제되고 겉으로 보기에는 대학가는 평온을 찾았지만 언제 터질지 모르는 긴장감이 팽팽하게 감돌았다. 교내 곳곳에는 머리를 짧게 깎은 보안요원들이 여기저기 모여 있다가 지나가는 학생들의 가방을 뒤지는 일이 자주 목격되었다. 학생들의 얼굴에선 웃음기가 사라졌다. 함성 가득하던 대학가의 80년 오월의 봄은 벌써 까마득한 전설처럼 되어 버렸고 분노를 삭이려는 짧은 탄식만이 곳곳에서 터져 나왔다. 환길은 불과 몇 개월 사이에 자신이 부쩍 철이 든 느낌이 들었다. 이세 비로소 어른이 된 것 같았다. 육체적으로 여인과의 성교는 마치 성인식을 치른 것처럼 이제는 어른이 된 듯한 느낌이 들게 하였을 뿐만 아니라, 정신적으로도 피해 갈 수 없는 역사적인 현실과의 만남은 기나긴 사춘기와 작별하게끔 하였다. 어느 순간부터 릴케나 보들레르, 헤르만 헤세 등 한때 그에게 구원의 빛처럼 느껴졌던 작가들이 너무 유치하게 생각되었다. 이 괴물 같은 현실 앞에서 그런 작가의 작품들은 헌책방의 오래된 책들처럼 그저 너덜거리는 종이쪼가리에 불과할 뿐이었다. 불과 몇 달 전까지만 해도 서클에서 그런 작가들을 거론하며 문학의 순수성 운운했던 자신이 너무 순진했다는 것을 인정하지 않을 수 없었다. 그는 문학 연구회 서클 선배들이 추천해 준 파블로 네루다, 베르톨트 브레이트, 막심 고리키 등을 읽기 시작했고 루카치, 허버트 마르쿠제, 벤야민, 아도르노 등 신좌파 계열의 사회과학 서적들을 닥치는 대로 읽어갔다. 그는 점점 더 깊숙이 운동권의 이념에 빠져들기 시작했다.

서울로 돌아오는 길은 착잡하였다. 환길은 작은아버지로부터 신옥이 미국에 살고 있다는 말을 듣고 인생이 더 소설 같다는 생각이 들었다. 어쩌면 신옥이 엘에이에 살고 있다가 한두 번쯤 같은 한국 마켓에서 옆으로 스쳐 갔을지도 모른다. 세월이 너무 흘러 서로가 변해 버린 모습을 못 알아보았을지도 모른다. 사실 환길에게는 신옥의 모습은 마지막 진상역에서 헤어질 때 뭔가 불안하고 애처로운 모습이 가장 또렷하게 각인되어 있을 뿐이었다. 그런데 불현듯 놀랍게도 잠재되어 있던 아주 오래된 기억 하나가 순간 떠올랐다. 사실은 대학 삼 학년 가을쯤 신옥이 그를 만나러 찾아왔던 것이다.

"환길이 왔다 왔어. 바꿔줄게." "신옥이가 서울 왔단다." 고모는 한동안 신옥이와 덕담을 나눈 듯 환길이 들어오자 웃으며 전화기를 그에게 넘겨주었다. 그는 얼떨결에 전화기를 받았다. 신옥은 정릉에 사는 이모를 만나러 왔다고 했다. 시간이 있으면 한 번 만나자고 했다. (지금 생각해보니 이런 제의조차도 그녀로서는 매우 용기를 낸 행동이었을 것이다.) 그도 한 번은 만나야 할 걸로 생각했다. 저녁 늦게 광화문에 있는 음악다방에서 만났는데 그때 나눈 대화들은 잘 기억이 나지 않지만 라이오넬 리치와 다이애나 로스의 'endless love'가 애절하게 흘러나왔고 신옥이는 핑크빛 스웨터를 입고 나왔던 것으로 기억한다. 일 년도 넘어 오랜만에 보는 신옥이는 모딜리아니의 그림, 목이 긴 여인처럼 수척해 보였다. 항상 그렇듯이 주로 그가 말을 많이 했고 그녀는 듣고만 있었는데 잘 기억은 나지 않지만 예전처럼 문학 이야기나 어렸을 적 비촌마을에서 함께 놀던 추억에 대한 이야기가 아니었다는 것은 확실하다. 대화는 자주 끊겼고 겉돌았다. 할 말이 별로 없어진 그가 먼저 나가자고 했고, 둘은 광화문 지하도를 건너 종로까지 말없이 걸었다. 둘은 종로 3가 버스정류장에서 신옥이 정릉으로 가는 버스를 타기 위해서 멈췄다. 그때 신옥이 정릉에 있는 보건전문대에 원서를 낼 계획이라고 말했지만 그는 정류장 뒤 전파상에서 크게 틀어놓은 이용의 '잊혀진 계절' 때문에 잘 듣지 못했다. 시월의 가을밤은 제법 쌀쌀하여 버스를 기다리는 사람들은 모두 손을 외투 주머니에 넣고 발을 동동 굴렀다. 그가 스웨터만 입은 신옥이 조금 추워 보여 자신이 입은 코트를 벗어줄까 하다가 그만두었다. 정릉으로 가는 첫 번째 버스가 왔지만 신옥은 타지 않았다. 10분이 넘어 또 다른 버스가 왔지만 신옥은 타지 않았다. 세 번째 버스가 와도 타지 않자 그는 더 이상 참을 수가 없었다. "왜 안 타는 거야. 나 지금 집에 빨리 가야 해. 이번에 안 타면 나 먼저 갈게." 그는 네 번째 버스가 오는 것을 보고 신옥이 타는 것도 확인도 않은 채 발걸음을 돌렸다.

환길은 이번 여행을 통해 기억이라는 게 불확실한 것이라는 것을 알았다. 기억은 냉장고에 얼려둔 얼음처럼 과거의 있었던 사건 그 대로 저장되었다가 필요한 때 꺼내면 풀리는 편리한 것이 아니라, 항상 현재의 입장에서 재구성되고, 편집되고, 때로는 삭제된다는 것이다. 신옥과의 마지막 헤어짐의 기억이 왜 그동안 한 번도 떠오 르지 않았는지 의문이 풀릴 것 같았다. 그것은 불편한 진실이었기 때문이다. 신옥을 차 버렸다는 불편한 진실은 그동안 영선과의 만 남을 정당화시키기 위해서 어쩔 수 없이 폐기처분 되어야 했던 것 이다. 그런데 이제 영선이 떠나간 지금 마치 검열이 해제된 것처럼 어두운 기억들이 마구 풀리기 시작했다. 그날 그렇게 신옥과 헤어 진 후 그는 영선이 이사한 면목동 빌라로 향했다.

면목동 집으로 이사한 후 영선은 불안해 보였다. 환길이 그녀를 자주 만나주지 않거나 전화하지 않는다고 신경질을 부렸으며 어느 때 집에 가 보면 마구 물건들을 집어 던져 집안이 엉망이 되어 있는 때도 많았다. 그가 집에 있을 때도 자주 미국으로 전화하여 자기 아빠에게 욕을 하거나 갑자기 베개를 껴안고 우는 일이 잦아졌다. 고모에 의하면 영선의 엄마가 다른 남자랑 동거를 시작한 것을 영 선의 아버지가 알게 된 이후부터 더 이상 생활비를 보내주지 않는 다는 것이다. 영선의 엄마는 압구정 현대 아파트를 팔고 새 남자랑

합쳤고 영선이에게는 면목동 빌라를 사주었다. 그런 영선이에게 더 이상 과외를 가르치는 명목으로 돈을 받을 수는 없었다. 어느 날 그가 영선에게 더 이상 과외비를 안 받겠다고 했더니 영선이 이제 자기를 그만 만나겠다는 속셈이 아니냐며 소리치며 난리를 쳤다. 그가 사랑하는 사이에 돈을 받는 일이 아니라고 말하고 나서야 겨우 영선의 히스테리가 진정되었다. "오빠 고마워. 그래도 난 오빠에게 용돈 주고 싶어." 영선은 철부지 어린아이처럼 그의 목을 양팔로 껴안고 매달렸는데 그런 일이 있으면 둘은 꼭 섹스를 했다. 환길이 지금 생각해 보면 그 시기가 그의 인생에서 가장 섹스를 많이 한 시기인 것 같았다. 삶에 대한 어떤 불안감 때문인지는 모르지만 둘은 만나기만 하면 그대로 엉겨 붙었다. 어느 때는 하루 종일 일곱 번을 한 적도 있었다. 마치 그들이 원래 암수 한 몸이었던 것처럼 떨어져 있을 때가 더 불안하였다. 그는 그녀의 몸에 콱 받혀서 그대로 죽고 싶은 충동을 느끼곤 하였다.

사실 영선의 미래가 불안한 것 이상으로 삼 학년이 끝나갈 무렵 그는 점점 불안해지기 시작했다. 서클에서 후배들을 지도하는 역할은 삼 학년까지 끝났으며 사 학년이 되면 다른 역할을 해야만 했다. 다른 역할이란 다름 아닌, 그도 알고 종세도 알고 운동권 사 학년 학생이면 누구나 다 알고 있었는데, 치고 나가서 후배들에게 행동을 통해 이론을 실천하는, 운동권 선배로서의 장렬한 귀감을 보이는 일이었다. 즉, 데모를 주동해서 한 후 빵에 가야 하는 것이다. 그리고 그 후에 출소하여 노동 현장으로 잠입하여 직업적 운동가의 길로 나아감을 의미했다. 그 당시 사실 그는 2년이 채 안 되는 운동권 서클 활동을 통해서, 운동권 투사의 전형이라고 할 수 있는 아직 그 수준까지 도달하지 못했다. 그에게는 아직 그 정도의 확신이 없었거나 용기가 없었다. 그러나 고민되지 않을 수는 없었다. 보이지 않게 선배들의 기대감과 후배들의 지켜봄이 그를 압박하고 있었기 때문이다. 이러한 불안감은 결국 사 학년 봄 그의 인생을 바꿔놓은 커다란 사건에 의해 일생일대의 최대 갈림길로 그를 몰고 갔다.

1982년 봄에는 많은 일이 있었다. 환길은 4학년이 되었고, 형이 제대해서 복학하였고, 어머니가 형이랑 함께 살기위해 일부 아버지의 재산을 정리하여 서울로 와서 홍제동에 조그만 전셋집을 얻었다. 그는 고모의 집을 나와 집으로 들어가려다 영선이 때문에 고모 집에 당분간 그냥 있기로 했다. 사실 영선이 집에서 자느라 고모의 집에 안 들어가는 날이 많았으나 고모는 그때까지도 영선과 환길의 관계를 모르고 있었다. 82년 3월 27일, 그날의 일은 정말 어제 일처럼 기억한다. 환길이 그 날 영선의 집에 가니 영선이 여느 때와는 달리 매우 불안해 보였다. 또 아빠나 엄마랑 싸웠거니 대수롭지 않게 생각했으나 그게 아니었다. 섹스마저 거부하는 것이 아닌가? 여태껏 영선이 한 번도 그의 손이 영선의 가슴 속으로 파고드는 것을 냉정하게 손으로 막은 적이 없었다.

"뭔 일 있어?"

그가 놀라서 물었다. 영선은 침대 위에 앉아 베개를 끌어안고 고개를 숙인 채 한동안 말이 없었다.

"나 임신 3개월이래. 지난달 그게 없어서 병원에 갔더니 임신이래."

드디어 결심한 듯 영선의 입에서 그 말이 튀어나와 그의 귓가에

울리자마자 그의 두뇌는 순간적으로 그 말의 의미가 가져올 파장에 대해서 생각하느라 복잡하게 회전하기 시작했다. 그러나 이를 눈치 챈 영선이 복잡한 경우의 수를 좀 더 단순하게 줄여주려는 듯 단호하게 선을 그었다.

"오빠, 나 애를 지울 생각은 없어. 그러려면 차라리 날 떠나도 좋아."

영선의 그 말로써 경우의 수가 좀 줄긴 했지만 복잡하기는 여전히 마찬가지였다.

"애를 낳는 것은 좋아. 부모님에게 승낙 받고 결혼을 할 수도 있겠지. 그러나 현실적으로 어떡하냐? 아직 졸업도 안 하고 군대도 가야 하는데."

영선은 거기까진 미처 생각 못 한 모양이었다.

"군대? 안 돼! 오빠 군대가 있는 동안 나 어떻게 살아."

한동안 흐느껴 울던 영선이 뭔가 기발한 생각이 난 듯 표정이 확 밝아지며 말했다.

"오빠! 미국 가자. 내가 시민권 있으니까 오빠 비자 받아 미국에 가서 함께 살 수 있어."

그해 3월의 캠퍼스는 긴 겨울 방학이 끝난 후 이제 갓 대학에 입학한 신입생들과 봄기운이 어우러져 모처럼 활기가 넘쳐흘렀지만 강의실로 향하는 환길의 발걸음은 무겁기 짝이 없었다. 한 번도 그런 걱정을 안 해 본 것은 아니지만 영선은 피임약을 끼고 살았고 수백 번 섹스를 해 왔지만 그런 일은 한 번도 없었기에 영선의 임신은 정말 날벼락 같았다. 더욱 놀라운 것은 영선의 단호한 태도였다.

그는 그런 일이 생길 경우 여자들이 알아서 지운다는 이야기를 주변에서 많이 들었기 때문에 좀 개방적인 영선이 그렇게 나올 줄은 뜻밖이었다. 대책이 없었다. 애 때문에 졸업도 안 하고 영선과 함께 미국에 간다는 것은 정말 말도 안 되는 일이었다. 그 날도 아마 그런 고민을 하며 캠퍼스를 걷고 있었을 것이다. 갑자기 "군사정권 타도하자!" 하고 외치는 귀에 익은 목소리가 들렸다. 그는 조건반사적으로 외침이 들리는 교양관 쪽으로 달려갔다. 큰 키에 비쩍 마른 체구의 학생 혼자서 머리에 붉은 띠를 두르고 미친 듯이 구호를 외치고 있었다. 철준이었다. 환길의 심장이 마구 방망이질치기 시작했다. 학생들이 웅성거리며 모여들었다. "철준아!" 하고 환길이 막 그에게 다가가려는 순간 어디서 나타났는지 교내에 들어와 있던 백골단 수십 명이 철준을 에워쌌다. 그것으로 상황 끝이었다. 철준은 개처럼 얻어맞고 순식간에 팔이 꺾인 채 백골단에 둘려 싸여 교정 밖으로 질질 끌려갔다. 교문에는 벌써 긴급 출동한 전경들을 태운 버스가 속속들이 도착하고 있었다. 환길을 비롯한 학생들은 그 자리에 얼어붙은 듯 이 광경을 멍하니 지켜보았다. 환길은 두 손을 꽉 쥐고 끓어오르는 분노로 부들부들 떨고 있었다.

철준은 환길과 같은 문학연구회 서클멤버였다. 2학년 가을에 일영으로 엠티 갔을 때로 기억한다. 그때 서클에 들어온 지 얼마 안 되는 일 학년 신입 멤버들은 처음으로 참가한 엠티라서 분위기를 잘 모르고 놀 기회가 있을 것으로 기대하여 기타며 야외 전축 등을 가지고 왔다. 방이 몇 개 딸린 조그만 산장이었는데 숙소를 정하고 짐을 푸는 사이 철준을 비롯한 일 학년 새내기들이 야외전축을 틀며 한 판 벌이려는 찰나였다.

"지금 뭣들 하는 거야! 우리가 지금 여기 놀러온 줄 알아!"

종혁이 형으로부터 불호령이 떨어졌다.

"지금 이 순간에도 미제의 군인들이 우리 사랑하는 누이와 여동생들의 몸 안에 더러운 정액을 쏟아내고 있고, 군발이 깡패 집단들이 쿠데타로 정권을 장악하여 나라를 결딴내고 있는 이 상황에 지금 딴따라 짓이 나오나!"

종혁이 형이 웅변조로 열변을 토하자 분위기가 급변하였다. 식사를 후다닥 마치고 「작금의 우리 정세」란 리포트를 시작으로 선배들의 무거운 정신 교육이 계속되었다. 시간이 흐를수록 밤은 깊어갔고 학생들의 마음도 따라서 어두워졌다. 무거운 교육이 끝나고 10분간 휴식이 있었지만 아무도 침통한 분위기를 깨지 못했다. 그때 누군가가 마루에 나가 한 쪽 구석에 놓인 기타를 집어 피곤한 몸을 벽에 기대고 기타를 끌어안았다. 가을밤 산장의 무거운 침묵을 깨고 아름다운 기타 선율이 흘러나왔다. 그도 들어본 적이 있는 알함브라 궁전의 추억이라는 곡이었다. 그날 밤 한 마디 말없이 기타를 뜯고 있던, 눈물이라도 글썽 떨어질 것 같은 우수에 가득 찬 젊은 청년을 환길은 똑똑히 기억한다. 그가 바로 철준이었다.

환길은 철준이 그렇게 허무하게 잡혀갔던 날 도서관으로 정식이 형을 찾아갔다. 정식이 형은 환길의 고등학교 2년 선배이자 대학선배로 복학생이었는데 일 년 내내 군에서 입던 외투를 입고 다녔고 수업이 없을 때는 도서관에서 살다시피 하였다. 학창 시절 내내 형은 정말 찢어지게 가난하였다. 형은 가정교사는 기본이고, 군사정권이 과외금지 조치를 내렸을 때는 공사판 막노동, 중국집 배달원, 고물수집, 심지어는 시체를 염하는 일까지 온갖 아르바이트를 다하며 학교에 다녔다. 그러면서도 형은 늘 당당하였다. 그런 형으로부터 환길은 늘 믿을 수 없는 강인함을 느꼈고 존경하지 않을 수 없다. 다만 형은 소위 말하는 운동권을 혐오하였는데 그들이 너무도 공부를 안 해서 정세판단에 어둡고 지나치게 선동적이라는 것이 주된 이유였다. 당시 환길은 서클에서 선배들로부터 주워들은 어설픈 좌파 이론으로 가끔 형과 언쟁을 벌이곤 했는데 해박하고 정교한 형의 논리 앞에 속수무책으로 깨지곤 했다. 형은 그 어려운 환경 속에서도 서구의 최신 이론서들을 선박운송으로 주문해서 읽을 정도로 학구적이었고 이론에 밝았다.

"아니 이 상황에 종속 이론을 왜 들고 나오는 거야. 운동권 꼴통 같은 새끼들. 종속 이론은 남미에서도 이미 한물간 이론일 뿐이야. 군사독재 타도하는 데 왜 낡아빠진 좌파이론을 들고 나오냐구. 그냥 반독재 투쟁이면 그것으로 족해. 현 정세에서 쓸데없는 좌파 이론에 의존하는 것은 오히려 운동권이 자멸하는 길이라구."

환길은 20년이 지난 후에 한국의 대학가에서 주사파들이 몰락할 때야 비로소 정식이 형이 옳았다는 것을 알았다.

환길은 그날 철준이가 잡혀 간 일에 대한 자책감과 영선이가 임신한 사실 등 자신이 처한 상황을 이것이냐? 저것이냐? 선택의 기로에 있는, 마치 햄릿이라도 되는 것처럼 장황하게 이야기하였다. 정식이 형은 묵묵히 술만 마시며 환길의 이야기를 들었다. 형도 영선이를 잘 알고 있었다. 자못 비탄에 잠긴 환길의 이야기가 어느 지경에 이르렀는지 모르겠다. 아마 "그래서 영선이는 결사반대하

지만 심각하게 낙태를 생각해 봐야겠다"라고 말한 대목이었던 것
같다. 형이 버럭 소리를 질렀다.

"무슨 개똥같은 소리를 하고 그래! 사랑하는 여자랑 떡을 쳐서
애가 생겼다면 당연히 낳아서 키울 생각을 해야지. 낙태는 무슨 소
리야!"

환길은 형의 큰 소리에 놀라기도 하고 한편 창피하기도 해서 식
당 주변부터 둘러보았다.

"형! 소리 좀 죽여. 창피하게. 현실이 그렇잖아. 이 상황에서 어떻
게 애를 낳고 미국에 가?"

환길은 거의 기어들어 가는 소리로 말했다.

"야! 짐승도 암컷이 새끼를 배면 수컷이 암컷과 새끼를 보호하려
고 난리를 쳐. 하물며 인간으로서 할 도리도 모르면서 무슨 운동을
한다는 거야. 운동은 너 말고도 할 놈들이 많아. 너 똑똑히 들어.
인생이 별 거 아냐. 인생에서 사랑하는 사람이랑 결혼하고 애를 낳
고 식구들을 먹여 살리는 일보다 더 중요한 일은 없는 거야. 나는
고등학교 때부터 돌아가신 아버지 대신 네 식구를 먹여 살렸다."

형은 그런 사람이었다. 형은 브르조와지의 나약함과 위선을 누구
보다도 혐오하였다. 그는 자신의 두 다리로 굳건하게 밑바닥을 딛
고 일어설 수 있었기에 세상을 두려워하지 않았다.

오빠 강남 스타일!!!!!!

세권이는 여전하였다. 세월이 흘러 앞이마는 훌러덩 벗겨졌지만
고등학교 시절 체육대회 때 응원단장까지 했던 만능 재주꾼의 끼는
여전하여 싸이의 말춤을 그대로 흉내 내며 도우미 아가씨들과 어울

려 춤을 추었다. 종세는 제법 희끗희끗한 흰머리에 학자티를 물씬 풍기는 중후한 대학교수로 변해 있었다.

"애들아! 이 오빠 잘 모셔. 오빠랑 단짝 불알친구인데 삼십 년 만에 오빠 보러 미국에서 오신 미국교포야."

"오 진짜! 나두 미국에서 왔는데. 오빠 미국 어디에서 왔어?"

기껏해야 이십 대 초반으로 보이는 아가씨가 환길의 옆으로 다가와서 앉으며 물었다. 환길은 아가씨에게 대답하지 않고 왜 한국에 왔냐고 물으니 가수 하러 한국에 왔다가 대회에서 떨어진 후 아르바이트로 일하고 있다고 했다.

"환길아, 너 오늘 애들 중 골라 봐. 내가 오늘 풀코스로 책임진다. 너 미국에서 백마 타 봤냐? 여기 강남엔 백마, 흑마, 동남아 애, 멕시코 애 없는 게 없다."

세권이는 고등학교 2학년 때 환길의 학교로 전학 왔는데 그때 마침 옆자리가 비어있던 그의 짝이 되었다. 어느 날 교련 시간에 떠들다가 교련 선생에게 걸려 돼지게 맞았다. 환길은 미친개란 별명의 교련 선생이 세권이를 몽둥이로 후려치는 것보다 "뒷구멍으로 들어온 것들이 항상 문제란 말이야"라고 내뱉는 폭언이 더 아플 것 같았다. 세권이는 그 후 며칠 기가 죽었지만 비위가 워낙 좋아서인지 금방 되살아났다. 그는 공부만 제외하곤 정말 모든 것을 잘했는데 공부 외엔 별로 잘하는 게 없는 종세와 같은 동네에 살아서 그런지 무지 친했다.

"삼십 년 만에 한국에 와서 보니 모든 게 변했는데 세권이 너만 여전하구나." 환길이 한잔 건네며 세권이에게 한 마디 하자 종세가 거들었다.

"세권이 여전하지. 고등학교 때도 제일 부자였고 지금도 제일 부자이고."

세권이 아버지는 월남전에서 사망한 세권이 큰 형의 보상금 받은 돈으로 택시 사업을 하여 큰돈을 벌었는데 몇 년 전 아버지가 돌아가신 후 그 재산을 세권이가 다 물려받았다고 한다. 그들은 서로 "너 그거 기억나니?" 번갈아 물으며 고등학교 때의 추억을 떠올렸다. 놀랍게도 세권이가 가장 뚜렷하게 그때의 일을 마치 어제 일처럼 정확하게 기억하고 있었다.

"어디 옛날의 포장마차 같은 곳은 없냐?"

옆에 착 달라붙는 아가씨를 가리키며 새끼손가락을 치켜들고 자기 이거라는 세권이가 아가씨와 함께 택시를 타고 먼저 가자 환길은 종세와 한 잔 더 하고 싶었다. 그들은 택시를 잡아 기사에게 물으니 산본역 근처에 비슷한 데가 있다고 해서 그리로 갔다. 그러나 막상 가보니 환길이 기대했던, 오뎅국물에 소주 한 잔을 걸치고 조금 주머니 사정이 괜찮으면 연탄불에 닭똥집과 꼼장어를 구워 먹었던, 허름한 도시의 골목 어디서나 흔히 있었던 그런 포장마차가 아니었다. 리어카에 천막을 씌워 만든 그런 포장마차가 아니라 실내에 테이블을 갖추고 분위기만 살짝 옛날 포장마차 비슷하게 꾸민 집이었다.

"네가 찾는 곳은 아마 지금은 지방이나 가야 있을 거야." 환길이 좀 실망한 듯하니 종세가 말했다.

"하긴 모든 것이 다 변했는데 포장마차는 안 변했겠냐." 환길이 시니컬하게 말했다.

"왜? 수십 년 세월이 가도 안 변한 것도 많지." 종세가 환길에게 소주잔을 따르며 말했다.

"분단조국, 동서갈등, 입시지옥, 병역문제, 빈부격차 그리고 가장 중요한 또 한 가지…… 군부독재." 환길은 종세의 그 말에 웃지 않을 수 없었다.

"종세, 너 많이 늘었다. 웃길 줄도 알고."

"그럼, 애들 가르쳐서 먹고 살라면 어쩔 수가 없어. 우리 때랑 달라. 요새는 교수랍시고 무게만 잡다간 애들이 다 도망가. 수강신청도 안 해." 지방 대 국문과 교수인 종세는 갈수록 국문학을 지원하는 학생 수가 줄어서 걱정이라 했다.

"너 정식이 형 알지? 고등학교 선배이고 우리 학교 경제학과 다녔던?"

드디어 환길이 종세와 단둘이 남아서 한 잔 하고 싶었던 진짜 이유인, 궁금했던 옛 인물들에 대해서 묻기 시작했다.

"최정식 형? 그 형 돌아가셨어."

형은 모 경제지 편집부장을 하다가 2년 전에 간암으로 돌아가셨다고 한다. 종세와 환길은 정식이 형 이야기를 하다가 고등학교 때 형의 아버지가 돌아가셨을 때 장례비 치를 돈조차 없어서 학교에서 모금을 했던 일을 기억해냈다. 그 지독한 가난에도 기죽지 않고 항상 당당하게 살았던 정식이 형이 아버지처럼 일찍 돌아가셨다니 환길은 정말 인생이 별 게 아니라는 걸 비로소 알 수 있을 것 같았다.

"참, 너 철준이 기억 나냐? 우리 서클의 일 년 후배였고 너희 과 일 년 후배였던?"

철준이란 말이 나오자 종세의 얼굴은 금세 어두워졌다.

312

"어떻게 철준이를 잊을 수가 있겠니? 너나 나나."

종세 말에 의하면 철준은 그때의 시위 사건으로 교도소에서 일 년 정도 살다가 나왔다고 한다. 그리고 막 바로 구로공단에 위장취 업을 한 후 노동운동에 뛰어들었는데 그 후로도 몇 번 교도소를 들락거리다 폐인이 됐다는 소식도 들리고…… 지금은 소식이 끊겨 잘 모른다는 것이다. 둘 사이엔 잠시 침묵이 흘렀다.

"너나 내가 사 학년 때 먼저 안 치고 나가서 그렇게 된 건지도 몰라." 결국 술기운 탓인지 환길이 먼저 그 무거운 말을 꺼내 버렸다.

"글쎄, 네가 아니고 나였겠지. 너는 그때 애도 생길 입장이라 그 럴 입장이 못 된다는 걸 잘 알아. 나는…… 하지만 그러기에는 어떤 확신이 없었어. 사실 용기도 없었고……." 종세가 조금 괴로워하는 모습을 보이자 환길은 괜히 그 말을 꺼냈다는 후회가 들었다.

"사실 나도 마찬가지야. 영선이 문제가 아니었어도 철준이처럼 그렇게 치고 나가지는 못했을 거야. 나도 어떤 확신이 없었어. 너보 다 더 그럴 용기가 없었는지도 몰라. 지금 생각하면…… 모든 것이 젊음 때문인 것 같아. 무모한 열정 같은 거 말이야. 시대가 그렇게 만든 것일 수도 있고……. 아무튼 그 시절은 뭔가 미치지 않고서는 견딜 수가 없었어. 그런데 문제는 세월이 그렇게 흘러도 그 시절에 대해서 어떤 빚이라도 진 것 같은…… 부채의식이랄까 그런 느낌을 지울 수가 없는 거야."

환길은 그나마 서로의 상처를 확인했다는 점에서 위안을 받을 수밖에 없었다. 환길은 며칠 전 공항에서 내리자마자 학교를 찾아 갔던 일을 종세에게 말했다.

"많이 변했더군. 다른 무엇보다도 학생들이. 한 편에선 데모를 하는데도 무관심하게 자기 할 일만 하느라고 바쁘더군. 한 편으론 부럽기도 하더군. 왜 그때 우리는 늘 어떤 가책 같은 것에 시달렸는지 몰라."

"네 말처럼 시대가 우리를 그렇게 만든 것이겠지. 그러나 난 요즘 젊은이들이 부럽다는 생각은 안 해. 어찌 보면 우리 세대보다 더 힘든 청춘을 보내고 있을지도 몰라. 요즘은 온통 학생들이 취업고민뿐이야. 대학을 나와도 먹고살 일이 막막한 거야. 우리 때는 그런 고민은 별로 안 했던 것 같아."

종세는 그렇게 말했지만 환길은 그들 시대에는 그런 고민을 안한 것이 아니라 워낙 시대 전체가 암울해서 청춘의 고민거리 같은 것은 신경 쓸 여유조차 없었던, 그런 무지막지한 시대에 살았기 때문이 아닐까 하는 생각이 들었다.

"미국은 어때? 영선씨랑은 잘살아? 애들은 몇이나 됐어?"

"미국? 사실 미국은 잘 몰라. 미국에 대해 별 관심도 없고……. 그냥 미국의 엘에이 코리아타운에서 한국말을 하고 한국 음식을 먹고 한국 뉴스를 보고 한국식으로 죽을 때까지 살아갈 뿐이야. 우리 이민 일 세대는 그래. 아니 적어도 나는 그래. 젊은 날의 추억으로 평생을 살아가겠지. 애들 세대야 달라지겠지만. 딸만 둘을 뒀는데 큰 애는 시집갔지."

환길은 종세에게 차마 영선과 이혼했다는 말을 하지 못했다. 왠지 젊은 날 최대의 변명인 사랑조차도 세월이 흐르면 무모한 열정이었다는 것이 드러날까 두려웠기 때문인지도 모른다.

환길은 종세와 오랜만에 학창시절처럼 밤새도록 술 마시며 많은 이야기를 하다가 새벽이 밝아올 때쯤 헤어졌다. 호텔방으로 돌아온 후에도 환길은 한동안 흥분이 가시지를 않아 잠을 못 이루고 서성거렸다. 12층 호텔의 유리창을 통해서 내려다보는 새벽 도시는, 밤새 환락의 열기가 여전히 아쉬운 여인처럼, 여명이 밝아오자 주섬주섬 옷가지를 챙기며 부산하게 깨어나기 시작했다. 환길은 어떤 환멸을 느꼈다. 허탈한 느낌이 들었다. 왜? 무엇 때문에 그토록 고민했는지 이제는 도무지 알 수 없었다. 젊은 날 그에게 절실했던 어떤 것들이 오래된 앨범 속의 빛바랜 흑백사진처럼 너덜거렸다. 자신이 마치 그 오래된 앨범 속에서 삼십 년 후의 세상으로 갑자기 튀어나온 사람처럼, 어리둥절하여 갈 곳을 모르고 이곳에 서 있는 느낌이 들었다. 먹고살기 위해 정신없이 살아온 삼십 년 자신의 인생처럼, 자신의 조국 또한 삼십 년 동안 정신없이 변해 버렸다. 젊은 날 소중했던 모든 것들은 모조리 사라지고 오로지 오래된 기억 속에서만 저장되어 있을 뿐이었다. 환길은 예정보다 일찍 엘에이에 돌아가기로 결심하고 짐을 꾸렸다. 자신의 젊음을 다시 한 번 복기하고 싶었던 그런 이번 여행의 목적이 이제는 부질없다는 생각이 들었다. 종세는 청춘이란 도처에 균열이 간 빙판길을 무모한 열정에 쌓여 건너는 것과 같은데, 문제는 그때는 항상 모르고, 세월이 흐른 후에야 그때가 청춘이었다는 것을 느낄 수 있을 뿐이라고 말했다. 그렇다. 그때가 청춘이었다. 그러나 그 시절로 다시 돌아간다면? 환길은 운동권을 탈퇴하고 영선이와 헤어진 후 신옥이와 함께 고향으로 돌아갔을까? 아니면 철준을 대신해서 선배로서 먼저 치고 나간 후 감방에 들어가 운동권 투사의 길을 갔을까? 환길은 여전히 알 수 없었다.

"잘 모르겠어. 여전히……. 그러나 분명한 것은 그 힘들었던, 기억하기 싫었던 젊은 날로 다시 돌아가고 싶은 마음이 불쑥불쑥 든다는 거야."

환길이 잠시 생각하다가 말을 던지자 종세도 동의한다는 듯 고개를 끄덕이며 쓸쓸하게 말했다.

"맞아. 그때는 젊었지. 청춘은 그래도…… 아름다운 것이 아닐까. 지금을 생각하며 너무 허탈해 할 필요는 없어. 데리다의 말처럼 의미는 항상 연기되어 오는 것인지도 몰라."

엘에이 행 비행기가 힘차게 날아오르다 기수를 동쪽으로 틀자 환길은 참으로 오랜만에 과거로의 여행이 끝났음을 알았다. 그가 도착할 태평양 너머 동쪽, 엘에이에서 다시 시간은 현재에서 미래를 향해 줄기차게 흘러갈 것이다. 비행기가 구름 위를 치솟아 멀리 고국산하의 모습을 한눈에 드러냈다. 그 모습이 신옥의 모습에서 영선의 모습으로, 정식이 형, 철준의 모습으로, 그리고 젊은 날 자신의 모습과 자꾸 겹쳐지다가 결국에는 태평양 한복판의 작은 섬처럼 보이지 않게 될 때까지 환길은 창밖으로 향한 시선을 멈추지 않았다.

상처받은 디아스포라의 아름다움과 슬픔

― 황숙진 소설집 『마이너리티 리포트』에 부쳐 ―

권 성 우(문학평론가/숙명여대 한국어문학부 교수)

1.

지금까지 어언 50여 년의 내 인생에서 가장 평안하면서도 치열한 배움과 다양한 체험이 존재했던 그 시기부터 5년이 넘는 시간이 흘러갔지만, 아직도 늘 그 따뜻하고 충만했던 시간들을 잊지 못한다. 그 시절 체험의 한복판에 갖가지 다양한 이유로 조국을 떠나 미국 캘리포니아 LA, 오렌지카운티, 어바인 등지에 인생의 닻을 내린 한인 디아스포라와의 만남이 있었다. 그들 몇몇과 의기투합하여 '어바인문화포럼'이라는 독서모임을 만들어 재일 디아스포라 논객 서경식의 책을 함께 읽기도 했으며(이 모임은 지금도 유지되고 있다), 때로 LA 한인 타운이나 가든글로브의 카페나 식당에서 오랜 시간

대화하며 그들의 성공과 좌절, 욕망과 상처, 회한과 그리움, 기쁨과 고뇌, 그 다채로운 내면의 무늬를 엿보기도 했다. 그러다가 문득 직장이 있던 청파동이나 서울의 지인들이 그리워질 때면 아름다운 풍광으로 유명한 라구나 비치에 들러 태평양을 바라보며 해변산책로를 정처 없이 걷곤 했다. 그들과의 대화가 내 마음에 남긴 파문을 스스로 정리할 필요가 있었기 때문이었다.

오랫동안 한국에서만 공부한 순수 국내파 한국문학도인지라 그전에는 외국에서 살아본 적이 없었던 터였다. 그러하기에 대학 선생이 되어 15년 만에 처음 맞이하는 안식년 차 UC 어바인(Irvine)에서 방문학자로 보낸 일 년은 내게 새로운 기대, 설렘, 동경과 함께 하는 시간이었다. 생각해보면, 어바인에서 보낸 2009년은 내 인생의 어떤 연도보다도 세상을 바라보는 관점이 근본적으로 확장되고 인간에 대한 이해가 깊어지던 시기였다. 그 어느 때보다 내 마음의 종소리가 자주 울리곤 했다. 그 종소리를 울리게 만든 것은 무엇보다 이주, 디아스포라, 이민을 비롯한 다양한 극적 체험을 겪은 한인 디아스포라 문인들과의 대화였다. 그들은 상대적으로 평범한 일상으로 채워진 중년에 접어든 나를 끊임없이 긴장하게 만들었고 때로 부끄럽게 만들었다. 가끔 신문에서나 접하던, 남부러울 것 없는 대학을 나와 유수한 대기업에 다니다 사정상 갑자기 미국으로 이민 와서 직접 세탁소를 운영하는 또래의 심정을 이해하기 위해 노력하기도 했다. 2009년의 어느 날, 실제 세탁소 주인이기도 했던 K, S시인, 그리고 나, 이렇게 세 사람이 한국사회와 미국사회의 미래에 대해 밤늦게까지 조곤조곤 대화를 나누던 시간을 아직도 잊지 못한다.

318

인간적으로나 지적으로 나를 성장시켰던 그 만남들 중에서 유달리 뜻깊게 기억하는 소중한 순간이 있다. 2009년 LA 인근에서 있었던 한 문학강연을 통해 우연히 조우한 황숙진 작가와의 첫 만남을 선명히 기억한다. 강연 후 질의응답 시간에 그가 던지던 예리한 질문을 통해, 나는 그가 누구보다도 당대 한국문학의 현황과 조류, 문학적 아젠다에 대해 정확히 파악하고 있으며, 문학에 대한 뜨거운 순정을 지니고 있다는 사실을 분명히 감지할 수 있었다. 가령 그는 2000년대 초반 한국 문단을 달구었던 '문학권력논쟁'의 핵심 쟁점과 파장에 대해서 고국의 어느 문인 못지않게 정확하게 인식하고 있었던 것이다. 또한 그가 지닌 문학에 대한 순정은 막연한 문학 중심주의나 예술가연하는 자기 현시적 애착과는 거리가 멀었다. 정확히 말하면 문학을 조망하는 그의 사유는 단단한 지성과 날카로운 회의(懷疑)를 동반하고 있었거니와, 이는 이 시대 문학장의 모순과 습속을 드물게 꿰뚫어보는 자의 안목 바로 그것이었다. 이 점은 그가 대학에서 프랑스문학을 전공했으며, 2008년『미주문학』지면을 통해 등단한 평론가라는 사실과도 깊게 연관될 것이다. 그 이후 황숙진 작가와 몇 번 만나면서 나는 이 먼 곳에서도 이렇게 내 글쓰기와 한국문단을 정확하게 진단하고 투철하게 응시하는 문인이 있을진대, 앞으로 정말 열심히 공부하고 쓰며 살아야겠다는 생각을 했었다.

황숙진 작가와의 만남은 미주 한인문학에 대해 내가 가지고 있던 일부 선입견을 교정시키는 역할을 톡톡히 수행했다. 미국에서 살아가는 한인 디아스포라 문인들은 어떤 면에서는 훨씬 치열하고 진지한 자세로 글쓰기에 임하고 있는 것이 아닐까. 자신에게 익숙한 환경에서 벗어나 있는 상태일수록 역설적인 의미에서 자신에 대한 근원적 되돌아봄이 가능하다는 상식에 비추어보면, 황숙진 작가를 비롯한 조국을 떠난 디아스포라 문인이야말로 한국어와 한국문화, 한국문학에 대한 남다른 자의식과 그리움을 지닌 존재에 다름 아닐 것이다. 오래 전 비평가 김현은 "자기에게서 멀리 떨어질수록 자기에게로 가까이 간다! 그 모순이야말로 인간 존재의 비밀을 쥐고 있다"(『김현예술기행』)라고 적었거니와, 이렇게 본다면 역설적인 의미에서 한국으로부터 멀리 떠나와 있는 상태에서 한국어라는 실체, 한국문학의 현황이 더욱 투명하고 절실하게 보이지 않았을까 싶다. 그래서 그들은 오히려 한국 국내의 문인들보다 한국어로 글을 쓴다는 것에 대해 한층 각별하고 애틋한 마음을 지니고 있으며 한국문학의 아름다움을 언어로 표현하는 것에 대한 엄청난 갈증을 느끼고 있으리라. 황숙진 작가의 소설집 『마이너리티 리포트』는 그 갈증과 문학적 순정, 그리움의 소산이다.

황숙진 작가가 이메일로 보내온 아홉 편의 소설들을 한 편 한 편 읽어 내려가면서 이 소설집에 대한 발문을 기꺼이 써야겠다고 생각했다. 나는 이른바 '문학권력논쟁' 이후 오랜 동안 소설책의 해설이나 발문을 쓰지 않았다. 그러나 『마이너리티 리포트』에 수록된 작품들이 내게 전달한 어떤 정서, 느낌, 풍경은 어떤 식으로든지 이 책에 대해서 무언가를 쓸 필요가 있다는 생각을 하게 만들었다. 지금 생각해 보면, 황숙진 작가의 『마이너리트 리포트』는 일 년 동안 캘리포니아 어바인에서 한인 디아스포라들과 함께 보냈던 그 시절에 대한 하나의 문학적 대화이자 우정의 화답이라고 내게 생각되었던 것이다.

2.

『마이너리티 리포트』를 관통하는 문제의식은 실패한 이민자(디아스포라)의 좌절과 상처이다. 이 소설집에는 주로 LA에 있는 코리아타운을 중심으로 인생이라는 경주에서 패배한 한인 이민자들의 신산한 곡절과 상처받은 내면에 대한 생동감 있는 묘사가 담겨 있다. 가령 기러기 엄마, 불법 체류자, 실패한 유학생, 알코올 중독자, 불법 입국한 멕시칸 이주자 등이 소설에 등장하는데, 그들은 각자 아메리칸 드림을 찾아 미국에 이주했지만 엄혹한 현실 속에서 아픈 좌절을 겪는다. 그 상처와 그리움, 추억의 사진첩 속으로 들어가 보자.

황숙진 작가는 고려대에서 불문학을 전공했거니와, 그의 대학시절과 청춘, 그리고 미국생활 초기의 체험은 제 7회 경희해외동포문학상 소설 부문 최우수작인 「오래된 기억」과 「거칠어진 손」에서 섬세하게 형상화되어 있다. 아버지의 죽음을 계기로 30년 만에 미국에서 귀국하여 고향을 찾은 「오래된 기억」의 주인공 환길의 초상에는 작가의 대학시절과 청춘의 통과제의가 짙게 투영되어 있는 것으로 보인다. 예를 들어 「오래된 기억」의 아래 예문을 읽어보자.

어느 순간부터 릴케나 보들레르, 헤르만 헤세 등 한때 그에게 구원의 빛처럼 느껴졌던 작가들이 너무 순진하게 생각되었다. 이 괴물 같은 현실 앞에서 그런 작가의 작품들은 헌책방의 오래된 책들에서 그저 너덜거리는 종이쪼가리에 불과할 뿐이었다. 불과 몇 달 전까지만 해도 서클에서 그런 작가들을 거론하며 문학의 순수성 운운했던 자신이 너무 순진했다는 것을 인정하지 않을 수 없었다. 그는 문학 연구회 서클 선배들이 추천해준 파블로 네루다, 베르톨트 브레히트, 막심 고리키 등을 읽기 시작했고 루카치, 허버트 마르쿠제, 벤야민, 아도르노 등 신좌파 계열의 사회과학 서적들을 닥치는 대로 읽어갔다.

—「오래된 기억」 부분

유신말기에 대학에 입학한 주인공은 처음에는 문학과 청춘의 낭만에서 구원을 기대하지만, 삭막하고 절망적인 현실 앞에서 차차 비판적이며 진보적인 문학과 사유에 다가선다. 이런 주인공의 독서 이력은 작가의 고려대 재학시절의 실제체험이 짙게 배어들어가 있는 듯하다. 실제로 황숙진 작가는 고려대 문학 연구회 시절 지금은 고려대 교수인 사회학자 현택수, 대전대 교수인 국문학자 황정산과 막역한 사이였다고 한다.

순수한 기대와 꿈이 엄혹하고 절망적인 현실과 만나면서 환멸이나 냉소, 자학으로 귀결되는 주인공의 심리변화는 『마이너리티 리포트』 전체를 관류하는 서사의 기본 틀과 그대로 겹쳐진다. 말하자면 다소 순진한 아메리칸 드림이 냉엄한 현실로 인한 좌절과 상처로 귀결되는 세계인식이 이 소설에서도 전형적으로 드러나 있다. 미국으로 이민을 갔다가 참으로 오랜만에 방문한 고국에서 주인공은 자신의 인생과 사랑, 가족, 한국사회에 대해 곰곰이 반추해본다. 소설의 말미에서 주인공은 "자신의 조국 또한 삼십 년 동안 정신없이 변해버렸다. 젊은 날 소중했던 모든 것들은 모조리 사라지고 오로지 오래된 기억 속에서만 저장되어 있을 뿐이다"라는 쓸쓸한 자각에 이르게 되거니와, 이는 그 누구도 회피할 수 없는 시간의 운명일 것이다.

「거칠어진 손」은 미국으로 도피성 유학을 온 주인공 '김'이 건축 공사장에서 이른바 '노가다'로 일하게 되는 체험을 실감 있게 묘사 하고 있다. 주인공은 가족이 보내주는 송금이 끊어지자 결국 공사 장에서 육체노동을 하면서 "내가 그토록 동경하였던 지성이라는 것이 사실은 강단 위에서 번득이는 안경테에서 나오는 오만한 광채 에 불과할지도 모른다고 생각한 것은 그때가 처음이었다"고 고백 하게 된다. 또한 주인공은 "한때 내가 경전처럼 읽었던 인문학에 대한 이론들, 그러나 그런 이론들은 내가 힘들 때 햄버거 하나도 사줄 수 없었다"고 피력하고 있거니와, 이 구절은 학문에 대한 열망 이나 지적인 호기심, 인문학 이론 같은 관념적 열정만으로는 정글 과 같은 현실의 배고픔을 결코 해결해 주지 못한다는 착잡한 사실 을 환기시키고 있다. 이 소설에서 무엇보다 인상적인 대목 중의 하 나는 현장 노가다의 일상을 생생하게 복원하는 장면에 있다. 가령 "공구리를 칠 줄 알아야 비로소 노가다 일을 해 봤다고 할 수 있다 는 것이다"와 같은 대사는 현장 노가다를 직접 체험해 본 사람만이 묘사할 수 있는 어떤 구체적인 감각을 생생하게 포착하고 있다. 어 떻게 이러한 묘사가 가능했을까?

황숙진은 미국에서 누구보다도 다양한 직업을 거쳤다. 그에 의하 면 미국에 온 뒤에 의류 세일즈맨, 의류 제조업자, 직업적 갬블러, 잡화 세일즈맨, 중고차 세일즈맨, 건축 노동자, 부동산 중개인 등의 온갖 직업을 전전했다고 한다. 나는 여러 국적의 한인 디아스포라 작가 중에서 황숙진처럼 다양한 직업을 체험한 경우를 알지 못한 다. 이민자로서 겪은 이 같은 다채로운 체험과 직업세계는 이번 소설집 『마이너 리포트』에서 펼쳐지고 있는 스토리에 구체적인 실감과 생생한 감각을 전달하는데 커다란 기여를 하고 있다. 그래서 LA 한인 타운을 중심으로 한 이민자들의 밑바닥 체험과 생동하는 육체적 정서가 이 소설을 관류하고 있는 것이다. 소설가는 자신이 쓰고 싶은 것을 쓰는 것이 아니라 자신이 쓸 수 있는 것을 쓸 따름이라는 경구는 특히 황숙진 작가의 경우에 정확히 적용된다고 하겠다.

3.

『마이너리티 리포트』에 수록된 대부분의 소설은 LA 코리아타운과 그 주변을 배경으로 하고 있다. 이 소설집을 통해 LA 인근에 다수 거주하는 한인들의 욕망, 성취, 상처, 열정, 내면을 구체적으로 파악할 수 있을 것이다.

「미국인 거지」는 코리아타운에서 성성한 늙은이가 되어 마켓 캐시어로 취직한 주인공의 베트남전 상처를 그 마켓 주변을 어슬렁거리는 흑인 거지 잭의 베트남전 상처와 절묘하게 교직시키고 있다. 마약중독자이자 알코올중독자이기도 한 잭의 발작은 베트남 전쟁의 후유증으로 인한 것이다. 잭을 통해 역시 알코올 중독인 주인공은 베트콩과 양민을 가리지 않고 학살할 수밖에 없었던 베트남전의 커다란 상처와 공포를 떠올린다. 작품 말미에서 잭은 지역 갱들 사이에 벌어진 총격전으로 인해 죽음에 이르며, 주인공 역시 베트남전의 환청과 발작 끝에 구급차에 실려 간다. 두 사람의 알콜중독과 발작은 한국과 미국이 참전한 베트남전쟁의 참혹한 상처가 아직도 지속되고 있음을 아프게 환기시키고 있다. 동시에 「미국인 거지」라는 제목이 상징하듯이, 알코올중독, 마약중독, 전쟁의 후유증, 총기의 사용 등이 만연한 미국사회의 어두운 그늘을 있는 그대로 보여주고 있는 작품이다.

「산타모니카의 기러기」, 「내가 달리기 시작한 이유」, 「모네타」는 각기 다양한 인물과 시선으로 실패한 이민자의 상처를 개성적으로 형상화하고 있다는 점에서 함께 논의해도 좋을 작품들이다. 「산타모니카의 기러기」는 이른바 '기러기 엄마'의 슬픔을 남편과 헤어져 살 수밖에 없었던 조선시대 여류시인 이옥봉의 곡진한 슬픔과 포개놓고 있다. 그래서 "왜 사랑하는 사람들이 헤어져 살아가야 하는 건가요? 사랑하는 사람들이 함께 다정하게 살아가는 것보다 더 중요한 일이 뭐가 있는 건가요?"라면서 주인공 숙희가 던지는 독백은 지금 이 시대 모든 기러기 가족에게 통렬한 회한으로 다가오리라.

「내가 달리기 시작한 이유」에서는 이민자들의 육아와 교육문제의 지난함이 생생하게 형상화되어 있다. 주인공 체리의 시선으로 포착된 한인 이민 가정의 경제적 어려움과 부모의 불화는 이들의 이민 생활을 한없이 우울하고 애잔하게 만든다. 결국 사업에 실패한 체리의 아빠는 한국으로 되돌아가게 되고 엄마가 낮에는 일을 할 수밖에 없기에 체리는 혼자 설 수밖에 없는 운명에 처한다. 이 작품은 미국 이민에 대한 환상과 아메리칸 드림이, 육아와 경제적 어려움이라는 일상의 고단함으로 인해, 그야말로 꿈에 불과할 수도 있다는 착잡한 사실을 아프게 환기시키고 있다.

한편 「모네타」는 중학교 때 이민을 와 LA에 살다가 뉴욕에서 참담한 실패를 겪고 다시 LA로 귀향한 중년의 한인 이민자를 주인공으로 하여 이민자들이 미국사회에서 체감할 수밖에 없는 근본적 한계와 콤플렉스에 대해 실감 있게 묘사하고 있다. 함께 미국에서 학창시절을 보낸 주인공의 오랜 친구 선우는 주인공에게 "나는 나중에 깨달았지. 주류사회란 하얀 피부와, 정신이 어찔할 정도의 향수냄새와, 진한 화장과, 고상하고 품위 있는 말투와, 화려한 옷차림 속에 감춰진 그 어떤 치부 같은 것"이라는 내용의 이메일을 보내며 자살을 암시한다. 그에게 미국은 성공에 대한 꿈으로 화려하기 그지없지만, 백인 중심 주류사회의 치부에 의해 움직이는 처절한 정글과 같은 곳이다. 주인공 영진 역시 선우와는 조금 다른 맥락에서 미국사회에 제대로 적응하지 못한다. "나는 미국에 사는 동안, 먼저 살았던 15년 동안의 한국에서의 기억 속에서 늘 벗어나질 못했다", "이런 한국에 대한 기억을 가진 사람은 나중에 몇 십 년을 미국에 와서 산다고 해도 절대 미국인이 되지 못한다는 것을 나는 확신한다"며 한인 이민자에게 주어진 실존적 한계와 불리한 조건을 응시하는 주인공의 독백은 미국사회에서 살아가는 수많은 한인 디아스포라의 우울과 상처의 심리적 기원을 적확하게 들여다보고 있는 것이 아닐까 싶다. 라틴어로 '돈'을 의미하는 이 작품의 제목이 암시하는 것처럼 「모네타」는 미국 자본주의의 이면에 존재하는 시스템의 모순과 깊은 속살을 정면으로 응시하고 있다.

4.

「어느 장거리 운전자의 외로움」과 「호세 산체스의 운수 좋은 날」은 재미 한인 디아스포라 문학의 소재를 넓힌 의미 깊은 소설에 해당한다. 우선 「어느 장거리 운전자의 외로움」은 LA 한인 타운에서 노가다로 일하다 유흥업소에서 일하게 될 여성들을 밀입국시키기 위해 캐나다 밴쿠버와 LA 사이로 장거리 운전을 하는 주인공을 둘러싼 문제적 사건과 여정이 적나라하게 묘사되어 있는 작품이다. "사람들이 많아진다는 것, 그것은 그만큼 음모와 배신과 증오가 많아진다는 것이라는 것을 나는 잘 알고 있다. 코리아타운, 어느 날부터인가 자고 나면 타운에는 카페, 식당, 룸살롱 등 화려한 간판이 새로 들어섰다"고 묘사되는 LA 생활에 염증을 느끼게 된 주인공은 뭔가 새로운 일을 모색하는데, 그것이 바로 마사지팔러에 근무하게 될 여성들을 미국에 밀입국시키기 위한 운반책이었던 것이다. 그 과정에서 이 소설은 밀입국, 불법체류자, 불법성매매여성, 영주권 획득을 위한 위장결혼, 사기결혼, 조직적인 인신매매, 마약 흡입 등의 법의 사각지대에서 일어나는 일들을 생동감 있는 스토리를 통해 형상화하고 있다. 이 소설을 통해 수많은 제3세계 지역 사람들에게 동경의 대상인 미국, 세계 최강대국 미국사회의 어두운 그늘이 수면 위에 드러났다고 할 수 있으리라.

「호세 산체스의 운수 좋은 날」은 LA 코리아타운으로 일하는 멕시칸 노동자들의 애환과 고단한 일상, 이중적 차별의 풍경들에 대해 묘사하고 있는 작품이다. 가족을 부양하고 새로운 꿈을 좇아 미국에 도착하지만 곧 그들은, "목숨을 걸고 국경을 넘어 미국 땅으로 넘어와 일자리가 천지라는 엘에이 다운타운에서 하루 종일 죽쳤지만 불러주는 사람 한 명 없었다"고 표현되는 냉엄하기 그지없는 현실과 마주하게 된다. 그래서 주인공 호세는 "이곳이 그토록 꿈꾸어 왔던 미국이란 말인가? 이곳 미국에서도 역시 밑바닥 인생들의 만만치 않은 삶의 무게가 납덩어리처럼 그를 짓누르는 것 같았다"는 심정에 휩싸인다. 호세는 미국에서 태어나 멕시칸 조지와 함께 한인식당, 공사장일 등을 열심히 하지만 최소한의 일급을 받으며 노골적인 무시와 차별을 체험하기도 한다. "엿 같은 코레아 새끼들! 우리 멕시칸 때문에 돈을 벌면서도 멕시칸들을 마구 무시하지. 내가 미국 시민권자라고 하니까 기세등등한 그 새끼가 꼬리를 내리는 것 봤지. 백인들에게는 마냥 비굴하면서도 멕시칸과 흑인들은 무시하는 게 코레안들이지"라고 분노하는 조지의 절규를 통해, 우리는 한인 이민자들에게 다시 차별받는 '소수자 중의 소수자'인 멕시칸의 존재를 비로소 인식할 수 있는 것이다. 이 작품은 미국사회에서 소수자이자 디아스포라인 한인 이민자들이 멕시칸에 대해 지니고 있는 이중성을 통렬하게 고발하고 있는 드문 소설이자, 재미 한인 디아스포라 문학에서 멕시칸이 주인공으로 등장하는 최초의 작품이라는 측면에서 주목받아 마땅한 성과라 하겠다.

5.

『마이너리트 리포트』에서 수록된 작품들 중에서 개인적으로 가장 흥미진진하게 읽은 작품은 「죽음에 이르는 경기」이다. 소설집에 수록된 다른 작품과는 달리 이 소설은 이민이나 디아스포라 문제를 다루지 않는다. 「죽음에 이르는 경기」는 일종의 미래소설, SF소설, 추리소설에 가까우며, 주제적인 측면에서 볼 때 현대 자본주의의 미래와 모순에 대해 탐구하고 있는 인상적인 작품이다.

2033년이 소설의 배경이다. 주인공인 기자 unifam07은 사람이 죽어가고 있다는 제보전화에 따라 콜로세움이라고 불리는 새로운 콘도미니엄의 오너이자 "스포츠와 레저를 아우르는 신비지니스계의 총아"인 사장 lifejoy44를 탐문한다. 그 과정에서 주인공은 콜로세움에서 열리는 K2 경기 중에 실제로 선수에 대한 살인이 벌어지고 있다는 엄청난 사실을 확인하게 된다. 마스크를 쓰고 경기에 임하는 선수이기에 그리고 "익명의 얼굴, 마스크, 본인의 본명은 개인신상정보의 사생활보호란에 굳게 잠겨 있고 오로지 닉과 아이디만이 통용되는 세상, 실제 사람이 사라져도 닉과 아이디가 존재한다면 그는 살아있는 것이다"라고 생각되는 세상이기에 선수의 죽음은 원천적으로 은폐되는 것이다. 그 죽음을 조사하는 기본서사의 곁가지로 자본주의에 대한 두 가지 관점을 지닌 교수의 발언들이 배치된다. 하나는 아담 스미스와 케인즈의 이론에 따라 끝없는 경쟁과 상품화로 상징되는 자본주의를 철저하게 옹호하는 프랭클린 교수, 그리고 양극화, 승자독식주의로 상징되는 자본주의의 문제점을 지적하고 자본주의의 멸망을 예언하는 주쩌라이 교수. 이들의 자본주의에 대한 진단과 옹호, 비판은 이 소설의 주제가 궁극적으로 자본주의를 어떻게 보아야 할 것인가? 하는 심원한 문제에 있다는 사실을 드러낸다.

콜로세움에서 열리는 K2경기는 처절한 경쟁 자본주의 방식을 도입하고 있거니와, 그 과정에서 선수의 죽음조차도 좀 더 생생한 흥행과 자극을 위해 묵인되었던 것이다. 요컨대 이 소설은 승자와 패자의 운명과 그에 대한 대접이 확연히 다르며, 때로 패자의 죽음으로 귀결되기도 하는 자본주의의 처절한 경쟁구조와 승자 독식주의를 미래의 K2경기를 통해 풍자하고 있는 것이다. 주쩌라이 교수는 "미국에 와서 보고 자본주의의 심각한 해독한 놀랐습니다"라고 말하고 있다. 그러나 이러한 풍경이 과연 20여 년 후의 미국의 모습이기만 할까? 아래와 같은 주쩌라이 교수의 진단은 지금 이 시대 한국사회에도 그대로 적용되고 있는 것 아닐까.

끊임없는 경쟁을 통해서 살아남은 단 일 프로도 안 되는 승자에게는 엄청난 부와 명성이라는 상이 주어지고, 대다수의 패자에게는 힘든 노동과 가난이라는 채찍이 가해지는 이 문명의 시스템에 이제는 어떤 변화가 와야 하는 것이 아닐까?

소설의 뒷부분에서 주쩌라이 교수는 "자본주의의 비약적 성장에도 불구 인간의 비인간화와 자연의 황폐화는 오히려 더욱 심각해지고 있어요"라고 진단하고 있다. 소설은 "더 이상 자본이 경제에 역할을 못하는 사실상의 자본주의의 종식을 의미합니다. 이제 자본주의는 끝났습니다"라는 마지막 문장과 함께 끝난다. 작가 황숙진이 그리고 있는 자본주의의 미래는 이처럼 디스토피아에 가깝다. 생각해 보면 소설에서 이루어지는 이러한 비관과 비판이야말로 지금 이 시대의 문제점을 되돌아보게 만드는 것 아닐까. 「죽음에 이르는 경기」는 점점 극심해지고 있는 이 시대 자본주의적 양극화에 대한 흥미로운 소설적 응전이라 할 만하다.

6.
무엇보다 『마이너리티 리포트』에 수록된 소설들은 잘 읽힌다는 점에서 즐거운 독서였다. 흡인력 있는 스토리와 문체로 구성된 황숙진의 작품들은 소설 읽기의 재미를 담뿍 선사한다. 황숙진은 한인 디아스포라들의 생활을 어떤 미화와 낭만화도 없이 투철하게 응시하고 있다. 소설집 전반을 통해 희망이나 행복, 충만감 등은 거의 존재하지 않는다. 그 대신 절망, 좌절, 회한, 상처, 죽음, 차별, 아픔, 후회 등의 감정 등이 『마이너리티 리포트』를 관류하고 있다. 막연한 희망을 운위하거나 상투적인 해피엔딩으로 끝나는 것보다 현실의 상처와 고통을 직시하는 것이 좋은 문학이 갖추어야 할 조건 중의 하나라면, 황숙진은 좋은 소설을 쓰는 작가이다. 현실에 대한 절망과 투철한 응시를 제대로 통과한 연후에 비로소 희망을 얘기할 수 있으리라.

작가의 꿈을 지닌 「모네타」의 주인공 영진은 "내가 과연 백인을 주인공으로 나의 내면을 그리듯이 그의 내면을 그려낼 수 있는가? 심각한 회의 끝에 나는 내 소설에서 백인들을 제거하였고 내가 잘 아는 월남인 식품업자나 중국인 무역업자들을 집어넣었다."고 고백한다. 이러한 영진의 마음이 곧 작가 황숙진의 마음이 아닐까. 그러니 『마이너 리포트』에 수록된 대부분의 소설이 왜 LA 코리아타운 근처에 거주하는 한인 디아스포라를 주요 등장인물로 등장시켰는지를 잘 알 수 있겠다. 유사한 맥락에서 "이창래가 한국출신 작가로 성공하였다고 하지만 나는 그가 미국에서 작가로 성공할 수 있었던 것은 그가 한국인이 아니고 미국인이기 때문이라고 생각한다. 그는 나처럼 열다섯 살이 아니라 세 살 때 미국에 왔던 것이다. 그는 사실 네티브 스피커였던 것이다"(「모네타」)라는 발언 역시 황숙진의 소설을 이해하는 데 커다란 도움이 된다. 황숙진은 미국에 살고 있지만, 말의 진정한 의미에서 한국 작가이다.

이 소설집과 제목이 같은 필립 K. 딕의 SF소설 『마이너리티 리포트, Minority Report』와 스필버그 감독의 영화 ≪마이너리티 리포트≫ (2002)에서 묘사되었듯이 예지자들의 예언에 의해 범죄가 완벽하게 예방되는, 그래서 오히려 행복하지 않을 수도 있는 디스토피아적 미래는 황숙진 소설집 『마이너리티 리포트』가 보여주는 세계와 크게 다르지 않다. 원작소설과 영화의 가상미래가 황숙진의 소설 속에서는 LA 코리아타운으로 바뀌었을 뿐이다. 그 두 세계에서 인간이 보여주는 탐욕, 모순, 질투, 권력 지향성, 다수와 주류의 폭력, 소수자에 대한 억압과 배제 등은 본질적으로 동일하다.

황숙진은 어느 자리에서 "소설은 재미있어야 한다는 신념을 갖고 있습니다. 스토리로서 말해야 합니다"라고 언급했거니와, 『마이너리티 리포트』는 바로 그러한 의도를 충족시켜주는 문제적 문학 세계에 충분히 값한다. 앞으로 재미 한인 디아스포라 소설의 새로운 차원을 개척하기 위해서는 먼저 황숙진 작가의 『마이너리티 리포트』와 어떤 식으로든지 만나야 하리라.

7.

재미 한인 디아스포라 작가 황숙진 작가의 문학적 순정, 한국어로 써진 소설적 육체와 만나면서 한국어와 한국문학의 존재를 너무나 당연시하는 내 자신에 대해 많은 생각을 할 수 있었다. 그러니 이제야 황숙진 작가에게 한국어로 글을 쓴다는 사실이 얼마나 절박하게 다가왔을까, 동시에 그가 한국문학을 얼마나 그리워했을까 하는 점이 충분히 짐작이 가고도 남는다. 그와의 만남은, 그의 소설과의 대화는 나로 하여금 무엇보다도 한국어와 한국문학의 아름다움을 위해 앞으로의 생을 헌신해야겠다는 생각을 더 섬세하게 가다듬는 뜻깊은 계기로 작용했다.

여러 가지 이유로 한인들이 미국으로 이민을 올 것이다. 아메리칸 드림, 자식 교육, 경제적 이유, 정치적 이유, 그냥 한국이 싫어서 등등. 설사 경제적으로 풍족한 환경과 사회적으로 존중받는 위치에 있다 하더라도, 이민 그 자체, 즉 한 사람의 디아스포라가 되는 체험은 내면화된 상처나 눈에 보이지 않는 차별과 마주치는 과정이기도 할 것이다. 그가 글을 쓰는 사람이라면 이러한 차별이나 모순, 상처에 더 예민하게 반응할 수밖에 없다. 바로 여기에 디아스포라 문학의 찬란한 가능성이 존재한다. 늘 뛰어난 문학은 세상에서 상처받거나 좌절한 영혼의 필사의 기록이었다. 세계문학사에 명멸한 수많은 디아스포라와 망명가들의 존재를 생각해 본다. 백석, 프란츠 카프카, 발터 벤야민, 에드워드 사이드…… 그들에게 익숙한 조국을 떠나 낯선 곳에서의 생활은 자신을 준열하게 성찰하는 과정이기도 했으며, 자신의 상처와 곡진하게 만나는 도정이기도 했다. 문학이 상처받은 사람의 아름다움과 슬픔의 미학에 다름 아니라면, 디아스포라 문학이야말로 그런 미학의 가능성을 가장 풍부하게 간직하고 있을 것이다.

황숙진 작가를 비롯한 한인 디아스포라 문인들의 한국어에 대한 갈망과 문학에 대한 순정한 열정이 상처받은 사람들만이 보여줄 수 있는 '문학적 품격'으로 승화될 때, 한국문학은 지금보다 더욱 넓어지고 아름다워질 것이다. 앞으로 황숙진 작가가 지속적으로 그 뜻깊은 대열에 서 있기를 마음 깊이 염원한다. 마지막으로 황숙진 작가의 『마이너리티 리포트』 발간을 진심으로 축하하며, 그와의 문학적 우정이 내 문학적 열망을 불 지피고, 내 글쓰기를 더 깊고 넓게 단련시키는 언료가 되기를 바란다.

지은이 **황숙진(黃肅盡)**

1959년 경남 진해에서 태어났다. 1983년 고려대 불문과를 졸업하고 미국으로 이민을 갔다. 뒤늦게 글쓰기를 시작하여 2008년 평론 「숨은 고향찾기」로 미주문인협회 신인상을 수상하였다. 같은 해 소설 「미국인 거지」가 재외동포 문학상 소설부문에 입상작으로 선정되었다. 2013년 소설 「오래된 기억」으로 재외동포문학상 소설 부문 최우수상을 받았다. 현재 미국 엘에이에서 이민자로 살아가면서 미주 현대문학 연구회란 모임을 결성, 틈틈이 글을 쓰는 한편 미국의 최신 단편소설들을 모국어로 번역하는 작업을 하고 있다.
■ 이메일: nicose59@hotmail.com

마이너리티 리포트
MINORITY REPORT

© **황숙진**, 2015

1판 1쇄 인쇄__2015년 01월 05일
1판 1쇄 발행__2015년 01월 15일

지은이__황숙진
펴낸이__양정섭
펴낸곳__작가와비평
    등록__제2010-000013호
    블로그__http://wekorea.tistory.com
    이메일__mykorea01@naver.com

공급처__(주)글로벌콘텐츠출판그룹
    대표__홍정표
    편집__김현열 노경민 김다솜 **디자인**__김미미 최서윤 **기획·마케팅**__이용기 **경영지원**__안선영
    주소__서울특별시 강동구 천중로 196 정일빌딩 401호
    전화__02) 488-3280 **팩스**__02) 488-3281
    홈페이지__http://www.gcbook.co.kr

값 12,800원
ISBN 979-11-5592-130-2 03810